侯孝瓊 注譯

新譯柳永詞集

三民書局

國家圖書館出版品預行編目資料

新譯柳永詞集／侯孝瓊注譯.－－初版二刷.－－臺北市：三民，2022
面； 公分.－－(古籍今注新譯叢書)

ISBN 978-957-14-6084-0（平裝）

852.4514　　104020869

古籍今注新譯叢書

新譯柳永詞集

注譯者	侯孝瓊
發行人	劉振強
出版者	三民書局股份有限公司
地址	臺北市復興北路 386 號 (復北門市) 臺北市重慶南路一段 61 號 (重南門市)
電話	(02)25006600
網址	三民網路書店 https://www.sanmin.com.tw
出版日期	初版一刷 2016 年 5 月 初版二刷 2022 年 4 月
書籍編號	S033420
ISBN	978-957-14-6084-0

三民書局

刊印古籍今注新譯叢書緣起

劉振強

人類歷史發展，每至偏執一端，往而不返的關頭，總有一股新興的反本運動繼起，要求回顧過往的源頭，從中汲取新生的創造力量。孔子所謂的述而不作，溫故知新，以及西方文藝復興所強調的再生精神，都體現了創造源頭這股日新不竭的力量。古典之所以重要，古籍之所以不可不讀，正在這層尋本與啟示的意義上。處於現代世界而倡言讀古書，並不是迷信傳統，更不是故步自封；而是當我們愈懂得聆聽來自根源的聲音，我們就愈懂得如何向歷史追問，也就愈能夠清醒正對當世的苦厄。要擴大心量，冥契古今心靈，會通宇宙精神，不能不由學會讀古書這一層根本的工夫做起。

基於這樣的想法，本局自草創以來，即懷著注譯傳統重要典籍的理想，由第一部的四書做起，希望藉由文字障礙的掃除，幫助有心的讀者，打開禁錮於古老話語中的豐沛寶藏。我們工作的原則是「兼取諸家，直注明解」。一方面熔鑄眾說，擇善而從；一方面也力求明白可喻，達到學術普及化的要求。叢書自陸續出刊以來，頗受各界的喜愛，使我們得到很大的鼓勵，也有信心繼續推廣這項工作。隨著海峽兩岸的交流，我們注譯的成員，也由臺灣各大學的教授，擴及大陸各有專長的學者。陣容的充實，使我們有更多的資源，整理更多樣化的古籍。兼採經、史、子、集四部的要典，重拾對通才器識的重視，將是我們進一步工作的目標。

古籍的注譯，固然是一件繁難的工作，但其實也只是整個工作的開端而已，最後的完成與意義的賦予，全賴讀者的閱讀與自得自證。我們期望這項工作能有助於為世界文化的未來匯流，注入一股源頭活水；也希望各界博雅君子不吝指正，讓我們的步伐能夠更堅穩地走下去。

自序

三民書局邀約我參與《古籍今注新譯叢書》的撰稿工作，題目是柳永詞的今注新譯。自宋以降，研究柳永詞的著作不少，但多為遴選，而三民書局的要求則是注釋、翻譯、研析柳永詞的全部作品，這使我很有些為難。竊以為柳永詞雖多傳世之篇，但也很有些上不得臺盤之作，如何向讀者解讀、介紹、評價？但是我又認為《古籍今注新譯叢書》重點在一個「新」字；近來坊間柳永詞也有不少全選的著作，但並無從注解到語譯到研析這樣細緻的、由淺入深加以導讀的過程。出版一本這樣的書，也許可以讓一般讀者對柳永這個歷來存在爭議的詞人有更全面、切實的認識。於是，我接受了這個任務。

在編寫過程中，比較困難的也正是柳詞中這類被目為「鄙俚而不錄」（《欽訂詞譜》）的「淫詞」的研析，因為這類作品為數不少，導讀也不可迴避，必定要有個說法。溯自前，全唐五代及宋初，已出現描寫性愛的詞作；顧於後，明清民歌集，如《掛枝兒》之類更是突出表現了對男女歡情的自然主義描寫傾向。柳永生活的時期，正值北宋初城市商業經濟繁榮之時。百年無事，瓦子勾欄、歌樓酒肆隨著市民階層的世俗享樂觀念應運而生。兼賦文學及音樂才能的柳永，於科場失意之餘，常為教坊樂工、歡場歌妓撰寫新聲豔曲，每為一闋，則行於世，傳於時，甚至傳到宮禁。這些詞，尖新直白，真切地表現了當時社會世俗、人性的一面。明袁宏道在《錦帆集・小修詩敘》中，說這類民間市井之曲，多「真聲」，「不效顰於漢魏，不學步於盛唐，任性而發，尚能通於人之喜怒哀樂嗜好情欲，是可喜也」。柳永的這類新聲豔曲，正建立在廣闊、深厚的民間市井文化的土地之上，也是他勇於靠近市井文化的憑證。

柳詞在內容上大膽開拓，在形式上也有不可埋沒的拓新之功。他傾畢生之力開創了慢詞的新天地，其章法、句法、賦筆，無不應慢詞發展的需要而行。屯田蹊徑、屯田家法，柳氏家法，這些以柳永命名的蹊徑、法則，確立了柳永在中國韻文史上從詞到曲的地位，這方面我在導讀中已作了詳細的剖析，不贅述。

總之，願這本小書能幫助更多的讀者，比較全面、客觀地瞭解柳永詞，這就是我所衷心希望的。

侯孝瓊

二〇一六年四月

新譯柳永詞集　目次

導讀

柳永，原名三變，字耆卿，一字景莊，因排行第七，也稱「柳七」。福建崇安人。宋仁宗景祐年間進士，官至屯田員外郎，故人稱「柳屯田」。他一生潦倒，放浪不羈，常年眠花宿柳、走馬章臺、留情歌妓，作品多描述城市風光、娼妓生活；其中羈旅行役、長亭泣別之作最為人稱道。有《樂章集》傳世。柳永是一個從出身、經歷、人品，到創作內容、語言風格都存在爭議的、值得研究的人物。

一、柳永其人

(一) 生卒年推測

首先，因為柳永在《宋史》無傳，後人只能從宋人筆記、方志，以及與時人交往的有關記載的對勘中來大致瞭解他的生平、行狀。他的出生年月歷來聚訟紛紜，宋人吳曾《能改齋漫錄》引晁補之（西元一〇五三——一一一〇年）云：張先與柳耆卿齊名。據此，柳永生年應大致與張先（西元九九〇——一〇七八年）相先後。近人唐圭璋、金啟華據羅大經（約於西元一二二四年在世）《鶴林玉露》卷一所載「孫何帥錢塘，柳耆卿作〈望海潮〉詞贈之」考《宋史・孫何傳》，孫何只於真宗咸平年間（西元九九八——一〇〇三年）任兩浙轉運使，「景德初（西元一〇〇四年）代還……是冬，卒」。如果〈望海潮〉的投贈對象是孫何，這首詞只可能在西元一〇〇四年之前寫成。從詞氣和熟練的技巧看，柳永作這首詞時應當已經成年。據此，唐、金在〈柳永事跡新證〉和稍後發表的〈論柳永的詞〉中，把柳永的生年先後定於西元九八七年、西元九八五年。對這一說法，亦有異議，但大致被認可。

關於柳永的卒年，唐、金〈柳永事跡新證〉引宋人葉夢得（西元一〇七七——一一四八年）《避暑錄話》：「永終屯田員外郎，死旅，殯潤州僧寺。王和甫為守時，求其後不得，乃為出錢葬之。」王和甫守潤州在神宗熙寧八年（西元一〇七五年），而柳永之侄柳淇在〈宋故郎中柳公墓誌〉中說此時「叔父之卒，殆二十餘年云」（明萬曆《鎮江府志》）。由此推知，柳永卒於仁宗皇祐末（西元一〇五四年）左右。

(二) 生長與創作背景

柳永之父柳宜，長兄柳三復，次兄柳三接，子柳涚都是進士出身。柳宜做過南唐的監察御史，入宋後官至工部侍郎；次兄官至都官員外郎。柳永生長在這樣一個奉儒守官之家，讀書出仕必定會成為他唯一的選擇。

但是，柳永生活的大環境又是北宋初期太、真、仁宗三朝，號稱「百年無事」的承平之時。為了永葆基業，杜絕唐末藩鎮割據的弊端，宋太祖「杯酒釋兵權」，鼓勵大臣「多積金帛田宅以遺子孫，歌兒舞女以終天年」（《宋史‧石守信傳》）。同時，發展農業、手工業。工農業的振興促進了城市商業經濟的繁榮，出現了一個「四方無事，百姓康樂，戶口蕃庶，田野日闢」（《宋史‧食貨志》）的局面。據《續資治通鑑長編》載，宋太宗時，汴京人口就以百萬計。歌樓、酒館、茶肆，平康里巷、瓦子勾欄隨著市民階層的世俗享樂觀念、生活需求應運而生。具有音樂天賦和文學才能的少年柳永，不免很快就沉溺於秦樓楚館這極富誘惑力的新聲巧笑中。他一方面迷戀情場，一方面卻又念念不忘功名，只是他屢試不中，仕途坎坷，至暮年才獲賜進士出身，所歷任也都是一些層級不高的官職。長年科場、仕途失意之餘，他卻在歌樓酒館的淺斟低唱裡獲得了理解、尊重、欣賞和生活上的支持。宋代葉夢得《避暑錄話》載：柳永「為舉子時，多遊狹邪。善為歌辭，教坊樂工每得新腔，必求永為辭，始行於世，於是聲傳一時」、「凡有井水處，即能歌柳詞」，這個名聲一直傳到禁中。宋仁宗「頗好其詞，每對酒，必使侍從歌之再三」，但仁宗卻又要遮遮掩掩，據宋代陳師道《後山詩話》載，當柳永因「久困選調」，把〈醉蓬萊〉「因內官達後宮，且求其助」時，仁宗「聞而覺之」，便故意橫挑鼻子豎挑眼，說柳永不該用「宸遊鳳輦」，暗合真宗挽詞等等，「自是不復歌其詞矣。會改京官，乃以無行黜之。」

二、柳永的豔情詞

柳永因豔詞得名，也因豔詞而失意於科場仕途。他的豔情詞，包括羈旅中抒寫男女情愛的，占了柳詞的一半以上。他這類詞中，最具有開拓意義的，應該是寫男性思慕女性及題詠妓女之詞。

(一) 女性對男性的追慕

柳永之前，寫男女之情的，以閨怨為主。既是「閨中之怨」，其抒情主人公，無疑多為女性，而作者多是男人，所謂「男子作閨音」。他們從鬚眉丈夫的角度，代婦女立言，一邊倒地寫女子如何癡心不改地愛著。這一方面固然反映了封建社會一夫多妻制的必然；這種不公平的愛還折射了封建制度下君臣之間的關係。「君為臣綱」、「夫為妻綱」，「臣妾」意識使他們常常把自己設定為那個被君主拋棄而矢志不渝的棄婦。以豔情寫君臣遇合，將身世打併入豔情，實際上屈原已開其端。聞一多索性把「豔情」歸於與詠物、詠史、遊仙同列，作為「比興」四類之一。這種手法，因為反覆運用，直弄得「楚天雲雨盡堪疑」，偶然的真正的寫閨中之怨的詩，也被淹沒在「感士不遇」的疑雲中了。柳永則不然，雖然也是男子作閨音，寫閨中之怨，而這閨中之人，多是市井小民、青樓女子，其率真直白，使讀者絕對聯想不到君臣關係上去。如〈錦堂春〉（墜髻慵梳）一首，其抒情主人無疑是風塵女性，雖然也是「自伯之東，首如飛蓬」（《詩經・衛風・伯兮》）那種打扮好了給誰看的心態，但她在慵梳髻、懶畫眉之後，「認得這疏狂意下，向人諳譬如閒」。她深知這些浪蕩子們玩弄女人，然後棄之如敝屣的本性，因此，立刻從「心緒是事闌珊」中掙脫出來，要「芳容整頓」，過自己的日子。但是她還是不忘舊情，所以又設想將來浪子回頭時，如何以「不與同歡」來懲罰對方。這是她在屢次被拋棄中歷練出來的情感邏輯：拿得起，放得下；敢愛，也敢恨。

又如〈定風波〉（自春來）的抒情主人公，在「薄情一去，音書無箇」之後，作「悔當初、不把雕鞍鎖」的癡想。她不像唐代詩人王昌齡筆下那「悔教夫婿覓封侯」（〈閨怨〉）的傷春的少婦，她所熱切希望的，是「鎮相隨，莫拋躲」的兩人世界。這些閨怨詞中，人物是那麼鮮明、生動、有血有肉，所思、所愛、所怨、所悔、所期待的內容是那麼具體而微，絕無「楚天雲雨」之疑。正因為它太世俗、太具體，大大超出了「花間」以來那些溫雅、華麗、富於暗示性的「閨情」詞的範圍，致使詞風溫如珠玉的晏殊拈出「針綫閒拈伴伊坐」一句來橫加指責。

(二) 男性對女性的思慕

柳永在豔情詞方面的開拓，最顯著的還在於他改變了一邊倒地寫女性如何追慕男性的傾向，勇敢地傾訴自己對女性的思慕。「詠男性對女性的思慕之情，則可以說至少在士大夫文學中是一種禁忌」（村上哲見《唐五代北宋詞研究・柳耆卿詞論》）。晚唐李商隱的〈無題〉詩也似乎在寫對女性的刻骨相思，但是考李商隱一生，並無生死相戀的女人，他的〈無題〉詩，一向被認為是將愛情的歌唱與人生的感嘆融成一片。此後晚唐五代詞中，固然也不乏以男性為抒情主人公的豔詞，如韋莊的〈菩薩蠻〉：「紅樓別夜堪惆悵，香燈半掩流蘇帳。殘月出門時，美人和淚辭。　琵琶金翠羽，絃上黃鶯語。勸我早歸家，綠窗人似花。」但柳永的這類詞，常常是對於男女情愛的直白、真誠的抒寫。如〈憶帝京〉（薄衾小枕天氣），直寫自己如何「展轉數寒更，起了還重睡。畢竟不成眠，一夜長如歲」之後，在闋末直呼出「繫我一生心，負你千行淚」這樣深情的話語。

柳永這類詞常常與羈懷苦旅詞相結合。比較溫雅的如〈雨霖鈴〉（寒蟬淒切），與所愛分別，只作此後「便縱有、千種風情，更與何人說」的揣想，被評為「清和朗暢」（清代黃氏《蓼園詞評》），「文之至也」（清代沈謙《填詞雜說》）。但是柳永這類思慕女性之詞，常常是赤裸裸地表現對情慾的渴望。如〈慢卷紬〉在「閒窗燭暗，孤幃夜永」時，所思慕的「當時事」，是「似恁偎香倚暖，抱著日高猶睡」。特別是〈安公子〉（夢覺清宵半），在「孤眠不暖」之時，直呼：「片時難過，怎得如今便見。」《樂章集》中，這種充滿性飢渴的詞，還有〈十二時・秋夜〉「怎得伊來，重諧雲雨，再整餘香被」、〈宣清〉（殘月朦朧）：「更相將、鳳幃鴛寢。玉釵亂橫，任散盡高陽，這歡娛、甚時重恁。」他還細緻地追思偷情、約會的經過，前者如〈玉樓春〉（閬風歧路連銀闕），後者如〈鳳棲梧〉（蜀錦地衣絲步障），從赴約、相望，直寫到「玉樹瓊枝，迆邐相偎傍。酒力漸濃春思蕩，鴛鴦繡被翻紅浪」。這種情場的得意、恣情，對於仕途失意的柳永，似乎是一種精神補償，無怪乎他在〈如魚水〉（帝里疏散）中，態度鮮明地作出選擇：「浮名利，擬拚休」、「共綠蟻、紅粉相尤。向繡幄，醉倚芳姿睡，算除此外何求。」

《樂章集》中被目為「淫詞」（清代李調元《雨村詞話》評〈菊花新〉語）、《欽定詞譜》甚至因為其詞「鄙俚」而不錄的，這一部分寫男子思慕女人的豔情詞，因為所思慕的對象絕大多數是操賣笑生涯的、偶然相值的妓女，這其中雖然不乏有憐才意的紅顏知己，但作為青樓女子，色情、性愛必然是他們交往的主要內容，柳永也「只是實說」（宋代張端義《貴耳集》）而已。柳永有一首以「算孟光、爭得知我，繼日添憔悴」結束的〈定風波〉（竚立長堤），應當是寄內的。這首詞便沒有色慾的描寫，只有因奔競名利而「繡閣輕拋」的悔恨和思鄉懷人之情。

給柳永招來非議的這類思慕女性之詞，與柳永有意向民間歌曲靠攏的創作態度有關。當時的民間詞有沒有流傳下來，我們不得而知。北宋之前的「敦煌詞」雖保留了一部分民間歌曲，但顯然也經過檢選淘汰，從〈魚歌子〉兩首的「見面不能移步」、「胸上雪，從君咬」等描寫，也可窺豹之一斑。宋代之後被認為「我明一絕」（陳宏緒《寒夜錄》引卓人月語）的民歌集《掛枝兒》便突出地表現了寫男女歡情的自然主義傾向。明代馮夢龍在《敍山歌》中說：「但有假詩文，無假山歌，則以山歌不與詩文爭名，故不屑假。」明人袁宏道更對這本流行於明代的時調小曲集給以很高的評價：「猶是無聞無識真人所作，故多真聲。不效顰於漢魏，不學步於盛唐；任性而發，尚能通於人之喜怒哀樂嗜好情欲，是可喜也。」（《錦帆集・小修詩敘》）瞻前顧後，可推知《樂章集》中此類豔情詞的廣闊、深厚的民間文化背景。

(三) 對青樓女子的形容與歌詠

以美人為題詠對象，《詩經》已開其端，如〈衛風・碩人〉：「手如柔荑，膚如凝脂，領如蝤蠐，齒如瓠犀，螓首蛾眉，巧笑倩兮，美目盼兮。」魏晉時曹植的〈洛神賦〉更以「翩若驚鴻，婉若游龍」來進一步形容美人的風神。柳永在這方面的開拓是，他題詠的對象既非貴婦，也非神人，而是秦樓楚館的妓女們。他善於捕捉這個特定群體的言行舉措並形容曲盡。寫歌女的，如〈鳳棲梧〉（簾下清歌簾外宴）兼寫色藝。〈瑞鷓鴣〉（寶髻瑤簪）於色藝之外，突出聲情，「動象板聲聲，怨思難任……別有知音」。寫舞伎的，如〈浪淘沙令〉（有箇人人），從「急鏘環佩上華裍」寫起，迤邐寫到如何拍隨舞袖，腰如風柳。下片寫舞罷，「曲終獨立斂香塵。應是西施嬌困也，眉黛雙顰」，餘韻不絕。特別是〈荔枝香〉（甚處尋芳賞翠）一首，寫一個夜宴姍姍來遲的妓女，如何在一雙雙色迷迷的眼睛的諦視下，展示她的風情。先是緩步繞瓊筵，接著，輕褪霞衣，「似覺春遊倦」，使人注意到她那「盈盈好身段」。然後，「擬回首，又竚立、簾幃畔。素臉紅眉，時揭蓋頭微見。笑整金翹，一點芳心在嬌眼」。這一連串的動作、姿態、表情，都是風塵女子逗引男性的生存技巧。詞以「王孫空恁腸斷」作結，說明這女子一番做作的奇效。詞中對賣笑女人神情體態的維妙維肖的描摹，非親歷熟見者不辦。

在柳永筆下，出現了很多各具個性，栩栩如生的青樓女。有的「天然俏，自來奸黠」，笑時「媚靨深深，百態千嬌，再三偎著，再三香滑」（〈小鎮西〉意中有箇人）；有的「饒心性，鎮厭厭多病，柳腰花態嬌無力」（〈法曲獻仙音〉追想秦樓心事）；有的「問著洋洋回卻面」（〈木蘭花令〉有箇人人真攀羨）；有的「無箇事，愛嬌嗔」（〈少年遊〉淡黃衫子鬱金裙）。特別是那個「偏愛日高眠。起來貪顛耍，只恁殘卻黛眉，不整花鈿」，「尤殢檀郎，未教拆了鞦韆」（〈促拍滿路花〉香靨融春雪）的雛妓。這個雖淪落風塵，卻未改癡頑本性的小姑娘，真正令人痛惜。

柳永對妓女的品題有明顯的審美傾向，他所寵愛的佳麗是「天然嫩臉修蛾，不假施朱描翠」（〈尉遲杯〉寵佳麗）；他欣賞那些「豐肌清骨，容態盡天真」（〈少年遊〉鈴齋無訟宴遊頻）的女人。在很多題詠妓女的詞中，他都標舉「天然」之美，如〈滿江紅〉（訪雨尋雲「就中有、天真妖麗，自然標格」、「自有天然態，愛淺畫雙蛾」（〈西施〉柳街燈市好花多）等等。即使是詠物，他也標舉「天然淡泞好精神，洗盡嚴妝方見媚」（〈木蘭花・杏花〉）的本色美。

柳永不僅僅追求天然的美色，他還非常重視女人的才藝。他所題詠的女人，不止有能歌善舞的，還有能寫詩，善書法，能作文人談吐的。如「有美瑤卿能染翰」（〈鳳銜杯〉）、「織錦裁編寫意深。字值千金」（〈燕歸梁〉）；在〈兩同心〉（嫩臉修蛾）中，他說「那人人」，

「偏能做、文人談笑」；在〈惜春郎〉（玉肌瓊豔新妝飾）中，他表現出在青樓發現了「屬和新詞多俊格，敢共我勍敵」的知音的、由衷的驚喜之情。

柳永為妓女們題詠，一方面固然是出於情，也不排除受她們資助，為她們炒作的因素。特別典型的是四首〈木蘭花〉，句首標其名，心娘、佳娘如何，蟲娘、酥娘怎樣。結末或「王孫若擬贈千金，只在畫樓東畔住」；或「何當夜召入連昌，飛上九天歌一曲」；「坐中年少暗消魂，爭問青鸞家遠近」；或「只要千金酬一笑」，這些詞在稱美其色、藝之餘，還點明她們的住處，表示被召的期待，甚至身價，很有些廣告詞的味道。

宋代羅燁《醉翁談錄》載：「耆卿居京華，暇日遍遊妓館。所至，妓者愛其有詞名，能移宮換羽，一經品題，聲價十倍。妓者多以金物資給之。」其他話本、小說，也有相關記載。柳永〈玉蝴蝶〉（誤入平康小巷）也有妓女要索新詞的描寫，接著便是「按新聲、珠喉漸穩，想舊意、波臉增妍。苦留連。鳳衾鴛枕，忍負良天」。可見除「潤筆」之外，新詞還可以使舊情更深。這良天好夜，更是對新詞的報償。聯想到〈戚氏〉（晚秋天）一首所寫「暗想從前。未名未祿，綺陌紅樓，往往經歲遷延」、〈如魚水〉（帝里疏散）「藝足才高，在處別得豔姬留」。至少可以認定，無勢無祿卻能留連綺陌紅樓，靠的就是他的「豔詞」，這是他創作豔詞的主要驅動力。在這種驅力之下創作的詞，不免媚俗，不豔而俗，則不足侑酒娛賓，給市井以感官享受。他一些寫床第之歡的詞，一部分是「實說」他自己的私情的，前面已經說及，一部分應當也是為迎合這種追求感官刺激的世風而作。

柳永題詠妓女的詞中，最為人稱道的，是他那些同情風塵女子被侮辱、被損害的命運，代抒衷素的詞。晏殊也曾有一首〈山亭柳・贈歌者〉，其下片：「數年來往咸京道，殘杯冷炙謾消魂。衷腸事，托何人？若有知音見采，不辭唱遍〈陽春〉。一曲當筵落淚，重掩羅巾。」可見終身無託是這個群體的普遍命運。柳永的〈迷仙引〉（纔過笄年）則詳盡地表述了她們淪落風塵的經過，還抒寫了她們唯恐「蕣華偷換」，年老色衰時，被遺棄、被歧視的擔憂和對正常婚姻生活的熱切期望。

特別是〈少年遊〉（一生贏得是淒涼）一首，在千迴百折後，從肺腑中迸出「一生贏得是淒涼」這樣的悲聲。追前事，只是「王孫動是經年去」的，無情的遺棄。即使如此，她還癡癡地「萬種千般，把伊情分，顛倒儘猜量」，作「萬里丹霄，何妨攜手同歸去」的無望的期待。

三、柳永的羈旅行役詞

為柳永贏得詞壇廣泛認同的，是他的「羈旅行役」詞。

以詩寫羈旅的，早已有之。《詩經・魏風・陟岵》被認為是「羈旅行役詩之祖」（清代喬億《劍溪說詩又編》）。以詞寫羈旅的，「敦煌曲子詞」中就很多，如〈菩薩蠻〉：「自從涉遠為遊客，鄉關迢遞千山隔。求宦一無成，操勞不暫停……」又〈長相思〉三首，分別抒寫富不歸、貧不歸、死不歸三種羈旅的狀況。五代閩詞人徐昌圖〈臨江仙〉：「飲散離亭西去，浮生長恨飄蓬。回頭煙柳漸重重。淡雲孤雁遠，寒日暮天紅。　今夜畫船何處？潮平淮月朦朧。酒醒人靜奈愁濃。殘燈孤枕夢，輕浪五更風。」情景相融，技藝相當成熟。北宋初詞人如寇準〈江南春〉（波渺渺）、范仲淹〈蘇幕遮〉（碧雲天）等，都是寫羈旅行役的。但他們這方面的成就都不如柳永。即如認為柳永「詞格固不高」的南宋詞評家陳振孫，也不能不承認柳永「尤工於羈旅行役」（《直齋書錄解題》）。

(一) 善用慢詞的優勢

柳永的羈旅詞為什麼能超越前人，而且在同代詞人中卓然特立呢？

首先，是慢詞的優勢。慢詞是依曲調舒緩的慢曲所填寫的詞，字句多且旋律、節奏繁複舒緩。前文所舉羈旅詞多為小令，因為篇幅的限制，無論描繪景物、抒寫見聞和隨之變化的情感，都不如慢詞可以從容鋪述，曲折如意。試比較徐昌圖〈臨江仙〉和柳永〈雨霖鈴〉（寒蟬淒切），這兩首詞主題相同，都寫秋別赴遠。徐詞只以「飲散離亭西去」交代餞別西行之事，而柳詞卻以「寒蟬」、「驟雨」渲染長亭餞別的氛圍。徐未寫別時如何，便以「回頭」領十五字寫別後所見情境；而柳詞卻依次以「執手相看」寫別時，更以「念去去」懸想未來之情境。下片徐詞亦作「畫船何處」的問答，而柳詞卻有足夠的篇幅將此別納入普遍的範疇，又從自古傷別中，突出「冷落清秋」時的此次分離，在鋪墊已足後，再作「酒醒何處」之問。

以下徐詞以「人靜愁濃」、「殘燈」、「輕浪」作現狀的描述。而柳詞卻從「楊柳岸、曉風殘月」的情境躍入「此去經年」的未來的揣想。柳永充分發揮慢詞抑揚頓挫、篇幅長、容量大的優長，交叉鋪寫別前、別時、別後，景語、情語、理語互相映帶，把別緒離情寫得既在耳目之內，又在想像之中；既翔實，又空靈，筆勢錯綜，情致圓足。

(二) 情景的交融

其次，柳永的羈旅行役詞不但善於摹寫他行役中浮舟走馬所歷之煙村水驛、秋月春華，而且境與情的關係非常密切。其中點明秋光、秋色、秋杪、晚秋的最多，占他這類詞的一半以上。這當然是因為草木凋零的秋天容易觸發他韶華空逝，暮歲漂泊的悲情，是漸老的江楓，半凋的汀蕙，滿目敗紅衰翠的暮秋，引發了他傷懷念遠的新愁舊恨。這類秋詞在鋪寫秋天物候之後，往往接以「動悲秋情緒」(〈雪梅香〉景蕭索)、「堪動宋玉悲涼」(〈玉蝴蝶〉望處雨收雲斷)，如〈戚氏〉(晚秋天)「當時宋玉悲感，向此臨水與登山」，真可說是「登山則情滿於山，觀海則意溢於海」(《文心雕龍・神思》)了。

柳永羈旅詞中寫春景也不少。他並不以自己的悲情給樂境著色，而往往在如實鋪寫遲遲春日，「煙和露潤」之後，聯想到芳樹鶯花的帝里韶陽，和「把酒聽歌，量金買笑」的生活，怎能不「動幾許、傷春懷抱」(〈古傾杯〉凍水消痕)，又如〈內家嬌〉(煦景朝升)一首，在「垂楊豔杏，絲軟霞輕」，春色相召時，馬上想到「帝里。風光當此際。正好恁攜佳麗。阻歸程迢遞。奈好景難留，舊歡頓棄。早是傷春情緒，那堪困人天氣」，這幾乎成了一個慣性聯想，因此，也只能「見岸花啼露，對堤柳愁煙。物情人意，向此觸目，無處不淒然」（〈臨江仙引〉上國）了。

無論春光秋色，行舟走馬，柳永在風霜苦旅中，所思多是帝鄉而非故土，思念帝鄉的歌酒生涯和紅粉佳人，而非親人。偶爾也有幾首結於歸隱的，如〈過澗歇近〉（淮楚）一首末句「回首江鄉，月觀風亭，水邊石上，幸有散髮披襟處」、〈鳳歸雲〉（向深秋）「幸有五湖煙浪，一船風月，會須歸去老漁樵」。相較之下，這不過是說說而已，追求世俗享樂的柳永絕不會習慣自甘寂寞的退隱生涯。

(三) 反映士人的心聲

柳永的羈旅行役詞獲得認同的另一個原因，那就是貫串於這類詞中的，對無望的名利追逐的極端厭倦，卻又不得不奔競天涯的矛盾、迷茫和無奈。它反映了封建士子的普遍遭遇，抒發了他們共同的心聲。

在「走舟車向此，人人奔名競利」的世風中，他也不得不「終日驅驅」，或「奈泛泛旅迹，厭厭病緒。邇來諳盡，宦遊滋味」（〈定風波〉竚立長堤）。他對自己所追求的「照人軒冕，潤屋珠金」產生了「於身何益」（〈尾犯〉晴煙冪冪）的懷疑。他反覆問自己：「遊宦區區成底事？」（〈滿江紅〉暮雨初收）一次次作出「重買千金笑」或偶爾作出有約雲泉的抉擇。

但還是不能真正解決他的矛盾。

〈戚氏〉（晚秋天）這首長達二百一十二字的長調慢詞比較完整地表述了柳永遊宦羈旅的心路歷程。微雨暮秋時節，在「檻菊蕭疏」、「井梧零亂」、「飛雲黯淡夕陽間」的背景下，詞人於「度日如年」的孤館中「夜永對景……暗想從前」那「未名未祿，綺陌紅樓，往往經歲遷延」的生活，對比現在被利名「憔悴長縈絆」的羈旅生涯，瞻望前程，「煙水程何限」！出路何在？也只能「對閒窗畔，停燈向曉，抱影無眠」而已。

這首詞歷來為人重視，宋代王灼《碧雞漫志》曾引前輩語，將〈戚氏〉與〈離騷〉並提。雖然王灼認為兩者不可相比，但他們所表現的，「士不遇」的「寂寞」與「淒涼」卻是一樣地濃重。

四、柳永對社會太平氣象的描摹

柳永還有一些描寫北宋初年城市繁華和令節盛況的詞，這類詞多半和頌聖、干謁相結合。先說頌聖。《樂章集》中，仁宗壽詞就有〈送征衣〉（過韶陽）、〈永遇樂〉（薰風解慍）兩首。內容相同，用語亦雷同。前首之「璿樞電繞，華渚虹流」與後首之「璿樞繞電，華渚流虹」兩句，都只顛倒一字。前首下片之「無間要荒華夏，盡萬里、走梯航」與後首下片之「殊方異域……架巘航波奔湊」，構思也大同小異。

以詞干謁，柳永之前還未多見。《樂章集》中，僅干謁杭州地方官的，便有〈早梅芳〉（海霞紅）、〈望海潮〉（東南形勝）、〈瑞鷓鴣〉（吳會風流）三首。此類詞的代表作〈望海潮〉，上片交叉鋪寫繁華形勝，下片從湖山四季，水鄉人物之樂寫到太守之與民同樂，末以「歸去鳳池誇」祝願高升。這幾乎成了此類干謁詞的套路。如干謁蜀地地方官的〈一寸金〉（井絡天開），也是在上片鋪寫蜀地的勝異、風流之後，下片即以曾在此地大展鴻圖的歷史人物來頌美地方官的德政，末仍以「又思命駕」來預祝升遷。

《樂章集》中寫令節如元宵、上巳、清明、七夕、重九的詞也不少。即使寫令節，也始終有「人」在。如寫元宵的幾首詞，風物不殊，而人情迥異。〈玉樓春〉（皇都今夕知何夕）一首，在描寫元宵盛況，絲管蘭燈之後，突出了包括自己的遊客如何「狂殺雲蹤并雨迹」。〈長相思〉（畫鼓喧街）一首也極寫元宵的鼓樂花燈，嬌波豔冶，而自己因「名宦拘檢，年來減盡風情」。特別是〈歸去來〉（初過元宵三五）偏從初過元宵寫起，在「燈月闌珊嬉遊處」，遊人已盡，歌筵已罷後，只留下慵倦之情。這繁華過後的失落，正是別有懷抱的傷心人的心態。

又如詠愛情的〈二郎神〉（炎光謝）一首，結以「願天上人間，占得歡娛，年年今夜」，雖不似秦觀〈鵲橋仙〉（纖雲弄巧）之「兩情若是久長時，又豈在朝朝暮暮」那樣「化腐朽為神奇」（清代黃氏《蓼園詞評》），但它表示了詞人所傾心的世俗幸福生活的追求。

這些詞所傳達的意願雖不盡相同，但共同的效果是反映了「嘉祐中太平氣象……無所不有」，令人「想見其風俗，歡聲和氣，洋溢道路之間……令人歌柳詞，聞其聲，聽其詞，如丁斯時」（宋代黃裳〈書樂章集後〉）。即使對柳永有微詞，認為他「謬其用心」的范鎮也慨嘆「仁宗四十二年太平，鎮在翰苑十餘載，不能出一語歌詠，乃於耆卿詞見之」（宋代祝穆《方輿勝覽》）。其認識價值，是未可低估的。

五、柳永對慢詞的開創

(一) 慢詞與新聲

當北宋初，詞壇代表人物晏殊、張先等人還在唐五代詞的老路上蹣跚時，柳永已敏銳地感受到市井新聲的生命力。在《樂章集》中，他反覆提到：「是處樓臺，朱門院落，絃管新聲騰沸」（〈長壽樂〉繁紅嫩翠）、「萬家競奏新聲」（〈木蘭花慢〉拆桐花爛漫）、「疏絃脆管，時換新音」（〈夏雲峯〉宴堂深）。他注意到新聲在市井、朱門的普及，也注意到新聲的獨得青睞：「佳娘捧板花鈿簇。唱出新聲羣豔伏」（〈木蘭花〉）。而同時的代表詞人張先詞中，多次出現清歌、吳歌、雙歌，而「新聲」僅於〈玉樹後庭花〉中一見。晏殊《珠玉詞》中，清唱、清歌、清樂多次出現，而「新聲」則僅見四次。相較之下，可知柳永對「新聲」的特別關注。

柳永不僅僅是關注「新聲」，而且也參與了「變舊聲為新聲」的創作活動。他在〈傳花枝〉（平生自負）中，曾嘲笑自己能「唱新詞，改難令，總知顛倒」；在〈玉山枕〉（驟雨新霽）中，他說：「省教成、幾闋清歌，盡新聲，好尊前重理。」在他心目中，「新聲」與「雅歌」、「清歌」並不相違背。

以慢曲為主的「新聲」其樂曲究竟如何？它早已失傳，我們不得而知。《詞譜》卷十描摹慢曲為「調長拍緩」，宋代張炎《詞源卷下・音譜》說得稍稍詳細，他說：「慢曲不過百餘字，中間抑揚高下……真所謂上如抗，下如墜，曲如折，止如槁木，倨中矩，句中鉤，累累乎端如貫珠之語，斯為難矣。」宋代王灼《碧雞漫志》卷五在「念奴嬌」一條之下，載：「唐中葉漸有今體慢曲子。」清代張德瀛《詞徵》卷五說：「唐尚小令，自杜牧之〈八六子〉外，絕少慢聲。咸通（唐懿宗年號）末，江南鍾輻有〈卜算子慢〉。」「慢」字首次出現在調名上。這以後，逐漸有人為慢曲填詞。但是，直到「急、慢諸曲幾千數」（《宋史・樂志》），市井新聲蓬勃興起的宋初，才出現了開創慢詞長調新天地的柳永。

南北宋之交的女詞人李清照在〈詞論〉中說：「逮至本朝，禮樂文武大備，又涵養百餘年，始有柳屯田永者，變舊聲作新聲，出《樂章集》，大得聲稱於世。」柳永出現的大條件正是宋初的「禮樂文武大備」和百年的涵養積澱。個人條件則是他超人的文學天才，和音樂上能夠「移宮換羽」的獨特稟賦。更兼之他科場失意，經濟拮据，而與樂工們合作，為市井填詞，可以逞其才；更可遂其意，流連歌酒，獲得知己知音，獲得資助。總以上諸端，應是柳永出現的主要原因。他傾畢生之力創作慢詞，用聲情並美的新詞來推動市井新聲的流行，並給已經走入小胡同的唐五代詞開闢新的蹊徑。

(二) 柳詞章法——屯田蹊徑

宋人楊湜《古今詞話》據柳永少年讀書時，因宋代無名氏〈眉峰碧〉詞，悟作詞章法，此後「於此亦頗變化多方」一事，提出「屯田蹊徑」。他標舉「屯田蹊徑」，是從章法的角度。的確，慢詞的創作，在章法上必須嚴格要求。因為慢詞隨新聲的繁複變化，往往文字多，篇幅長，不講究章法，容易蕪累、癡重。特別是鋪寫景物，如果是小令，尚可用並列式手法，如五代人和凝的〈春光好〉：「蘋葉軟，杏花明，畫船輕。雙浴鴛鴦出綠汀。棹歌聲。春水無風無浪，春天半雨半晴。紅粉相隨南浦晚，幾含情。」雖然這些景事都圍繞著「春光」來寫，但它們之間是並列無序的。長調則不可，如柳永的〈望海潮〉(東南形勝)，上片先以形勝、繁華總領，以下以韻位為單位分述繁華、形勝，下片以「清嘉」總領湖山，「桂子」、「荷花」分承湖山四季，「弄晴」、「泛夜」、「釣叟蓮娃」三句再承湖山，寫湖山之日夜、陰晴，男女老少，聲色娛樂。如此龐雜的內容，卻能總領、分承、交叉鋪衍，前呼後應。更以時間為暗線，從「自古」寫到當前，再寫到「異日」，一筆不亂，章法井然。

又如〈夜半樂〉(艷陽天氣)三段，第一段寫「凝竚」所見之「豔陽天氣」；第二段接寫遊女踏青情事；第三段換頭，以「對此嘉景」承上提綴，寫被觸發之愁情。結末「回首」

則斜陽已暮，瞻前則浪萍風梗，未知止泊之所。一切以「凝竚」發端，由凝竚所見之物、之人到所思之人、之事。回首斜陽，既扣「凝竚」中時間之推移，又暗示遲暮飄泊之悲。

又如〈玉蝴蝶〉（望處雨收雲斷）一首，以「望處」發端，「憑闌悄悄」，已見情的信息。「晚景蕭疏，堪動宋玉悲涼」作情景互動的描述。以下兩句，一句景，一句情，以「故人何在」呼起下片。下片「難忘」寫被引發之情事。「指暮天」上承「晚景」下啟「斜陽」。「黯相望」提頓，以「望」起，以「望」結，故「立盡」之「盡」「極厚、極樸」，「力透紙背」（陳匪石《宋詞舉》）。

清人許昂霄說：「〈玉蝴蝶〉與〈雪梅香〉、〈八聲甘州〉數首，蹊徑仿佛。」（《詞綜偶評》）周曾錦《臥廬詞話》則指言：「柳耆卿詞，大率前遍鋪敘景物，或寫羈旅行役，後遍則追憶舊歡，傷離惜別，幾於千篇一律，絕少變換，不能自脫窠臼。」誠然，柳永詞，特別是慢詞，已形成一定的套路：多為前景後情，或情景交叉鋪寫，末結必呼應開頭，交代空間變化，時間推移。這種章法，或者說「蹊徑」，影響到以後的慢詞作手。陳匪石就在《宋詞舉》中說道：「梅溪（史達祖）『晚雨未摧宮樹』（〈玉蝴蝶〉）一首及夢窗（吳文英）和作……實皆學柳。喬曾劬謂『足見南宋步柳之迹』是也。」

清人周濟說柳詞「或發端，或結尾，或換頭，以一二語勾勒提綴，有千鈞之力」（〈宋四家詞選目錄序論〉）。

柳詞的發端、結尾，確有其特色。《樂章集》中，以景語發端的最多，占一半以上。發端直說情事的也不少。有的開篇直抒其情，如「追悔當初孤深願」（〈鳳銜杯〉）、「留不得」（〈秋蕊香引〉）、「一生贏得是淒涼」（〈少年遊〉）。有的直書其事，如「洞房記得初相遇」（〈晝夜樂〉）、「昨宵裡，恁和衣睡」（〈婆羅門令〉）、「近來憔悴人驚怪」（〈迎春樂〉）等等。特別是那些點名道姓的開頭，以前還不多，五代後蜀詞人孫光憲的〈南歌子〉曾以「豔冶青樓女，風流字楚真」開頭，而柳永則有「秀香家住桃花徑」（〈晝夜樂〉）、「英英妙舞腰肢軟」（〈柳腰輕〉）、「師師生得豔冶」（〈西江月〉）、「有美瑤卿能染翰」（〈鳳銜杯〉）等十餘首，皆以名姓開頭，何其具體。

這些開篇，給人的印象是：善於以景物為詞渲染著色，能直抒情事，人物形象鮮明。柳詞常以對句發端，三字對的，如「海霞紅，山煙翠」（〈早梅芳〉）、「凍雲深，淑氣淺」（〈甘州令〉）；四字對最多，如「隴首雲飛，江邊日晚」（〈曲玉管〉）、「花隔銅壺，露晞金掌」（〈滿朝歡〉）；五字的「香靨融春雪，翠鬢嚲秋煙」（〈促拍滿路花〉）；六字的如「鳳額繡簾高卷，獸鐶朱戶頻搖」（〈西江月〉）；七字的如「欲掩香幃論繾綣。先斂雙蛾愁夜短」（〈菊花新〉）等等。以上諸例，如〈早梅芳〉、〈甘州令〉、〈曲玉管〉、〈滿朝歡〉、〈慢卷紬〉等多是柳永首創，或「無他詞可校」，或僅一詞可校的詞牌。可見對起發端，是柳永詞的獨特之處。對仗句開頭，能給人凝重、華贍之感。

宋代沈義父《樂府指迷》說：「結句須要放開，含有餘不盡之意，以景結尾最好。」柳永詞中，以景結如〈采蓮令〉（月華收）「更回首、重城不見，寒江天外，隱隱兩三煙樹」，以「不見」和所見對比，寒江、煙樹，其遠隔心態，失落情懷可知。又〈夜半樂〉（凍雲黯淡天氣）「斷鴻聲遠長天暮」，悲涼、闊遠，唐圭璋評為「極疏蕩渾灝之至」（《唐宋詞簡釋》）。

柳詞中，更多的是景與狀結合的煞尾。如〈傾杯〉（金風淡蕩）篇末「又是立盡，梧桐碎影」。「立盡」寫久立之狀，「碎影」是久立之物境，也是瑣細愁思的具象。又如〈訴衷情近〉（景闌晝永）「暮雲芳草。竚立空殘照」。有時，又是情和景結合，如〈訴衷情〉（一聲畫角日西曛）「思心欲碎，愁淚難收，又是黃昏」；有時，又用長句將情、狀、景相結合作為結尾，如〈小鎮西〉（意中有箇人）全篇結尾「被鄰雞喚起，一場寂寥，無眠向曉，空有半窗殘月」。

《樂章集》中，一些直敘情事的詞，就直接用情語結，如〈憶帝京〉（薄衾小枕天氣）「繫我一生心，負你千行淚」、〈兩同心〉（嫩臉修蛾）「那人人，昨夜分明，許伊偕老」、〈玉女搖仙佩〉（飛瓊伴侶）「為盟誓，今生斷不孤鴛被」等等。

柳永還常在結尾由己之思人而設想對方之思己，如〈夢還京〉（夜來忽忽飲散）「那裡獨守鴛幃靜，永漏迢迢，也應暗同此意」、〈兩同心〉（竚立東風）「想別來，好景良時，也應相憶」、〈定風波〉（竚立長堤）「算孟光、爭得知我，繼日添憔悴」。在相思無奈時，這種「換我心，為你心」的結尾，使單方面的思念，透過一層，進入一個立體的、相融相匯的境界。

柳詞還常以問句結尾，有時有問無答，如〈傾杯樂〉（皓月初圓）「問甚時與你，深憐痛惜還依舊」、〈夜半樂〉（豔陽天氣）「歎浪萍風梗知何去」等等。這類問而未答的結尾，正表現了作者在前程未卜的遊宦中那種迷茫、困惑的心情。有時又問而有答，如〈看花回〉（玉城金階舞舜干）「賞心何處好，惟有尊前」；有時又以反問作肯定的回答，如〈如魚水〉（帝里疏散）「向繡幄，醉倚芳姿睡。算除此外何求」。無論是有答還是反問作答，放在結尾，都有一種斬截的意味。

柳詞除少數有三疊的詞如〈夜半樂〉、〈戚氏〉、〈十二時〉等之外，都分上下片。上片的結尾與換頭緊密相連。因為柳詞多上片寫景，下片言情，故上片結多為景語，如〈雪梅香〉（景蕭索）上片結以「楚天闊，浪浸斜陽，千里溶溶」、〈玉蝴蝶〉（淡蕩素商行暮）上片末「渚蘭香謝，汀樹紅愁」等等，這些結句都已帶情的信息，為下片情的抒寫作準備。有的上結即開始作轉，如〈笛家弄〉（花發西園）上片結「對嘉景，觸目傷懷，盡成感舊」；有的上片末提出問題，如〈看花回〉（屈指勞生百歲期）上片末「紅顏成白髮，極品何為」，下片末回應上結，作出選擇：「醉鄉風景好，攜手同歸」。換頭，指下片首句，又稱「過變」，在一首詞中，它往往起著承上啟下的作用。如〈柳初新〉（東郊向曉星杓亞）上片寫春景「運神功、丹青無價」，換頭「別有堯階試罷」另起，寫考取進士的春風得意。

柳詞換頭常用「此際」，將時間從過去拉回現在，如〈陽臺路〉（楚天晚）「此際空勞回首，望帝里、難收淚眼」；有時又用「如今」，如〈少年遊〉（佳人巧笑值千金）「如今萬水千山阻，魂杳杳、信沉沉」。有時又用「念」、「當時」將現在拉回過去，如〈宣清〉（殘月朦朧）「念擲果朋儕，絕纓宴會，當時曾痛飲」；有時上片由景及情，已覺意盡，下片忽以「何意」提綴，進一步鋪寫宦遊情懷，分剖難以開解的矛盾，如〈定風波〉（竚立長堤）。

柳詞以對仗換頭的也很多，三字對如〈如魚水〉（輕靄浮空）「風淡淡，水茫茫」；四字最多，如〈甘州令〉（凍雲深）「賣花巷陌，放燈臺榭」；五字如〈塞孤〉（一聲雞）「遙指白玉京，望斷黃金闕」；六字如〈西江月〉（鳳額繡簾高卷）「好夢狂隨飛絮，閒愁濃勝香醪」等等。無論是開篇、換頭，對仗句都預示著鋪敘的開始。而上、下的結尾，卻很少對仗，這和律詩末聯力避對偶，要求兩句一意是同一道理。因為以對仗結，常給人以篇未終而意已盡的感覺。

總而言之，正如前代詞評家所言，柳詞章法，無論發端、結尾、換頭，變化多端而又有「蹊徑」可尋，為後世倚聲家結撰慢詞提供借鑑。

(三) 柳詞賦筆——屯田家法

清代沈雄《古今詞話》引宋人李端叔語云：「耆卿詞鋪敘展衍，備足無餘。」清人周濟亦云：耆卿詞「鋪敘委婉」（《介存齋論詞雜著》），近人蔡嵩雲《柯亭詞論》在評論周邦彥詞時，進一步指出：「周詞淵源，全自柳出，其寫情用賦筆，純是屯田家法。」從這段話可知，蔡是據前人所云，著眼於柳永少比興而多賦筆的表現手法而提出「屯田家法」的。

所謂「賦」，宋代朱熹在《詩集傳》中說，賦是「鋪陳其事而直言之」，這是民歌常用的手法。《樂章集》中那些敘事詞就特別突出地用了賦的手法，如〈晝夜樂〉一首，上片開頭點出「秀香家住桃花徑」，然後逐層寫明眸、素頸、伎藝。下片接寫歌酒散，擁香衾，一直寫到曉雞鳴，末以「道秋宵不永」結。又如〈集賢賓〉（小樓深巷狂遊徧），從羅綺叢中，拈出「蟲蟲」一人，繼寫雅態芳容，共「鴛衾暖」。下片以「近來」領起，敘寫愛的波折和自己「和鳴偕老」的衷素。「眼前時」，只能「暫疏歡宴」，並囑咐「更莫忡忡」，以待將來，「作真箇宅院，方信有初終」，何甚「細密而妥溜，明白而家常」（清代劉熙載《藝概・詞曲概》）。晏殊從柳詞中所拈出的「針綫閒拈伴伊坐」不也正因為它太明白家常，不合溫雅之韻嗎？

宋代張端義《貴耳集》曾將杜詩、柳詞並提，說他們「只是實說」，一如梁代鍾嶸在《詩品》中解釋「賦」是「直書其事」。賦雖然不像比興含蓄，有寄託，耐人尋味，但也不乏言近意遠之作。如〈憶帝京〉（薄衾小枕天氣）一首，上片說「起了還重睡」一夜無眠的刻骨相思。下片以「也擬待」、「又爭奈」、「只恁」，寫自己矛盾、複雜的心情。結末「繫我一生心，負你千行淚」，從肺腑中迸出。儘管彼此付出的是全部，是所有，繫者自繫，負者自負，而終於無法改變命運。清人賀裳在《皺水軒詞筌》中，評韋莊的〈思帝鄉〉（春日遊）時，曾說：「小詞以含蓄為佳，亦有作決絕語而妙者。」如此詞，語愈直白，愈斬截，愈淒惋。又〈少年遊〉一首寫妓女衷曲，以「一生贏得是淒涼」開頭，接寫被棄的孤淒、對方的無情和自己的執著。全詞直述情事，明白家常，是典型的「賦」的手法。但是聯繫〈少年遊〉（長安古道馬遲遲）、〈參差煙樹灞陵橋〉兩首中「歸雲一去無蹤迹」和秋光老盡，離思無涯的詠嘆，就會體味到這首詞中的失志情懷。柳永一生雖未遭貶，但他也是被當朝所棄，而又不得不在仕途討生活，棄婦逐臣，都是淪落之人，豈不相惜！

再如柳詞〈鳳棲梧〉（竚倚危樓風細細）寫春愁被「草色煙光」引發，即使對酒當歌，也無法排解，結末用決絕的語氣宣布：「衣帶漸寬終不悔。為伊消得人憔悴。」這句話也被賀裳拈出，作為「決絕語而妙者」的例證之一。王國維在《人間詞話》中曾引用它作為古今成大事業、大學問者所必經的第二個境界。因為它表現了一種為堅持自己的道路，甘心經磨歷劫，執著追求的精神。

(四) 柳詞句式——柳氏家法

宋代王灼在論析東坡詞時，說：「東坡先生以文章餘事作詩，溢而作詞曲，高處出神入天，平處尚臨鏡笑春，不顧儕輩。或曰，長短句中詩也。為此論者，乃是遭柳永野狐涎之毒。詩與樂府同出，豈當分異？若從柳氏家法，正自不分異耳。」（《碧雞漫志》）細玩這段話，可知柳永慢詞開始疏離「詩」的構句法則，顯現出「詞」作為倚聲文學的特色。王灼提出「柳氏家法」，正是從句法的角度。

當詩已不再倚聲而成為獨立的韻文體式時，詞，作為音樂文學出現了。從選詞配樂到由樂定詞，即中唐詩人劉禹錫在〈憶江南〉二首自注所言：「依〈憶江南〉曲拍為句。」詞開始逐漸形成自己的不同於詩的句法模式。

首先是節奏。和詞的關係最密切的近體律絕，其句子的節奏五言多為二——三，七言多為二、二——三，或四——三。唐五代至北宋初小令，也大多不違背這個節奏，與近體詩保持一致，如溫庭筠〈菩薩蠻〉十五首，其五言句都是二——三，七言句都是四——三節奏。

柳詞中，五言打破節奏的，三——二節奏如「蒻香雲為約」（〈尾犯〉夜雨滴空階）、「一聲聲堪聽」（〈晝夜樂〉秀香家住桃花徑）；一——四節奏的最多，如「聚兩眉離恨」（〈甘草子〉秋盡）、「動悲秋情緒」（〈雪梅香〉景蕭索）、「助秀色堪餐」（〈受恩深〉雅致裝庭宇）。

七言為三——四節奏的，如「千里寄，小詩長簡」（〈鳳銜杯〉有美瑤卿能染翰）、「奈兩輪、玉走金飛」（〈看花回〉屈指勞生百歲期）。七言一——六節奏的也很多，如「正萬家、急管繁絃」、「任旗亭、斗酒十千」（〈看花回〉玉墄金階舞舜干）、「動幾許、傷春懷抱。念何處、韶陽偏早」（〈古傾杯〉凍水消痕）等等。

句式節奏的變異，和樂曲有直接關係，如柳詞九十八字之〈晝夜樂〉（洞房記得初相遇），其前後片結尾五字句「盡隨伊歸去」、「也攢眉千度」都是上一下四句法，而《欽定詞譜》所錄梅苑無名氏〈晝夜樂〉（一陽生後）前後片結末「似姑射容貌」、「是真奇國寶」也一樣用一——四句法。《詞譜》還注明：「此詞前後兩結句，俱上一下四句法。」柳詞〈尾犯〉（夜雨滴空階）一詞後，《詞譜》也注明：「此詞前段第五句、後段第四句，例作上一下四句法。如秦（觀）詞之『喜秋光清絕』、『把茱萸簪徹』（〈碧芙蓉〉，〈尾犯〉別稱）；吳（文英）詞之『想清光先得』、『記年時相識』（〈尾犯．甲辰中秋〉）……趙（以夫）詞之『與斜陽天遠』、『覓東籬幽伴』（〈尾犯〉長嘯躡高寒）皆然。填者辨之。」

仍以〈尾犯〉(夜雨滴空階)為例,其上片六、七句是一對三——四節奏的七字句:「秋漸老、蛩聲正苦,夜將闌、燈花旋落」;下片五、六句也是一對三——四節奏的句子:「甚時向、幽閨深處,按新詞、流霞共酌」。蔣捷的〈尾犯〉(夜倚讀書床)於相應處,也是兩對三——四節奏的句子:「人笑語、溫溫芋火,雁孤飛、蕭蕭稷雪」、「是非夢、無痕堪記,似雙瞳、繽紛翠纈」。蔣捷應該不是刻意摹仿柳永的句式,實是所依曲拍的需要。

又柳詞〈甘草子〉二首,其下片末句分別為「念粉郎言語」、「聚兩眉離恨」,都是一——四句法。在他之前寇準的〈甘草子〉(春早)下片末句為「任玉壺傾倒」,柳之後如楊無咎〈甘草子〉(秋暮)下片末為「儘醉眠秋雨」,可證。

這些打破近體詩節奏的句子,大多出自慢詞,柳永為數不多的小令如〈少年遊〉、〈木蘭花〉、〈玉樓春〉、〈巫山一段雲〉等等,其句式幾乎都合於格律詩,可見句式的變異,和慢曲的調式關係密切。

(五) 領字的運用

其次,是大量運用領字。大量運用領字,應該說,也是從柳永開始的。

領字,指句子前頭的第一字,或前兩字、三字,它又被稱為一字、二字、三字逗。宋人張炎說:「詞與詩不同,詞之句語有二字、三字、四字,至六字、七、八字者,若堆疊實字,讀且不通,況付之雪兒乎?合用虛字呼喚,單字如正、但、任、甚之類,兩字如莫是、還又、

那堪之類，三字如更能消、最無端、又卻是之類，此等虛字，卻要用之得其所。」（《詞源》卷下）

柳永之前，用領字者寥寥。但留存不多的幾首慢詞中，卻都有用領字的痕跡。如被認為是杜牧所作的〈八六子〉上闋「聽夜雨冷滴芭蕉」，下闋末之「正消魂」；鍾輻〈卜算子慢〉下片之「把玉筍偷彈，黛蛾輕鬥」等等。可見領字的運用和「慢曲」的關係。

柳永詞，特別是慢詞，由於領字的運用，常常呈現出清便宛轉的風貌。如他備受好評的〈八聲甘州〉，以「對」字領起全篇。以下用一「漸」字，引發情的信息。下片由「望」而「歎」，「想」字一折，詩思從對面飛來。結末「正」字音節悲愴，筆駐愁凝，使人浮想無盡。

從這個例子可以看到，領字並不全是「虛字呼喚」。即從元代陸輔之《詞旨》卷下「單字集虛」三十三字看，其中看、怕、問、愛、料、想、嗟、歎、念等等，也都是動詞。

柳詞中，特別是那些以不及物動詞作領字的句子，多可以起到修辭的作用。如「動一片晴光」（〈如魚水〉輕靄浮空）、「簇一天寒色」（〈傾杯樂〉樓鎖輕煙），不及物動詞「動」、「簇」的前置，都在暗示著冥冥之中，造化的主動布施、安排。柳詞中，有時又將形容詞謂語提前作領字，如「慘離懷」、「慘愁顏」（〈鵲橋仙〉居征途），「慘」字領起，起到了突出某種情感的作用。

柳永還常常以領字開篇，如〈醉蓬萊〉「漸亭皋葉下」、〈鳳歸雲〉「向深秋」、〈祭天神〉「憶繡衾相向輕輕語」、〈木蘭花慢〉「拆桐花爛漫」、〈八聲甘州〉「對瀟瀟、暮雨灑江天」、

〈定風波〉「自春來」等等。其中除憶、拆為入聲字外，均為去聲。因為「三聲之中，上、入二者可以作平，去則獨異，當用去聲，非去則激不起」（《詞律・發凡》）。領字放在一篇開頭，它也是一支樂曲的開頭處。起著發調、定音的作用，用去聲，往往能振起全篇。

以領字結尾就更多，如〈雪梅香〉（景蕭索）「盡分付征鴻」、〈佳人醉〉（暮景蕭蕭雨霽）「漸曉雕闌獨倚」、〈望遠行〉（長空降瑞）「放一輪明月，交光清夜」、〈西施〉（苧蘿妖豔世難偕）「當時月，但空照荒臺」。以二字領的，如〈傾杯〉（金風淡蕩）「又是立盡，梧桐碎影」、〈鳳歸雲〉（向深秋）「會須歸去老漁樵」；三字領的，如〈洞仙歌〉（乘興）「怎奈向、此時情緒」、〈瑞鷓鴣〉（寶髻瑤簪）「須信道，緣情寄意，別有知音」等等。

無論是樂曲還是所填之詞，結尾都是最關鍵處。從樂曲來說，是高潮，也是結束；從詞章看，結尾既要籠括全篇，又要高出全篇。以上所舉結尾領字，都是去聲，去聲激勵，唱時偏高，振得起，和樂曲配合，可以造成「銀瓶乍破水漿迸，鐵騎突出刀槍鳴」（白居易〈琵琶行〉）的曲終效果。

《樂章集》以領字領起的對仗很多，它變對仗句的齊整而為參差有致。

領三字對仗的，如〈傾杯〉（金風淡蕩）「漸秋光老、清宵永」、〈迷神引〉（一葉扁舟輕帆卷）「覺客程勞，年光晚」。

領四字對仗的最多，如〈望海潮〉（東南形勝）「有三秋桂子，十里荷花」、〈滿朝歡〉（花隔銅壺）「引鶯囀上林，魚游靈沼」；兩字領四字對的，如〈合歡帶〉（身材兒）「便覺韓娥價減，飛燕聲消」。一字領前兩個四字句對仗，第三句為散句的，如〈宣清〉（殘月朦朧）「念擲果朋儕，絕纓宴會，當時曾痛飲」；一字領前句散，後兩個四字句對仗的，如〈輪臺子〉（霧斂澄江）「見釣舟初出，芙蓉渡頭，鴛鴦灘側」；也有兩字領前兩個四字句對，第三句為散句的，如〈拋毬樂〉（曉來天氣濃淡）「是處麗質盈盈，巧笑嬉嬉，手簇鞦韆架」；更有一字領一四字句與一七字句前四字相對的，如〈引駕行〉（虹收殘雨）「泛畫鷁翩翩，靈鼉隱隱下前浦」。又如〈臨江仙引〉（上國）「見岸花啼露，對堤柳愁煙」；下片三、四句「況繡幃人靜，更山館春寒」等都是包括領字在內的整齊對仗句。

一字領五字對仗的很少，如〈黃鶯兒〉（園林晴晝春誰主）「觀露溼縷金衣，葉映如簧語」、「當上苑柳穠時，別館花深處」。

因為領字的加入，使必須整齊對仗的句子，呈現出千姿百態。大異於唐五代以來的詞，更大異於詩。

㈥ 柳詞用韻

近體詩多以句、或聯（流水對）為意義單位。唐五代詞亦多如此。仍以溫庭筠為例，其〈菩薩蠻〉之二：「水精簾裡頗黎枕，暖香惹夢鴛鴦錦。江上柳如煙，雁飛殘月天。藕絲秋色淺，人勝參差剪。雙鬢隔香紅，玉釵頭上風。」此詞句句押韻，一韻一獨立意義單位。

而柳詞，特別是他的慢詞，卻常常不以句、聯，而是以韻（有時還跨韻）為意義單位，出現兩句、三句，甚至四句、五句串說的長句。三句連說如〈婆羅門令〉（昨宵裡）「小飲歸來，初更過、醺醺醉」、〈西平樂〉（盡日憑高目）「嘉景清明漸近，時節輕寒乍暖，天氣纔晴又雨」；四句連說的，如〈傾杯〉（離宴殷勤）「共黯然消魂，重攜纖手，話別臨行，猶自再三、問道君須去」；五句連說的，如〈傾杯〉（水鄉天氣）「當無緒、人靜酒初醒，天外征鴻，知送誰家歸信，穿雲悲叫」，又〈浪淘沙〉（夢覺）「知何時、卻擁秦雲態，願低幃昵枕，輕輕細說與，江鄉夜夜，數寒更思憶」。以上所舉例，都是一韻為一個意義單位。句與句之間的關係，有鋪敘，如〈西平樂〉「嘉景」三句，有連動，如〈傾杯〉及〈浪淘沙〉例。

柳詞中還有跨韻為一意義單位的長句，如〈夢還京〉（夜來忽忽飲散）「想嬌媚。那裡獨守鴛幃靜，永漏迢迢，也應暗同此意」。「嬌媚」是「想」的賓語，又是以下三句的主語，關係密不可分。

六、柳永在詞史上的地位

柳永對詞的內容有所開拓，首先，他繼承了詞寫豔情傳統，但更世俗，更人性；他利用慢詞長調的優勢，寫羈旅行役；以詞干謁，鋪藻北宋初太平氣象。為後世蘇詞的「無意不可入，無事不可言」（清代劉熙載《藝概・詞曲概》）導夫先路。

柳永又是宋代第一個密切關注市井流行的慢曲，並用自己的創作實踐，配合慢曲，解決慢詞長調創作規律的人。所謂「屯田蹊徑」、「屯田家法」、「柳氏家法」正是從章法、賦筆、句式等方面，適應慢詞創作的基本手法、途徑。在當時就產生了巨大的影響，以至於少年「十有八九，不學柳耆卿，則學曹元寵」，「沈公述、李景元、孔方平、處度叔姪、晁次膺、万俟雅言……源流從柳氏來」（宋代王灼《碧雞漫志》）。柳詞不僅從章法上開清真（周邦彥）、夢窗（吳文英）之先，而且「其寫景處……為後起清真、夢窗諸家所取法」（蔡嵩雲《柯亭詞論》）。

柳永不僅對詞體發展的貢獻未可低估，而且他還開了曲之先河。王國維在《宋元戲曲考》中，曾提出曲的特色是「自然」，有「意境」，「寫情則沁人心脾，寫景則在人耳目，述事則如出其口」，並指出「漢卿似柳耆卿」，無怪乎李漁早在〈多麗・春風吊柳七〉中稱柳永「堪稱曲祖」。

儘管歷來對柳永其人、其作毀譽紛紛，但是他為詞的發展鏈條提供了新的一環，並延伸到曲，他的功勞是不可沒的。

〔正宮〕❶

黃鶯兒

園林晴晝春誰主？暖律潛催❷，幽谷暄和❸，黃鸝翩翩，乍遷芳樹。觀露溼縷金衣❹，葉映如簧語❺。曉來枝上綿蠻❻，似把芳心深意低訴。

無據❼。乍出暖煙來，又趁遊蜂去。恣狂❽蹤迹，兩兩相呼，終朝霧吟風舞。當上苑❾柳穠❿時，別館⓫花深處。此際海燕偏饒⓬，都把韶光與。

【詞牌】黃鶯兒，雙調，九十六字。上片九句四仄韻；下片十句五仄韻。上、下片各一平聲字領五言對句。柳永創調，首見《樂章集》。詞詠黃鶯，即以為名。此調以此詞為正體。

【注釋】❶正宮　古代樂曲所用的宮調之一。下同。宮調是古代音樂、戲曲名詞，指的是音樂的各種調式。宮調不同，音調就不同，表達的情感色彩也有異。近人吳梅曾說：「宮調者，所以限定樂器管色之高低也。」古人依十二律高下的次序，定宮、商、角、徵、羽、變宮、變徵為七聲，是為樂律之本。以宮聲為主的調式稱宮，以其餘六聲為主的稱調。以七聲配十二律，可得十二宮、七十二調，共為八十四宮調。但一般不會全用，如隋唐燕樂只用了二十八調；南宋時，張炎《詞源》所列的則有七宮十二調，即：「七宮者：黃鍾宮、仙呂宮、正宮、高宮、南呂宮、中呂宮、道宮也。十二調者：大石調、小石調、般涉調、歇指調、越調、仙呂調、中呂調、正平調、高平調、雙調、黃鍾羽調、商調也。」❷暖律潛催　此指春至，律管飛灰，暖氣暗催。古人燒葭膜為灰，放在十二律管中，置於密室，以測定氣候。某節候至，相應律管中的葭灰即飛出。❸暄和　和暖。暄，暖。❹縷金衣　以金線為飾的衣服。❺如簧語　此指黃鸝的啼聲如音樂般婉轉。簧，樂器中振動發聲的薄片。❻緜蠻　象鳥鳴聲。緜，同「綿」。❼無據　無端；沒來由。宋人習語。❽恣狂　放縱自己的狂態，毫無約束。❾上苑　供帝王遊樂、狩獵的園林。❿穠　花木繁盛的樣子。⓫別館　本宅之外的園林遊息館舍。⓬此際海燕偏饒　倒裝，言此際偏憐海燕。饒，多義詞，此處宜作「憐」解。

【語　譯】誰是晴朗春日園林的主角？當律管飛灰，暗暗催促春天的腳步，幽靜的山谷氣候和暖時，翩翩的黃鸝便先占芳枝。看，玉露滋潤了牠金色的羽毛，在翠葉掩映中，牠婉轉地嬌啼。天剛拂曉，牠便綿蠻低語，似乎在傾訴牠深深的情意。　沒來由地，牠才飛出暖煙，又追逐遊蜂飛去。任情狂放，成對成雙，互相呼應。在絲柳籠霧、樓榭花繁中，終日酣歌曼舞。而此時，剛從海上遲歸的燕子卻無人憐惜，只能把這盎然的春光，任黃鸝獨占。

【研　析】這首詞通篇用了比興的手法，以黃鸝、海燕的不同境遇寫自己坎坷仕途的失落心情。詞一開頭便提出「誰為春主」的問題。以下並未直接作答，而是窮形盡相地鋪寫黃鸝如何追歡邀寵。下闋首句以「無據」與「恣狂」呼應，活畫出黃鸝於上苑別館得意忘形、驕狂恣肆的形態。結末一轉，寫歷雨經風，千辛萬苦從海上歸飛的燕子，縱是歸來，而春光已被黃鸝占盡。這一結，和前文形成強烈的對照，前者何等春風得意：新遷芳樹，露潤金衣，葉下綿蠻，枝間款曲。上苑春深，霧柳風花，酣吟醉舞。而後者，則僅有無奈的寂寞淒涼！

清代黃氏《蓼園詞評》說：「翩翩公子，席寵承恩，豈海島孤寒能與伊爭韶華哉？語意隱有所指。」縱觀柳永一生，潦倒於仕途，幾次為當權者罷黜，抑鬱不得志。和炙手可熱的公子王孫、佞幸之臣相比，不正是這種情境嗎？

柳永詞中，詠物詞不多，似這首通篇比興，借詠物而寄身世之慨的更不多，所以尤為可貴。

玉女搖仙佩

飛瓊❶伴侶，偶別珠宮❷，未返神仙行綴❸。取次❹梳妝，尋常言語，有得幾多姝麗❺。擬把名花比。恐旁人笑我，談何容易。細思算，奇葩豔卉，惟是深紅淺白而已。爭如這多情，占得人間，千嬌百媚。

須信畫堂繡閣，皓月清風，忍把光陰輕棄。自古及今，佳人才子，少得當年❻雙美。且恁❼相偎倚。未消得❽，憐我多才多藝。願嬭嬭❾蘭心蕙性❿，枕前言下，表余深意。為盟誓。今生斷不⓫孤⓬鴛被。

【詞牌】玉女搖仙佩，雙調，一百三十九字。上片十五句六仄韻；下片十四句七仄韻。

【注　釋】❶飛瓊　即許飛瓊。仙女名，西王母侍者。見《漢武帝內傳》。❷珠宮　指仙人居所。❸行綴　行列。❹取次　隨便。❺姝麗　美好。❻當年　正值盛年。❼恁　如此。❽未消得　禁受不起。❾嫺嫺　古代對婦人的稱呼。❿蘭心蕙性　形容女子幽靜、高雅的品性如蘭花蕙草。⓫斷不　絕不。⓬孤　有負；辜負。

【語　譯】你生來應是神仙侶伴，偶然辭別了仙宮，落入凡塵，沒有返回仙女的行列。你隨意梳妝，說著平常的言語，卻顯得那麼美好動人。本想用名花來比擬你，又怕比得不恰當，被人笑話我想得太容易。細思量，那些奇豔的花朵，只不過具有深紅淺白的色澤罷了，怎麼能像你這般多情，把人間的千嬌百媚都占盡。　應當珍重在這畫堂繡閣，皓月清風中度過的幸福時光，怎忍將它輕易拋棄。古往今來，很少有正當韶年的才子佳人同心並美，何況像我們這般依偎相守。你對多才多藝的我這等摯愛，真使我禁當不起。我只能在枕前發願，表達我深深的情意：願你心性永如蘭蕙，幽靜嫻雅。並且發誓，今生絕不辜負和你同衾共枕的恩情。

【研　析】這首詞表述了詞人對於愛情的態度。他並不把色慾放在首位，追求深紅淺白的感官刺激。他所看重的是隨意梳妝、尋常言語中流露出的多情和蘭花蕙草般幽靜、嫻雅的心性。這是一種自然、樸素的內在之美，也正是看重這種內在美，才使美人懂得愛惜才藝之士，而不計較名利，成為落拓詞人柳永的紅顏知己。

清代詞評家田同之引王元美論詞說：「香草美人，貴於有寓託，而『柳屯田之……『枕前言下』等言語，不幾風雅掃地乎？」（《西圃詞說》）柳永這首詞所表現的，絕非使「風雅掃地」的色慾追求，而是對不計功利的真情至愛的頌美，這一點，即使是拿到今天來審視，也是健康的。

雪梅香

景蕭索，危樓❶獨立面晴空。動悲秋情緒，當時宋玉❷應同。漁市孤煙裊寒碧，水村殘葉舞愁紅。楚天闊，浪浸斜陽，千里溶溶❸。

臨風。想佳麗，別後愁顏，鎮❹斂眉峯。可惜當年，頓乖❺雨迹雲蹤❻。雅態妍姿正歡洽，落花流水忽西東。無憀❼恨，相思意，盡分付征鴻。

【詞牌】雪梅香，雙調，九十四字。上片九句四平韻；下片十一句五平韻。

【注釋】❶危樓　高樓。❷宋玉　戰國時楚人。其〈九辯〉中有「悲哉秋之為氣也，蕭瑟兮草木搖落而變衰」的名句，所以後世有「宋玉悲秋」之典。❸溶溶　水流動的樣子。❹鎮　長久地。❺頓乖　忽然背離。❻雨迹雲蹤　喻男女歡會。見宋玉〈高唐賦．序〉載：楚懷王於高唐晝夢神女，「旦為朝雲，暮為行雨」。❼無憀　意緒無所依託。憀，依託。

【語譯】秋天的景色是那樣蕭條、索寞，我獨立危樓，面對晴朗的天空，牽動了和當年宋玉相同的悲秋的情懷。放眼看，漁市裡一縷青煙搖曳著寒意；水村中，霜林紅葉舞動著秋風。仰視楚天如此寥闊，俯瞰大江，浸染了斜陽的金暉，滾滾滔滔，流向千里之外。　面對浩蕩的天風，我想到心上的美人，分別之後，一定是整天深鎖眉頭，容顏愁慘。只可惜當年，忽然間雨散雲飛，停止了歡會。優雅的舉止，妍麗的容顏，正是兩情相洽，無比歡娛時，驟然如花落水流，各自西東。我對你的思念無所依託，只有全部託付天邊的征鴻。

【研　析】上片寫秋景，用「蕭索」二字總領。以下分寫水村漁市，孤煙寒碧，殘葉愁紅。孤、寒、殘、愁，景中無不帶有情的信息。結末以寥闊楚天和染著殘陽流向千里之外的大江，把自己深廣、綿長的愁思寫足。李煜「問君能有幾多愁，恰似一江春水向東流」（〈虞美人〉）是引人作畫外之思的，寫深廣愁情的名句。而此詞更連接無際楚天，溶入殘陽，使詞境平添一種空寂、淒涼的色調。

下片言情。這是柳詞習慣的格局，「臨風」二字，上承登樓所見煙「梟」、葉「舞」，下啟對佳人別後愁顏，昔時歡洽，可惜無端分離的懷想。最後，仍扣秋景結。唐代詩人司空曙〈寒塘〉云：「曉髮梳臨水，寒塘坐見秋。鄉心正無限，一雁度南樓。」這無端分攜的惆悵，也只有在想像中分付可以南來北往、遞信傳書的秋雁了。

清代鄧廷楨《雙硯齋詞話》說此詞：「『漁市孤煙梟寒碧』，差近風雅。」

尾　犯

夜雨滴空階，孤館夢回❶，情緒蕭索。一片閒愁，想丹青難貌❷。

秋漸老、蛩❸聲正苦，夜將闌❹、燈花旋落❺。最無端處，總把良宵，祇恁❻孤眠卻❼？　佳人應怪我，別後寡信輕諾。記得當初，翦香雲❽為約。甚時向❾、幽閨深處，按❿新詞、流霞⓫共酌？再同歡笑，肯把金玉珠珍博⓬？

【詞　牌】尾犯，雙調，九十四字。上片十句四仄韻；下片八句四仄韻。宋代姜夔《白石道人歌曲》〈淒涼犯〉注：「凡曲言犯者，謂以宮犯商、商犯宮之類。」此調此詞屬「正宮」，另一首〈尾犯〉（晴煙冪冪）屬「林鍾商」。《欽定詞譜》錄此詞五體，字數九十四、九十五、九十八、九十九、一百字不等。平仄句式亦有小不同。唯此體上片第五句、下片第四句例作上一下四句法。

【注　釋】❶夢回　從夢境回到現實。❷貌　描摹。名詞作動詞用。又「貌」在去聲「效」部。詞一般入聲與上、去不通押，此處似應讀作入聲。❸蛩　蟋蟀。❹闌　殘盡。❺旋落　隨即脫落。旋，隨即。❻恁　這樣。❼卻　語助詞。了。❽香雲　女子的頭髮。見杜甫〈月夜〉：「香霧雲鬟濕。」❾向　此作空間指向之詞。❿按　古人按律填詞，故作詞云「按」。⓫流霞　仙酒。見晉代葛洪《抱朴子》載：項曼都修道山中，自言至天上遊紫府遇仙人，與流霞一杯，飲之輒不飢渴。⓬博　換取。

【語　譯】長夜漫漫，雨滴在闃無人跡的臺階上。此時在館驛中獨宿之人從夢中醒來，羈愁旅思，湧上心頭，倍感淒涼。這一片說不清、道不明的思緒，料想用任何色調也難以描摹。更何況秋漸深，蟋蟀聲聲哀鳴，夜將殘，燈花旋即脫盡。此情此境，不禁扣心自問：為何毫無來由地，總讓良宵只如此在孤眠中度過？

想美人應當怨我，為什麼輕易拋棄即刻回來相聚的諾言。難道不記得當初還曾剪下頭髮為誓。而如今，什麼時候才能向深閨同譜新詞，共飲美酒，還和往常一樣，歡樂地雙宿雙飛？這般幸福的時光，豈肯把金珠美玉來換取？

【研　析】柳永《樂章集》、周邦彥《片玉詞》都收載了這首詞。清代詞評家萬樹說：「玩其語句，則為柳作無疑。」（《詞律》卷十四）試析之：

詞的上片以深秋夜雨、客館啼蛩、青燈孤枕來鋪敘詞人夢回時的蕭索情境。結末自問，何以總是把良宵辜負，受此寂寞淒涼！

下片並沒有直接作答，只從對面娓娓道出佳人的別後怨思、當初盟約、未來憧憬。那飲酒填詞、琴心相印的深閨之樂，正是詞人柳永的美好追求。「青春都一餉。忍把浮名，換了淺斟低唱」（《鶴沖天》黃金榜上），但他又是矛盾的，作為封建士子，他不得不違背自己的意願去追逐「浮名」，而放棄本不可以金玉換取的佳偶良宵的幸福生活。這個矛盾貫穿柳永的一生。詞中的情境鋪述，旖旎近情的細節描寫，正是柳詞的藝術特色。所以，萬樹認為這首詞應當是柳永所作。

早梅芳

海霞紅，山煙翠。故都❶風景繁華地。譙門❷畫戟❸，下臨萬井❹，
金碧樓臺相倚。芰❺荷浦漵❻，楊柳汀洲❼，映虹橋倒影，蘭舟飛棹❽，
遊人聚散，一片湖光裡。漢元侯❾，自從破虜征蠻，峻陟樞庭貴❿。

籌帷厭久⑪，盛年晝錦⑫，歸來吾鄉我里。鈴齋⑬少訟⑭，宴館多歡，未周星⑮，便恐皇家，圖⑯任勳賢，又作登庸⑰計。

【詞牌】早梅芳，雙調，一百零五字。上、下片各十二句，上片四仄韻，下片三仄韻。《欽定詞譜》作《早梅芳慢》，並注明「無別首宋詞可校」。

【注釋】❶故都　指杭州。五代時，吳越曾經在這裡建都。❷譙門　古代建有望樓的城門。❸畫戟　戟上加彩飾稱「畫戟」。常作為儀仗之用。戟，古兵器，兼有戈、矛的特點，可直刺橫擊。❹萬井　古代有人家的地方即有井，故以此形容人煙稠密。❺芰　菱角的一種。兩角為菱，四角為芰。❻浦漵　同義複詞，指水邊。❼汀洲　水邊平地。❽棹　划船工具。此指划船。❾元侯　諸侯之長。此指代當時駐節杭州的長官。明代陳耀文《花草粹編》於此詞牌下題有「上孫資政」，據薛瑞生《樂章集校注》考證，應為孫沔。❿峻陟樞庭貴　尊嚴地步入中樞之庭。⓫籌帷厭久　此應借指杭州某長官。籌帷，「運籌帷幄」的簡說，意謂在室內策劃、指揮戰事。見《漢書・高帝紀》：「夫運籌帷幄之中，決勝千里之外，吾不如子房（張良）。」厭，威鎮。⓬晝錦　即衣錦還鄉。見《史記・項羽本紀》載：項羽入關，屠咸陽，思歸江東，說：「富貴不歸故鄉，如衣繡夜行，誰知之者！」⓭鈴齋　即鈴閣。將帥所居之所。⓮少訟　指政治清平，社會安定，民間很少爭訟。⓯未周星　此指任職未及一年。周星，一年。見唐代白居易〈與劉蘇州書〉：「去年冬，夢得由禮部郎中集賢學士遷蘇州刺史……歲月易邁，行復周星。」⓰圖　打算。⓱登庸　舉用。庸，用。

【語譯】海上的雲霞緋紅，山間的煙樹碧綠。故都杭州堪稱是風景繁華之地。那高聳著望樓的城門，立著加有彩飾的戟，俯臨萬戶千家；金碧交輝的樓臺亭閣互相倚偎。浦漵縈繞著長滿菱角、荷花的池塘，水邊平地上栽種著垂柳，霓虹般的橋倒映在水中。木蘭作的小船飛快地駛過，遊人們或聚或散，這如畫的美景，都浸映在一片湖光中。　功勳顯赫如漢元侯一般的您，自從擊破、征服蠻虜之後，尊嚴地步入朝廷顯貴的行列。您運籌帷幄之中，久已威鎮四方，盛年就已衣錦歸來鄉里。而今您治理得社會清平，訟事少，歡宴多，說不定不到一年，朝廷便打算任用功臣賢士，您又要作被舉用的準備。

【研析】這是一首干謁詞。上片鋪寫故都杭州的繁華景象，以紅、翠為基調寫山、寫水，然後總提。於是接敘城池、市井、亭臺樓閣。並以六句鋪述以西湖擅勝的杭州特色風光。下片寫干謁之人。頌美其豐功偉業、顯貴地位、清平政績，結末祝願更獲榮升。詞從五代以來，多寫閨情怨思。以詞描述城市風光、酬贈干謁都不多見，這無疑也是一種開拓。

鬥百花

颯颯霜飄鴛瓦❶，翠幕輕寒微透，長門❷深鎖悄悄，滿庭秋色將晚。眼看菊蕊，重陽淚落如珠，長是淹殘粉面❸。鸞輅❹音塵遠。

無限幽恨，寄情空殢❺〈紈扇〉❻。應是帝王，當初怪妾辭輦❼。陡頓❽今來，宮中第一妖嬈，卻道昭陽❾飛燕❿。

【詞牌】鬥百花，雙調，八十一字。上片八句三仄韻；下片七句三仄韻。一名〈夏州〉。此調以〈鬥百花〉（煦色韶光明媚）為正體，和此詞相較，上片八句五仄韻，第一句、第二句多押了兩韻，其餘相同。

【注釋】❶鴛瓦　相扣成對的瓦。見《鄴中記》：「鄴城銅雀臺，皆鴛鴦瓦。」❷長門　漢宮名。漢武帝皇后陳阿嬌失寵，曾居住於此宮，以後常以此指失寵后妃所居的冷宮。❸淹殘粉面　浸染並使臉上脂粉狼藉。❹鸞輅　飾有鸞鈴的天子之車。見晉代崔豹《古今注》上〈輿服〉：「前有鸞鳥，故謂之鸞，鸞口銜鈴，故謂之鸞鈴。」輅，挽車的橫木。此指代車駕。❺殢　滯留；縈繞。❻紈扇　用細絹織成的團扇。此指〈紈扇〉詩。漢成帝時宮中女官班婕妤在失寵後，曾寫過一首〈紈扇〉（又名〈怨歌行〉）詩：「常恐秋節至，涼飆奪炎熱。棄捐篋笥中，恩情中道絕。」以抒發自己失寵的悲哀。❼辭輦　見《漢書・孝成班婕妤傳》載：漢成帝遊後宮，曾經要班婕妤同車。班婕妤辭謝說：聖賢的君主應當有名臣在側，不應和寵愛的女子同載。❽陡頓　突然。❾昭陽　漢宮名。漢成帝時，趙飛燕居於此。❿飛燕　姓趙，成帝宮人，能歌舞，因為體態輕盈而號「飛燕」。先為婕妤，許后廢，立為后。

【語譯】清霜颯颯地飄落在鴛鴦瓦上，綠色的簾幕微微透出輕寒，長門宮深深鎖閉，一片寂靜。滿庭秋意闌珊，暮色深沉，在重陽秋深時節，眼看菊花，禁不住淚落如珠，經常是浸溼了薄施脂粉的面龐，就像那花之浥露，花之凋殘，花自飄零水自流。那熟悉的帝輦所揚送的車輪聲和塵土，卻仍是由遠及近，由近而遠。　說不出的無限怨情，只有徒然寄託在傾訴「秋扇見捐」的〈紈扇〉詩中。千思萬想，應該是帝王怪罪我當時未肯和他同輦。現在突然間，宮裡來了一個最妖嬈的女人，人說那正是昭陽宮的趙飛燕。

【研析】以「長門」陳皇后事寫「士不遇」的詩文很多。這首詞雖用了「長門」典，寫的卻是漢成帝時班婕妤的事。上片寫長門冷宮深秋寒寂的情境。然後，疊加菊花和人兩個意象。花落淚流，人與花同在秋霜的摧折中凋殘。結末宕開，以「鑾輅音塵遠」作強烈的對比。一邊是終日以淚洗面的傷懷，一邊是承歡侍宴，歌舞終宵。一個「遠」字，寫出了皇宮中咫尺天涯的炎涼世界。

在千迴百轉的幽恨中，只有寄情於〈紈扇〉詩來抒發君恩反覆的悲哀。又止不住多方探求失寵的原因，是不是因為敢於諫諍，不肯與皇帝同載，惹惱了皇帝？上片末「鑾輅音塵遠」，意餘言外。昭陽之炙手可熱，長門之冷落淒涼盡在不言中。下片結卻斬截、明瞭，直指奪寵的人。這一虛一實的兩結，正好表現了一種由幽怨到激憤的情感發展過程。

柳永一生，雖不聞他有殿折廷爭之事，但從他一闋〈鶴沖天〉（黃金榜上）：「何須論得喪。才子詞人，自是白衣卿相」，也可以看出，確也是個氣骨錚錚、堅持自己理想的有才之士。也正因為這一點，他不被認可。想到那些僅憑諂佞而得寵的熱官，豈能無怨？

柳永的怨情詞，不同於當時詞壇士大夫那些「楚天雲雨盡堪疑」的、有寓託的詞。他的詞，多直寫現實感情生活。而此詞，「怨」的對象是君王，所託之人是多才多藝的班婕妤，所託之事是班婕妤因敢於諫諍，不善逢迎而失寵於君的事。結末，矛頭直指「妖嬈」的飛燕，如聞切齒之聲。詞的內容和情感與柳永一生行狀有很多的聯結點。因此，這應是柳永詞中不多的一首有寓託的作品。

鬥百花

煦色韶光明媚，輕靄低籠芳樹，池塘淺蘸❶煙蕪❷，簾幕閒垂風絮。春困厭厭❸，拋擲鬥草❹工夫，冷落踏青心緒。終日扃❺朱戶。

遠恨綿綿，淑景❻遲遲❼難度。年少傅粉❽，依前醉眠何處？深院無人，黃昏乍拆鞦韆，空鎖滿庭花雨。

【注　釋】❶蘸　浸染。❷煙蕪　如煙雲的草叢。❸厭厭　精神萎靡的樣子。❹鬥草　見南朝梁宗懍《荊楚歲時記》：「五月五日，四民並踏百草，又有鬥百草之戲。」❺扃　閉鎖門窗的插條，此用作動詞。❻淑景　美好的光景。❼遲遲　和舒；遲慢。❽年少傅粉　三國魏人何晏素喜打扮，粉白不離手，以後就用「傅粉何郎」形容美少年。傅粉，抹粉。

【語　譯】春光溫暖明媚，薄霧低低地籠罩在花草樹木上。如煙般柔嫩的草淺淺地浸入池塘，一任風飛絮舞，卻只是靜靜地低垂簾幕。春濃如酒，使人慵倦。拋棄了鬥草的遊戲，冷落了郊遊的心情，整日深鎖著朱紅色的門戶。

因為傷懷念遠，幽恨綿綿無盡，這美好的光景卻使人感到那麼漫長，令人難以消受。想起那翩翩美少年，還是像從前那樣，喝醉了酒，不知在何處眠宿？而這空寂無人的深沉院落，黃昏時又剛拆去了秋千，徒然鎖住了一如撩亂情懷的似雨的落花。

【研　析】以樂景襯哀情，倍增其哀。詞的上片大力渲染晴和春日，朦朧芳樹，淺草池塘，一簾風絮的樂景。只在「簾幕閒垂」中稍露情的消息。春光如此鮮妍，充滿生機活力，而簾內之人卻精神不振，以下連用「拋擲」、「冷落」將這種倦怠心情具體化。末結以「終日扃朱戶」。這裡，閉鎖的不僅僅是門，而是抒情主人公的心扉。這種自閉心態和戶外的濃郁春光形成強烈的對比，引起懸念。

下片以「淑景」承上，「遠恨」、「難度」啟下，層層揭示抒情主人公的內心世界。原來她有所思、有所怨。在這春意盎然的時候，她的心上人卻還和過去一樣，不知醉宿何方，而被他棄置的女人，卻只能在深鎖的、空寂的庭院中，咀嚼這綿長無盡的孤淒。

五代以來，「閨怨」是文人詞最主要的題材。這是因為棄婦之怨是男尊女卑、一夫多妻的封建社會的必然現象；在棄婦情懷中還隱託著士子望寵的臣妾意識；而深閨那種怨而不怒的悲情幽思符合了傳統的「以悲為美」的審美情趣。從溫庭筠〈菩薩蠻〉「懶起畫蛾眉，弄妝梳洗遲」，到馮延巳「幾日行雲何處去，忘卻歸來，不道春將暮」（〈蝶戀花〉，一作歐陽修詞），到歐陽修「玉勒雕鞍遊冶處，樓高不見章臺路」（〈蝶戀花〉，一作馮延巳詞），其題材內容及表現手法，都很接近。

鬥百花

滿搦❶宮腰❷纖細，年紀方當笄歲❸，剛被風流沾惹，與合垂楊雙髻。

初學嚴妝，如描似削身材，怯雨羞雲❹情意。舉措❺多嬌媚。

爭奈❻心性，未會先憐佳婿。長是夜深，不肯便入鴛被。與解羅裳，盈盈背立銀釭❼，卻道你但先睡。

【注　釋】❶滿搦　一把便可以握持。搦，握。❷宮腰　指代細腰。楚王好細腰，宮中妃嬪盡力使自己腰細。❸笄歲　女子成年，須盤髮插笄。笄，簪子。見《禮記・內則》載：女子「十有五年而笄」。❹怯雨羞雲　對男女歡愛感到羞怯。❺舉措　舉止。❻爭奈　怎奈何。❼銀釭　銀質的燈。

【語　譯】不過一握的細腰，年紀又才十五歲，剛剛略解風情，就給她梳上如垂楊般蓬鬆的雙髻。教她如何整齊打扮自己，她有著像描畫雕刻出來的身材，羞怯萬狀的情態。那舉止是多麼的嬌媚。

怎奈何她的心情，還不懂得要如何愛自己的如意郎君。總是到夜深還不肯上床。替她解開衣裳，她還是嬌怯地背燈站著，卻說：「你只管先睡。」

【研　析】這首詞描寫了一個初識風情的小女子。詞人沒有從她的容顏落筆，只是扣定女孩子的風情體態來寫：細弱、玲瓏、嬌怯。下片末更是能抓住女孩子害羞的特點，活脫脫地摹寫了她的行為和口角，情態十分逼真。這使我們想到了白居易〈長恨歌〉的「回眸一笑百媚生」、杜牧〈贈別〉的「娉娉裊裊十三餘，荳蔻梢頭二月初」、李煜〈長相思〉的「雲一緺，玉一梭，澹澹衫兒薄薄羅，輕顰雙黛螺」，都是善寫女性風情者。

五代詞人和凝〈臨江仙〉下片末也有「嬌羞不肯入鴛衾」的描寫，但接下來的一句「蘭膏光裡兩情深」就比較籠統，哪裡比得上柳永維妙維肖的，對小女子情狀口角的描摹「盈盈背立銀釭，卻道你但先睡」！

甘草子

秋暮。亂灑衰荷，顆顆真珠雨。雨過月華❶生，冷徹鴛鴦浦❷。

池上凭闌愁無侶。奈此箇、單棲情緒？卻傍金籠共鸚鵡。念粉郎❸言語。

【詞　牌】甘草子，雙調，四十七字。上片五句三仄韻；下片四句四仄韻。較此前寇準〈甘草子〉（春早）上片，於第四句少一韻，其餘平仄，亦有小異。即與柳詞另一首〈甘草子〉（秋盡），平仄也不盡相同。

【注　釋】❶月華　月光。❷鴛鴦浦　鴛鴦棲息的水濱。❸粉郎　指美少年。見前〈鬥百花〉（煦色韶光明媚）注❽。

【語　譯】晚秋時節，顆顆像真珠一般的雨打在枯荷上。雨過後，清冷的月光灑入鴛鴦棲宿的水濱，令人感到徹骨的寒意。　我獨自在池邊憑欄，愁緒頓生。看著成雙成對的鴛鴦，我如何消受這孤單、淒涼？只好傍著金籠教鸚鵡說，我那思念心上人的話。

【研析】這是柳永不多的小令之一。寥寥四十餘字，描寫了一個獨守深閨的少婦的百無聊賴的生活。上片從暮雨滴殘荷寫到雨後的月冷鴛鴦浦。下片揭示出這是一個獨自憑欄的少婦眼中所見的自然變化過程。無論雨灑、月出，在她看來，不過是撩亂、衰颯和徹骨的淒寒。而那在寒冷中互相依偎的鴛鴦，更只能觸發她形隻影單的悲哀。這種相思之苦，只能向同樣是困鎖金籠的鸚鵡傾訴。鸚鵡，既是閨中友伴，又與閨中人有著相似的處境。因此，牠是閨情詞中一個經常出現的意象。如唐代詩人竇鞏〈少婦詞〉「昨來誰是伴，鸚鵡在簾櫳」、唐代皮日休〈鴛鴦〉「應笑豪家鸚鵡伴，年年徒被鎖金籠」。又朱慶餘〈宮詞〉「含情欲說宮中事，鸚鵡前頭不敢言」，就連對鸚鵡也不敢傾訴了。古代詩人詞家善用禽鳥作正、反面烘托，已臻極致。

清代詞評家彭孫遹說，此詞結末「卻傍」兩句是「花間之麗句也」（《金粟詞話》）。確實，此詞正如歐陽炯〈花間集序〉所說「文抽麗錦」、「拍按香檀」，其語言典麗、精工，聲律華美、旖旎，加上淡淡的哀愁，都能給人以審美享受。

甘草子

秋盡。葉翦紅綃❶，砌❷菊遺金粉❸。雁字一行來，還有邊庭信。

飄散露華清風緊。動翠幕、曉寒猶嫩❹。中酒❺殘妝慵整頓❻。聚兩眉離恨。

【注　釋】❶葉翦紅綃　霜葉像用紅色薄絹剪成。綃，生絲織成的薄絹。❷砌　臺階。❸遺金粉　灑落金色的花蕊。❹嫩　輕。❺中酒　病酒；醉酒。❻慵整頓　懶得收拾。慵，懶。

【語　譯】秋已盡，霜葉如紅綃剪成，臺階上的菊花紛紛墜落。一行雁字南來，還應帶有邊庭的信息。

露珠散落，清風一陣緊似一陣。吹動了翠色的簾幕，透入輕微的曉寒。而此時簾中之人宿酲未解，懶於梳妝打扮，眉宇間還含著深深的離情別恨。

【研　析】詞上片鋪寫深秋景物：霜葉殷紅，菊花凋謝，北雁南翔，上結由雁而聯想到所思念的征人的信息。下片接寫秋景：零露千珠，霜風淒緊，再以曉寒微透帶過一夜相思。在對秋風緊、秋意濃充分渲染後，才承上結，點到征人婦的行狀：酒未醒，眉深鎖，粗頭亂服，懶於收拾。

《詩經・衛風・伯兮》：「自伯之東，首如飛蓬。豈無膏沐，誰適為容？」詩的意思是：自從郎君您去了東邊，我一任頭髮亂得像蓬草。難道沒有脂膏沐髮，只是我為誰修飾？「士為知己者死，女為悅己者容」，「誰適為容」常常成為表現怨婦和懷才不遇的士子心態的習用典。如溫庭筠〈菩薩蠻〉「懶起畫蛾眉」、馮延巳〈更漏子〉「垂蓬鬢、塵青鏡，已分今生薄命」等等。

〔中呂宮〕

送征衣

過韶陽❶。璿樞電繞，華渚虹流❷，運應千載會昌❸。罄寰宇，薦殊祥❹。吾皇。誕彌月❺，瑤圖❻纘❼慶，玉葉❽騰芳。並景❾貺❿、三靈⓫眷祐，挺⓬英哲、掩⓭前王。遇年年、嘉節清和⓮，頒⓯率土⓰稱觴。

無間⓱要荒⓲華夏⓳，盡萬里、走梯航⓴。彤庭㉑舜張大樂，禹會羣方㉒。鵷行㉓。望上國㉔，山呼㉕鼇抃㉖，遙爇㉗鑪香。竟就日、瞻雲獻壽㉘，指南山、等無疆㉙。願巍巍、寶曆㉚鴻基㉛，齊天地遙長。

【詞牌】送征衣，雙調，一百二十一字。上片十四句七平韻；下片十二句六平韻。《欽定詞譜》云：「此調只有此詞，無別詞可校。」

【注釋】❶韶陽　美好的時光。❷璿樞電繞二句　此借指仁宗的誕生。璿，北斗第二星。樞，天樞，北斗第一星。見《宋書・符瑞志》載：黃帝母「見大電光繞北斗樞星，照郊野，感而孕，二十五月而生黃帝於壽丘」。又帝摯少昊氏母「見星如虹，下流華渚，既而夢接意感，生少昊」。又顓頊母感搖光（北斗第七星）生顓頊。❸運應千載會昌　指時運適逢千載最繁榮的時候。❹薦殊祥　奉獻特大的吉祥。❺誕彌月　誕，發語詞。妊娠滿十月而生，謂彌月。彌，終。見《詩經・大雅・生民》：「誕彌厥月。」❻瑤圖　對皇圖的美稱。❼纘　繼續。

❽玉葉　指帝王、貴族的後代。見後周人盧文紀〈雍熙舞〉：「金門積慶，玉葉傳榮。」❾景　大。❿貺　賜福。⓫三靈　天、地、人之靈。⓬挺　超群。⓭掩　蓋過。⓮嘉節清和　《歲時記》：「四月朔為清和節。」宋仁宗生於大中祥符三年四月十四日，故稱為嘉節。⓯頒　賞賜。⓰率土　境域之內。⓱無間　無論。見《禮記・檀弓》疏云：「無間晝夜，恒居於內。」⓲要荒　荒僻邊遠之處，指屬國。⓳華夏　中國的古稱。見《尚書・武成》：「華夏蠻貊。」疏云：「冕服采章對被髮左衽則為有光華也……夏，大也，故大國曰夏。華夏，謂中國也。」⓴走梯航　遇山爬梯，遇海航渡。㉑彤庭　朝廷。因皇家門柱多漆成紅色，故稱。見杜甫〈自京赴奉先縣詠懷五百字〉：「彤庭所分帛，本自寒女出。」㉒禹會羣方　指像大禹那樣聚會四方諸侯。㉓鵷行　借指朝班。見杜甫〈至日遣興奉寄北省舊閣老兩院故人〉：「去歲茲辰捧御牀，五更三點入鵷行。」鵷，假想中的鸞鳳之屬。㉔上國　屬國稱宗主國為「上國」。㉕山呼　從前臣民頌祝天子，叩頭高呼萬歲三次，稱「山呼」。㉖鼇抃　傳說中的海中大龜鼓掌歡欣。抃，鼓掌。㉗爇　點燃。㉘竟就日瞻雲獻壽　此謂覲見皇帝祝壽。就，接近。見《史記・五帝本紀》載：堯帝「其仁如天，其知如神。就之如日，望之如雲」。㉙指南山等無疆　指看南山，願君王與之同壽。見《詩經・小雅・南山有臺》：「南山有臺，北山有萊，樂只君子，邦家之基。樂只君子，萬壽無期。」㉚寶曆　即國祚。指王朝統治年代。㉛鴻基　帝王基業。

【語　譯】剛過美好的春天，電光縈繞著北斗樞璿二星，長虹懸貫於長著繁花的洲渚，正逢國運繁華昌隆之時，整個宇宙，呈現諸多吉祥的徵兆。這時，我皇足十月而降生，皇圖喜事連連，皇族的後裔流播遠芳。上天賜大福，加上天、地、人三靈眷顧，保祐皇子超英哲，蓋前王。遇每年皇子誕辰的清和佳節，頒賞賜，讓四境之內的人為他舉酒祝福。　無論荒遠邊地還是中原華夏，都不辭萬里之遙，梯山航海，聚集於朝廷，皇宮內，舜樂大舉，宴請四方來的人。他們排列著整齊的行列，仰望著宗主國的皇帝，如山之歡呼、鼇之鼓舞。遠遠地焚起爐香，如近日、瞻雲，整天虔敬地獻壽，願壽比南山，永無止境，願巍巍國祚鴻基，和天地一般長久。

【研　析】《宋史．仁宗紀》載，仁宗以他的誕辰四月十四日為乾元節，此詞即為乾元節而作。上片寫仁宗誕生前諸多吉兆：「瑤樞電繞，華渚虹流」，接寫天祐聖君，三靈眷顧，並頌美其英哲超過前王，片末「須率土稱觴」啟下。下片鋪寫四方來賀的盛況，從「無間要荒華夏」到「望上國」，重點寫外邦來賀。《續資治通鑑長編》載：仁宗景祐三年（西元一〇三六年），契丹遣使者來賀，是乾元慶典最隆重的一次，詞或寫此盛典。

晝夜樂

洞房❶記得初相遇。便只合、長相聚。何期小會幽歡，變作離情別緒！況值闌珊❷春色暮。對滿目、亂花狂絮。直恐好風光，盡隨伊歸去。

一場寂寞憑誰訴？算❸前言、總輕負。早知恁地難拚❹，悔不當時留住。其奈風流端正外，更別有、繫人心處。一日不思量，也攢眉千度。

【詞　牌】晝夜樂，雙調，九十八字。上片八句六仄韻；下片八句五仄韻。上、下片兩結句，都是上一下四句法。柳永創調。〈晝夜樂〉（秀香家住桃花徑）下片第五句「無限狂心乘酒興」亦押韻，上、下片句式、格律完全相同。與此詞下片第五句「其奈風流端正外」不押韻異。

【注 釋】❶洞房 幽深的內室。❷闌珊 將殘。❸算 料想。❹拚 割捨。

【語 譯】記得最初幽閨相遇，便只應該長相廝守。誰料想到，短暫的幽期歡會，頃刻變成了離情別緒！況且正遇上春色將殘，面對著滿眼的春花亂落，柳絮狂飛。這使我只怕那旖旎風光，都隨花、絮飄散。 這一種寂寞向誰傾訴？算來以前所作的承諾，總是輕易辜負。早知這般難以割捨，悔當時不把他留住。怎奈何那人體態風流，容貌端正，更另外有牽繫人心的地方。即使一天不想念他，也要千百次雙眉緊蹙。

【研 析】這是一首代妓女立言的詞。開頭二句寫初逢便以心相許，作長相聚的打算。這一廂情願的癡情肯定會落空。第三句便以「何期」陡然作轉，小會幽歡，頓時變作離情別怨。於是進一層以春殘花落抒寫她對這短暫歡情即將終結的擔憂。

下片以「憑誰訴」領起，接訴衷腸。「總輕負」，一個「總」字，暗示了她曾一次又一次地被拋棄的辛酸經歷。但她還是執迷不悟，縱被無情拋棄，還是忘不了他。

敦煌曲子詞中有一首寫妓情的〈望江南〉：「莫攀我，攀我太心偏。我是曲江臨池柳，這人攀了那人攀，恩愛一時間。」而這位還沒有看透她的人生的妓女，卻有著與心上人「長相聚」的美好願望。當殘酷的現實一次又一次地打擊她，一次又一次地被辜負時，她卻仍然抱著人縱負我，我難負伊的癡心，真是令人痛惜！

全詞直寫情事，坦率、熱烈。

晝夜樂

秀香家住桃花徑。算神仙、纔堪並❶。層波細翦明眸❷，膩玉圓搓素頸❸。愛把歌喉當筵逞❹。遏天邊、亂雲愁凝❺。言語似嬌鶯，一聲聲堪聽。

洞房飲散簾幃靜。擁香衾、歡心稱。金鑪麝裊青煙，鳳帳燭搖紅影。無限狂心乘酒興。這歡娛、漸入嘉景。猶自怨鄰雞，道秋宵不永❻。

【注　釋】❶並　相比。❷層波細翦明眸　指眼波流動、明徹，如層波細細剪成。❸膩玉圓搓素頸　形容頸項白而細滑，如潤玉搓成。❹逞　炫耀。❺遏天邊亂雲愁凝　歌聲美得使亂雲含愁凝佇。遏，阻止。見《列子·湯問》載：秦青「撫節悲歌，聲振林木，響遏行雲」。以後常用「遏雲」形容歌聲之美。❻永　長久。

【語　譯】秀香住在開滿桃花的小路邊，說來只有仙女才能和她相比。她眼如層波流動，頸似潤玉搓成。還愛在宴席上炫耀自己的歌喉，那聲音，使得天邊的亂雲含愁凝佇。她的談吐鶯聲嚦嚦，句句入耳。　洞房宴飲畢，簾幃低垂，一片幽靜。同擁著薰過香的被子，兩心相稱。這時，燃著麝香的金爐青煙裊裊，描著鳳的帳子裡，燭影搖搖。乘著酒興，無限顛狂，這般的歡娛，漸入佳境。還自怨鄰家的雄雞打鳴太早，怪道秋夜怎麼這麼短。

【研析】《欽定詞譜》曾於此調《梅苑》無名氏「一陽生後」末注：柳永「秀香家住」以「詞俚不錄」。這裡所謂的「俚」，不僅僅指詞語的俚俗，而且還指內容的不雅。試看詞一開頭，便直呼妓名「秀香」。接寫居所，「桃花徑」，應當是用了劉義慶《幽明錄》所載東漢人劉晨、阮肇天台山遇仙女事。唐代詩人曹唐〈劉晨阮肇遊天台〉「不知此地歸何處，須就桃源問主人」，可見這裡也稱「桃源」，後人常用此典寫男女愛情生活。所以，下句有「算神仙、纔堪並」的頌美。以下鋪寫秀香流動的明眸、細膩的素頸，和她的才藝、談吐。下片渲染洞房的幽靜、溫馨、朦朧，人在此境中的歡洽。末結以秋宵不永，寫人在快樂中對時間的主觀感受。

《詞譜》所指責的「俚」，除開頭的直呼其名和明眸、素頸的色相描寫外，恐怕還因為下片對性生活的較直露的描述。這也正是柳詞受非議之處。

柳腰輕

英英妙舞腰肢軟。章臺柳❶，昭陽燕❷。錦衣冠蓋❸，綺堂❹筵會，是處❺千金爭選。顧香砌、絲管初調，倚輕風、佩環微顫。乍入〈霓裳〉❻促遍❼。逞盈盈❽、漸催檀板。慢垂霞袖❾，急趨蓮步❿，進退奇容千變⓫。算何止、傾國傾城，暫回眸、萬人腸斷。

【詞牌】柳腰輕，雙調，八十二字。上片八句四仄韻；下片七句四仄韻。因詞中有「妙舞腰肢軟」、「章臺柳，昭陽燕」句，取以為調名，此詞無宋詞別首可校。

【注釋】❶章臺柳　見唐代孟棨《本事詩・情感第一》載：唐韓翃有姬柳氏，以安史之亂分離，柳在都下，韓使人寄柳詩：「章臺柳，章臺柳，昔日青青今在否？」章臺，宮名，在長安縣故城西南。❷昭陽燕　即指昭陽宮趙飛燕。見前〈鬥百花〉（颯颯霜飄鴛瓦）注❾、❿。❸錦衣冠蓋　指穿著錦衣，戴著禮帽，坐著有車蓋的車子的人。冠蓋，官吏的服飾和車乘。見班固〈西都賦〉：「冠蓋如雲，七相五公。」❹綺堂　華美的廳堂。❺是處　處處。❻霓裳　〈霓裳羽衣曲〉的簡稱。傳自西涼，名〈婆羅門〉。經玄宗潤色，天寶十三載改為〈霓裳羽衣曲〉。❼促徧　節拍緊促的樂段。❽逞盈盈　施展輕盈的體態。❾霞袖　如雲霞般絢麗的彩袖。❿蓮步　指美人的腳步。見《南史・東昏侯紀》載：東昏侯鑿金為蓮花以貼地，令潘妃行其上，曰「步步生蓮花」。⓫奇容千變　指舞姿千變萬化。

【語　譯】英英舞姿妙曼，腰肢柔軟，就如同章臺柳那般婀娜、昭陽飛燕那般輕盈。使得那些錦衣官帽，坐著豪華馬車的官員們，在華堂盛宴時，到處都以千金爭著選擇她來獻藝。回頭看在那飄香的臺階上的樂隊，已開始調音。在輕風吹拂下，她身上的環佩微微發出輕脆的叮咚聲。　樂曲剛入〈霓裳〉促拍。她開始施展輕盈的體態，漸漸地催動檀板的節奏。緩慢地垂下彩袖，用急而小的步伐，進進退退，舞姿千變萬化。料想她何止是傾城傾國，在酣舞中，只一眼波流轉，就使萬人魂消腸斷。

【研　析】這首詞緣題生詠。詞牌為〈柳腰輕〉，內容即寫舞伎輕盈的舞態。詞一開頭就以「腰肢軟」領起，然後連用「章臺柳，昭陽燕」兩個典來形容。晏幾道〈鷓鴣天〉「舞低楊柳樓心月」，可見體態輕盈婀娜是舞伎最重要的條件。以下寫她的身價，從側面烘托。接寫舞前情態：「顧香砌」、「倚輕風」。香砌可「顧」，輕風難「倚」，一實一虛。「初調」、「微顫」，「初」、「微」是一個引而未發的過程。在舞者顧盼之間，那斷斷續續三兩聲的笙簫，微微搖動的環佩叮咚顫響，已預示著一場美妙的舞蹈即將呈現。白居易寫音樂的名篇〈琵琶行〉中描寫演奏開場曾有「轉軸撥絃三兩聲，未成曲調先有情」的句子。柳永這一番鋪墊，也算是寫出了「未舞春風先有情」的風神。

下片寫乍入高潮，檀板漸催，慢、急、進、退，輕盈飄忽。結末寫舞者風神，那隨著舞步徘徊的秋波一轉，真能勾魂攝魄。

柳永一生出入風月場，諳熟當時的歌舞伎藝，所以能寫得這般維妙維肖。

西江月

鳳額❶繡簾高卷，獸鐶朱戶❷頻搖。兩竿紅日上花梢。春睡厭厭難覺。

好夢狂隨飛絮，閒愁濃勝香醪❸。不成雨暮與雲朝❹。又是韶光過了。

【詞牌】西江月，雙調，五十字。上、下片各四句兩平韻，結末各叶一仄韻。具體是：第一句仄聲字結尾，不入韻；第二句末平聲；第三句叶平聲；第四句叶同一韻的仄聲字。「如平聲押『東』字，側聲須押『董』字、『凍』字韻方可。」（沈義父《樂府指迷》）又此詞上、下片開頭兩句六言，平仄相對，多作對仗。此調又名〈白蘋香〉、〈步虛詞〉、〈江月令〉等。

【注　釋】❶鳳額　飾以鳳凰圖案的門簾橫額。❷獸鐶朱戶　以金屬獸形為門環的紅漆門。指豪門貴族。❸香醪　美酒。❹雨暮與雲朝　比喻男女歡會。見前〈雪梅香〉（景蕭索）注❻。

【語　譯】繡著鳳凰簾額的門簾已高高捲起，朱門上嵌著的獸頭鐶頻頻搖動。紅日已上兩竿，照射在花梢，而閨中人還春睡困慵，沒有睡醒。　昨宵的好夢已隨狂飛的柳絮消逝，而說不清的悲愁比香酒還濃。這是因為不能和心上人共度暮雨朝雲，眼看著美好的春光徒然消逝。

【研　析】上片「繡簾」、「朱戶」對起，說明環境華富。繡簾高捲，獸鐶頻搖，暗示天已大亮，日上花梢。而閨中人還春困厭厭，高臥未起。下片說明原由，那是因為好夢隨風，閒愁如醉，沒有愛情的生活，不過是韶光虛擲。前面鋪敘的鳳額、繡簾、獸鐶、朱戶、紅日、花梢等富麗鮮妍的物象，在獨守深閨的怨婦眼中，只足以引起韶光虛度的痛惜。

傾杯樂

〔仙呂宮〕

禁漏❶花深，繡工日永❷，蕙風布暖。變韶景❸、都門十二❹，元宵三五，銀蟾❺光滿。連雲複道❻凌飛觀。聳皇居麗，嘉氣瑞煙蔥蒨❼。翠華❽宵幸❾，是處層城閬苑❿。

龍鳳燭、交光星漢。對咫尺鼇山⓫開羽扇。會樂府⓬兩籍⓭神仙，梨園⓮四部⓯絃管。向曉色、都人未散。盈萬井、山呼鼇抃⓰。願歲歲、天仗⓱裡，常瞻鳳輦⓲。

【詞　牌】傾杯樂，雙調，一百零六字。上片十一句五仄韻；下片八句六仄韻。柳永填此調（又名〈古傾杯〉、〈傾杯〉）共八首，分屬仙呂宮、散水調、大石調、黃鍾羽、林鍾商五個宮調。八首中字數一百零四、一百零六、一百零八、一百一十六不等。上、下片句式及叶韻有小不同。《欽定詞譜》盡列柳永八首及程珌、張先各一首成十體。凌廷堪《燕樂考原》稱：〈傾杯樂〉曾被編入全部宮調，流行一時。

【注　釋】❶禁漏　宮禁中的計時器。此應借指時刻、光陰。見《說文》：「漏，以銅受水，刻節，晝夜百刻。」❷日永　日子悠長。❸韶景　美好春光。❹都門十二　長安城四面十二門。此借指汴京開封。❺銀蟾　指月亮。古代傳說月中有蟾蜍，故稱。❻複道　樓閣間架於空際的通道。見杜牧〈阿房宮賦〉：「複道行空，不霽何虹。」❼蔥蒨　草木蔥蘢的樣子。❽翠華　皇帝出行的儀仗中一種用翠羽作裝飾的旗子。❾幸　皇帝臨顧。❿層城閬苑　神話傳說中仙人所住之處。此借指汴京。⓫鼇山　宋時於元宵節堆疊彩燈為山，稱「鼇山」。⓬樂府　古代主管音樂的官署。⓭兩籍　古代妓女屬倡籍，又分民妓與官妓，故稱「兩籍」。⓮梨園　唐玄宗曾選樂工、宮女教授樂曲於梨園。後世因稱戲班為「梨園」。⓯四部　即龜茲、大鼓、胡、軍樂四部樂工。一說指金、石、絲、竹四類樂器。此泛指所有的樂隊。⓰鼇抃　歡欣鼓舞。⓱天仗　天子儀仗。⓲鳳輦　天子所乘的車。

【語 譯】宮禁中，時光慢慢流駛，又到了花深時節，花團錦簇的日子是那麼悠長。好風播散著和暖之氣，嚴冬已漸變為美好春光。汴京的十二座城門，在正月十五元宵節，月滿光瑩。連著天邊雲彩的複道迴臨於樓閣之上，皇都壯麗的房屋高高聳立，祥瑞之氣充溢於草木蔥蘢的城廓。皇帝的儀仗就在晚間幸臨這到處如層城、閬苑的仙境中。　刻有盤龍、翥鳳的紅燭和天上的星漢交相輝映。而對著近在咫尺的，彩燈疊成的鼇山，打開羽扇準備酣歌醉舞的，是美如神仙的樂府的民妓和官妓以及梨園的四部管絃樂隊。漸近拂曉，市民們還流連不捨，未忍散去。千家萬戶，高呼感戴天恩，歡欣鼓舞。願得年年，天子儀仗中，能常常瞻仰到皇帝乘坐的車子。

【研 析】詞寫正月十五元宵節。元宵又稱上元，是一年開春第一個月圓之夜，從唐代開始，就有元宵張燈的習俗，所以元宵又稱燈節。《舊唐書・中宗紀》載：景龍四年（西元七一〇年）「上元夜，帝與皇后微行觀燈」。此詞即頌美了皇帝於元宵節與民同樂的盛況。

上片從花深、日永、布暖，徐徐入題。「變」字轉到京都元宵上來。先從帝京壯麗的建築落筆，總括以嘉瑞蔥蘢，片末方點出「翠華宵幸」。

下片鋪寫上元特色風物：燈燭交輝，歌舞昇平。下片末呼應上片，展望年年上元，能得天子幸臨。

宋代葉夢得《避暑錄話》卷下載：「永初為上元辭，有『樂府兩籍神仙，梨園四部絃管』之句，傳禁中，多稱之。」可見柳永的詞，尤其是頌聖的詞寫得很出色，也是得到皇帝認同的。

笛家弄

花發西園，草薰❶南陌❷，韶光明媚，乍晴輕暖清明後。水嬉舟動，禊飲❸筵開，銀塘似染，金堤如繡。是處王孫，幾多遊妓，往往攜纖手。遣離人、對嘉景，觸目傷懷，盡成感舊。

別久。帝城當日，蘭堂夜燭，百萬呼盧❹，畫閣春風，十千沽酒。未省、宴處能忘管絃，醉裡不尋花柳❺。豈知秦樓，玉簫聲斷❻，前事難重偶❼。空遺恨，望仙鄉，一餉❽消凝❾，淚沾襟袖。

【詞　牌】笛家弄，雙調，一百二十五字。上片十四句四仄韻；下片十五句五仄韻。此調又名〈笛家〉、〈笛家弄慢〉。除朱雍的和詞外，無別首可校。

【注　釋】❶薰　草發出香氣。❷陌　田間小路。❸禊飲　古代三月三上巳日，有臨水濱，洗宿垢以消災的習俗。屆時常宴飲行樂。❹呼盧　指賭博。盧、雉都是古代賭具。盧為黑，雉為白。投五子，全盧為勝，故投者呼「盧」。❺尋花柳　追逐女色。花柳，花街柳巷。指妓院。❻豈知秦樓二句　漢劉向《列仙傳》載：有蕭史善吹簫，秦穆公以女弄玉妻之。一日吹簫引鳳，與弄玉俱仙去。秦樓，此泛指歌舞娛樂場所。常與楚館連用。❼重偶　再遇。❽一餉　片時。❾消凝　「消魂凝魄」之約辭。亦作「銷凝」。見張相《詩詞曲語辭匯釋》云：此詞

「詞家使用極廣」。

【語　譯】西園南陌，百花盛開，綠草飄香，春光明媚。清明後，天剛晴，便感到微微的暖意。郊遊的人們或嬉水弄舟，或洗垢除災，然後在似染的碧池邊、堆繡的金堤上擺開酒宴。到處可以看到王孫們牽著妓女的纖手遊賞風光。對於一個和心上人分離的人來說，這盎然春意，只足以勾起對舊事的傷感。　長久的分別。我仍舊不能忘記，當日在京都，在燭光如畫的華堂中賭博，一擲百萬；在春風送暖的畫閣裡飲酒，不惜千金。當日怎知，這宴飲中不能沒有音樂，酣醉中不忘記追逐女人的生活不可能持久。誰又料到有一日，秦樓的玉簫，聲斷難繼，往日的生活也難以重現。回憶以前，只是徒然惹恨，我遙望所嚮望的仙鄉，一陣魂銷魄凝，眼淚沾溼了襟袖。

【研　析】這首詞仍是樂景哀情，觸目而生。值得注意的是這首詞中駢散句的運用。上片開頭四句一個韻位，前兩句對仗，用互文的手法把西園南陌，花發草薰，一片春光寫足。以下四句一個韻位，兩兩成對。前一對句寫人事，又句中自對。後一對句接寫禊飲之處：銀塘、金堤。於是再寫上巳遊春之事，三句一氣，一駢一散，駢句寫王孫、遊妓，散句寫攜手同遊。結末以三散句抒寫情懷。

下片以「別久」一短韻領起一散句、一隔句對：「蘭堂夜燭」對「畫閣春風」，「百萬呼盧」對「十千沽酒」，與上片的兩兩成對，又自不同。接著再以「未省」領一六字對，「能忘」、「不尋」字面上正、反相對。以下七散句一氣貫注，如怨如訴，到「淚沾襟袖」，戛然而止。

一般來說，駢偶鋪敘景事，散句抒寫情懷。詞的對仗，比起詩來，比較靈活，如此詞共二十九句，駢十六、散十三句。對仗形式也十分靈活。或四句一韻位，中含一駢兩散；或三句一韻位，一駢一散；或五句中兩駢一散。對仗形式或當句對或隔句對，或反對。多能應景隨情，應用自如。

〔大石調〕

傾杯樂

皓月初圓，暮雲飄散，分明夜色如晴晝。漸消盡、醺醺殘酒。危閣迥❶、涼生襟袖。追舊事、一餉❷憑闌久。如何媚容豔態，抵死❸孤❹歡偶。朝思暮想，自家空恁添清瘦。

算到頭、誰與伸剖❺？向道❻我別來，為伊牽繫，度歲經年，偷眼覷❼、也不忍覷花柳。可惜恁、好景良宵，未曾略展雙眉暫開口。問甚時與你，深憐痛惜還依舊？

【詞牌】此傾杯樂亦為雙調，一百一十六字。上片十句六仄韻；下片九句四仄韻。此調入大石調。不但宮調與前〈傾杯樂〉（禁漏花深）不同，且較之多十字。

【注釋】❶危閣迥　高樓視野闊遠。迥，遠。❷一餉　猶云許久。餉，同「晌」、「向」。指示時間之詞，此指多時。見秦觀〈促拍滿路花〉：「一向無消息。」❸抵死　終究；老是。❹孤　同「辜」。❺伸剖　伸訴、剖白。❻向道　可道。可，估量之詞。❼覷　偷看。

【語　譯】皎潔的月兒剛團圓，晚雲便悄悄散去，晴空夜色分明如同白晝。這時，微醺已漸漸消盡。倚著四望開闊的高樓欄干，涼氣侵人襟袖。憑欄久立，追念往事，為什麼她這般嬌媚豔麗，卻老是辜負雙宿雙飛的愛情生活。朝思暮想，徒自使自己越來越清瘦。　估量到頭來，與誰來申辯剖白？可曾道我別她以來，年復一年，為她牽心。即使偷瞄，也不忍窺伺其他女人。可惜這樣的好景良宵，也未曾稍展眉頭，暫時開口言笑。問什麼時候能與你，還和過去一樣，彼此深深地憐愛？

【研　析】圓月初上，殘酒醒時，憑欄久立，涼生襟袖。望遠懷人之情，油然而生。想到那人紅顏命薄，如此嬌豔，卻如何總是獨宿孤棲。上片提出懸念，下片便申剖原由。使她容顏愁損的人，雖正是我，但她可知我亦無奈。年去年來，牽繫我心的，只有她一人，正如元稹〈離思五首〉之四所說「取次花叢懶回顧，半緣修道半緣君」，這是對「伊」的最大的安慰。寬解之後，又憐惜對方，愁眉長鎖，笑口難開。並設想她唯一想說的話語，便是詢問何時能長相廝守，相愛如舊。

詞中出現了第一人稱「我」，第二人稱「伊」、「你」，你、我相稱，如晤面對語。

迎新春

嶰管❶變青律❷，帝里❸陽和新布。晴景回輕煦。慶嘉節、當三五。

列華燈、千門萬戶。徧九陌❹、羅綺香風微度。十里然❺絳樹❻。鼇山❼聳、喧天簫鼓。　漸天如水，素月當午。香徑裡、絕纓擲果❽無數。更闌燭影花陰下，少年人，往往奇遇❾。太平時、朝野❿多歡民康阜⓫。隨分良聚。堪對此景，爭忍獨醒歸去？

【詞牌】迎新春，雙調，一百零五字。上片八句七仄韻；下片十句六仄韻。此調《宋史·樂志》列雙角調，《樂章集》列大石調，此亦緣題生詠，調名〈迎新春〉，詞即寫迎新春之事。《欽定詞譜》云：「此調只此一詞，無別首可校。」

【注釋】❶嶰管　簫笛等樂器。相傳黃帝命泠綸取嶰谷之竹製樂器，見《漢書·律曆志上》。❷青律　指春神之律動。青，指青帝。東方之神，東方為春，故青帝又為春之神。律，律管。古代測定氣候的器具。❸帝里　京城。❹九陌　漢代長安有八街九陌，這裡泛指汴京的通衢大道。❺然　即「燃」。❻絳樹　神話中天宮的樹。見《淮南子·墜形》：「(崑崙山)上有木禾……絳樹在其南。」此指元宵節用彩燈裝飾的樹。❼鼇山　彩燈堆成的山。❽絕纓擲果　此指元宵開禁，男歡女謔的情景。絕纓，見漢代劉向《說苑·復恩》載：楚莊王夜宴群臣，酒酣燭滅，有人引美人之衣，美人絕其纓，以告王。王不肯顯婦人之節而辱士，命左右盡絕其纓，盡歡而罷。後二年，晉與楚戰，有楚將奮死赴敵，卒勝晉。王問其人，即引美人袖絕纓者。擲果，見《世說新語·容止》劉孝標注引《語林》載：晉潘岳美姿容，每出門，婦人以果擲之滿車。❾奇遇　即指遇絕纓擲果之事。❿朝野　朝廷與民間。⓫康阜　安康富裕。

【語譯】測定氣候的律管報導了春天的消息，京城裡，到處布滿了新春的和煦氛圍。晴光驅散了嚴寒，召回了微暖，正當元宵喜慶嘉節，千門萬戶都掛起了華燈。帝城的所有街道，香氣薰染著穿著羅綺的人們。十里長街，燃起了火樹銀花。在喧天的簫鼓聲中，用彩燈疊成的鼇山高高聳立。

月華如水，漸漸地，已到午夜時分。在飄香的路上，男男女女，盡情嬉謔。更殘時，燭影輕搖，花陰濃覆，幾多少年會遭遇豔情。太平時節，朝廷裡、百姓間安康、富裕，這才隨意作快樂的聚會。面對這種和諧、快樂的景象，我怎麼忍心作一個獨醒之人，先自歸去？

【研　析】宋人偏重三五元宵節。孟元老《東京夢華錄》曾著重描寫元宵節的盛況，宋詞中寫元宵的亦復不少。即柳永，就寫過多首。但側重各有不同。如此詞和〈傾杯樂〉（禁漏花深）相較，〈傾杯樂〉側重寫君民同樂，而此首在上片渲染華燈簫鼓後，下片著重描寫金吾不禁夜，「許士女縱觀」（《詞林紀事》據《宣和遺事》）的市民狂歡景象。在封建社會，這種短暫的、不拘禮教的歡樂，也是一種人性的暫時解放。柳永不是封建禮教的衛道士，從某種角度說，他倒是一個叛逆者。他認為世俗男女的追歡逐笑是承平、康阜的象徵。他完全融匯於這股狂潮之中。不像南北宋之交的李清照，感慨今昔，自甘寂寞，「不如向、簾兒底下，聽人笑語」（〈永遇樂〉）。也不像不得伸其志的南宋愛國英雄辛棄疾元夕詞「那人卻在，燈火闌珊處」（〈青玉案〉）的落落寡合。柳永和他所處的那個時代的市民同悲同樂，他的元夕詞，也最真實、最全面地反映了宋代京都元宵的盛況。

隴首❶雲飛，江邊日晚，煙波滿目憑闌久。立望關河蕭索❷，千里清秋。忍凝眸。

杳杳神京❸，盈盈仙子，別來錦字❹終難偶❺。斷雁❻無憑❼，冉冉飛下汀洲。思悠悠。

暗想當初，有多少、幽歡佳會，豈知聚散難期，翻成雨恨雲愁。阻追遊。每登山臨水，惹起平生心事，一場消黯❽，永日無言，卻下層樓。

【詞牌】曲玉管，此詞一百零五字，《欽定詞譜》作上下片，但又指此詞為「雙拽頭」，唐圭璋《全宋詞》據此作三段，並「案」云：「此詞原分二段。《詞譜》（即《欽定詞譜》）卷三十三云：『此詞前段截然兩對，即〈瑞龍吟〉調所謂雙拽頭也。』今從其說。」所謂「雙拽頭」，即第一、二段聲律、字數、句式完全一樣，第三段聲律、字數、句式不同，稱「換頭」，這種格式就叫「雙拽頭」。在叶韻上，第一、二段都是一仄兩平，同部互叶，第三段三平韻。屬「平仄韻通叶」格。《詞譜》案：此詞「無別首宋詞可校」。

【注釋】❶隴首　山頭。隴，山。❷蕭索　景物淒涼、冷落。❸神京　指汴京帝都。❹錦字　指代夫妻、情人之間的書信。見《晉書・竇滔妻蘇氏傳》載：前秦秦州太守竇滔徙流沙，他的妻子蘇氏織錦為〈回文旋圖詩〉寄給他。共八百四十字，循環往復皆可讀，詞意淒婉。❺偶　遭逢。❻斷雁　失群的孤雁。❼無憑　無確信。❽消黯　形容悲傷沮喪的樣子。消，同「銷」。黯，沮喪。見江淹〈別賦〉：「黯然銷魂者，唯別而已矣！」

【語譯】山頭晚雲低飛，江畔斜日西下，沉沉霧靄籠罩著江波。我憑欄久立，滿目關山冷落淒涼，千里秋光黯淡。我怎麼忍心凝眸注視。　那迢遙渺茫的京都，遠在那裡的，輕盈姣好，如神仙般的女子，自別來就難以互通音問。天上飛過的失群孤雁沒有帶來她的消息，慢慢飛下水邊的芳洲。啊，我是多麼、多麼思念她。　暗想當初，有多少美好的歡會，誰知聚散難以預料，一霎間變成了愁恨。我們相隨遊樂的日子受到了重重阻礙。到如今我每於登臨山水時，就會觸發平生心事，憂傷、沮喪驀地湧上心頭。我整日默默無言，只是悄悄從層樓走下。

【研　析】從秋士易感到兒女情懷，這是柳永詞的一個慣性聯結。詞開頭對仗寫憑欄所見之千里清秋：雲飛、日晚、沉沉煙波，最後以「蕭索」總括，再用「忍凝眸」之情語結。第二段寫情事，情中有景，斷雁下汀洲，仍扣住秋寫，以「思悠悠」啟下。

第三段接「思悠悠」寫「暗想當初」之聚散無期，追遊被阻。

這首詞和柳永許多寫妓情的詞相較，沒有直呼其名，或你我相稱，也沒有具體地描摹歡會情境。景的描寫，著眼於千里關山、雲飛日落、斷雁汀洲這些被時人認同的沉雄、高遠之境。特別值得注意的是，全詞結在「惹起平生心事」，無言「卻下層樓」上。這「平生心事」是否可以理解為貫穿他一生的，既不能忘懷於功名顯達，又眷戀著歌酒紅塵的矛盾？沉迷歌酒阻礙他追逐功名，而對功名的求取又使他不得不拋撇浪漫風流的生活。這種矛盾，很難解決，因此只有「永日無言，卻下層樓」了。

李白有一首〈長相思〉，一開頭就描寫「長相思，在長安」，然後是一段對秋景、孤燈的描述，最後強調「美人如花隔雲端，上有青冥之長天，下有淥水之波瀾」的遠隔心態。程千帆說：這首詩寫離別、相思而「景象開闊，風格俊逸」，「有人認為它實質上是寫對理想的追求及理想不能實現的苦悶和悲哀心情，不為無見。」（《古詩今選》）對比李詩，柳永這首詞中那「杳杳神京」中的「盈盈仙子」，說她是柳永那些才藝雙全的紅顏知己可，說她是柳永可望而不可及的政治理想何嘗不可。只有把她和理想追求的失落相聯繫，才能與詞中深沉闊遠之境的描寫相稱。

滿朝歡

花隔銅壺❶，露晞❷金掌❸，都門十二清曉。帝里風光爛漫，偏愛春杪❹。煙輕晝永，引鶯囀上林❺，魚游靈沼❻。巷陌乍晴，香塵染惹，垂楊芳草。

因念秦樓彩鳳，楚觀朝雲❼，往昔曾迷歌笑。別來歲久，偶憶歡盟❽重到。人面桃花❾，未知何處，但掩朱扉悄悄。盡日佇立無言，贏得淒涼懷抱。

【詞　牌】滿朝歡，雙調，一百零一字。上片十一句四仄韻；下片十句四仄韻。李劉用此調填「一點箕星」詞，句讀迥異。柳永此體，無他詞可校。

【注　釋】❶銅壺　古計時器，以銅為之。中盛清水，下開孔，水漏入兩壺，右為夜，左為晝。見《初學記・漏刻》。❷晞　曬乾。見《詩經・秦風・蒹葭》：「蒹葭淒淒，白露未晞。」❸金掌　漢武帝在通天臺建金人承露盤，簡稱「金掌」。見張九齡〈和許給事中直夜簡諸公〉：「樹搖金掌露，庭徙玉樓陰。」❹春杪　春末。杪，樹梢。❺上林　秦舊苑，漢武帝擴建。周圍三百里，中養禽獸，供皇帝打獵用。❻靈沼　在長安二十里，見《三輔黃圖》。此泛指池塘。❼因念秦樓彩鳳二句　秦樓，見前〈笛家弄〉注❻。楚觀，用楚王夢巫山神女事，《文選》宋玉〈高唐賦序〉載，楚王夢遊高唐，幸一神女，女「去而辭曰：『妾……旦為朝雲，暮為行雨……』」。秦樓、楚觀，此泛指妓女所居。彩鳳、朝雲，泛指妓女。❽歡盟　男女歡會之約。❾人面桃花　指男女相識，旋即分離，觸物感舊的情事。唐代詩人崔護〈遊城南詩〉：「去年今日此門中，人面桃花相映紅。人面只今何處去？桃花依舊笑春風。」好事者衍為戀愛故事，見唐代孟棨《本事詩》。

【語　譯】美好的光陰在漏滴中消逝，金掌中的露珠也已曬乾，京都十二門籠罩在拂曉的清風中。都城春暮風光爛漫，使人偏愛。漫長的白晝籠著輕煙，引得上林苑鶯聲競囀，清澈的池沼中，魚在游弋。雨後初晴的大街小巷，垂楊芳草散發出香氣，惹染了人們的春心。　於是，我想到秦樓楚觀的彩鳳、朝雲們，以前曾經一起沉迷於歌笑。分別了很長時間，偶然憶及曾和她們相約重新歡聚。但是，桃花依舊，人卻不知何處，只看到靜靜地掩著的朱門。我整日無言地佇立門前，所得到的只是無限的淒涼。

【研　析】駘蕩春光染惹詞人，觸發了他對舊約前歡的回憶。但是，重來歌笑地，卻人去樓空，留給他的只是無邊的惆悵。這首詞恰切地引用了崔護「人面桃花」之典。崔護在《全唐詩》中只留下了六首詩，算不得大家，但他卻因這一首小詩而揚名。因為詩中主人公「覓春懷舊」而不得的失落，反而給讀者留下了一片朦朧而充滿期待的空間。柳永這首〈滿朝歡〉也正如此，其結末，詞人對著靜鎖的朱扉盡日佇立無言，卻能引導讀者在想像中和作者一同進入那桃花院落，敲開瑣窗朱戶，和彩鳳、朝雲們飲酒、唱歌。

擁有是一種局限，憧憬才是無限的，這種「愛而不見」（《詩經・邶風・靜女》），即藏而不見的失落，更具引發力。

夢還京

夜來匆匆飲散，攲枕❶背燈睡。酒力全輕，醉魂易醒，風揭簾櫳，夢斷披衣重起。悄無寐。

追悔當初，繡閣話別太容易。日許時❷、猶阻歸計。甚況味❸。旅館虛度殘歲。想嬌媚。那裡獨守鴛幃❹靜，永漏❺迢迢，也應暗同此意。

【詞牌】夢還京，雙調，七十九字。上片七句三仄韻；下片九句六仄韻。《欽定詞譜》據《詞緯》定作三段，「前段六句兩仄韻，中段四句三仄韻，後段六句四仄韻」。此據《樂章集》作兩段。

【注釋】❶攲枕　指斜倚於枕上。攲，傾側。❷日許時　宋時熟語，即許多時。❸況味　境況情味。❹鴛幃　繡有鴛鴦的幃幕。❺永漏　悠長的漏滴。此指長夜漫漫。

【語譯】昨夜裡飲宴匆匆散後，我斜倚枕頭，背著燭光睡去。因為酒力很輕，微酲易解，當風吹拂簾櫳，便使我從醉夢中驚醒。我披衣重新起床，悄然佇立，完全沒有了睡意。

追悔當初，

繡閣裡和她輕易地話別，以為很快就會重聚。誰知過了許多時，歸來歡會的打算仍然受到阻礙。我不得不常在逆旅中度過一年中最後的時光，這是怎樣的一種景況、情味。想到嬌柔、嫵媚的你，也在那裡獨守空閨，繡著鴛鴦的簾幃靜靜地低垂著，在滴答不盡的漏滴聲中，你一定也如我思念你那樣思念著我。

【研　析】這首詞用賦的手法，從一次飲宴歸來，酒醒人散，通宵不寐，寫到和心上人的「別時容易見時難」。又從自己在旅館中獨過殘歲，設想對方的境況、心情：鴛幃重下，永漏迢迢，所謂「重幃深下莫愁堂，臥後清宵細細長」（李商隱〈無題〉）。這種況味，雙方應該是感同身受。

柳永常用的這種替對方設想，「詩思從對方飛來」的手法，《詩經》中就已出現，如〈魏風・陟岵〉：「陟彼岵兮，瞻望父兮。父曰：『嗟！予子行役，夙夜無已，上慎旃哉，猶來無止！』」這寫的是一個行役之人登高思親，設想父親思念他，對他說的話，意思是：「唉，我的兒子出征，早晚不停地忙，要謹慎呀，還是回來吧，不要留在他鄉！」又如杜甫〈月夜〉懷念妻子，不從長安月說，而從妻子所在「鄜州月」的角度說，正是「以我今朝意，想君此夜心」（白居易〈初與元九別後忽夢見之及寤而書適至兼寄桐花詩悵然感懷因以此寄〉）。這種寫法，往往比直接抒寫自己的感受更委婉、動人。

鳳銜杯

有美瑤卿❶能染翰❷。千里寄，小詩長簡❸。想初襞❹苔箋❺，旋揮翠管❻紅窗畔。漸玉箸❼、銀鉤❽滿。　錦囊收，犀軸卷❾。常珍重、小齋吟玩。更寶若珠璣❿，置之懷袖時時看。似頻見，千嬌面。

【詞　牌】鳳銜杯，雙調，六十三字。上片六句四仄韻；下片七句四仄韻。與晏殊〈青蘋昨夜〉同調，無論在字數、句數上均有不同。

【注　釋】❶瑤卿　女子名。❷染翰　以筆蘸墨汁。見《文選》潘岳〈秋興賦〉：「於是染翰操紙，慨然而賦。」❸簡　書信。❹襞　折疊。❺苔箋　用苔紙作成的小幅而精緻的紙張。多用來題詠或寫信。苔紙，蜀地產的一種紙。❻翠管　筆的美稱。❼玉箸　即小篆。見唐代齊己〈謝西川曇域大師玉箸篆書〉：「玉箸真文久不興，李斯傳到李陽冰。」❽銀鉤　形容書法遒勁優美。❾犀軸卷　用犀牛角做的卷軸。❿珠璣　珠寶。常用來比喻詩文之美。

【語　譯】有一個叫瑤卿的美人，她能寫字作文。從千里外，給我寄來了小詩和長長的書信。我可以想像她如何折疊苔紙，隨即在她閨房紅色的小窗下，揮毫潑墨，那紙上，漸漸地寫滿了遒勁優美的小字。

我把這些詩和信收在錦囊裡、用犀牛角做的卷軸裡，常常珍重地在我那小小的書齋裡吟詠，把玩欣賞。我更把它們看得和珠寶一樣貴重，放在懷袖裡時時拿出來看，這時，我似乎時常看見，她千嬌百媚的容顏。

【研　析】柳永固然寫過了許多讚美青樓女子美色的詩，但他也經常稱讚她們的品德、才藝。他不僅僅把青樓女子作為泄欲的對象，還和她們作詩書的交流、切磋，鼓勵她們，如這首詞除了稱美瑤卿的書法以外，還著重敘說了如何珍重收藏，不時把玩這些「小詩長簡」的情態，更由此想像她折紙揮毫的過程和見字如睹「千嬌面」的心態。這裡，愛字和愛寫字的人，已融而為一。

鳳銜杯

追悔當初孤❶深願。經年價❷、兩成幽怨。任越水吳山，似屏如障❸堪遊玩。奈獨自、慵擡眼。賞煙花❹，聽絃管。圖歡笑、轉加腸斷。

更時展丹青，強拈書信頻頻看。又爭似、親相見？

【注釋】❶孤 同「辜」。❷價 這樣兒。❸似屏如障 指吳越山水如屏障所畫的景那樣美。❹煙花 妓女舊稱煙花女子。

【語譯】追悔當初辜負了彼此深深的愛意。經常像這樣分離，給雙方帶來了幽怨。任憑吳越的山水如畫，可供玩賞，怎奈我獨自一人，懶得抬眼看。 即便是在煙花隊裡玩賞，聽著優美的音樂。本來是希望開心，卻反而增加了傷感。更時時展開你的畫像，揀出你的書信一遍一遍地看，但這又怎能像親相見那樣？

【研析】柳永對於愛情，從來都是認真的。詞一開頭便痛悔當初辜負了那片深愛之忱，以至於「兩成幽怨」。結果是獨自一個，對如畫江山也沒有了興趣，甚至聽歌賞豔也只能觸發他的憂傷。可見柳永也不總是「泛愛」，他此時只是想念「那一個」，他只能頻展丹青，時拈書信，沉浸在對她的思念之中。

但柳永絕不滿足於看書信和畫像，他渴望的是面對面的歌酒之樂和肌膚之親。秦觀〈鵲橋仙・七夕〉認為「兩情若是久長時，又豈在、朝朝暮暮」，秦觀看重的是愛情的「質」，而不是朝歡暮樂。柳永〈二郎神〉（炎光謝）寫七夕，「願天上人間，占得歡娛，年年今夜」。可見柳永對愛情的觀念從來都比較世俗和實際。

鶴沖天

閒窗漏永，月冷霜華❶墮。悄悄下簾幕，殘燈火。再三追往事，離魂亂、愁腸鎖。無語沉吟坐。好天好景，未省展眉則箇❷。

從前早是多成破❸。何況經歲月，相拋嚲❹。假使重相見，還得似、舊時麼？悔恨無計那❺。迢迢良夜，自家只恁摧挫❻。

【詞　牌】鶴沖天，雙調，八十四字。上片九句五仄韻；下片八句五仄韻。〈鶴沖天〉（黃金榜上）較此詞多二字，首句押韻，句式亦有參差。

【注　釋】❶霜華　霜花。❷則箇　語助詞，常置於動詞後。近於「著」，表示動作正在進行。❸破　過。見晏殊〈木蘭花〉：「寒食清明春欲破。」春欲破，即「春欲過」。❹嚲 躲。❺無計那 無計奈何，也就是沒有辦法。見無名氏〈楊柳枝〉：「別易會難無計那。」張相《詩詞曲語辭匯釋》：「無計那，即無計奈也。」那，即「奈」。❻摧挫 折磨。

【語 譯】在冷清清的居室裡，日子是那麼漫長。涼月臨窗，霜花初墮。我悄悄放下簾幕，燈火闌珊。再三追思往事，離魂撩亂，愁腸深鎖，默默無言，沉入深思之中。即使是好天氣、好風景，我也不能夠展開眉頭。 從前的恩情早就多半成為過去，更何況年復一年地被拋在一邊。假若重新相見，還能夠像舊時那般恩愛麼？我悔恨得無可奈何。在這漫長的良夜，只能如此折磨自己。

【研 析】這首詞代一位被拋棄的妓女立言。上片寫在漏永霜寒、燈昏簾垂的氛圍下，她如何心亂、腸鎖、獨自沉思。

下片追思昔日恩愛已如過眼煙雲，更何況長期被拋撇，即使相見，只怕也難重續舊歡。這本來就是妓女命運必然，而她還前思後想，癡心企待。

詞中為了逼肖妓女口角，運用了大量市井小民的口語，如「則箇」、「無計那」等等。還直接用語氣詞「麼」，寫妓女內心獨白，十分逼真。

受恩深

雅致裝庭宇。黃花開淡佇❶。細香明豔盡天與❷。助秀色堪餐❸，向曉自有真珠露。剛被金錢妒。擬❹買斷❺秋天，容易獨步。粉蝶無情蜂已去。要❻上金尊，惟有詩人曾許❼。待宴賞重陽，恁時❽盡把芳心吐。陶令❾輕回顧。免憔悴東籬❿，冷煙寒雨。

【詞　牌】受恩深，雙調，八十六字。上片八句六仄韻；下片八句五仄韻。《欽定詞譜》：「此詞無他作可校。」

【注　釋】❶泞　澄明；安定。❷天與　天所授與。❸秀色堪餐　此形容菊花之美。見晉代陸機〈日出東南隅行〉：「鮮膚一何潤，秀色若可餐。」❹擬　打算。❺買斷　全部買下來，即獨占。❻要　即「邀」。❼曾許　曾經稱許。❽恁時　那時。❾陶令　指陶淵明，曾任彭澤縣令，故稱。陶淵明愛菊，其〈和郭主簿〉讚美菊花：「懷此貞秀姿，卓為霜下傑。」❿東籬　借指菊花或種菊之處。見陶淵明〈飲酒〉之五：「採菊東籬下，悠然見南山。」

【語　譯】金黃色的菊花澄明，靜謐地開放。它淡雅而有風致地裝點著庭園、房舍，那細細的幽香和明豔的色澤完全是天所賜與。近拂曉時，一顆顆真珠似的露珠在花瓣上滾動，使菊花的秀色可餐，更加誘人。它耀眼的金黃色使金錢都忌妒。它似乎要買斷秋光，獨步秋天的庭院。　這時，蜂蝶無情，都一去無蹤。只有詩人讚許它，把它邀上酒宴。等到重陽佳節擺開筵席賞景，那時它才盛開，引起陶淵明的眷顧。免得在冷煙寒雨中，在東籬憔悴。

【研　析】菊花，盛開於百卉凋零、霜重天寒的秋末。它耐冷傲霜的品性，歷來被文人歌頌，被列入「四君子」之一。此詞上片即頌美菊花的香、色，獨步秋天。下片寫蜂蝶無緣，獨有詩人曾許、陶令青睞。字裡行間，似乎寄寓了一種世少知音，憔悴於炎涼世態的悲戚。

看花回

屈指❶勞生❷百歲期❸。榮瘁❹相隨。利牽名惹❺逡巡❻過，奈兩輪❼、玉走金飛❽。紅顏成白髮，極品❾何為？

塵事常多雅會稀。忍不❿開眉？畫堂歌管深深處，難忘酒琖花枝⓫。醉鄉風景好，攜手同歸。

【詞牌】看花回，雙調，六十七字。上、下片各六句四平韻。除柳永另一首〈看花回〉（玉墀金階舞舜干），六十八字，下片第四句為七字，前結、換頭小異於此首外，無別首宋詞可校。黃庭堅有〈看花回〉一百零一字，與柳詞大不同。周邦彥、蔡伸、趙彥端等皆以黃庭堅詞為據。

【注釋】❶屈指　掐指計算。❷勞生　意指生存勞碌。見《莊子．大宗師》：「夫大塊載我以形，勞我以生。」❸百歲期　約指人的一生。❹榮瘁　政治上的得意與失意。❺利牽名惹　指被名利羈絆。❻逡巡　遲疑徘徊。❼兩輪　指日、月。❽玉走金飛　指日、月運行，時光飛速流駛。玉，玉兔，指月亮。見晉代傅玄〈擬天問〉：「月中何有？玉兔搗藥。」金，金烏，指太陽。相傳日中有三足烏。❾極品　最高的官位。見《宋史．職官志六》載：「凡內侍初補日小黃門……次遷都都知，遂為內臣之極品。」❿忍不　怎忍不。⓫花枝　比喻女子。

【語譯】掰著指頭計算一下，這勞碌的一生不過百年光景，其間得志、失意相隨，浮沉難以預料。就在利名的牽惹下，人們進退徘徊。怎奈日月雙輪不停地飛駛，容顏如花的少年男女，轉眼就變成了白髮蒼蒼的老人，想到這，那高官厚祿有什麼用處？　世俗的煩勞常常很多，而風雅的聚會又那麼稀少，怎麼忍心不展開愁眉？那畫堂深處、絃管聲中，我難以忘懷和美人們傳杯遞盞的歌酒生涯。醉鄉中風景好，讓我們攜著手一同進入醉鄉。

【研　析】宋初宋太祖為了防止唐代藩鎮之禍的重演，於得國的次年解除了大將的兵權。為了籠絡人心，又從經濟上優待他們，鼓勵他們「多積金帛田宅以遺子孫，歌兒舞女以終天年」（《宋史・石守信傳》），又以「天下無事，許臣僚擇勝宴飲」（沈括《夢溪筆談》卷九）。在這種氛圍下，宋初的功臣名將多抱著流連歌酒、及時行樂的生活態度。從積極的方面說，它固然反映了承平盛世對現實人生快樂的眷戀；從消極方面說，也不無在理想追求的失落後的「保身」的意味。宋初有名的宰相寇準寫的一首詩正說明了這種心態，他說：「將相功名終若何？不堪急景似奔梭。人間萬事何須問，且向尊前聽豔歌。」（劉斧《翰府名談》引）

柳永的〈看花回〉正是當時這種風氣的反映。詞以議論為主，上片寫生命苦短，又充滿著利名之爭，闋末反問「極品何為」；下片直接提出自己的價值觀，以追逐利名為「塵事」，以歌酒美人為「雅會」，並作出選擇：要在畫堂絃管、酒盞花枝的醉鄉中擺脫名韁利鎖，獲得生命的解放和充實。詞中有對生命歡樂的執著；從「利牽名惹逡巡過」和「極品何為」中，也可以品味出他在功名追逐中所受的挫辱和因此而生的憤慨。

看花回

玉墄❶金階舞舜干❷。朝野多歡。九衢三市❸風光麗，正萬家、急管繁絃。鳳樓臨綺陌❹，嘉氣非煙❺。

雅俗❻熙熙❼物態妍。忍負芳年？笑筵歌席連昏晝，任旗亭❽、斗酒十千❾。賞心❿何處好？惟有尊前。

【注　釋】❶墄　臺階。❷舞舜干　此處用以歌頌社會的清平。見《藝文類聚》引《帝王世紀》載：有苗氏不服，禹請征之，舜曰：「我德不厚而行武，非道也。」及修教三年，執干戚（盾和斧）而舞之，有苗請服。李白〈古風〉五十九首之三十四：「如何舞干戚，一使有苗平。」❸九衢三市　泛指京城的街道。衢，四通八達的路。九、三，約數。❹綺陌　縱橫交錯的路。❺非煙　祥瑞的彩雲。見《史記・天官書》：「若煙非煙，若雲非雲……是謂卿雲。卿雲見，喜氣也。」❻雅俗　風雅之士與世俗之流。❼熙熙　和樂的樣子。❽旗亭　酒樓。見宋代范成大《攬轡錄》：「過相州市……皆旗亭也。」❾斗酒十千　此極言酒之美。見曹植〈名都篇〉：「歸來宴平樂，美酒斗十千。」❿賞心　稱心。

【語　譯】在金玉砌成的臺階上，威武雄壯的干戚武舞正在演出。朝廷和市井多沉浸在歡樂中。京城的街市風光絢麗，歡快的樂曲從千家萬戶飄送出來。宮內的鳳樓俯臨縱橫交錯的道路，到處縈繞著瑞氣祥雲。

風雅之士和市井小民都歡快地享受生活，風情物態如此和諧妍麗。面對這祥和景象，怎忍辜負青春年華？讓充滿歡笑的歌筵連著白天黑夜，誰管酒樓裡斗酒十千。最稱心快意的是什麼地方？就只有在酒杯前。

【研析】宋人孟元老在其《東京夢華錄》序文中說：「舉目則青樓畫閣，繡戶珠簾。雕車競駐於天街，寶馬爭馳於御路。金翠耀目，羅綺飄香。新聲巧笑於柳陌花衢，按管調絃於茶坊酒肆。」柳永這首詞就鋪寫了宋初「百年無事」時期，帝城汴京的繁華和流連歌酒的社會風習。對於統治者來說，這種追逐享受的風習可以裝飾太平；對於官僚文士們來說，這種風習給他們長期受封建禮教壓抑的、享受人生的本能以宣洩的機會；至於市井小民，受封建禮教束縛相對比較少，商業、手工業的發展，城市的繁榮，刺激了他們的物欲，對於感官刺激有更多追求。而柳永對此，公開地持充分肯定的態度，作淋漓盡致的鋪寫。但是其間還是流露出他在功名追逐受挫後的放縱，如下片誇張描寫的「笑筵歌席連昏晝」的揮霍和「賞心何處好？惟有尊前」都可見端倪。

柳初新

東郊向曉星杓❶亞❷。報帝里❸，春來也❹。柳擡煙眼❺，花勻露臉❻，漸覺綠嬌紅姹。妝點層臺芳榭❼。運神功❽、丹青無價。

別有堯階❾試罷。新郎君❿、成行如畫。杏園⓫風細，桃花浪暖，競喜羽遷鱗化⓬。

徧九陌、相將遊冶。驟香塵，寶鞍驕馬。

【詞牌】柳初新，雙調，八十一字。上、下片各八句五仄韻。

【注釋】❶星杓 由北斗星斗柄的玉衡、開陽、搖光三星組成。杓，同「勺」。❷亞 通「壓」。低垂的樣子。❸帝里 帝都。❹春來也 古人根據北斗星斗柄所指來確定季節。見《鶡冠子．環流》：「斗柄東指，天下皆春。」❺柳擡煙眼 柳芽初吐，連成一片，遠望似籠煙繞霧。❻花勻露臉 指花瓣上沾著露珠。❼層臺芳榭 在層臺上建築的飄香的高屋。❽神功 造化精美的創造。❾堯階 此指考試場所的高峻、莊嚴。堯，通「嶢」。極言其高。❿新郎君 唐、宋時稱新中的進士為新郎君。見王定保《唐摭言》卷三載：新進士榜下，綴行而出，「前導曰：『迴避新郎君。』」⓫杏園 在今西安市郊大雁塔南，唐時為新進士宴遊之地，此借指。⓬羽遷鱗化 即鳥、魚之羽、鱗遷移變化。此指中進士後，一步登天，如魚鳥之遷化。

【語譯】東郊漸近拂曉時，北斗星斗柄低垂，告知人們：帝都的春天到了。柳眼初舒，遠看如籠罩著煙縠；春花乍綻，露珠兒綴在花瓣如美人的嬌面。漸漸地，人們感覺到紛紅駭綠，是那麼嬌豔，裝點著層臺高屋。這一切，都是大自然運用神奇的功力所創造，就像無可估價的畫卷。

在這一片盎然生意中，更有那高階考罷，新選中的進士們，列著隊走出考場，那景象就像一幅圖畫。他們一起去到杏園參加宴遊，那時春風細細，春浪和暖。進士們喜躍龍門，一步登天。他們一同遊遍京都的大街小巷，只見寶鞍驕馬馳驟處，捲起一路香塵。

【研析】這首詞描述了宋時進士及第後的情狀。上片寫帝里春臨，綠柳紅花，裝點著崇臺高榭，為「新郎君」的出場作充分渲染、鋪墊。

下片寫「堯階試罷」，新進士們如何得意，如何風光。唐代詩人孟郊在四十五歲進士及第後，曾寫了生平第一首快詩〈登科後〉：「昔日齷齪不足誇，今朝放蕩思無涯。春風得意馬蹄疾，一日看盡長安花。」可與此詞參校。雖然中進士後，不一定人人都能仕途遂意，但至少對「新郎君」這一番炫耀令人豔羨不置，使人產生從此拔出泥塗、光宗耀祖、羽遷鱗化的錯覺，無怪乎士子們趨之若鶩了。即使「叛逆」如柳永，也同樣在科舉場上奮鬥了幾十年。直到仁宗景祐元年（西元一〇三四年）他才得中進士。柳永的生年無法確定，因此他什麼年紀中的進士也無法落實。宋翔鳳《樂府餘論》中說他「及第已老」，五代人王定保《唐摭言》有「三十老明經，五十少進士」之說，可見柳永中進士最少也在五十多歲。玩詞意，此詞雖有豔羨之意，但客觀鋪寫，並無喜悅之情流注其間，似乎只是應人所請而寫的賀頌之作。但它反映了宋時進士及第的排場，也有一定的認識價值。

兩同心

嫩臉修蛾❶，淡勻輕掃❷。最愛學、宮體梳妝❸，偏能做、文人談笑。綺筵前，舞燕歌雲❹，別有輕妙。

飲散玉鑪煙裊。洞房悄悄。錦帳裡、低語偏濃，銀燭下、細看俱好。那人人❺，昨夜分明，許伊❻偕老。

【詞　牌】兩同心，雙調，六十八字。上片七句三仄韻；下片七句四仄韻。此調有三體，仄韻者創自柳永。

【注　釋】❶修蛾　細長彎曲的眉毛。修，長。蛾，蠶蛾的觸鬚，長而彎，故引以為喻。❷淡匀輕掃　意謂化妝淡雅。匀，敷脂粉。掃，畫眉。見杜甫〈虢國夫人〉：「卻嫌脂粉汙顏色，淡掃蛾眉朝至尊。」❸宮體梳妝　皇宮中女人們梳妝的樣式。❹舞燕歌雲　舞姿如趙飛燕的輕盈，歌聲可以響遏行雲。歌雲，見《列子・湯問》載：薛譚向秦青學謳，「撫節悲歌，聲振林木，響遏行雲」。❺人人　對於所愛的人的稱呼。見歐陽修〈蝶戀花〉：「翠被雙盤金縷鳳，憶得前春，有箇人人共。」❻許伊　答應她。

【語　譯】嬌嫩的臉，修長而彎曲的雙眉，只淡淡地敷了些脂粉，描了點青黛。她最愛學宮裡女人們流行的梳妝款式；又偏能仿效文人們儒雅的談吐。在豪華的筵席前，她的舞姿輕如飛燕，歌聲宛轉入雲，別有一番清妙的情致。

飲宴散了以後，洞房裡點燃了玉香爐，散發出裊裊輕煙，十分幽靜。在錦繡幃帳中，她柔聲細語，傾訴著濃情蜜意。在銀燭的照射下，越看越覺得她千嬌百媚，十全十美。那可愛的人兒，記得我昨夜分明向她承諾過，要和她共同生活到老。

【研　析】這是一首狎妓之作。上片讚美她素淡、時尚的梳妝，文雅的談吐，清妙的舞技、歌喉。柳永縱遊花街柳巷，但他的審美觀點卻仍舊代表了文士，要求淡雅、清妙。特別值得注意的是，他所稱許的這個「人人」，偏能做「文人談笑」。可見宋時市井小民、樂伎伶工，也在努力提高自己的文化素質，向文人雅士靠攏，以抬高自己的身價。這無疑有益於市井詞和文人詞的交流。

下片寫男女歡情，溫馨而朦朧，末以「許伊偕老」結。這正是柳永〈迷仙引〉（纔過笄年）上片中所說的「王孫隨分相許」。殊不知這往往會引起一個淪落煙花的女子對擇婿從良，建立一個家庭的苦苦企盼。

詞上、下片第三、四句對仗自然工穩。

兩同心

竚立❶東風，斷魂南國❷。花光媚、春醉瓊樓❸，蟾彩❹迥、夜遊香陌。憶當時、酒戀花迷❺，役損❻詞客。

別有眼長腰搦❼。痛憐深惜。鴛會❽阻、夕雨淒飛，錦書❾斷、暮雲凝碧❿。想別來，好景良時，也應相憶。

【注　釋】❶竚立　久立。❷南國　南方。見王維〈相思〉：「紅豆生南國。」❸瓊樓　用美玉砌成的樓，極言其富麗。此指妓女所居。❹蟾彩　即月光。古代傳說月中有蟾蜍，故稱。❺酒戀花迷　沉迷於酒色。❻役損　勞損。❼眼長腰搦　眼長、腰細而柔。搦，疑通「嫋」。❽鴛會　喻情人歡會。❾錦書　指夫妻、情人之間的書信。見前〈曲玉管〉（隴首雲飛）注❹。❿暮雲凝碧　晚雲漸聚，凝如碧玉。

【語　譯】羈旅南方的我，在東風中久久站立，魂銷魄凝。記得當年，在花光媚眼、月色遙臨的時候，我們或醉飲於瓊樓，或夜遊於香徑。那時，我沉迷於醇酒美人，勞損了自己。　特別是那個眼長長的、腰肢柔細的女子，令我深深地愛憐。夜雨淒飛，晚雲璧合，和她相會，總是遭逢重重阻礙，音書阻斷。我暗想分別以來，遇到好景良時，你應該如我思念你一般思念我。

【研　析】此詞上下片一氣寫相憶。上片寫當時日夜遊冶，沉迷歌酒，末結以「役損詞客」，但似無悔意。下片於「酒戀花迷」中拈出眼長腰細之一人，結末將我心換你心，設想對方也如自己一樣思念他。柳永這類詞很多，而且都寫得情深意摯，但所愛應非一個。一夫多妻制的封建社會，只要求淑女「從一而終」，對男子本來就不要求在愛情上專一。柳永這種泛而不濫的愛情，應也無須苛責。清代詩詞評論家劉熙載說：「耆卿〈兩同心〉云：『酒戀花迷，役損詞客。』余謂此等，只可名迷戀花酒之人，不足以稱詞客，詞客當有雅量高致者也。」劉熙載因此說柳永無雅量高致，不配稱詞客，未免欠公。

女冠子

斷雲殘雨。灑微涼、生軒戶。動清籟❶、蕭蕭庭樹。銀河濃淡，華星明滅，輕雲時度。莎階❷寂靜無覩。幽蛩❸切切秋吟苦。疏篁❹一徑，流螢幾點，飛來又去。

對月臨風，空恁無眠耿耿❺，暗想舊日牽情處。綺羅叢裡，有人人、那回飲散，略曾諧鴛侶❻。因循❼忍便睽阻❽。

相思不得長相聚。好天良夜，無端惹起，千愁萬緒。

【詞牌】女冠子，雙調，一百一十二字。上片十一句七仄韻；下片十一句五仄韻。柳永〈女冠子〉詞共三首，分列於大石調、仙呂調，一首或失調名，其句式、篇幅、平仄亦迥異五代四十一字的〈女冠子〉。

【注釋】❶清籟　空穴中發出之聲，亦泛指聲音。此指秋聲。❷莎階　長著莎草的臺階。❸幽蛩　躲在陰暗處的蟋蟀。蛩，蟋蟀。❹疏篁　稀疏的竹林。❺耿耿　煩躁不安的樣子。見《詩經・邶風・柏舟》：「耿耿不寐，如有隱憂。」❻諧鴛侶　諧洽如鴛鴦的愛侶。❼因循　等閒；隨意。見王雱〈倦尋芳〉：「算韶華、又因循過了，清明時候。」❽睽阻　乖離阻隔。

【語譯】片片殘雲，絲絲零雨，把微涼灑向軒欄戶牖。秋聲淒緊，庭樹搖落。縷縷輕雲時不時飄過，在它的掩映下，銀漢或濃或淡，燦爛的星辰閃爍不定。長滿莎草的臺階靜靜地，什麼也看不清。幽暗處，蟋蟀苦苦地低吟。在稀疏的竹林裡，一徑深深，幾點流螢，在這裡飛去飛來。

我對著涼月淒風，徒然這般轉側無眠，心煩意亂，暗自回想過去那些魂牽夢縈的事。記得在穿著綺羅衣衫的女人叢中，有個人兒，在一次酒宴散後，曾和我有過一夜恩情。怎忍心便等閒乖違阻隔，雖然互相思念卻不能長相聚。每逢好天良夜，沒來由地，就惹起千愁萬緒。

【研析】詞的上片寫景，連用了兩組四字排句，每組三句。第一組「銀河濃淡，華星明滅，輕雲時度」，前兩句從句法、詞性來看都是工對。主語「銀河」對「華星」，謂語由反義詞組「濃淡」對反義詞組「明滅」。第三句似對而非對。從平仄看，卻全不合對仗平仄相對的規矩，三句都是平平仄。第二組同樣，「疏篁一徑，流螢幾點，飛來又去」，前兩句「疏篁」對「流螢」，「一徑對「幾點」，第三句句中自對。而平仄也是相同而不相對，都是平平仄仄。這種排句中夾對偶又平仄重複的方式，宜於鋪敘。而下片，句式參差，一氣用散句，則宜於抒情。末結雖仍是平仄基本相同的四字排句，但並不對仗，不影響情的流注。

此詞中所繫念的，不過是「綺羅叢裡」略諧鴛侶的人，卻一樣能引起詞人「無眠耿耿」、「千愁萬緒」，其用情也真是「泛」得緊。

玉樓春

昭華❶夜醮❷連清曙。金殿霓❸旌❹籠瑞霧。九枝擎燭❺燦繁星，百和❻焚香抽翠縷❼。

香羅薦❽地延❾真馭❿，萬乘⓫凝旒⓬聽祕語⓭。卜年無用考靈龜⓮，從此乾坤齊曆數⓯。

【詞牌】玉樓春，雙調，五十六字。上、下片各四句三仄韻。又名〈惜春容〉、〈西湖曲〉、〈玉樓春令〉、〈歸朝歡令〉。

【注釋】❶昭華　傳說中一種玉製的管樂器。見《西京雜記》卷三：「玉管長二尺三寸，二十六孔，吹之則見車馬山林，隱轔相次，吹息亦不復見，銘曰『昭華之琯（管）』。」❷醮　設壇祭神靈。❸霓　虹。五色。❹旌　有羽飾的旗。❺九枝擎燭　可插九枝燭的燭臺。見沈約〈傷美人賦〉：「陳九枝之華燭。」❻百和　百和香。一種由多種香料合成的香。見《漢武帝內傳》：「七月七日……燔百和之香。」❼抽翠縷　指燃香所冒出的縷縷香煙。❽薦　蓆子。此用如動詞，作「鋪」用。❾延　請。❿真馭　真人之馭。真，真人，即神仙。馭，同「御」。此作名詞用，指所御之風或所駕之車。⓫萬乘　指代天子。周制，天子出行，兵車萬乘。⓬凝旒　玉串靜垂不動，指天子肅立不動。旒，天子冠冕前後懸垂的玉串。⓭聽祕語　聽神仙祕訣。⓮卜年無用考靈龜　無須以火燔大龜的甲來預測王朝享國的年數。⓯曆數　即王朝壽命長短。

【語　譯】禱神的祭禮在玉管吹奏的樂聲中，從夜晚持續到天明。金殿上，五彩鮮明、飾有羽毛的旗幟被祥雲瑞靄籠罩著。點著九枝蠟燭的燈下，光明燦爛如繁星，燃燒的百和香翠煙裊裊。地上鋪著芳香的綾羅地毯，迎接神仙的駕臨。皇帝肅穆地凝神諦聽仙人的祕語。而今不再需要用靈龜來卜算享國的年數，相信王朝的曆數從此將與天齊。

【研　析】《漢武帝內傳》曾記載漢武迎王母之事，「到七月七日，乃修除宮掖，設坐大殿。以紫羅薦地，燔百和之香，張雲錦之帷，然九光之燈……帝乃盛服立於階下，勑端門之內不得有妄窺者，內外寂謐，以候雲駕」。其中紫羅、百和香、九光燈和帝親候於階等描寫，與此詞一致。可見柳永是在借好神仙之道的武帝故事寫同有此好的真宗。《宋史・真宗紀》載：真宗好神仙，篤信黃帛、天書之說，每聞祥瑞或災異，即祈禱祓禊。從大中祥符元年（西元一〇〇八年）至天禧三年（西元一〇一九年）的十餘年間，屢設道場，兩祭泰山，一祭華山。

詞即記載了真宗晚年好道諛神之事，從下片末「卜年無用考靈龜，從此乾坤齊曆數」兩句看，似亦含微諷。

玉樓春

鳳樓郁郁呈嘉瑞。降聖❶覃恩❷延四裔❸。醮臺❹清夜洞天❺嚴，公讌❻凌晨簫鼓沸。

保生酒勸椒香膩❼。延壽帶❽垂金縷細。幾行鵷鷺❾望堯雲❿，齊共南山呼萬歲。

【注釋】❶降聖　指降聖節。見《宋史・真宗紀》載：大中祥符五年（西元一〇一二年），冬十月戊午（十月二十四日）「延恩殿道場，帝瞻九天司命天尊降」，詔以此日為降聖節。❷覃恩　深廣之恩。❸延四裔　廣及四方邊遠之地。❹醮臺　作道場之臺。❺洞天　神仙所居住的地方。此指作道場之處。❻公讌　朝廷所設之宴。❼椒香膩　用椒實泡的酒香味很濃。古代常用椒酒祭神。見屈原〈九歌・東皇太一〉：「奠桂酒兮椒漿。」❽延壽帶　衣帶名。見《宋史・禮志》載：降聖節「中書、親王、節度、樞密、三司以下至駙馬都尉，詣長春殿進金縷延壽帶、金絲續命縷，上保生壽酒，改御崇德殿，賜百官飲。如聖節儀。前一日，以金縷延壽帶……分賜百官，節日戴以入」。❾鵷鷺　鵷鶵和鷺鷥。群飛時皆井然有序。比喻朝官的班列。❿堯雲　指皇帝。見前〈送征衣〉（過韶陽）注㉘。

【語譯】皇宮中，鳳樓龍閣層層矗立，呈現嘉瑞之氣。降聖節深廣的恩澤延布四面邊遠的地方。作道場的高臺在清朗的夜色中顯得如此莊嚴。凌晨朝廷設宴，聚會百官，樂聲鼎沸。　大家互勸椒香濃郁的保生酒，配戴著金縷細垂的延壽帶，朝官們如鵷鷺排著整齊的行列瞻仰天子，大家一齊高呼，願天子萬歲，如南山之壽。

【研　析】此寫降聖節向神祈恩保生、延壽的盛況：醮臺高築，簫鼓沸騰，君臣喝著保生酒，繫著延壽帶，祈神賜福，永葆江山。這也從一個角度表現了「百年無事」的北宋初期，人們對生活的眷戀和生命的執著。

玉樓春

皇都今夕知何夕❶？特地❷風光盈綺陌。金絲玉管咽春空，蠟炬蘭燈燒曉色。鳳樓十二神仙宅❸。珠履三千❹鵷鷺客。金吾❺不禁六街遊，狂殺雲蹤并雨迹❻。

【注　釋】❶今夕知何夕　見《詩經・唐風・綢繆》：「今夕何夕，見此良人。」❷特地　作「特別」、「特為」、「特意」均可。❸神仙宅　喻皇宮之尊貴、華美。❹珠履三千　形容賓客眾多。見《史記・春申君列傳》：「春申君客三千餘人，其上客皆躡珠履。」❺金吾　古官名。見《西都雜記》載：西都置「金吾」，「曉暝傳呼以禁夜行，唯正月十五日夜，敕許金吾弛禁，前後各一日」。❻狂殺雲蹤并雨迹　指恣情冶遊狎妓。殺，同「煞」。表極甚之辭。

【語　譯】皇都今夕是什麼日子？縱橫交錯的街道特意裝扮得風光無限。美妙的管絃聲若有若無地飄蕩在麗春的天空，蠟燭和散發出香氣的燈從夜晚一直燃燒到曉色朦朧。　皇宮中，崇樓峻閣點綴得如神仙洞府。穿著珠串裝飾的鞋的達官貴人們成行成列地出遊，就是巡查的執金吾們也不禁止人們整夜在街上觀光。今天晚上，又有多少人在花街柳巷恣情狂蕩。

【研　析】孟元老《東京夢華錄》載：正月十五元宵節，京都「樂聲嘈雜十餘里」，「金碧相射，錦繡交輝……橫列三門，各有綵結」，柳永諸元宵詞，可與之參校。這類詞，雖為應時、應景之作，字裡行間，卻也反映了北宋「朝野多歡」的世風和柳永對這種世風的欣賞、沉迷。

玉樓春

星闈❶上笏❷金章❸貴。重委外臺❹疏近侍。百常❺天閣舊通班❻，九歲國儲❼新上計。太倉❽日富中邦最，宣室夜思前席對❾。歸心怡悅酒腸寬❿，不泛千鍾應不醉。

【注　釋】❶星闈　借指郎官。見薛瑞生《樂章集校注》引《史記・天官書》：「後聚一十五星，蔚然，曰郎位；傍一大星，將位也。」以「星」為「星郎」。闈，宮中旁側小門。❷上笏　上奏章。笏，朝見時所執手板，有事則書於上，以備遺忘。❸金章　古大臣服、魚以金飾之。見《宋史・輿服志》：「服緋（六品以上）、紫（四品以上）者必佩魚，謂之章服。」「其制以金銀飾為魚形……以明貴賤。」❹外臺　應為宦官。與「近侍」（親近的左右之臣）相對。漢制設三臺，尚書為中臺，御史為憲臺，謁者為外臺。漢武時，始使宦者典事尚書，謂「中書謁者令」。❺百常　極言天閣之高。常，古度量制。八尺為尋，倍尋為常。❻舊通班　或指張武、宋昌。漢文帝為代王時之官屬，曾諫文帝早立太子劉啟。此借指。通班，通事或通寺舍人，是太子官屬，掌箋啟、參謁勞問之事。❼國儲　太子為國之儲君。此明寫漢景帝劉啟，暗指宋仁宗。見《宋史・仁宗紀》載：仁宗大中祥符三年（西元一〇一〇年）生，天禧二年（西元一〇一八年）九月冊封為皇太子，恰九歲。與漢景帝同在九歲冊立為儲君。❽太倉　京師囤積稻穀的倉庫。❾宣室夜思前席對　見《漢書・賈誼傳》載：漢文帝召賈誼於宣室，問鬼神之本，賈誼具道所以然，夜半，文帝不覺前席。李商隱〈賈生〉：「宣室求賢訪逐臣，賈生才調更無倫。可憐夜半虛前席，不問蒼生問鬼神。」宣室，漢代未央宮前殿正室。❿酒腸寬　開懷暢飲。

【語　譯】重要的奏章已送到天庭，皇帝對宦官委以重任而疏遠左右近臣。高聳的天閣裡，太子的屬臣們提出新的建議，要求早日冊立九歲的儲君。　京師的倉庫逐日充盈，為國都之最。皇帝求賢，在宣室召見賈誼問事，不覺向前移動坐席，靜聽他的應對。此時天下歸心，萬民怡悅，正好開懷暢飲，不滿飲它千鍾，應該不會喝醉。

【研　析】漢文帝即位初（西元前一七九年），有司請早立太子，當年，劉啟恰好是九歲。又下片有「宣室夜思前席對」之語，更可知詞寫漢文帝故事。又據《宋史・仁宗紀》，仁宗生於真宗大中祥符三年（西元一〇一〇年），天禧二年（西元一〇一八年）被立為太子，當時也是九歲。詞借漢景帝劉啟九歲被立為國儲的史實，寫宋仁宗趙禎九歲立為皇太子事，上片寫立儲經過，下片寫國富君賢，「宣室」句似無諷刺「不問蒼生問鬼神」意，這從結末「歸心怡悅」可以看出來。

玉樓春

閬風❶歧路連銀闕❷。曾許金桃容易竊❸。烏龍❹未睡定驚猜，鸚鵡能言防漏泄❺。

怱怱縱得鄰❻香雪❼。窗隔殘煙簾映月。別來也擬不思量，爭奈餘香猶未歇❽。

【注　釋】❶閬風　仙山名。舊題漢代東方朔《十洲記》載：崑崙山三角，其正北名曰「閬風巔」。❷銀闕　此指仙人所居。見陸游〈秋日郊居〉：「行歌曳杖到新塘，銀闕瑤臺無此涼。」闕，城樓。❸金桃容易竊　此應指偷情容易。金桃，即黃桃。見《述異記》：「日本國有金桃，其實重一斤。」唐代釋皎然〈賦得燈心送李侍御萼〉：「綵妓窗偏麗，金桃動更香。」❹烏龍　舊題晉代陶潛《搜神後記》卷九載：會稽張然養狗名為「烏龍」。有奴與然妻通，欲殺然，烏龍咋奴以救主。白居易〈和夢遊春一百韻〉：「烏龍臥不驚，青鳥飛相逐。」即用此典。❺鸚鵡能言防漏泄　以鸚鵡善學舌，故「防漏泄」而不敢言。見朱慶餘〈宮詞〉：「含情欲說宮中事，鸚鵡前頭不敢言。」❻鄰　親近。❼香雪　指女子抹過脂粉的面頰。見溫庭筠〈菩薩蠻〉：「鬢雲欲度香腮雪。」❽歇　消失。

【語　譯】你曾經說過，我們的幽會很容易實現。但我來赴約時，只覺得身入洞天仙府的迷宮。幸好你家的狗已經熟睡，要不然一定會驚疑，究竟是什麼人夤夜入宅。我們悄悄地見面，連話也不敢說，只怕多嘴的鸚鵡泄漏了我們的祕密。

匆匆忙忙，縱使稍得一親芳澤，但就像是窗兒隔著殘煙，月光被簾幕遮擋，不能盡情遂意。分別後我也打算不再思念你，怎奈你的餘香猶在，沒有消失。

【研　析】觀詞意，這是一首偷情之詞。上片比女子閨房為「閬風」、「銀闕」，且多歧路，可見赴約時既惶惶又無限嚮往之情。接著用典對仗，含蓄而巧妙地說明幽會過程。烏龍已睡，故雲雨得諧，鸚鵡能言，而歡情未展。

下片接寫，「忽忽」見幽歡迫促，如殘煙繞窗、珠簾隔月，這種阻隔，如夢如幻。這正是李煜有名的偷香詞〈菩薩蠻〉中所描寫的「花明月暗籠輕霧」那種境界。唯其朦朧，更增添了吸引力。故長覺餘香宛在，「不思量，自難忘」了。

金蕉葉

厭厭❶夜飲平陽第❷。添銀燭❸、旋❹呼佳麗。巧笑❺難禁，豔歌❻無間聲相繼。準擬❼幕天席地❽。

金蕉葉❾泛金波❿齊⓫。未更闌、已盡狂醉。就中⓬有箇風流⓭，暗向燈光底。惱⓮徧兩行珠翠⓯。

【詞　牌】金蕉葉，雙調，六十二字。上、下片各五句四仄韻。《欽定詞譜》云：「此調始自柳永，因詞有『金蕉葉泛金波齊』句，取以為名。」「柳詞此體，無別首可校。」袁去華、蔣捷此調四十六、四十八字不等，句式亦不同。

【注　釋】❶厭厭　安靜、和悅的樣子。見《詩經・小雅・湛露》：「厭厭夜飲，不醉無歸。」❷平陽第　唐平陽公主的府第。此借指豪富人家歌舞之地。❸銀燭　見《拾遺記》載：浮忻國貢蘭金之泥，「百鑄，其色變白，有光如銀」，即銀燭。❹旋　隨即。❺巧笑　嬌媚的笑容。見《詩經・衛風・碩人》：「巧笑倩兮，美目盼兮。」❻豔歌　愛情歌曲。❼準擬　準備；打算。❽幕天席地　意謂以天為幕，以地為席，恣情任性。見劉伶〈酒德頌〉：「行無轍跡，居無室廬，幕天席地，縱意所如。」❾金蕉葉　一種形似金蕉的酒盞。見宋代鄭獬《觥記注》。❿金波　美酒名。宋代朱弁《曲洧舊聞》載：宋代名酒有河間府、代州、合州金波。⓫齊　同「躋」。湧。⓬就中　其中。⓭風流　風流人物。⓮惱　撩撥；引逗。見杜甫〈奉陪鄭駙馬韋曲〉之一：「韋曲花無賴，家家惱殺人。」⓯珠翠　以婦女飾物指代美人。

【語　譯】在如平陽公主府第般的豪宅裡，夜宴正在和洽的氣氛中舉行。當廳堂添上光明如晝的銀燭，隨即便叫來陪侍的美女們。她們禁不住嬌媚的笑聲，一曲又一曲地唱著香豔的情歌，大家打算幕天席地，盡醉方休。　　試看金蕉葉杯中，美酒瀲灩，還沒到更深夜盡，人人盡已狂醉。其中有個風流種子，已暗在燭光裡，被兩行戴著珠翠的美人們，深深撩撥。

【研　析】這首詞寫一次夜宴。無非歌酒相續，美色撩人。柳永許多豔情詞，正是在這種氛圍中寫成。在這種場合，他以風流浪子自命。才子風流，在這裡受歡迎和尊重，這對他的仕途落拓也是一種精神補償。

惜春郎

玉肌瓊豔❶新妝飾。好壯觀歌席。潘妃❷寶釧❸，阿嬌金屋❹，應也消得❺。

屬和❻新詞多俊格❼。敢共我勍敵❽。恨少年、枉費疏狂，不早與伊相識。

【詞　牌】惜春郎，雙調，四十九字。上片五句三仄韻；下片四句三仄韻。《欽定詞譜》注：「此調亦無別詞可校。」

【注　釋】❶玉肌瓊豔　此喻膚色如瓊玉美豔。瓊，美玉。❷潘妃　南北朝齊東昏侯蕭寶卷愛妃。❸寶釧　極言釧之珍貴。釧，腕環，即鐲子。❹阿嬌金屋　見《漢武故事》載：漢武帝為太子時，長公主欲以女配帝，問：「阿嬌好否？」帝曰：「好。若得阿嬌作婦，當作金屋貯之。」❺消得　值得；配得上。❻屬和　以詩詞相唱和。屬，跟隨。❼俊格　俊美的格調。俊，出眾。❽勍敵　勁敵。勍，勁。

【語　譯】你有明豔如玉的肌膚，入時的裝扮，你的出現，使酒筵歌宴增輝。就是把潘妃所戴的寶釧，阿嬌所住的金屋獻給你，你也配得上。　你還是那麼多才，隨人唱和新詞，往往那麼出眾，敢成為我的勁敵。我真後悔少年時，枉自狂放無拘束，不早些結識你。

【研　析】從這首詞可以看出，北宋初的歌伎們不但「能染翰」（柳詞〈鳳銜杯〉有美瑤卿能染翰），

「能做文人談笑」（柳詞〈兩同心〉嫩臉修蛾），還能「屬和新詞」，而且寫得很出眾，敢和柳永比試。這也應該是柳永迷戀青樓的一個重要原因。作為封建文士，他有深厚的文化功底，作為一個熱愛這種由民間走向文人雅士的韻文體式——「詞」的文人，他還是一個善於向民間學習的詞人。他早看到市井新聲的強大生命力，不遺餘力地鼓勵民間的創作。柳永很多詞，也就是在和他們的唱酬中寫成的。

傳花枝

平生自負，風流才調。口兒裡、道知張陳趙❶。唱新詞，改難令❷，總知顛倒。解刷扮❸，能⿰口兵嗽❹，表裡都峭❺。每遇著、飲席歌筵，人人盡道。可惜許❻老了。

閻羅大伯曾教來，道人生、但不須煩惱。遇良辰，當美景，追歡買笑。賸❼活取百十年，只恁廝好❽。若限滿❾、鬼使來追，待倩❿箇、掩通⓫著到。

【詞牌】傳花枝，雙調，一百零一字。上片十二句六仄韻；下片九句四仄韻。《欽定詞譜》、萬樹《詞律》未見此詞牌。浙江教育出版社《中國詞學大辭典》錄有此詞。

【注釋】❶張陳趙　或泛指所知人物甚多，廣結名流。❷難令　難填的曲子。❸刷扮　裝扮。❹⿰口兵嗽　未詳。

或為唱曲吐吸發聲的功夫。哄，字書未收，音不詳。❺峭　同「俏」。❻許　這樣；如此。❼賸　真能；真肯。見趙彥端〈水調歌頭〉：「賸肯南遊不？」❽廝好　相好。❾限滿　大限已滿。指人的壽命已到盡頭。❿倩　請。⓫掩通　即淹通。深通。

【語　譯】平生自恃風流而有才學、格調。通曉人事，廣結名流。會唱新的詞曲，修改難填的令曲，總知道如何上下錯置。還精通如何裝扮，掌握唱曲的發聲技巧，外形和技藝都很俏皮。每逢酒宴歌筵，人人都說，這個人不錯，可惜的是如此老了。　閻羅大伯曾經教過我，說人生只是不要煩惱。面對良辰美景追歡買笑。真能活上百十年，只這樣就相安。假若壽限已滿，鬼使來追，等我央請一個精通鬼世界的人指引我去報到。

【研　析】這首詞用調侃的語氣寫自己的人生態度。上闋自詡如何風流而有才情格調。廣交俊彥，善唱曲填詞，精通演藝。闋末忽一轉，雖如此，其奈年華消逝何？下闋託閻羅之口寫如何對待生命。活著，則不教一日空過了，良辰美景，追逐歡笑，祛除煩惱；若生命走到盡頭，也要泰然順應。

柳永這種生活態度，固然與北宋初年那種「暮宴朝歡」的時風有關，但也是他耽溺歌酒而「未遂風雲便」，於是更「恣遊狂蕩」的逆反心態的反映。

〔雙調〕

雨霖鈴

寒蟬❶淒切。對長亭❷晚，驟雨初歇。都門❸帳飲❹無緒，留戀處、蘭舟❺催發。執手相看淚眼，竟無語凝噎。念去去❻、千里煙波，暮靄沉沉楚天闊。

多情自古傷離別❼。更那堪、冷落清秋節！今宵酒醒何處？楊柳岸、曉風殘月。此去經年❽，應是良辰、好景虛設❾。便縱有、千種風情❿，更與何人說？

【詞牌】雨霖鈴，雙調，一百零二字。上片九句五仄韻；下片八句五仄韻。例用入聲韻。上片二、七句都用領字，為一、三，一、四句式。《欽定詞譜》注云：「此調以此詞為正體。」

【注釋】❶寒蟬　蟬的一種。似蟬而小，青赤色。見《禮記・月令》載：孟秋之月，「涼風至，白露降，寒蟬鳴」。❷長亭　秦漢時，十里置亭，稱「長亭」。為行人休息及餞別之處。❸都門　京城城門。❹帳飲　古人常設帳於城外餞別，稱「帳飲」。❺蘭舟　即木蘭舟。此為舟的美稱。見《述異記》載：魯班曾刻木蘭為舟。❻去去　越去越遠。見曹植〈雜詩〉：「去去莫復道，沉憂令人老。」❼多情自古傷離別　南朝江淹〈別賦〉：「黯然銷魂者，唯別而已矣！」故云「多情自古傷離別」。❽經年　一年又一年。❾虛設　徒然地安排。❿風情　男女風月之情。

【語　譯】寒蟬淒切地低吟，面對長亭日晚，驟雨初停，在京城門外的餞別宴會上，因為就要上路，毫無半點情緒，正在戀戀不捨時，蘭舟又催人出發。此時此刻，只能握著手淚眼相看，竟哽咽著一句話也說不出來。心裡所想的，只是行人要越走越遠，將要去到那煙波浩渺的千里之外，那裡只見暮靄沉沉，楚天無際。　多情的人從古以來就為離別黯然情傷。更哪裡能承受關河冷落的清秋季節！今夜裡，酒醒時刻我將在什麼地方？應當是在那長著依依楊柳的岸邊，曉風吹拂，殘月如鉤。此番出行又會是年復一年，這以後良辰好景對我來說應該只是虛設。便縱使有千種風月情懷，除了你，我更向何人傾訴？

【研　析】從內容看，這首詞不過寫離別情境，而好評如潮，被列為宋金十大名曲之一，試析之：

上片按柳詞定式，先以景鋪墊「別前」。蟬嘶敗柳，是所聞；長亭日暮，驟雨初消，是所見；帳飲無緒，一如白居易〈琵琶行〉所言「醉不成歡慘將別」，是別前心情。「留戀處」以後，寫「別時」。執手相看，無語凝噎是大白話，但因為情極深，故不覺其俗。「念」字領起，將臨歧執手想說而未說的話化成了景語，煙波千里，暮靄沉沉，是一種遠、晚心態。又見前程渺茫，升沉難卜。如王勃〈送杜少府之任蜀州〉「城闕輔三秦，風煙望五津」、李白〈金鄉送韋八之西京〉「望望不見君，連山起煙霧」等，都以「風煙」、「煙霧」來表現對行人此去的渺茫、失落、惆悵之情。

下片引議論入詞，把個人的傷別納入歷史的、普遍的範疇。南朝江淹〈別賦〉「黯然銷魂者，唯別而已矣」，更何況是在特定的節候？「冷落清秋」，對上片略一呼應，就以「今宵」啟下，設想「酒醒鄉關遠」的別後情境。這情境絕不蕭瑟、灰暗，而是如此優美的良辰好景：「楊柳岸、曉風殘月。」李商隱〈贈柳〉中曾有「橋回行欲斷，堤遠意相隨」的句子，可見楊柳那絲絲裊裊、煙籠霧繞的神態，正是綿邈情思的美的具象。而曉風、殘月，也經常出現在離別情境中。如溫庭筠〈菩薩蠻〉（水精簾裡）「江上柳如煙，雁飛殘月天」、韋莊〈荷葉杯〉（記得那年）「惆悵曉鶯殘月，相別」。這是一副優美、淒清的景象。唯其美，令人聯想到過去那月下花前，雙宿雙飛的溫馨、纏綿的日子，而風清、月殘，又令人惆悵那種幸福生活的消逝。以下，用賦的手法實寫別後生活。「良辰好景」挽上，以「虛設」一筆抹消楊柳柔思、風月情懷。然後用反問作結，斬截有力。

作為慢詞，最要不冗不複、脈絡分明。如此詞，上片寫別前、別時，末以「念」字領起略作別後想像之境，兼寓情景，意似盡而未盡。下片先宕開，再用問句「今宵酒醒何處」提頓，這就比王世貞《藝苑卮言》中所引秦觀「酒醒處、殘陽亂鴉」更有情致。最後直寫經年以後，以反詰勒住全篇。

這首詞既能寓情於景，又能盡情披露，直抒情懷，是柳詞力作之一。

定風波

竚立長堤，淡蕩❶晚風起。驟雨歇、極目蕭疏，塞柳❷萬株，掩映

箭波❸千里。走舟車向此，人人奔名競利。念蕩子❹、終日驅驅❺，爭覺

鄉關轉迢遞？　何意？繡閣輕拋，錦字難逢，等閒度歲。奈泛泛❻旅迹❼，厭厭病緒。邇來❽諳❾盡，宦遊❿滋味。此情懷、縱寫香牋⓫憑誰與寄？算孟光⓬、爭得知我，繼日添憔悴。

【詞牌】定風波，雙調。上片九句四仄韻；下片十一句六仄韻。唐教坊曲名，六十二字，此行為一百零五字，平仄句式亦迴異。《欽定詞譜》名此詞為〈定風波慢〉。

【注釋】❶淡蕩　和舒。❷塞柳　邊地之柳。❸箭波　似指月光之波光閃爍。見唐代盧照鄰〈江中望月〉：「鏡圓珠溜徹，弦滿箭波長。」❹蕩子　流蕩不歸的男子。見〈古詩十九首〉之二：「蕩子行不歸。」❺驅驅　不停地驅馳、奔波。❻泛泛　漂流。❼旅迹　旅行的行程。❽邇來　近來。❾諳　熟識。❿宦遊　外出求官或做官。見王勃〈送杜少府之任蜀州〉：「與君離別意，同是宦遊人。」⓫香牋　信箋的美稱。⓬孟光　指代賢妻。見《後漢書・梁鴻傳》載：梁鴻妻賢，鴻貧困為人傭工，每至家，孟光為之具食。

【語譯】我久久地站在長堤上，傍晚時分，和風漸起，驟雨初停。放眼看去，草木搖落，一片衰颯的景象。堤上萬株塞柳，掩映著粼粼千里波光。我想到人人舟車勞頓，到此地來，為名利奔走、追逐，那流蕩不歸的男子，整日裡不停地驅馳，怎不覺得家鄉離自己越來越遠？　為什麼？輕易拋撇了繡閣裡的人，連音書也很難通，就這樣過了一年又一年。奈何漂流四方，萍蹤難駐，病懨懨地，一點情緒也沒有。近來總算是識盡了出來謀求官職的滋味，這種情懷，縱然寫在信箋上，又憑誰寄與你？估計賢妻你，又怎能知道，四處飄泊的我，一天比一天更加憔悴。

【研析】柳永一生，困頓場屋，潦倒仕途。他一方面屢屢表示厭倦這種讓他「繡閣輕拋」的、無結果的名利追逐，一方面卻始終沒有放棄功名的奔競。這個矛盾貫穿了柳永的一生，也成為柳詞的主要內容。

如此詞，上片寫了一個失意的宦遊人佇立長堤，所見「極目蕭疏」，所念「蕩子」奔競利名，遠離鄉關。下片「何意」自問領起，以下直敘泛泛、厭厭、繼日憔悴的孤淒困頓的遊宦生涯，這種情懷，連個傾訴處也沒有。值得注意的是，此詞中所說的「此情懷」，並不干風月，只是從自己的角度，訴說其宦遊中的勞碌、困頓、失落，聯繫闋末所用「孟光」典看，傾訴的對象似乎是妻室。關於柳永的妻室，文獻迄今不見記載。宋代楊湜《古今詞話》載：柳永「淪落貧窘，終老無子」，但《江南通志》的《選舉志》與《丹徒縣志》都有柳永子柳涚的記載。僅從此詞看，柳永對於妻子的感情雖不浪漫，卻也是真誠的，特別是在失意的時候。

尉遲杯

寵佳麗。算九衢紅粉❶皆難比。天然嫩臉修蛾，不假施朱描翠❷。
盈盈❸秋水❹。恣❺雅態、欲語先嬌媚。每相逢、月夕花朝，自有憐才深意。

綢繆❻鳳枕鴛被。深深處、瓊枝玉樹❼相倚。困極歡餘，芙蓉帳暖，別是惱人❽情味。風流事、難逢雙美❾。況已斷、香雲❿為盟誓。

且相將，共樂平生，未肯輕分連理⓫。

【詞　牌】尉遲杯，雙調，一百零五字。上片九句六仄韻；下片十句六仄韻。此調有平、仄兩體，仄韻者以此詞及無名氏〈歲雲暮〉、周邦彥〈隋堤路〉為正體。

【注　釋】❶紅粉　女子的化妝品，因以指代女人。見杜牧〈兵部尚書席上作〉：「偶發狂言驚滿座，兩行紅粉一時回。」❷不假施朱描翠　不借助敷胭脂口紅、描眉。❸盈盈　水清淺的樣子。❹秋水　比喻女子眼波清澈流動。見李賀〈唐兒歌〉：「一雙瞳仁剪秋水。」❺恣　任意。❻綢繆　指情意殷勤、纏綿。❼瓊枝玉樹　喻姿貌秀美之人。見《世說新語・容止》載：「魏明帝使后弟毛曾與夏侯玄共坐，時人謂蒹葭倚玉樹。」❽惱人　撩人。見王安石〈夜直〉：「春色惱人眠不得。」❾雙美　指郎才女貌。❿香雲　喻女子頭髮。⓫連理　異根草木，枝幹糾結連生。常喻男女情愛。見白居易〈長恨歌〉：「在天願作比翼鳥，在地願為連理枝。」

【語　譯】你這遭人寵愛的美人兒，估計這四方八面、大街小巷的紅粉佳人都很難和你相比。你天生一張嫩臉和修長的眉毛，全不借塗脂抹粉、描眉畫眼來修飾，那雙眸清澈、流動如秋水，一舉一動都如此文雅、優美。語未發，嬌媚的神態先已令人神迷。每次相逢，花間月下的朝朝夕夕，你自有憐愛我才學的深意。　纏綿於鳳枕鴛被，兩個姿容秀美的人深相偎倚。歡餘困倦之時，在溫暖的芙蓉帳中，別有一番撩人的情味。風流豔事，難得遇上這郎才女貌，兩相匹配。何況你已剪下一綹芳香的秀髮為盟誓，且讓我們愛樂一生，永不輕易枝分連理。

【研　析】這是一首「合歡詞」，五代詞中寫男女歡情的也不在少數，似這般細膩鋪寫的，卻也不多。如此詞上片寫女方色貌，仍以天然韻致和文雅舉止為審美取向，上片末從男方的愛色寫到女方的憐才。下片寫床上繾綣之情狀，用詞極香豔。日本漢學家村上哲見《唐五代北宋詞研究》下篇第三章在析柳永豔詞中說，柳永對歡情的描寫，「令人有只差最後一點之感」。而這「差最後一點」，似乎已超越了文人詞描寫色情的「度」，使他被認為「卑俗」甚至「穢褻」。

五代蜀詞人牛嶠有一首〈菩薩蠻〉，其詞云：「玉樓冰簟鴛鴦錦，粉融香汗流山枕。簾外轆轤聲，斂眉含笑驚。　柳陰煙漠漠，低鬢蟬釵落。須作一生拚，盡君今日歡。」其詞略去柳永此詞上片的鋪墊和下片的海誓山盟，寫「床上」只十四字，略一涉題，即以「簾外轆轤聲」宕開。況周頤《餐櫻廡詞話》盛讚此二句「別是一種秘密法眼」。下片再以景語轉「須作一生拚，盡君今日歡」斬釘截鐵語。比柳詞言歡情似更過之。而栩莊卻說：「全詞情事，冶豔極矣……宋人如柳（永）黃（庭堅）俳調，無此古拙之筆也。」（《栩莊漫記》）

牛、柳兩首詞相較，從「豔詞」的角度，牛詞被認為「無以復加」（彭孫遹《金粟詞話》），卻被冠以「古拙」的好評，而柳詞卻常獲俳、俚的責難。或許就因為柳永慢詞，「總以平敘見長」（周濟〈宋四家詞選目錄序論〉），而這有時也是一個短處，李端叔說：「耆卿詞鋪敘展衍，備足無餘，較之《花間》所集，韻終不勝。」（沈雄《古今詞話》引）他這一評價，實在非常準確。

慢卷紬

閒窗燭暗，孤幃夜永，攲枕難成寐。細屈指尋思，舊事前歡，都來❶

未盡，平生深意。到得如今，萬般追悔。空只添憔悴。對好景良辰，皺著眉兒，成甚滋味？　紅茵❷翠被。當時事，一一堪垂淚。怎生得❸依前❹，似恁偎香倚暖，抱著日高猶睡？算得伊家，也應隨分，煩惱心兒裡❺。又爭似從前，淡淡相看❻，免恁牽繫！

【詞牌】慢卷紬，雙調，一百十一字。上片十三句五仄韻；下片十二句五仄韻。

【注釋】❶都來　算來。見《詩詞曲語辭匯釋》引范仲淹〈御街行〉：「都來此事，眉間心上，無計相回避。」王闓運《絕妙好詞》注：「『都來』即『算來』也。」❷紅茵　紅色的墊褥。❸怎生得　如何能夠。與「安得」意近。表希冀之詞。❹依前　還和從前一樣。❺算得伊家三句　見《詩詞曲語辭匯釋》：「柳永〈慢卷紬〉詞『算得伊家，也應隨分，煩惱心兒裡』，言照樣煩惱也。」伊家，第二人稱，猶言「你」。隨分，照樣。❻淡淡相看　平平常常地對待。

【語譯】寂靜的窗兒下，燈昏燭暗，我一個人孤獨地臥於幃帳中，漫漫長夜，靠著枕頭難以入眠。仔細掰著手指尋思，過去那些快樂的日子，算來是我沒能好好憐惜，表達我平生深深的情意。到現在，萬般追悔，也只是徒然平添得容顏憔悴。空對好景良辰，皺著眉頭，是一種什麼滋味？

想起當時那同紅茵、共翠被的情景，一樁樁，一件件，都只令人流淚。如何能得依舊和從前一樣，那般依偎著，香生肌膚，暖沁心房，互相擁抱著，太陽升得老高，還不願起床？想到這些，我估計你也和我一樣，心裡充滿煩惱。真不如當初彼此淡淡地相處，不要那麼情深意重，免得如今這般牽腸掛肚！

【研　析】「日進前而不御，遙聞聲而相思」《文心雕龍・知音》引《鬼谷子・內揵》。這是一種普遍的社會心態，只有分別之後，產生了距離，這才深深追悔沒有珍惜相聚時的幸福，沒有更多地、更盡情地表達自己的愛意。下片具體寫所追思的「舊事前歡」，從「偎香倚暖，抱著日高猶睡」的抒寫可以看出，這是一種最世俗的男歡女愛。結末語癡而妙，在無可奈何的思念中，設想若當時只作一般露水姻緣，淡淡相看，不如此執著，現在也許就不那麼煩惱了。

詞的上片追悔當時未盡「平生深意」，還愛得不夠，下片卻又後悔，當時愛得太深，這種矛盾心態的描寫，細膩地表現了無法排解的刻骨相思。

征部樂

雅歡幽會❶，良辰可惜虛拋擲。每追念、狂蹤舊迹。長祇恁、愁悶朝夕。憑誰去、花衢覓？細說此中端的❷。道向我，轉覺厭厭，役夢勞魂苦相憶。

須知最有，風前月下，心事始終難得。但願我、蟲蟲❸心下，把人看待，長似初相識。況漸逢春色。便是有，舉場❹消息。待這回、好好憐伊，更不輕離拆。

【詞牌】征部樂，雙調，一百零五字。上片九句六仄韻；下片十一句五仄韻。

【注釋】❶雅歡幽會　泛指快樂而風雅的聚會。幽會，此應指男女約會。亦可指幽勝之地的相聚，如梁武帝蕭衍〈上雲樂・方丈曲〉：「金書發幽會，碧簡吐玄門。」❷端的　真個；究竟。見《詩詞曲語辭匯釋》：「柳永〈征部樂〉『……細說此中端的』，此猶云情節或事實。」❸蟲蟲　一說為女人的昵稱，如杜安世〈浪淘沙〉：「一床鴛被疊香紅，明月滿庭花似繡，悶不見蟲蟲。」一說為當時妓女名，柳詞中如秀香、瑤卿、香香、心娘等十多名妓女的名字屢見，故蟲蟲也很可能是實指某一妓女。在其他詞如〈集賢賓〉中亦曾提及。❹舉場　京試時的考場。見張籍〈送李餘及第後歸蜀〉：「今日成名出舉場。」

【語譯】每當我追憶過去狂放生活的履蹤舊跡，總是痛悔歡樂的雅聚，旖旎的約會，那美好的時光被白白地拋擲。而現在，經常只如此朝夕愁悶。又憑誰再到往昔的花街柳巷去尋覓失去的好時光？要細細傾訴這中間的情事，卻反而又覺得沒有心情，沒有氣力去役使夢魂勞碌奔波，追尋往事。

　　要知道，那風前月下的情懷，最是縈繞心胸，始終難以忘卻。但願在蟲蟲心中，一直如當初相識時那樣看待我。況且，已漸近春天，那時便應當有舉場的好消息傳來。等到那個時候，我將好好地憐愛你，更不會再輕易和你分別。

【研析】這首詞直接敘說謀取功名和浪跡雅歡幽會的矛盾。上闋寫對「狂蹤舊迹」、「役夢勞魂」的苦苦追念。下闋轉念一人——寫對蟲蟲的風前月下的相戀、相思。希望她此心不變，等他舉場得勝，再不分離。

這是柳永一生的矛盾所在，魚與熊掌，不可兼得，而柳永卻希望先得其一，再續魚水之歡。殊不知恣遊狂蕩雖是他生活的那個時代的世風，但柳永和市井音樂文學有共同的審美趣味，引市井音樂文學的傳播者，歌伎樂工們為知己知音，心息相通，沉迷於市井的享樂生活，和一般文人狎妓的「目中有，心中無」不同，早已越過了「度」，這必將成為他追逐功名的阻礙。於是，他只能在功名追逐和歌酒生涯中徘徊、追悔。他所設計的舉場春風後再「好好憐伊」的理想也只能成為泡影。

佳人醉

暮景蕭蕭雨霽。雲淡天高風細。正月華如水。金波❶銀漢❷，瀲灩❸無際。冷浸書帷❹夢斷，卻披衣重起。臨軒砌❺。

素光遙指❻。因念翠蛾，杳隔音塵❼何處？相望同千里。儘凝睇❽。厭厭無寐。漸曉雕闌獨倚。

【詞牌】佳人醉，雙調，七十一字。上片八句六仄韻；下片七句五仄韻。《繆荃孫校本》引《天籟軒本》以「臨軒砌」為下片起句。此詞亦無別首宋詞可校。

【注釋】❶金波 指月光。見《漢書・禮樂志二・郊祀歌・天門》「月穆穆以金波」注：「言月光穆穆，若金之波流也。」❷銀漢　即銀河。❸瀲灩　波光映照相連的樣子。❹書帷　借指書房。帷，帳幕。❺軒砌　堂前的臺階。❻素光遙指　月光高照。❼音塵　此指訊息。❽凝睇　凝視。

【語　譯】到黃昏，瀟瀟細雨初歇。高天雲淡風微。此時，月華如水，金色的光波映射著燦爛星河，那閃動的瀲灩波光不斷擴展，遠連著無垠天際。這清冷的光色浸透了書房的帷幕，侵擾了夢境，我只得重又披衣起床，走向堂前的臺階。　皎潔的月光直瀉下來，於是我想到心上的美人。我們雖千里相望，共一嬋娟，而音塵遠隔，人在何處？我凝眸久望，全無意緒，輾轉難以入眠，只能獨倚雕欄到漸漸天明。

【研　析】這首詞從雨霽月出寫到望月懷人。下闋即從謝莊〈月賦〉「美人邁兮音塵絕，隔千里兮共明月」生發。結末以「漸曉雕闌獨倚」寫一夜無眠，可見思念之深。

柳永最善於寓情於景。其「雲淡天高風細」，到「瀲灩無際」，到「冷浸書帷」，形象地展示了詞人被景觸發的情，由微細而逐漸擴展到浸染、加深的過程。

迷仙引

纔過笄年❶，初綰❷雲鬟❸，便學歌舞。席上尊前，王孫隨分❹相許❺。

算等閒、酬一笑，便千金慵❻覷❼。常祗恐、容易蕣華❽偷換，光陰虛度。

已受君恩顧。好與花為主。萬里丹霄❾，何妨攜手同歸去！永棄卻❿、煙花伴侶⓫。免教人見妾，朝雲暮雨。

【詞牌】迷仙引，雙調，八十三字。上片九句四仄韻；下片七句五仄韻。柳永創調，《樂章集》中也只此一首，無別詞可校。

【注釋】❶笄年　指女子成年。女子到了成年，須盤髮插笄。見《禮記．內則》云：女子「十有五年而笄」。笄，簪子。❷綰　盤結。❸雲鬟　形容綰成的如鬟的髮髻像雲一般。❹隨分　隨便。❺相許　對她作出承諾。❻慵　懶。❼覷　瞄。❽蕣華　即木槿花。朝開暮斂。❾丹霄　天空。❿卻　用於動詞後的語助詞，猶言「了」。⓫煙花伴侶　指同在青樓的妓女。

【語　譯】才過了盤髮插笄的年齡，將秀髮綰成如雲的髻鬟，便開始學習歌舞，好在筵席上、酒尊前，去酬應那些追歡買笑、隨意作出承諾的王孫公子們。算起來，即使一笑酬千金，我也懶得看上一眼。我只是常暗地擔心，會像木槿花那樣，朝開夕落，虛擲了光陰。　想我已受到郎君您的眷顧，切望您能為我作主。何妨攜帶著我一同踏上青雲萬里的人生途程！讓我永遠離開煙花巷的友伴，免得教人們見到我，說我是一個朝雲暮雨的青樓女子。

【研　析】柳永作為一個封建文人，不把煙花女僅僅當作玩物，而能如此親切地體味到她們的憂樂，實在是一件很不容易的事。這首詞就以一個煙花女子的口氣，傾訴她如何自小落入風塵，以歌舞、色相侍奉王孫。在席上、尊前的賣笑生涯中，她不以金錢為意，耿耿於心的卻是人老珠黃、無所依託的將來。下闋直接和她意中的郎君對語，這種直接的對話方式，可以傳神地描摹煙花女子的口角，直抒她們這一特定群體的共同願望——擇夫從良，從而洗清社會上對她們朝雲暮雨的神女生涯的種種非議和歧視。

她們所嚮往的正常夫妻生活是否能實現？從上闋的「王孫隨分相許」中可以窺見。這種「攜手同歸」的願望不過是令人心酸的憧憬。白居易〈琵琶行〉中曾寫到：「今年歡笑復明年，秋月春風等閒度。弟走從軍阿姨死，暮去朝來顏色故。門前冷落車馬稀，老大嫁作商人婦。」潯陽江頭一葉孤舟中的「商人婦」，應該只是行蹤不定的生意人的外室。而這，正是多數煙花女子的歸宿。

御街行

燔柴❶煙斷星河曙。寶輦❷回天步❸。端門❹羽衛❺簇雕闌，六樂❻〈舜韶〉❼先舉❽。鶴書❾飛下，雞竿❿高聳，恩霈均寰寓⓫。

赤霜袍⓬爛⓭飄香霧。喜色成春煦。九儀⓮三事⓯仰天顏，八彩⓰旋生眉宇。椿齡⓱無盡，蘿圖有慶⓲，常作乾坤主。

【詞牌】御街行，雙調，七十六字。上、下片各七句四仄韻。

【注釋】❶燔柴　古時祭天，積柴草於壇上，取玉和犧牲放在柴草上焚燒，使氣達於天。見《禮記・祭法》：「燔柴於泰壇，祭天也。」❷寶輦　飾有金玉寶物的帝王乘坐之車。❸天步　常釋為天運。此與「寶輦」相連，宜作天子之步解。❹端門　宮殿正南門。❺羽衛　擎著羽毛裝飾的旌旗的儀仗隊。❻六樂　見《周禮・地官・保氏》載：六樂指〈雲門〉、〈大咸〉、〈大韶〉、〈大夏〉、〈大濩〉、〈大武〉六種古舞曲。❼舜韶　即〈大韶〉。傳說是舜命夔所制，故稱。❽舉　演奏。❾鶴書　一說為書體名，古時徵辟賢士的詔書例用此體。一說為懸於木鶴中的赦書。見《宋史・禮志二十》記「御樓肆赦」載：「太常擊鼓集囚。少府監立雞竿於樓東南隅……樓上以朱絲繩貫木鶴，仙人承之奉制書循繩而下。至地以畫臺承鶴，有司取制書置案上……宣赦訖，還授中書、門下，付刑部侍郎承旨放囚，百官稱賀。」觀此詞，於「鶴書」後接寫「雞竿」、「恩霈」，似以第二說更妥。❿雞竿　專為皇帝宣赦令所置。見《新唐書・百官志》載：「赦日，樹金雞於仗南，竿長七丈，有雞高四尺，黃金飾首。」⓫寰寓　天下。寓，同「宇」。⓬赤霜袍　宋代官服。見《宋史・輿服志》：「宋因唐制……五品以上服朱。」⓭爛　華美鮮明的樣子。見《詩經・唐風・葛生》：「錦衾爛兮。」⓮九儀　對命官的九種授命儀式。此應指司九儀之官。見《周禮・春官・大宗伯》：「以九儀之命，正邦國之位。」⓯三事　天、地、人為三事。此指治天、地、人三事之大夫，即三公。⓰八彩　此為頌聖之語。見《春秋元命苞》載：「堯眉八彩。」⓱椿齡　祝人長壽之辭。椿，長壽的象徵。見《莊子・逍遙遊》：「上古有大椿者，以八千歲為春，八千歲為秋。」⓲蘿圖有慶　意指皇圖之內同慶。蘿圖，或謂皇圖。

【語　譯】放置於祭天用的柴草垛上的玉器、犧牲已經燒完，青煙散盡，星河斜耿，天色漸曉。皇帝坐著寶輦返回宮殿。皇宮正南門，儀仗簇擁在雕花的闌干邊，六種舞樂從〈大韶〉開始演奏。此時，大赦的制書承木鶴從御樓垂下，御樓的東南角，專為宣赦而準備的，頂上裝飾著金雞的長竿高高聳立，皇上的恩德廣布天下。

穿著鮮明華麗的赤霜袍的高官貴冑們身上散發出香氣，欣喜的神色如春天和煦的陽光。掌九儀三事的職臣們瞻仰著皇帝的容顏，看到他如聖君堯帝般，眉宇間旋生八彩。願皇家壽算無窮，普天同慶，永遠作乾坤的主宰。

【研 析】唐圭璋《全宋詞》據毛校《樂章集》於詞牌下題云「聖壽」。但覽詞意，「鶴書」、「雞竿」都是專為宣赦而置之物，又《宋史．真宗紀》有關於天禧二年（西元一〇一八年）秋七月壬申「以星變赦天下」的詳細記載，疑此詞或為此次大赦而作。

詞上片鋪敘了宣赦的過程：燔柴祭天，寶輦回宮，羽衛簇門，六樂先舉，鶴書飛下，雞竿高聳，然後以「恩霈均寰寓」結上片。下片接寫皇帝在百官的拱衛下參與儀式。末以吉語結。

此顯然是配合宣赦的政治宣傳而作的應時、頌聖之作，套話很多，了無情趣。但鋪敘井然，形象鮮明，從中亦可見北宋時宣赦典儀的盛況。

御街行

前時小飲春庭院。悔放笙歌散。歸來中夜酒醺醺，惹起舊愁無限。
雖看墜樓換馬❶，爭奈不是鴛鴦伴。朦朧暗想如花面。欲夢還驚斷。
和衣擁被不成眠，一枕萬回千轉。惟有畫梁，新來雙燕，徹曙聞長歎。

【注 釋】❶墜樓換馬　此以墜樓、換馬典指美人。墜樓，見《晉書．石崇傳》載：石崇有愛妓綠珠，美豔，善吹笛。趙王司馬倫專權，其嬖臣孫秀素與石崇有仇，孫既貴，向石崇索綠珠不得，便力勸趙王誅崇。「崇謂綠珠曰：『我今為爾得罪。』綠珠泣曰：『當效死於官前。』因自投於樓下而死」。換馬，見唐代李亢《獨異記》

載三國魏曹彰以愛妾換馬事。又《異聞集》亦載酒徒鮑生「以女婢善四絃者換紫叱撥（馬名）」事。

【語譯】前些時，在春天的庭院淺斟低酌，直後悔那麼早就散席撤去了笙歌。半夜醉醺醺地歸來，惹起了無限舊愁。雖然滿眼如雲美女，但都不是我相伴相親的那一個。　朦朧中，我暗想她那如花的面容，渴望和她在夢中相會，卻又屢被驚斷，連魂夢也難通。我穿著外衣，抱著被子難以入眠，在枕上千回萬轉。只有畫梁上雙棲的新燕，才知道我長吁短嘆直到天明。

【研析】柳永一生，常在歌酒中討生活。詞的上片便寫「小飲」和「笙歌」，並用「悔放笙歌散」來抒寫自己對歌酒的無限眷戀。但沒有不散的筵席，當「盡日笙歌人散後，滿江風雨獨醒時」（元稹〈醉別盧頭陀〉），情何以堪？詞從歌酒之憶轉到懷人。上片末即從「墜樓換馬」的美人中寫到曾是鴛鴦伴的「那一個」。下片寫思念之切。先癡想夢裡相逢，卻連夢也難做，只好「悠哉悠哉，輾轉反側」了。詞末以雙燕反襯自己的孤淒，而這相思之苦也只有雙燕能知了。

歸朝歡

別岸扁舟三兩隻。葭葦❶蕭蕭❷風淅淅❸。沙汀宿雁破煙飛，溪橋殘月和霜白。漸漸分曙色。路遙山遠多行役。往來人，隻輪❹雙槳❺，盡是利名客。

一望鄉關煙水隔。轉覺歸心生羽翼。愁雲恨雨兩牽縈，新春殘臘相催逼。歲華都瞬息。浪萍風梗❻誠何益。歸去來，玉樓深處，有箇人相憶。

【詞牌】歸朝歡，雙調，一百零四字。上、下片各九句六仄韻。又名〈菖蒲綠〉。

【注釋】❶葭葦　見《詩經・豳風・七月》「八月萑葦」疏云：「初生為葭，長大為蘆，成則名為葦。」萑葦，即蒹葭。❷蕭蕭　象聲詞，此象木落之聲。見杜甫〈登高〉：「無邊落木蕭蕭下。」❸淅淅　象聲詞，此象風聲。見謝惠連〈七月七日夜詠牛女〉：「淅淅振條風。」❹輪　指代車。❺槳　指代舟。❻浪萍風梗　浪中之萍，風中之梗。指飄流無定。

【語譯】三三兩兩的船隻離開岸邊，蘆葦蕭蕭，清風淅淅。沙洲上棲息的大雁突破晨霧，開始了一天的飛行。殘月照臨溪橋，月華和霜花泛出一片清冷的白光。漸漸地，曙色初分，只見許多人行色匆匆，在迢迢的道路和遠處的山林間奔走。這來來往往的人，舟車勞頓，無非都是被利名所役的行客。

我遙望被重重煙水阻隔的鄉關，覺得歸心更加急迫，恨不能插上雙翅飛回家鄉。我想到，心上的人兩恨雲愁，空勞牽掛，加上春來冬去流年催逼，眨眼呼吸之間年華消逝，而我卻如萍梗在風浪中飄零，實在是沒有什麼意義。歸去吧！在那玉樓深處還有個繫念我、盼望我的人兒。

【研析】上片因情設色，鋪寫羈旅情境。詞從扁舟解纜離岸寫起，先以蕭蕭、淅淅等象聲詞編織出淒清的晨之曲。在風聲、草木聲中，宿雁穿煙而起。溪橋上，殘月映照著清霜，這使我們聯想到溫庭筠〈商山早行〉「雞聲茅店月，人迹板橋霜」的名句。那些不辭辛苦，舟車碌碌，在路遙山遠中來往如蟻的利名客們，在曙色中逐漸分明，而詞人也轉入更理性的沉思。他想到充滿溫馨回憶，令人魂牽夢縈的家鄉，而自己卻年去年來地在作徒勞無益的利名追逐。日居月諸，歲華瞬息，這種奔走更有何意義？最後，他得出了「歸去來」的結論。召喚陶淵明的，是「田園將蕪胡不歸」的質樸的田園生活；而召喚柳永的卻是情愛。封建社會大多數士子在仕途失意之後，都選擇了歸隱田園、山林，曾經有人指出過這種選擇有一定的虛假性，所以，人稱歸隱之地——長安附近的終南山為「終南捷徑」，歸隱也是為了出仕。比起這些人來，柳永對世俗享樂和情愛生活的追求，似乎更真實。

采蓮令

月華收，雲淡霜天曙。西征客❶、此時情苦。翠娥執手送臨歧❷，軋軋開朱戶。千嬌面、盈盈竚立，無言有淚，斷腸爭忍❸回顧。

一葉蘭舟，便恁急槳凌波❹去。貪行色❺、豈知離緒？萬般方寸❻，但飲恨，脈脈同誰語。更回首、重城不見，寒江天外，隱隱兩三煙樹。

【詞牌】采蓮令，雙調，九十一字。上片八句四仄韻；下片九句四仄韻。《宋史・樂志》載：〈采蓮令〉是曲宴遊幸，教坊所奏的十八調曲之一。

【注　釋】❶西征客　西行之旅人。❷臨歧　此指分手之處。歧，岔路口。❸爭忍　即怎忍。爭，怎。❹淩波　形容船在水面急駛。❺行色　出行的徵兆、神態。見《莊子・盜跖》：「柳下季曰：『……車馬有行色，得微往見跖邪？』」岑參〈送宇文舍人出宰元城〉：「馬帶新行色，衣聞舊御香。」此處前有一「貪」字，似有爭著上路出行之意。❻方寸　指心。心緒。見《三國志・蜀書・諸葛亮傳》載：亮與徐庶並從先主，曹操獲庶母，庶辭先主曰：「本欲與將軍共圖王霸之業者，以此方寸之地也。今已失老母，方寸亂矣，無益於事，請從此別。」

【語　譯】月華漸漸收斂，天上飄著淡淡的雲，霜天曙促，正是上路的時候。準備西行的我，這時心情多麼悲苦。我那美人在臨別時緊緊抓住我的手，軋軋地打開了朱紅色的門。她亭亭久立，默默無言，那千嬌百媚的面龐掛滿了淚珠。我柔腸寸斷，怎麼忍心回顧。　我坐著一葉蘭舟，便這般飛快地划著槳淩波而去。我只顧爭著上路，哪能體味她別時的心情？我心中也有萬般苦楚，只能深深抱憾，蘊藏於心，又向誰傾訴。更回顧，已不見重重城郭，只有寒江流於天外，地平線上，隱約有三兩株被晨霧籠罩的樹。

【研　析】此詞寫別前、別時和別後情境。其執手臨歧、無言有淚、蘭舟急槳與〈雨霖鈴〉（寒蟬淒切）「執手相看淚眼，竟無語凝噎」、「留戀處，蘭舟催發」略同。只於詞末，〈雨霖鈴〉用賦的手法寫別後「此去經年，應是良辰、好景虛設。便縱有、千種風情，更與何人說」，而此詞則用景結情。那流向天外的滾滾寒波和天邊的隱隱煙樹，既使人對前程懷有「念去去、千里煙波，暮靄沈沈楚天闊」的迷茫，也是對往事那朦朧、淒迷的懷想的具象。「寂寞寒潮遠，微茫煙樹昏」，詞人寂寞、微茫之情就通過景語形象地表達出來。這個結語，似較〈雨霖鈴〉的結末更含蓄無盡。

秋夜月

當初聚散。便喚作❶、無由再逢伊面。近日來、不期而會重歡宴。向尊前、閒暇裡，斂著眉兒長歎。惹起舊愁無限。盈盈淚眼。漫向❷我耳邊，作萬般幽怨。奈你自家心下，有事難見。待信真箇❸，恁別無縈絆。不免收心❹，共伊長遠。

【詞牌】秋夜月，雙調，八十二字。上片六句五仄韻；下片九句五仄韻。此調見《尊前集》。前蜀詞人尹鶚詞起結有「三秋佳節」、「深夜、窗透數條斜月」句，故以〈秋夜月〉名。柳詞與尹詞句讀參差，平仄亦不盡同。

【注釋】❶喚作　以為。❷漫向　作「空向」解。漫，漫不經意，引申為「徒」或「空」。❸真箇　真是這樣。❹收心　收起、放棄猜疑之心。

【語譯】當日分手，便以為沒有機緣再見你的面，沒想到近日裡會重又在宴會上相逢。你在飲酒間，瞅著空，皺著眉頭長吁短嘆，惹起無限的舊愁。　你淚汪汪，徒然向我耳邊，傾訴著萬般幽怨。奈何你自家心下有事，難以見面。如果真是這樣，那就沒有別的糾葛。不免收起種種無謂的猜疑，和你長相廝守。

【研析】這首詞寫「愛的波折」。詞從「當初聚散」寫起，那「無由再逢伊面」的失落中，便已包含再續前緣的企盼。而今有幸重逢，便作盡千般姿態：斂眉、長嘆、流淚，傾訴萬種幽愁。當男方稍作解釋，便立即冰釋前嫌，表示要永諧舊好。這種男女間經常發生的，因愛生嫌的小波折，只足以給愛情增加濃度，柳永是深諳此中情味的。詞中對女方嬌嗔薄怨的形態和語氣的描摹，十分傳神。清代焦循《雕菰樓詞話》指出柳永〈秋夜月〉用散（上聲十四旱）、面（去聲十七霰）、嘆（去聲十五翰）、限（上聲十五潸）、怨（去聲十四願）、遠（上聲十三阮）通押，十韻字，分屬上、去六韻部，從而得出「詞韻更寬」的結論。清道光時人戈載將《廣韻》二百零六部合併為十九部，以平聲統上、去，歸納為十四部，又立入聲五部，是為《詞林正韻》，柳永此詞所用韻字，均在第七部。

詞學家任二北說此詞：「情節頗生動。在半信半疑、可圓可破之間。」（《敦煌曲初探・雜考與臆說》）

巫山一段雲

六六真遊洞，三三物外天❶。九班❷麟穩❸破非煙❹。何處按❺雲軒❻？

昨夜麻姑❼陪宴。又話蓬萊清淺❽。幾回山腳弄雲濤。彷彿見金鼇❾。

【詞牌】巫山一段雲，雙調，四十六字。上片四句三平韻；下片四句兩仄韻兩平韻。唐教坊曲名，亦有四十四字，上、下片各三平韻者。

【注釋】❶六六真遊洞二句　指三十六洞天和九重天。一說此詞為朝廷降香武夷而作。六六、三三，指武夷山的三十六峰和繞山而過的九曲溪。自柳永此詞開先河，後人每沿用。如南宋陸游〈寄題朱元晦武夷精舍〉之四：「山如嵩少三十六，水似邛崍九折途。」明代蘇鉦〈武夷行〉：「三三秀水清如玉，六六奇峰翠插天。」（見海峽文藝出版社二〇〇七年版《柳永新論》三五五頁，方留章、黃勝科〈對柳永巫山一段雲五闋的詮釋〉）真遊洞，神仙所居之洞府。物外天，塵世以外。❷九班　泛指仙女之多。❸麟穩　穩坐著麒麟。❹非煙　祥瑞的彩雲。見前〈看花回〉（玉墄金階舞舜干）注❺。❺按　停住。❻雲軒　雲中所駕之車。❼麻姑　女仙名，晉代葛洪《神仙傳》稱其為建昌人，在牟州東南姑餘山修道。又載：「是好女子，年十八九許。」❽又話蓬萊清淺　麻姑自言：「已見東海三為桑田。向到蓬萊，水又淺于往者會時略半也，豈將復還為陵陸乎？」❾金鼇　傳說中在大海中負山之金鼇。

【語譯】三十六峰隱藏著神仙洞府，九曲溪回環，遠出塵氛之外。仙子們穩坐著麒麟，分開祥雲，他們準備在何處停下車駕？　昨天夜晚麻姑曾經在這裡參加宴會，她又提到蓬萊水域變淺的事，是不是又會第四次變為桑田。仙子們幾度在山腳下遊戲雲濤，彷彿見到了背負著山的金鼇。

【研析】唐人徐凝〈武夷山仙城〉：「武夷無上路，毛徑不通風。欲共麻姑住，仙城半在空。」柳永幻想著仙女停下車駕，徜徉於六六奇峰，三三曲澗，使他故鄉的青山秀水，沐浴於一片空靈優雅的氛圍。

武夷山有一峰為幔亭峰，傳說此地是地仙武夷君宴請眾仙之處。宴會上大張綾幔，以延仙客，後人就稱設宴處為幔亭峰。

柳永正是在這些詩和傳說的基礎之上，馳騁想像，把自己的故鄉山水想像為仙人之城。

巫山一段雲

琪樹❶羅三殿❷，金龍❸抱九關❹。上清❺真籍❻總羣仙❼。朝拜五雲間。

昨夜紫微❽詔下。急喚天書使者。令齎❾瑤檢❿降彤霞⓫。重到漢皇⓬家。

【注　釋】❶琪樹　傳說中神仙所植之樹。❷三殿　泛指神仙所居。❸金龍　飾於門上用於銜門環的金鋪首。❹九關　謂天門。天門九重。❺上清　道家以仙人所居為三清，一曰玉清，一曰上清，一曰太清。❻真籍　神仙之籍。❼總羣仙　統領群仙。❽紫微　星座名。為天帝之座。❾齎　贈。❿瑤檢　即瑤緘。天書之美稱。⓫彤霞　象徵吉兆的紅色雲彩。⓬漢皇　指漢武帝劉徹。《說郛・漢武內傳》載：上元夫人授劉徹《金書秘字六甲靈飛左右策精之文十二事》。此以漢借指宋真宗大中祥符元年（西元一〇〇八年）天書再降事。見《宋史・真宗紀》載：祥符元年春正月有黃帛曳左承天門南鴟尾上，六月，天書再降於泰山醴泉北，迎之於含芳園。

【語　譯】玉樹環繞著沉沉仙殿，金龍守衛著重重天門。上清界裡，有真宰之籍的神仙統領著眾仙，向五色祥雲朝拜。　昨夜天帝下詔，急忙喚取奉天書的使者，命令他降下祥雲，再次送達天書到漢家皇宮。

【研　析】詞上闋寫設壇迎接天書，下闋補寫昨夜天帝命令使者齎天書「重到漢皇家」的事。從詞末「重到」一句看，與宋真宗祥符元年六月「天書再降」的事隱合。但另一說據《武夷山志・祀典》認為，這是為仁宗天聖年間，朝廷確定名列十六洞天的武夷山為向九天投送金龍玉簡的十個洞天之一的祈天盛典而作。上闋所寫「三殿」、「九關」即為這次祈天活動而啟建的靈寶道場。而「上清真籍總羣仙」，指的是武夷君，《武夷山志・祀典》載：「相傳昔有神仙降山中，自稱武夷君，受上帝命，統錄群仙。」依此說，則「重到」又不好落實。又據《宋史・仁宗紀》載：天聖二年（西元一〇二四年）「六月壬申，罷天慶、天祺、天祝、光天、降聖節宮觀然燈」，神仙之事漸消歇，《武夷山志・祀典》與正史所載不符。姑錄置，以備參考。

巫山一段雲

清日朝金母❶，斜陽醉玉龜❷。天風搖曳六銖衣❸。鶴背覺孤危。

貪看海蟾❹狂戲。不道九關齊閉。相將何處寄良宵。還去訪三茅❺。

【注　釋】❶金母　西王母。見《集仙錄》：「西王母者，九靈太妙龜山金母也，一號太虛九光龜臺金母元君。」

❷玉龜　即指王母居處龜山。❸六銖衣　仙人之衣。六銖，極言其輕。銖，古衡制單位，說法不一，或言二十四銖為一兩（今之半兩）。❹海蟾　即隱人劉海蟾。號海蟾子，呂純陽弟子，道家南宗之祖。❺三茅　茅山。漢時，咸陽三茅君茅盈、茅固、茅衷三兄弟得道掌此山，因以得名。

【語譯】一大早出發去朝拜西王母，黃昏時已經可以看到在斜陽中金光閃爍的，王母的居處龜山。天風吹拂著只有六銖重的仙衫，騎在鶴背上的仙子們覺得是那麼杳渺無依。因為貪看海蟾子狂放嬉戲，沒想到九重門都已關閉。仙子們互相商量到什麼地方寄宿，度此良宵，最後決定，還是去訪茅山三兄弟的好。

【研析】這首詞寫群仙相約，去赴王母的壽宴，先交代朝發夕至的一日途程。「天風」兩句寫仙馭凌虛之情狀，啟人遐想。下闋又生曲折，因貪看海蟾狂戲，誤了進入仙城的時間，只好到茅山寄宿，度此良宵。

清代李調元說：「詩有遊仙，詞亦有遊仙。人皆謂柳三變《樂章集》工於閨帳淫媟之語、羈旅悲怨之辭，然集中〈巫山一段雲〉詞，工於遊仙，又飄飄有凌雲之意，人所未知。」（《雨村詞話》卷一）

巫山一段雲

閬苑❶年華永，嬉遊別是情。人間三度見河清❷。一番碧桃成❸。

金母忍將輕摘。留宴鼇峯❹真客❺。紅猦❻閒臥吠斜陽。方朔敢偷嘗❼。

【注　釋】❶閬苑　神話中地名。仙人所住。❷人間三度見河清　見《拾遺記》：「黃河千年一清。」三度清，意謂三千年。❸一番碧桃成　碧桃，即蟠桃。傳說為王母所有，三千年一熟。見《漢武帝內傳》：「此桃三千年一生實。」❹鼇峯　即龜峰。❺真客　即真人。神仙。❻紅猦　即長著紅色長毛的犬。猦，多毛犬。❼方朔敢偷嘗　漢代東方朔，善奇計俳辭，為武帝弄臣。傳說東方朔曾偷食武帝的「不死藥」。見《說郛》引《漢孝武故事》載：東郡送一短人，長五寸，衣冠具足……（朔）指謂上曰：「王母種桃，三千年一結子。此兒不良，已三過偷之，失王母意，故被遣來此。」

【語　譯】仙居閬苑的光陰是那麼的悠長，在這裡快樂地生活，別有一番情趣。人間三次見到黃河澄清，已經是三千年，而王母的碧桃才成熟一次。　王母怎麼忍心輕易將碧桃摘下，她要留著它宴請到龜峰來的仙客。那紅色的長毛仙犬閒臥在斜陽中吠叫著，看你東方朔敢不敢偷嘗這仙果。

【研　析】這首詞寫王母的蟠桃壽宴。先總敘閬苑從容、和美的遊樂生涯。再寫傳說中壽宴的中心物事——三千年一熟的蟠桃。下闋接寫王母如何珍重地把它留下來，準備招待赴壽筵的仙客。結末用詼諧的語氣添上一筆：你這曾偷嘗不死藥的神偷妙手，面對守衛著仙桃的哮天犬，恐怕也不敢來偷嘗一口吧。

這裡使歷史人物加入神仙的活動，神與人的距離被拉近，使遊仙的內容變得更輕鬆，也更親切、可信。

巫山一段雲

蕭氏賢夫婦❶，茅家好弟兄。羽輪飆駕赴層城。高會盡仙卿❷。

一曲〈雲謠〉❸為壽。倒盡金壺碧酒。醺酣爭撼白榆❹花。踏碎九光霞❺。

【注　釋】❶蕭氏賢夫婦　指蕭史、弄玉。春秋時秦穆公以女弄玉妻善吹簫的蕭史。後二人升仙而去。事見《列仙傳》。❷仙卿　仙人。❸雲謠　仙曲。見《仙傳拾遺》：「周穆王……觴西王母於瑤池之上。王母謠曰：『白雲在天，道里悠遠。』」因首句而省稱〈雲謠〉。❹白榆　傳說中天上所種之樹。見《古樂府》：「天上何所有？歷歷種白榆。」❺九光霞　九色彩霞。見《真誥》：「萬里洞中朝玉帝，九光霞內宿仙壇。」九光，此詞為道家習用。

【語　譯】蕭史和弄玉這一對賢夫婦和茅家的三個好弟兄，騰雲馭風，駕著輕車趕赴層城仙境。在這裡，參加高會的全是仙人。　首先奏一曲〈雲謠〉為王母上壽，然後開懷痛飲，把金壺碧酒倒空。喝醉了的仙人們爭著去搖撼白榆樹，使花落如雪，而九色彩霞也被他們踏碎。

【研　析】這首詞緊接〈巫山一段雲〉（清旦朝金母）末句「還去訪三茅」，以蕭史夫婦、茅家弟兄為代表，寫來給王母祝壽的仙客們如何趕赴層城。下闋鋪敘宴會過程和仙客們酒酣情狀，「爭撼白榆花」、「踏碎九光霞」，「酣」態可掬。李調元《雨村詞話》說：此詞「末二句真不食人間煙火語」。恰巧相反，末二句正見人性，是柳永那不拘禮法，追求享樂的浪漫人性的寫照。

朱自清先生在《詩言志辨》中說：「後世的比體詩可以說有四大類：詠史、遊仙、豔情、詠物。」「遊仙之作以仙比俗」，遊仙詩遠可溯到《楚辭》，而郭璞被認為是此體的創始人。這類詩多半是批判塵世、名利的羈鎖，以仙境的超塵絕俗相標榜。如魏晉間的遊仙詩，多表現隱逸情懷，而李白的遊仙詩，如〈夢遊天姥吟留別〉，則表現了一種追求自由、光明、和樂的生活理想。

以詞寫遊仙，五代即已開始，如和凝〈天仙子〉二首，寫劉晨、阮肇桃花洞遇仙女事，前蜀牛希濟〈臨江仙〉七首，全寫巫山神女、蕭史、弄玉、洛神等仙事。宋代黃昇《唐宋諸賢絕妙詞選》卷一於李珣〈巫山一段雲〉後注曰：「唐詞多緣題所賦，〈臨江仙〉則言仙事……大概不失本題之意。」李珣此題，亦寫巫山神女之事。柳永遠承五代，緣題生詠，以此題寫遊仙，但他的遊仙之作，不抨擊世俗，追求隱逸，他心目中的神仙，是他所處時代享樂世風的產物。如〈清旦朝金母〉群仙竟因「貪看海蟾狂戲」而誤了赴會時間，在「九關齊閉」的時候，還在考慮「何處寄良宵」；〈閬苑年華永〉「嬉遊別是情」；〈蕭氏賢夫婦〉「〈雲謠〉為壽」、「倒盡金壺碧酒」、「爭撼白榆花」、「踏碎九光霞」，這一系列行狀中都可見當時人行樂的風氣。這一組遊仙詞，正寄託了柳永的生活理想。

婆羅門令

昨宵裡、恁和衣睡。今宵裡、又恁和衣睡。小飲歸來，初更過、醺醺醉。中夜後、何事還驚起？霜天冷，風細細。觸疏窗❶、閃閃燈搖曳。

空牀展轉重追想，雲雨夢、任攲枕難繼。寸心萬緒，咫尺千里。好景良天，彼此空有相憐❷意。未有相憐計。

【詞　牌】婆羅門令，雙調，八十六字。上片八句五仄韻一疊韻；下片七句四仄韻。此調首見柳永《樂章集》。本集從「何事還驚起」分片。《全宋詞》從《花草粹編》於「閃閃燈搖曳」分片。此從《全宋詞》。

【注　釋】❶疏窗　雕有花紋的窗子。疏，雕飾。❷憐　愛。

【語　譯】昨天晚上，就這樣和衣而臥；今天晚上，又這樣和衣而臥。稍稍喝了些酒回來，已過了初更，醉醺醺。睡到半夜，不知為什麼還又驚起？只覺霜天淒冷，刮著細細的寒風，吹拂著雕花的窗戶，孤燈閃爍，在風中搖曳。　這時，我在空床翻來覆去，重又追思往昔和她歡會的事，有如夢境。夢醒了，倚枕獨眠，難以再溫鴛夢。方寸之心縈繞著萬千愁緒，人在咫尺如同千里，面對著這好景良辰，彼此徒然有相愛的情意，卻沒有辦法相聚相守。

【研　析】詞一開頭，疊一韻字「睡」，又一重句，只改「昨宵」為「今宵」，添一「又」字。從押韻、造句上突出一個事實，那就是，日復一日地和衣而臥。臥而和衣，不過一件細事，但卻表現了一種厭倦生活的態度。睡前小飲，無非想借酒來逃避現實，能在酒的忘川得一個好夢。卻又無端被驚醒，跌入殘酷的現實：霜寒風細，熒熒孤燈，隨風搖曳。正是「忽魂悸以魄動，怳驚起而長嗟。唯覺時之枕席，失向來之煙霞」（李白〈夢遊天姥吟留別〉），情何以堪！

下闋寫醒後，輾轉反側，欲續雲雨之夢，卻怎麼也不可能。於是一連用「寸心萬緒」、「咫尺千里」、「有相憐意」、「未有相憐計」幾組強烈的對比來突現願望與實際的種種乖忤。

柳詞長於鋪敘，脈絡分明。如此詞先總提昨宵、今夜，以下逐層寫睡前、夢中、驚夢、夢醒。詞對夢中如何沒有明寫，只用「驚起」暗示，然後在下闋以「重追想，雲雨夢」來補敘。詞末照應開頭，再疊一詞「相憐」，以有、無來抒寫愛而不得的悲楚。

〔小石調〕

法曲獻仙音

追想秦樓心事，當年便約，于飛❶比翼。每恨臨歧處，正攜手、翻成❷雲雨離拆❸。念倚玉偎香❹，前事頓輕擲❺。

慣憐惜。饒心性❻，

鎮❼厭厭❽多病，柳腰花態嬌無力。早是❾乍❿清減⓫，別後忍教愁寂。記取盟言，少孜煎⓬、賸⓭好將息⓮。遇佳景、臨風對月，事須⓯時恁相憶。

【詞　牌】法曲獻仙音，雙調，九十一字。上片七句三仄韻；下片十句五仄韻。此詞牌首見柳永《樂章集》。亦有上片於「慣憐惜」結。清代丁紹儀《聽秋聲館詞話》卷十四：「詞中換頭句扼一篇之要，故分段不容稍混……如柳永……〈法曲獻仙音〉，應於「頓輕擲」句分段。」

【注　釋】❶于飛　形容夫婦和睦恩愛。見《詩經・邶風・燕燕》：「燕燕于飛，參差其羽。」❷翻成　反而成了。❸雲雨離拆　指男女歡會被分離、拆散。❹倚玉偎香　與美人相互依偎。玉、香，皆指美人。❺輕擲　輕易地被拋棄。❻饒心性　此指美性情。饒，美。❼鎮　整日裡。❽厭厭　同「懨懨」。因生病困倦無力的樣子。❾早是　本是；已是。❿乍　正。⓫清減　清癯瘦損。⓬孜煎　或有細細熬煎之意。王鍈《詩詞曲語辭例釋》（增訂本）有「孜孜」一條云：「『仔細』的意思，描寫情態的副詞，不作古文中習見的『辛勤』義解。」此條目下所舉例都是「孜孜」疊用，未見單用一「孜」修飾動詞。北宋詞人晁端禮〈踏莎行〉（罵女嗔男）有「剩須將息少孜煎，人生萬事何時了」之句。⓭賸　多；盡。⓮將息　保養。⓯事須　事事理須。見宋代陸游〈小雨〉：「事須求暫假，宜睡稱燒香。」自注：「『事須』二字，蓋唐人公移（官府文書）中語也。」

【語　譯】追憶當年，在青樓和你相約，一心要學鴛鴦，比翼雙飛。但事與願違，我們常常是臨歧恨別。在相攜相守，共度美好歲月的時候卻反而變成雲飛雨散。我們那軟玉溫香，互相依偎的溫馨時刻，在一霎間，竟成為前塵往事，輕易被拋棄。

我一直嬌慣你那美好的心性，憐惜你多

愁多病，整日嬌弱無力的體態。本來已是為伊消得人清瘦，自別後，怎忍心讓你憂愁寂寞。要記住我們曾相約，不要煎熬自己，多多保養身體。遇到好景良宵，臨風對月，我想那時你一定會想念和我在一起的時光。

【研　析】詞的開頭，即點明「秦樓」（青樓），顯然這又是一首憶妓之詞，和青樓女相約「于飛比翼」，本來就不很現實。因為男方必須取得前程，才有一定的物質基礎，而一旦青雲得意，傳統禮教也會阻礙他娶一個甚至是多個青樓女作為妻妾。而女方，操的是賣笑生涯，因此，也不容她糟糠相守。實際上，從柳詞中，我們看到他作過許多這樣的承諾，如「且相將、共樂平生，未肯輕分連理」（〈尉遲杯〉寵佳麗）、「那人人，昨夜分明，許伊偕老」（〈兩同心〉嫩臉修蛾）、「不免收心，共伊長遠」（〈秋夜月〉當初聚散），甚至還「待作真箇宅院，方信有初終」（〈集賢賓〉小樓深巷狂遊徧）。他所承諾的對象，應該遠不止一人，她們是一個群體。雖然柳詞中出現的青樓女各有其名，甚至有不同的個性、才分，但對他的憐才之意卻是共同的，「當日相逢，便有憐才深意」（〈殢人嬌〉）。柳永在遭受誹謗，仕進無門的落拓之時，卻得到青樓女們的理解、尊重和愛慕。更何況他們還有共同的，對「新聲」的愛好，真可謂知己知音。從愛情的角度說，雖不是專一的，卻也是真誠的、平等的、體貼入微的。即如此詞下片，寫對女方的輕憐密愛，詩思從對方飛來，想像她如何厭厭多病，嬌弱無力，因相思而瘦損；勸慰她莫煎熬，多保重。卻又囑咐臨風對月時，切莫忘記自己。絮絮叨叨，感情微婉、曲折，可見用情之深。

西平樂

盡日憑高目❶，脈脈春情緒。嘉景清明漸近，時節輕寒乍暖，天氣纔晴又雨。煙光淡蕩，妝點平蕪遠樹。黯❷凝竚❸。臺榭好、鶯燕語。

正是和風麗日，幾許繁紅嫩綠，雅❹稱❺嬉遊去。奈阻隔、尋芳伴侶。秦樓❻鳳吹，楚館❼雲約❽，空悵望、在何處？寂寞韶華暗度。可堪向晚，村落聲聲杜宇❾。

【詞牌】西平樂，雙調，一百零一字。上片九句五仄韻；下片十句五仄韻。此調有平仄兩體，仄韻體始自柳永。

【注釋】❶憑高目　此謂憑高縱目。目，作動詞「望」用。❷黯　黯然；神情沮喪的樣子。❸凝竚　靜悄悄地久立。❹雅　程度副詞。很；頗。❺稱　適宜。❻秦樓　此借指青樓歌酒生涯。典出漢代劉向《列仙傳》蕭史、弄玉事。❼楚館　指妓院。典出宋玉〈高唐賦〉，楚襄王遊高唐，與神女相合，神女之來，「朝為行雲，暮為行雨」。❽雲約　借此言男女歡會之約。❾杜宇　見《華陽國志》載：魚鳧王後有王曰杜宇，號望帝，後禪位歸隱，杜宇死，魂化杜鵑，其聲悲楚。

【語譯】整日裡憑高縱目，引發了綿長無盡的春愁。時節漸近清明，滿眼是佳妙的景色。天氣一時晴朗，一時微雨，使剛剛和暖的氣候又帶著一絲輕寒，自己的心情也隨之而微妙地變化不定。往遠看，輕淡、搖漾的煙光裝點著平遠的草甸芳林，其間朦朧可見歌臺舞榭，可聞如鶯啼燕語的笙簫，面對這一切，我只能沮喪地悄然佇立。

正是日麗風和時節，百卉繽紛，草樹綠嫩，多麼適宜結伴嬉遊，怎奈我尋芳佳侶在重重阻隔之外。曾有過的秦樓楚館的歌酒生涯，雲盟雨約，都如煙雲消逝。只落得徒然地惆悵嚮往，那昔日的遊伴又在何處？美好的青春也只能讓它在孤寂中度過。此際，情已不能堪，又怎能忍受黃昏漸近時，遠村又偏偏傳來杜宇的悲啼。

【研　析】柳永很擅長用衰颯的秋景寫羈旅懷人之思，而這首〈西平樂〉卻偏偏寫「嘉景清明」。目之所接，風和日麗，繁紅嫩綠和在淡蕩煙光中的平蕪遠樹、舞榭歌臺；耳之所聞是燕語呢喃，新鶯恰恰；膚之所觸是晴陰不定的天候所形成的乍暖輕寒。而這一切，只足以觸發詞人對往昔春日歡遊的追想。唐代詩人賈至〈春思〉曾說到這種心態，他說：「草色青青柳色黃，桃花歷亂李花香。東風不為吹愁去，春日偏能惹恨長。」他沒有說明為什麼春偏「惹恨」，韋應物〈秋夜〉的「一與清景遇，每憶平生歡」則進一步說明了樂景哀情的心理基礎，這是一種「反向引發」。詞人濃墨重彩鋪寫清明嘉景，景愈麗，情愈悲。景與情的對比，脈絡分明。景的描寫中，間以情的流注，「脈脈」已兆其端，上片以「黯凝竚」描狀寫情。下片在「雅稱嬉遊」作轉，「奈阻隔」、「空帳望」、「寂寞」、「可堪」，已將愁情寫足。末句「聲聲杜宇」將情景由反襯大力逆轉為正面烘托。

柳永常常會遇佳景，思良人。如〈雨同心〉（竚立東風）「想別來，好景良時，也應相憶」、〈女冠子〉（斷雲殘雨）「好天良夜，無端惹起，千愁萬緒」、〈法曲獻仙音〉（追想秦樓心事）「遇佳景、臨風對月，事須時恁相憶」。這種「樂景哀情」的思維慣性在柳永身上表現得十分突出。王夫之曾指出，樂景寫哀，「一倍增其哀樂」（《薑齋詩話》）。柳永這類詞，確實也是更易搖動人心。

鳳棲梧

簾下清歌簾外宴。雖愛新聲，不見如花面。牙板❶數敲珠一串，梁塵暗落❷琉璃琖。

桐樹花深孤鳳怨❸。漸遏遙天，不放行雲散❹。坐上少年聽不慣。玉山❺未倒腸先斷。

【詞　牌】鳳棲梧，雙調，六十字。上、下片各五句四仄韻。唐教坊曲，此曲別名甚多，本名〈鵲踏枝〉，又名〈黃金縷〉、〈捲珠簾〉、〈明月生南浦〉、〈蝶戀花〉、〈一籮金〉等。

【注　釋】❶牙板　歌伎們演唱時用來擊節的拍板。一般用竹、木，或用象牙製成。❷梁塵暗落　此指歌聲宏亮，震落了梁上的灰塵。見劉向《別錄》：「魯人虞公發聲，清晨歌動梁塵。」陸機〈擬東南一何高〉：「一唱萬夫嘆，再唱梁塵飛。」❸桐樹花深孤鳳怨　形容歌聲如鳳凰從梧桐花深處傳出的悲鳴。見《白虎通》云：鳳凰「棲常梧桐，終身不去」。孤鳳怨，指歌聲淒惋。❹漸遏遙天二句　形容歌聲之美。見〈晝夜樂〉（秀香家住桃花徑）注❺。❺玉山　此借指「坐上少年」之美。見《世說新語・容止》：「嵇叔夜之為人也，巖巖若孤松之獨立；其醉也，傀俄若玉山之將崩。」

【語　譯】簾子裡邊傳出清妙的歌聲，簾子外面鋪設了華美的酒宴。雖然新曲子美妙悅耳，但遺憾的是，不能見到那唱曲人如花的容顏。牙板剛剛輕敲了幾下，珠圓玉潤的歌聲便流淌而出，使得梁塵飛下，落在瑠璃酒盞裡。

歌聲如從梧樹花深處傳出的孤鳳的長吟那麼幽淒，漸漸地留住了天邊的浮雲，不讓它們飄散。坐上的少年郎承受不了這動人的悲聲，還沒喝醉，柔腸先已寸斷。

【研　析】此詞讚「新聲」之美。簾外簾內，寫唱歌之人與聽歌之人的阻隔。「不見如花面」，反而更激活對歌聲的專注和由聲及人的美好的想像。以下用「梁塵暗落」、「響遏行雲」等典故來形容音色清亮的藝術效果，而「孤鳳」一句則寫新聲的旋律、情調給人的審美感受：使坐上少年未醉而已斷腸。中國古代有「悲聲感人」，以聲悲為美的審美傾向。嵇康〈琴賦〉：「……賦其聲音則以悲哀為主，美其感化則以垂涕為貴。」至樂有哀音。何況這正和詞人懷才未遇、落拓不偶的心情暗合。

這首詞以〈鳳棲梧〉為題，以詞內有「桐樹花深孤鳳怨」一句。

鳳棲梧

竚倚危樓風細細。望極春愁，黯黯生天際。草色煙光殘照裡。無言誰會凭闌意？

擬把疏狂❶圖一醉。對酒當歌❷，強樂還無味。衣帶漸寬❸終不悔。為伊消得人憔悴。

【注　釋】❶疏狂　狂放不拘禮法。疏，粗疏；不拘。❷對酒當歌　有兩解。一謂即對酒對歌。「對」、「當」互訓。一謂對酒時應當高歌。「當」作「應當」解。見曹操〈短歌行〉：「對酒當歌，人生幾何？」❸衣帶漸寬　此謂越來越消瘦。見〈古詩十九首〉：「相去日已遠，衣帶日已緩。」

【語　譯】在柔細的春風中，我獨倚危欄，久久佇立。極目遠望，被春景觸發的愁思，陰沉慘淡，逐漸彌漫於天際。在殘陽的籠罩下，草色青青，煙光飄渺，是那麼朦朧、歷亂。我默默無言，又有誰能領會我此時的心境？　我也打算以狂放無羈的態度痛飲狂歌，謀求一醉。但面對歌與酒，強作歡顏，到底還是沒有意趣。算了吧，衣帶漸寬，人益消瘦，我始終不後悔。為了伊人，即使變得容顏憔悴，我也毫無怨尤。

【研　析】這首詞從表面來看，無非也是抒寫被春景觸發的莫名的惆悵。上片寫倚樓所見，兩用疊字「細細」、「黯黯」。「細細」常用來形容微妙而具有滲透力的外境，如李商隱〈無題〉「重幃深下莫愁堂，臥後清宵細細長」。「黯」，迷茫陰沉，疊一字，表現了逐漸加深的過程。它是外境，更是內境。以下連用兩個原型意象：「草色」、「殘照」，自《楚辭・招隱士》有「王孫遊兮不歸，芳草生兮萋萋」之句以來，一直沿襲，被認為是遊子思歸的象徵。劉禹錫〈因短章以寄誠素〉「遠思見江草，歸心看塞鴻」、薛逢〈長安夜雨〉「百憂如雨草中生」，吳融更把「草」和「夕陽」相聯結，「不勞芳草遠，更惹夕陽愁」，這種草色在煙光、殘照的籠罩之下，由朦朧漸趨黯淡，此情誰會？

下片轉，既無人理解，不如對酒高歌，及時行樂，無奈從歌酒中也只能得到短暫的麻醉。既然排遣無效，強樂無歡，再轉，從此不再逃避相思之苦，為了「伊」，即使日漸瘦損、憔悴，也無怨無悔！這最後一句，被認為是「作決絕語而妙者」（清代賀裳《皺水軒詞筌》），賀裳把它和韋莊〈思帝鄉〉「妾擬將身嫁與，一生休。縱被無情棄，不能羞」、牛嶠〈菩薩蠻〉「須作一生拚，盡君今日歡」作比，並認為柳詞「亦即韋意，而氣加婉矣」。傳統詞中，常出現這種為情而甘心自虐的情態，如馮延巳〈蝶戀花〉「日日花前常病酒，不辭鏡裡朱顏瘦」。馮延巳「不辭」的對象是君王。他的許多詞充滿憂讒畏譏，失寵於君王的憂懼，那「不辭」所表現的拳拳「忠愛之忱」很容易打動君王。柳永「愛而不悔」的對象很廣，雖然情真意濃，但談不上「執著」。這個「伊」，應該是柳永生活理想的擬人化。為了堅持他不被人認同、理解的人生態度，他無怨無悔，甘心付出更多、更多。王國維說：「古今之成大事業、大學問者，必須過三種之境界。」「衣帶」兩句，是第二境。王國維看出了這個「伊」的分量，只有成就或堅持某種理想，才需要這麼沉重的付出。

鳳棲梧

蜀錦地衣❶絲步障❷。屈曲回廊，靜夜閒尋訪。玉砌雕闌新月上。
朱扉半掩人相望。旋暖熏鑪溫斗帳❸。玉樹瓊枝，迤邐❹相偎傍。
酒力漸濃春思蕩。鴛鴦繡被翻紅浪。

【注　釋】❶蜀錦地衣　用蜀地出產的錦緞做成的地毯。見李煜〈浣溪紗〉：「紅錦地衣隨步皺。」❷絲步障以絲為帳，以遮蔽塵土的帷幕。❸斗帳　形狀如覆斗的帳子。❹迤邐　曲折連綿。此形容女子相就纏綿之態。

【語　譯】靜夜，我走過鋪著蜀錦織成的地毯和圍著絲障的華麗廳堂、小苑，沿著曲折的長廊，來尋訪你。一彎眉月，照臨雕花闌干和白玉臺階，小小的紅色的門半掩著，你正在門內悄悄地等待著我。

你立即為我點燃了薰爐，香氣氤氳，溫暖了斗帳。我倆溫存、互相纏綿依偎，才子佳人，如玉樹瓊枝。酒力越來越濃，春心蕩漾，直使得鴛鴦被如紅浪翻騰。

【研　析】這是一首典型的狎妓詞。上片著力鋪寫訪妓所經：錦地衣、絲步障，回廊曲折，朱扉半掩，而這一切，又在朦朧新月的照臨之下。這華富、優美的外境極大地加強了感官享受，使得一次「性」的追求，變得饒有詩情畫意。

法曲第二

青翼❶傳情，香徑偷期❷，自覺當初草草❸。未省❹同衾枕，便輕許相將❺，平生歡笑。怎生向❻、人間好事到頭少。漫悔懊❼。

細追思，恨從前容易，致得恩愛成煩惱。心下事千種，盡憑音耗❽。以此縈牽，等伊來、自家向道。洎❾相見，喜歡存問，又還忘了。

【詞　牌】法曲第二，雙調，八十七字。上片八句四仄韻；下片十句四仄韻。小石調〈法曲獻仙音〉〈追想秦樓心事〉，《欽定詞譜》指為正體，云：「若『青翼傳情』之減字，或名〈法曲第二〉，想亦小石調之變體耳。」

【注　釋】❶青翼　即青鳥。常稱為仙人傳信的鳥為青鳥。見《漢武故事》載：「七月七日，上（漢武帝）於承華殿齋正中，忽有一青鳥從西方來，集殿前。上問東方朔，朔曰：『此西王母欲來也。』有頃，王母至。」李商隱〈無題〉：「蓬山此去無多路，青鳥殷勤為探看。」❷偷期　指男女私下幽會。❸草草　匆忙；輕率。見辛棄疾〈永遇樂・京口北固亭懷古〉：「元嘉草草，封狼居胥，贏得倉皇北顧。」❹未省　未曾。如賈島〈寄賀蘭朋吉〉：「會宿曾論道，登高省議文。」曾、省互訓。❺相將　相偕。見孟浩然〈春情〉：「已厭交歡憐枕席，相將遊戲繞池臺。」❻怎生向　怎奈。向，語助詞。用於「怎奈」、「如何」、「無計」等之後加強語氣。❼漫悔懊　徒然懊悔。漫，空自；徒然。見杜甫〈賓至〉：「豈有文章驚海內，漫勞車馬駐江干。」❽音耗　消息。❾洎　及；到。

【語　譯】青鳥帶來了情的訊息，我們立即約好在芳香的小徑幽會。後來感覺到這事做得太草率，還沒有和他同衾共枕，便輕易地以一生幸福相許。怎奈結果是人間好事能到頭的少，最後只贏得無邊的悔恨。　細細追想，恨只恨從前把事看得太簡單、容易，以致使恩愛變成煩惱。心中種種猜測、疑竇，都得等他的消息才能弄清。因此牽腸掛肚，只等他來，好親自向他詢問。可是待得見面，恐怕只顧高興，噓寒問暖，倒把這滿腹心事忘記了。

【研　析】這首詞寫了一個女子的一段愛情獨白。從青鳥傳信，匆匆許以終身，換來的是情人一去無跡，只留下無限悔懊說起。下闋接寫自己悔恨而猜疑，猜疑中又充滿期待，急切地希望他能回來，親自對他解釋她「心下事千種」，闋末忽然一轉：待得重見，歡喜都來不及，怎麼會把離別後這些煩擾自己的事去詢問他！

這段內心獨白非深諳經常被「王孫隨分相許」的風塵女子之人，絕對不可能寫得如此之親切、動人。

秋蕊香引

留不得。光陰催促，奈芳蘭歇❶，好花謝，惟頃刻。彩雲易散瑠璃脆❷，驗前事端的❸。

風月夜，幾處前蹤舊迹。忍思憶。這回望斷，永作終天❹隔。向仙島，歸冥路，兩無消息。

【詞牌】秋蕊香引，雙調，六十字。上片七句三仄韻；下片八句四仄韻。此為柳永自度曲。

【注釋】❶歇　衰落；凋謝。❷彩雲易散瑠璃脆　此比喻紅顏大多生命脆弱，花季早逝。見白居易〈簡簡吟〉：「大都好物不堅牢，彩雲易散琉璃脆。」❸端的　果真這樣。❹終天　終生。一般用於生死永別時。見白居易〈病中哭金鑾子〉：「莫言三里地，此別是終生。」

【語譯】留不住呀。光陰無情地催促生命消失。無可奈何，只在一瞬間，芳草衰零，好花凋謝。人們常說，絢麗的雲彩旋即飄散，晶瑩的瑠璃容易破損，你的香消玉殞證明果真如此。

當年與你相知相愛的，月明風暖的良宵，留下了多少令人不忍重溫的舊夢。而今望極天涯，卻成了永遠的別離。任憑我向蓬瀛島中、黃泉路上追尋，到處都問不到你的消息。

【研　析】五代後蜀詞人孫光憲有〈謁金門〉一首，上片：「留不得，留得也應無益。白紵春衫如雪色，揚州初去日。」栩莊云「字字嗚咽」（《栩莊漫記》）。沈際飛還特別點出「起句落宋，然是宋人妙處」（《草堂詩餘別集》卷一）。這首詞一開頭，也從千回百折，撕肝裂肺的悲痛中，掙挫出「留不得」三個字。它說明詞人是如何因深深的憐愛，而曾千方百計企望留住這美好的生命，而又如何萬般無奈，只能面對她已撒手離開人世的這一殘酷現實。以下即用迫促的短句，芳蘭歇、好花謝、彩雲散、瑠璃脆，來證明「留不得」，實在是因為她太美好，只能服從人天的規律，聽任命運的安排。這既是在無可奈何的悲痛中的自我排解，也是一種責難。它將悼念一位具體的美好生命，推廣到對人世間一切倍受摧挫的「美」的痛惜。

下片回憶前蹤舊跡，使當前留之不得的現實更令人無法忍受。白居易〈長恨歌〉在「上窮碧落下黃泉，兩處茫茫皆不見」之後，還「忽聞海上有仙山」，在仙島終於探聽到伊人的消息。而此際，卻無論黃泉、仙島，都找不到她的音訊！詞就在這裡戛然而止，給作者、讀者留下的是無邊的憾恨。

古代詩詞中，有很多動人的「悼亡詩」。以詞悼念亡者，特別是悼念一位青樓女子的，應自柳永始。玩詞意，顯然不是悼念亡妻，它沒有那些共同生活、相濡以沫的諸如「顧我無衣搜藎篋，泥他沽酒拔金釵。野蔬充膳甘長藿，落葉添薪仰古槐」（元稹〈遣悲懷〉）、「空床臥聽南窗雨，誰復挑燈夜補衣」（賀鑄〈鷓鴣天〉）那種生活細節描寫，有的只是對於「風月」前塵的眷戀和作終天隔的失落。這種眷戀和失落都那麼真摯、沉重，這說明，青樓女子對於柳永來說，絕不只是泄欲的對象，而且還是他情感生活中極重要的一部分。

一寸金

井絡天開❶，劍嶺❷雲橫控❸西夏❹。地勝異❺、錦里❻風流，蠶市❼繁華，簇簇❽歌臺舞榭。雅俗多遊賞，輕裘俊❾、靚妝豔冶❿。當春晝，摸石江邊⓫，浣花溪⓬畔景如畫。

夢應三刀⓭，橋名萬里⓮，中和政多暇⓯。仗漢節⓰、攬轡澄清⓱，高掩⓲武侯⓳勳業，文翁⓴風化㉑。台鼎㉒須㉓賢久，方鎮靜㉔、又思命駕㉕。空遺愛㉖，兩蜀㉗三川㉘，異日成嘉話。

【詞牌】一寸金，雙調，一百零八字。上片十句四仄韻；下片十一句四仄韻。此詞首創於柳永。

【注釋】❶井絡天開　即指蜀地雲開日現。井絡，指井宿所照範圍，即它在地面對應的區域。見左思〈蜀都賦〉：「岷山之精，上為井絡。」後因以蜀地為井宿的分野。井，星名，二十八宿之一。❷劍嶺　指大劍山與小劍山。在劍閣縣北。❸控　控制。❹西夏　宋代党項羌所建政權。據今寧夏、陝北、甘肅西北、青海東北及內蒙部分地區，為宋時邊患。❺地勝異　指此地形勝、獨特。❻錦里　即錦官城。在成都南。《華陽國志・蜀志》稱：織錦濯於錦江，則鮮明，故命名「錦里」。❼蠶市　見宋代黃休復《茅亭客話》載：「蜀有蠶市，每年正月至三月，州城及屬縣循環一十五處。」又《明一統志》載：蠶市在眉州城內宮市，每年二月望買賣蠶具於此。❽簇簇　聚集；叢列。❾輕裘俊　穿著輕暖的皮衣，裝飾得很英俊。輕裘肥馬，是富貴榮華的象徵。❿靚妝豔冶　漂亮的打扮，十分豔麗妖嬈。⓫摸石江邊　見《月令廣義》：「成都三月有海雲山摸石之游，求子，得石者生男，得瓦者生女。」⓬浣花溪　在成都西郊，為錦江支流。又名濯錦江。蜀人每年四月十九日於溪畔宴遊，稱浣花日。⓭夢應三刀　升官的吉兆。見《晉書・王濬傳》載：「濬夜夢懸三刀於臥屋梁上，須臾又益一刀，濬驚覺，意甚惡之。主簿李益再拜賀曰：『三刀為州字，又益一者，明府其臨益州乎？』及賊張弘殺益州刺史皇甫晏，果遷濬為益州刺史。濬設方略，悉誅弘等，以勳封關內侯。」⓮橋名萬里　即萬里橋。位於成都南，跨錦江。見《元和郡縣圖志》載：「蜀使費褘聘吳，諸葛亮祖之，褘嘆曰：『萬里之路，始於此橋。』」故以命名。⓯中和政多暇　指政通人和，百姓相安無事，所以政事簡而多暇。⓰仗漢節　奉旨上蜀地赴任。⓱攬轡澄清　指官吏到任後，即能穩定局面，澄清政治。見《後漢書・范滂傳》：「時冀州飢荒，盜賊群起，乃以滂為清詔使，按察之。滂登車攬轡，慨然有澄清天下之志。」⓲高掩　大大超過。⓳武侯　指武鄉侯諸葛亮。⓴文翁　西漢人。漢景帝末，任蜀守，仁愛好教化。在成都市起學宮，廣招屬縣子弟入學。《漢書》載，「武帝時，乃令天下郡國皆立學校官，自文翁為之始」，「至今巴蜀好文雅，文翁之化也」。㉑風化　教化。見《毛詩序》：「風以動之，教以化之。」㉒台鼎　過去稱三公宰輔為台鼎，如星之有三台，鼎之有三足。㉓須　等待。㉔鎮靜　平靜；安定。㉕命駕　命人駕上馬車啟程。此指調任。㉖遺愛　周武王時，召伯循行南國，布文王德政。有時止息於甘棠下。後人思其德，賦〈甘棠〉詩，謂甘棠遺愛。以後就成為頌美官吏政績的典故。㉗兩蜀　指東蜀、西蜀。㉘三川　唐以劍南東、劍南西、山南西三道為三川。

【語　譯】處於井絡分野的益州，有高與雲齊的大劍山、小劍山，和西夏相接，成為一道橫亙的屏障。這裡是形勝之地而又具有特色。錦官城裡，風流雲集，蠶市繁華，歌臺舞榭鱗次櫛比。文人雅士、市井小民，多在這裡遊覽觀光。當春日晴和，輕裘肥馬的英俊少年，打扮入時、豔麗妖嬈的少女，在摸石江邊、浣花溪畔流連，看上去就像一幅美妙的圖畫。您高升的夢已然應驗，您的萬里鵬程也於此處開始。您把益州治理得政簡民和，因此暇日偏多。您奉旨走馬赴任，攬轡有澄清天下之志。您大大地超過了武侯的功勳和文翁的教化。但是，朝廷宰輔之位已久久地等待賢良之人，因此，您剛剛使這裡平定，又要考慮高遷要職。只留下甘棠遺愛，他日成為兩蜀三川人民的嘉話，流傳千古。

【研　析】這也是一首投獻詞，柳永這類詞如〈早梅芳〉(海霞紅)、〈望海潮〉(東南形勝)，其格局多是上片鋪寫投獻對象鎮守之地的形勝、繁華，為下片稱頌投獻對象的文治武功作鋪墊。據薛瑞生《樂章集校注》考證，這首詞是獻給慶曆三年(西元一〇四三年)六月到慶曆四年十一月知益州的蔣堂的。《宋史・蔣堂傳》載：「堂為人清修純飭，遇事毅然不屈，貧而樂施。好學，工文辭，延譽晚進，至老不倦。」「漢文翁石室在孔子廟中，堂因廣其舍為學宮，選屬員以教諸生，士人翕然稱之。」《宋史》所載，可與詞中「文翁風化」相印證。

詞上片以「天開」總領，以下簡說形勝，細寫市井繁華，劍嶺雲橫，可控西夏，錦里、蠶市，一片繁榮。簇簇舞榭歌臺，俊男靚女盡情遊樂。在一般市井描寫中，詞人更以「摸石」、「浣花」突出蜀地特色民俗、民風。

下片用大量和蜀地有關的典故，如「三刀夢」、「萬里橋」、「武侯勳業」、「文翁風化」來頌美投獻對象蔣堂，雖不免有溢美之嫌，但由於他描寫、引用了相關的風土人情和歷史故事，可以幫助我們瞭解宋時蜀地的概貌，有一定的認識價值。

〔歌指調〕

永遇樂

薰風解慍❶，晝景清和❷，新霽時候。火德流光❸，蘿圖❹薦祉❺，累慶金枝❻秀。璿樞繞電，華渚流虹❼，是日❽挺生❾元后❿。纘⓫唐虞⓬垂拱⓭，千載應期⓮，萬靈敷祐⓯。

殊方異域⓰，爭貢琛賮⓱，架巘航波⓲奔湊⓳。三殿⓴稱觴㉑，九儀㉒就列㉓，〈韶〉〈護〉㉔鏘金奏㉕。藩侯㉖瞻望彤庭㉗，親攜僚吏，競歌元首㉘。祝堯齡㉙、北極㉚齊尊，南山共久。

【詞牌】永遇樂，雙調，一百零四字。上片十二句四仄韻；下片十一句四仄韻。有平仄二體，仄韻始自北宋。多四字對偶，宜於鋪敘。

【注釋】❶薰風解慍　南來的香風吹散了愁怨、陰寒之氣。見《史記・樂書》：「昔者舜作五弦之琴，以歌

〈南風〉。」〈南風〉辭云：「南風之薰兮，可以解吾民之慍兮。」薰，香。慍，愁怨。❷清和　晴朗和暖。❸火德流光　此指宋王朝國運正隆，流光煥彩。火德，古代炎帝神農氏、唐堯、劉漢皆以火德王。見《宋史・太祖紀》：「建隆元年春正月乙巳，大赦，改元……三月壬戌，定國運以火德王，色尚赤……」❹蘿圖　皇圖；疆域。❺薦祉　獻福。❻金枝　稱皇室或皇室後裔。見《古今注》載：黃帝與蚩尤戰於涿鹿之野，有五色祥雲、金枝雲葉停於黃帝頭上。❼璿樞繞電二句　借指仁宗誕生。見前〈送征衣〉（過韶陽）注❷。❽是日　此日。❾挺生　指其降生挺異，不同凡響。❿元后　上古稱天子曰「后」或「元后」。見《尚書・虞書・大禹謨》：「帝曰……天之歷數在汝躬，汝終陟元后。」疏云：「舜善禹有治水之大功，言天道在汝身，汝終當升為天子。」后，與現在所稱「皇后」之「后」不同。⓫纘　繼承。⓬唐虞　指古代聖君唐堯、虞舜。⓭垂拱　垂衣拱手。見《尚書・武成》：「垂拱而天下治。」疏云：「拱，斂手也……謂所任得人，人皆稱職，手無所營，下垂其拱。」⓮應期　順應運期。⓯敷祐　廣施恩德加以保祐。⓰殊方異域　泛指異邦。⓱琛賮　作為獻禮的珍寶。琛，珍寶。賮，進貢的禮物。⓲架巘航波　意謂逢山架橋，遇水乘船。巘，山峰。⓳奔湊　從四方八面奔來聚集。⓴三殿　指神仙居所。㉑稱觴　舉杯飲酒。㉒九儀　此應指司九儀之官。見前〈御街行〉（燔柴煙斷星河曙）注⓮。㉓就列　按制各就其位。㉔韶頀　即古樂〈大韶〉、〈大頀〉。相傳〈大韶〉為禹所制，〈大頀〉為湯所制。㉕鏘金奏　金屬樂器奏出鏗鏘之韻。㉖藩侯　各屬國之主。㉗彤庭　朝廷。見前〈送征衣〉（過韶陽）注㉑。㉘元首　天子。㉙堯齡　傳說堯死壽一百一十七歲。後以「堯齡」稱頌長壽。㉚北極　北辰最尊者。《晉書・天文志》說北極星：「天運無窮，三光迭耀，而極星不移，故曰：『居其所而眾星共之。』」

【語　譯】南來的薰風驅散了陰寒之氣。天色清朗和暖，正是雨過天晴的時候。大宋火德興旺，流光煥彩，皇圖之內，充滿吉祥、福澤，一同慶賀皇室後裔的降生。試看，電光圍繞著北斗，長虹高掛於長滿花草的水中沙洲上，在這種種不平凡的吉兆中，天子誕生了。他將順應千載以來的運期，受命為君，繼承唐堯、虞舜治世的才能，使政治清明，人民安定，垂衣拱手，無為而獲大治。自有萬靈廣施恩澤保祐於他。　異國他邦，爭先恐後地來進貢珍貴的禮品。他們逢山架橋，遇水乘舟，奔集於此。客人們在三殿舉杯痛飲；司九儀之官按班入列。樂隊齊奏鏗鏘的雅樂〈大韶〉、〈大頀〉。各屬國的君王們仰望朝廷，親自帶著僚吏們，爭著送上歌頌天子壽誕的話語。祝天子如堯之長壽、北極之尊榮、南山之永恆。

【研析】這也是一首為仁宗祝壽之詞，和另一首壽詞〈送征衣〉（過韶陽）不僅內容相同，用語、章法也極多雷同之處。用語如「璿樞繞電，華渚流虹」與〈送征衣〉「璿樞電繞，華渚虹流」，只顛倒一字，又「千載應期」與「運應千載會昌」，「萬靈敷祐」與「三靈眷祐」等等。章法都是上片鋪寫生辰吉兆，下片極寫萬方來慶的獻壽場面，末以等南山、齊天地結。

這類誕壽之詞，是應時、應事之作，已成套路。

永遇樂

天閣❶英遊❷，內朝❸密侍❹，當世榮遇❺。漢守分麾❻，堯庭❼請瑞❽，方面❾憑心膂❿。風馳千騎，雲擁雙旌⓫，向曉⓬洞開嚴署⓭。擁朱轓⓮、喜色歡聲，處處競歌〈來暮〉⓯。

吳王舊國⓰，今古江山秀異，人

煙繁富。甘雨車行⑰，仁風扇動⑱，雅稱⑲安黎庶。棠郊⑳成政，槐府㉑登賢，非久定須歸去。且乘閒、孫閣長開㉒，融尊㉓盛舉。

【注釋】❶天閣 即天章閣。此指代朝廷。❷英遊 即俊友、良朋。❸內朝 與「外朝」相對。君主近臣稱內朝官。❹密侍 皇帝寵信之近侍。❺當世榮遇 當世榮獲君王的知遇而顯貴。宋代蔡絛《鐵圍山叢話》載內朝官：「又曰西班官。則儒者清貴，其為世之榮如此。」❻漢守分麾 見《後漢書・班超傳》載：班超平西域，「既破番辰，欲進攻龜茲，以烏孫兵強，宜因其力，乃上言『……可遣使招慰，與共合力』帝納之」。漢守，指班超。分麾，即指睦烏孫而集中力量打龜茲這件事。❼堯庭 朝廷的美稱。❽瑞 發兵的符節。見《左傳・哀公十四年》：「司馬請瑞焉，以命其徒攻桓氏。」❾方面 一方的軍政要務。見《後漢書・馮異傳》：「(異)受任方面，以主微功。」❿心膂 心與脊。比喻親信、骨幹，得力之人。見《尚書・周書・君牙》：「今命爾予翼，作股肱心膂。」⓫雙旌 此泛指高官出行時的儀仗。見《新唐書・百官志》載：節度使出行「賜雙旌雙節」。⓬向曉 天將明時。⓭嚴署 戒備森嚴的官署。⓮朱轓 轓，車之有障蔽者。塗以紅色，為貴者所乘。⓯來暮 即〈來暮歌〉。或稱〈來暮謠〉。借此稱美地方官吏。見《後漢書・廉范傳》載：「廉范字叔度，京兆杜陵人，趙將廉頗之後」，廉范為蜀郡太守時，成都因邑宇逼側，禁民夜作以防火災，老百姓便採用更隱蔽的方法夜作，失火的現象日有發生。廉范便改變禁夜作的命令，只嚴命儲備水以防火，老百姓非常擁護，於是作歌曰：「廉叔度，來何暮，不禁火，民安作。」⓰吳王舊國 借指蘇州。春秋時，吳國曾在這裡建都。⓱甘雨車行 歌頌地方官的德政。見謝承《後漢書》載：「百里嵩為徐州刺史，州境遭旱，嵩行部，傳車所經，甘雨輒注。」⓲仁風扇動 歌頌德政。典出《晉書・袁宏傳》，謝安想測試在迫促中袁宏的應對能力，和袁宏臨別時，就左右之人手裡拿一把扇子送給他，說：「聊以贈行。」袁宏應聲回答說：「輒當奉揚仁風，慰彼黎庶。」⓳雅

稱　素稱。⑳崇郊　此頌官德。見前〈一寸金〉（井絡天開）注㉖。㉑槐府　祝頌之詞。一說周代朝廷種三槐、九棘，公卿大夫分坐其下以定三公、九卿之位。後因以「槐棘」喻三公九卿，以「槐府」指代高官宅第。一說「槐府」即宋時學士院中的「槐廳」。據說，「居此閣者多至入相」（沈括《夢溪筆談》）。兩說均可。㉒孫閣長開　用西漢公孫弘典。見《漢書・公孫弘傳》載：弘「開東閣以延賢人」。㉓融尊　孔融之尊。見《後漢書・孔融傳》：孔融「好士，喜誘益後進。及退閑職，賓客日盈其門。常嘆曰：『坐上客恒滿，尊中酒不空，吾無憂矣。』」尊，酒杯。

【語　譯】您所交遊的，都是尚書臺那些俊友、英才，您又身為皇帝近臣，受到寵遇而尊榮無比。您如漢代的班超，深曉用兵之法。因此，從朝廷請得兵符，掌管著軍政要職。當您來守蘇州，千騎隨從，如風疾駛；雙旌儀仗，如雲湧動。曉色初開，森嚴的官署敞開大門，人們簇擁著您的車駕，一片歡呼。大家爭唱〈來暮歌〉，迎接您的到來。

您的任職之地蘇州，曾是吳王建都之處。從古以來，江山秀異，物阜民豐。及時好雨隨您的車仗而行，仁風也因您的到來而搧起。人們都額手稱慶，您素稱能安撫黎民，您的德政定當得以施行，您在位又經常舉薦賢能，您不久必將回朝拜相。現在姑且趁著政簡多閒，經常敞開您好賢納士的寬廣胸懷，大開閣門，讓大家一同舉杯痛飲。

【研　析】這是一首投贈詞。觀詞意，所贈之人曾任職於尚書臺，帥守過蘇州，又有過戰功。薛瑞生《樂章集校注》據《宋史》本傳及成化《姑蘇志・守令表》考證，此人應是仁宗慶曆七年（西元一〇四七年）到任的滕侯（宗諒）。

此詞上片寫所贈之人的交遊、官職、榮遇、戰功，及赴任時受到的歡迎。下片才鋪寫任職之地的歷史，江山形勝，都市繁華，然後連用甘雨、仁風、棠郊、槐府、孫閣、融尊六個典故頌美德政，祝願高升。柳永詞以「明白妥溜」為其特色，唯獨這類投贈之作多運用典故，有炫博邀寵之嫌。

卜算子

江楓漸老，汀蕙半凋，滿目敗紅衰翠。楚客❶登臨，正是暮秋天氣。引❷疏砧❸、斷續殘陽裡。對晚景、傷懷念遠，新愁舊恨相繼。脈脈人千里。念兩處風情，萬重煙水。雨歇天高，望斷翠峯十二❹。儘無言、誰會憑高意？縱寫得、離腸萬種，奈歸雲❺誰寄！

【詞牌】卜算子，盛行於宋，雙調，四十四字，上、下片各兩仄韻。宋教坊衍為慢詞八十九字，上片四仄韻，下片五仄韻，為〈卜算子慢〉，即此。

【注釋】❶楚客　失志羈旅楚地之人。此自指。❷引　此處有悠長之意。❸砧　搗衣石。此指搗衣聲。古代婦女常在秋天搗練，做成衣服寄給遠方的親人。所以砧聲和月色一樣，易引起思鄉念遠之情。見李白〈子夜吳歌〉之三：「長安一片月，萬戶搗衣聲。秋風吹不盡，總是玉關情。」❹翠峯十二　即指巫山十二峰。用宋玉〈高唐賦〉典。❺歸雲　指代歸心。亦如歸雁，是引發歸心的意象。見薛能〈麟中寓居寄蒲中友人〉：「邊心生落日，鄉思羨歸雲。」

【語　譯】江邊的楓樹逐漸衰謝，沙洲上的蕙草也一半凋零。放眼看去，滿目是黯淡的殘紅和衰敗的綠色。正是深秋天氣，羈旅客居的我登臨此地，在殘陽照臨下，只聽得悠長、疏落，斷斷續續的砧聲。面對這黃昏景色，感傷身世、懷念遠人的新愁舊恨，此起彼伏。　相隔千里山陵，萬重煙水，我們只能脈脈凝想。雖然人各天涯，但兩處相思愈切。每當雲開雨霽，天高氣清時，我盡目力所及，一直望到巫山十二峰，祈望還能和你相會。鎮日無言，誰又能領會我此時憑欄的心情？即使我能用文辭表述我的萬種離腸，又請何人寄達我的歸心！

【研　析】柳永最擅長鋪敘景物，為情著色。如此詞，已在上片點名為抒「傷懷念遠」之情。詞中以景語前鋪後墊，使其情可見、可聞。顏色，總是最先感知的，詞即按感知順序，以敗紅衰翠將江渚的楓老、蕙凋寫足。然後倒點，這是「楚客」於暮秋登臨所見。所見如此蕭條，所聞則是疏砧斷續，更何況是在夕陽西下之際？杜甫〈秋興八首〉之一：「寒衣處處催刀尺，白帝城高急暮砧。」《詩經・王風・君子于役》：「雞棲于塒，日之夕矣，羊牛下來。君子于役，如之何勿思？」砧聲、斜日，都是傷懷念遠，思歸的原型意象。此情此境，如何不悲恨相續？

下片述情而不離景。以「兩處風情」和「萬重煙水」相比對。「兩處」特指心上所相互牽繫的那一方，而「萬重」又何其廣袤、深遠。「風情」旖旎，而「煙水」迷濛，遙不可及。「雨歇天高」，霽色初開，作一提頓，但所望斷的卻還是美麗而淒迷的愛情故事的舞臺——巫山十二峰。人情和物境始終水乳交融。

柳永詞的另一個特色是鋪敘始終，不枝不蔓，後應前呼，天衣無縫。此詞前三句寫楓老、蕙凋，下句即點此為「楚客」登臨所見。然後引砧聲入畫，以對「晚景」，緊接「殘陽」，觸發「傷懷念遠」的「新愁舊恨」。

下片承愁恨寫煙水相隔的兩地相思。「翠峯十二」承「楚客」，又暗示對方神女的身分。於是再以「無言」，近承「脈脈」，「憑高」遠接「登臨」，逼出結束語，既是無人可訴、可會，是否可魚雁傳書，遙寄離腸？詞人用一個「縱」字，推翻了這唯一的希望。縱使寫得出「離腸萬種」，也難寄歸雲。詞就在這裡戛然而止，留給讀者的，是無盡的失落與無望。清代周濟《宋四家詞選》說此詞「後闋一氣轉注，聯翩而下，清真最得此妙」。蔡嵩雲《柯亭詞論》說柳詞「其寫景處，遠勝其抒情處。而章法大開大闔，為後起清真、夢窗諸家所取法」。其所舉例，即為此詞。

鵲橋仙

屆❶征途，攜書劍，迢迢匹馬東去。慘離懷，嗟少年易分難聚。佳人方恁繾綣❷，便忍分鴛侶。當媚景，算密意幽歡，盡成輕負。

此際寸腸萬緒。慘愁顏、斷魂無語。和淚眼、片時幾番回顧。傷心脈脈誰訴？但黯然凝佇。暮煙寒雨。望秦樓何處？

【詞牌】鵲橋仙，雙調，八十七字。上片十句四仄韻；下片七句七仄韻。此詞有兩體，五十六字者，始自歐陽修。因詞中有「鵲迎橋路接天津」句，故名。八十七字者，始自柳永。

【注　釋】❶屆　臨；登上。❷繾綣　情意綿綿。

【語　譯】我攜帶著書劍，孤零零地騎著一匹馬，登上迢遙的征途，向東迤邐而去。離別的心情是那樣淒哀，可嘆少年愛侶為何總是容易分離而難以相守。心愛的美人和自己正是兩情繾綣，難捨難分，怎忍便和鴛侶別離。每當良辰好景，回味過去的歡情密意，都只成為輕率的辜負。　此時柔腸寸結，離緒萬千，愁顏慘淡，魂銷無語。含著熱淚，片刻間我一次又一次地回顧和心上人分別之地。那脈脈深情，又向誰傾訴？只能是黯然神傷，凝神久立。在黃昏時刻淒寒渺杳的煙雨中，我極目遠眺，伊人所住的秦樓又在哪裡？

【研　析】這首詞一開頭便塑造了詞人書劍飄零、羈旅懷思的孤獨的遊子形象。這是一個功名失意的遊子。功名的失落感被隱藏在與佳人分離的愁苦中。只在首句「征途」、「書劍」，略逗此間消息。

博取功名是每個封建士子必經之路。這條路迢遙而孤獨，卻必須走下去。但是，真能「春風得意馬蹄疾」的人卻不多。在這時，很容易產生既如此無望，不如抓住眼前歡樂的猶豫、動搖。但是，他們又不能稱心遂意地選擇那條心目中的秦樓樂境，還必須違心地匹馬書劍，奔走於仕途。這種矛盾便是柳詞最常見的內容。

浪淘沙

夢覺、透窗風一綫，寒燈吹息。那堪酒醒，又聞空階，夜雨頻滴。嗟因循❶、久作天涯客。負佳人、幾許盟言，便忍把、從前歡會，陡頓翻成憂戚。

愁極。再三追思，洞房深處，幾度飲散歌闌，香暖鴛鴦被，豈暫時疏散❷，費伊心力❸。殢雲尤雨❹，有萬般千種，相憐相惜。

恰到如今，天長漏永，無端❺自家疏隔❻。知何時、卻擁秦雲態❼，願低幃昵枕，輕輕細說與，江鄉夜夜，數寒更❽思憶。

【詞牌】浪淘沙，唐教坊曲。劉禹錫、白居易以此曲作七言絕句體。五代時，始流行長短句雙調小令，五十四字，上、下片各四平韻，又名〈賣花聲〉。柳永《樂章集》入「歇指調」，上、下片首句變五字為四字，共五十二字。又就本宮調演為長調慢曲，稱〈浪淘沙〉，共一百三十五字。第一段九句四仄韻；第二段十句三仄韻；第三段八句二仄韻，例用入聲。

【注釋】❶因循　守舊習；相沿不改。❷疏散　疏狂散漫；無檢束。❸費伊心力　讓你操心費力。❹殢雲尤雨　「殢」、「尤」二字與「雲」、「雨」連用，應指男女歡會時的繾綣纏綿。殢，糾纏。尤，相娛相戀。❺無端　無由；無緣無故。❻疏隔　疏離。❼秦雲態　喻歡會時女方之態。秦雲，即宋玉〈高唐賦〉典。❽寒更　寒夜的更聲。古時將一夜分為五更。

【語譯】從夢中驚覺，透過窗縫吹來一線寒風，將殘燈吹熄。宿醒初醒，又聽見夜雨滴在階石上發出空洞而單調的聲音，真教人難以承受。可嘆我只能按歷來的習俗去謀求功名，以至於羈旅天涯，久客不歸，辜負了美人多少海誓山盟。便忍心把從前的歡會，忽然間變成憂心悲戚的思憶。煩愁到了極點，再三追想過去的日子，我多次在飲散歌歇之後，回到幽邃的洞房深處，溫香軟玉，和你共寢。誰料想由於我一時的疏狂散漫，讓你勞心費力。想到當時歡聚的纏綿親暱，有萬般千種互相憐愛的柔情密意。　可是到如今，分離的日子顯得那麼漫長，漏壺的水總也滴不盡，這都怪我沒來由地和你分離。更不知何時，再能親近你那風情萬種的體態，希望能在低垂的幃帳裡，和你共枕親暱，那時我將輕輕細說給你聽，我在江鄉如何日日夜夜地思憶著你。

【研析】詞分三段，第一段寫現時。「夢覺」二字突兀而起，從夢中驚起的詞人，回到現實，所觸是透過窗隙的寒風一線；所見是無焰的殘燈；所聞是空階雨滴。自五代陰鏗有「夜雨滴空階」之句以來，「雨滴空階」，一直是觸發離情的事象。晚唐溫庭筠〈更漏子〉下闋「梧桐樹，三更雨，不道離情正苦。一葉葉，一聲聲，空階滴到明」，柳永之後的李清照〈采桑子〉「傷心枕上三更雨，點滴淒清，愁損離人，不慣起來聽」，寒燈無焰，則有元稹詩「殘燈無焰影幢幢，此夕聞君謫九江。垂死病中驚坐起，暗風吹雨入寒窗」，柳永常運用原型意象來渲染自己的愁情，而夜雨、寒燈，正是思鄉念遠的情境。於是觸發天涯羈旅，辜負佳人的悔恨。

第二段「愁極」承上，「追思」啟下，寫昔日歌酒尋歡的樂事。

第三段寫「如今」。承「嗟因循」，再申悔意。「知何時」，又企盼將來。特別是真切細膩地想像如何在「將來」的重聚中回味「現時」「江鄉夜夜，數寒更思憶」的痛苦。在幸福時回憶過去的苦痛，只會增加現時的幸福感，這正是李商隱〈夜雨寄北〉「何當共剪西窗燭，卻話巴山夜雨時」

所用的手法。不過李商隱所期待的是「剪燭夜話」的儒雅的精神交流，而柳永所企盼的則是「擁秦雲態」、「低幃昵枕」的情愛生活。

夏雲峰

宴堂深。軒楹❶雨，輕壓暑氣低沉。花洞彩舟泛斝❷，坐繞清潯❸。
楚臺風快❹，湘簟❺冷、永日披襟。坐久覺、疏絃脆管❻，時換新音。
越娥❼蘭態蕙心❽。逞妖豔、昵❾歡邀寵難禁❿。筵上笑歌間發，舄履⓫交侵。醉鄉歸處，須盡興、滿酌高吟。向此免、名韁利鎖⓬，虛費光陰。

【詞牌】夏雲峰，雙調，九十一字。上片九句五平韻；下片八句五平韻。

【注釋】❶軒楹　堂前有欄杆的前沿。❷泛斝　飲酒乾杯。斝，銅製酒器，圓口三足。❸潯　水邊地。❹楚臺風快　此借指清風。見宋玉〈風賦〉：「楚襄王遊於蘭臺之宮，宋玉、景差侍。有風颯然而至。王乃披襟而當之曰：『快哉此風！』」❺湘簟　用湖南所產湘竹編成的席子。❻疏絃脆管　形容絃樂的舒緩悠揚和管樂的清脆悅耳。❼越娥　古代越國多出美女，此泛指越地美人。❽蘭態蕙心　以花草形容女子的美而慧。❾昵　軟纏。❿難禁　難以禁當、忍受。⓫舄履　泛指鞋。舄，見崔豹《古今注・輿服》：「以木置履下，乾臘不畏泥濕也。」⓬名韁利鎖　謂名利如韁鎖束縛。

【語　譯】設宴的廳堂深深，堂前下著雨，微微壓住悶人的暑氣。大家圍坐在繞著清流和花叢的，有彩飾的船上，舉酒暢飲，清快的風吹來，湘竹織成的席子是那麼涼爽。鎮日披襟久坐，欣賞著悠揚、清脆的，不時換奏的新曲。　越地的佳人美麗而聰慧，她們盡情施展自己妖冶的魅力，軟纏著博取我的愛憐，真令人難以抗拒。宴席上，不時發出歡歌笑語，桌幃下，鞋履碰觸，暗傳情愛的消息。酒酣耳熱之際，應該盡興，浮大白，作高吟。面對這極樂之境，可以免受名利的羈鎖，免使大好時光虛擲。

【研　析】柳永一生，最念念不忘的，便是此詞所極力鋪寫的歌酒生涯。題為〈夏雲峰〉，所寫亦是夏日的一場酒宴。微雨過後，暑氣初消。在清澈的水邊，盛開的花叢裡，風快簟涼，在這舒適宜人的環境裡，喝美酒，聽新曲，何等愜意！

下片極寫女色，「逞妖豔」，「昵歡邀寵」的越女，「笑歌間發」，「舄履交侵」的情與欲的挑逗，用詞極為香膩。結末於是發出「向此免、名韁利鎖，虛費光陰」的宣言，這就是「忍把浮名，換了淺斟低唱」的翻版。

把「功名」當作「浮名」，把尋取功名當作「韁鎖」，是「虛費光陰」。一方面，固然是歌酒色欲本身的吸引力，從柳永對這種行樂生涯津津有味的描寫可證。另一方面，恐怕也是一種在求取功名中的坎坷，甚至絕望所產生的逆反心態。

浪淘沙令

有箇人人❶。飛燕精神❷。急鏘❸環佩上華裀❹。促拍❺盡隨紅袖舉，風柳腰身。

簌簌❻輕裙。妙盡尖新❼。曲終獨立斂香塵。應是西施嬌困也，眉黛雙顰❽。

【詞牌】浪淘沙令，雙調，五十二字。參見前〈浪淘沙〉（夢覺透窗風一綫）。

【注釋】❶人人　此為對所寫舞伎的昵稱。❷飛燕精神　此指舞姬擁有漢成帝趙皇后飛燕的技藝、風采。❸急鏘　指環佩互相碰撞所發出的急促的鏗鏘聲響。❹華裀　華美的地毯。❺促拍　節奏急促的樂曲。❻簌簌　象聲詞，形容舞者衣衫發出的聲響。❼尖新　新穎而有獨創性。見晏殊〈山亭柳〉：「家住西秦，賭薄藝隨身。花柳上，鬥尖新。」❽顰　同「矉」。皺眉。

【語譯】有個可愛的人兒，有趙飛燕的風采，輕盈善舞。環佩叮咚脆響著，她急步登上鋪著華美地毯的舞池。隨著迫促的樂曲，揮動紅袖，翩翩起舞，那腰身，就如風中之柳那麼柔美。她薄薄的舞裙發出簌簌的響聲，那妙曼的舞姿極盡新穎之態。一曲終了，香塵初斂，她亭亭靜立，看來恰似美女西施，因嬌慵困倦而蛾眉雙蹙。

【研析】此詞寫舞會的一次表演，詞從舞前、舞時、舞罷依次寫來。先以歷史上最善舞的漢成帝后趙飛燕作比，總寫其風貌。然後以聲入畫，寫其如何響著叮咚環佩登上舞臺。寫舞時，著重突出她隨促迫樂曲舞動的「紅袖」和如風柳的舞腰。在舞蹈中，腰是最關鍵的部位。柳詞〈柳腰輕〉一開頭就寫到「英英妙舞腰肢軟。章臺柳，昭陽燕」，可證。特別是寫舞罷，非常傳神地表現了舞伎因慵困而加倍使人憐愛的風姿。

荔枝香

甚處尋芳賞翠，歸去晚？緩步羅襪生塵❶，來繞瓊筵❷看。金縷霞衣❸輕褪，似覺春遊倦。遙認，眾裡盈盈好身段。擬回首，又竚立、簾幃畔。素臉紅眉，時揭蓋頭❹微見。笑整金翹❺，一點芳心在嬌眼❻。王孫空恁腸斷。

【詞　牌】荔枝香，雙調，七十六字。上片八句四仄韻；下片七句四仄韻。《欽定詞譜》云：此詞上片末，二字、七字兩句，亦可點作四、五，或六、三句讀。有兩體，七十六字者始自柳永。

【注　釋】❶羅襪生塵　形容女子輕盈、優美的步態。見曹植〈洛神賦〉：「凌波微步，羅襪生塵。」❷瓊筵　豐盛的筵席。❸金縷霞衣　用金絲織成的色彩鮮明如霞的衣衫。❹蓋頭　見周煇《清波雜志》：「婦女步通衢，以方幅紫羅障面遮半身，俗謂之蓋頭。」❺金翹　金製頭飾。形如鳥尾上的長羽。❻一點芳心在嬌眼　指以眉目傳情。

【語　譯】你究竟到什麼地方去踏青尋樂，回來得這麼晚？你慢慢走過來，羅襪行經之處，香塵輕拂。你繞著珍美的宴席看了看，似乎是因為春遊困倦，輕輕褪下豔如雲霞的金縷彩衣。遠遠看去，你苗條輕盈，在群芳隊裡，亭亭卓立，顯示出多麼優美的身段。　你打算掉頭離開，卻又悄然佇立在窗簾下。你不時揭開蓋頭，微微現出你白嫩、紅潤的面容。你帶著微笑整理雲髻上的金翹，美目流盼，傳遞著情的信息。席上的王孫們遠望著你而不能一親芳澤，枉自想斷了腸。

【研　析】詞以提問開頭，表現了抒情主人公對他所描寫的對象——一位美貌的妓女，焦急等候的心情。因此，當她一出現，便迫不及待地提出質問。「歸去晚」三個字中，含有對她晚歸的責難。「羅襪生塵」，以洛神比喻她飄逸的步態；「金縷霞衣輕褪」，寫她嬌慵的神情，同時也是對她嬌好身段的炫耀。

下片著重寫風神。「擬回首，又竚立」，狀欲行又止之態；「芳心在嬌眼」，寫欲說還休，以目相傳之情。清代王士禛〈冶春絕句〉「日午畫船橋下過，衣香人影太匆匆」，「時揭蓋頭」更以「猶抱琵琶半遮面」的手段顯示出勾魂攝魄，使王孫腸斷的魅力。

詞人對這位妓女的觀察，可謂入木三分。從她一上場，詞人的視線片刻也沒有離開過她。她始終未發一語，只有一連串的動作：緩步、繞看、輕褪、回首、佇立、時揭、笑整、流盼。而這一切，無不帶著萬種風情。可以說，作為一位妓女，這也許是職業的需要，而在詞人眼裡，卻都帶著情的信息。詞人不是把她當作色欲的對象，而是當作審美對象深情諦視的，所以才用可望而不可即的洛神來形容她的風神、體態之美。

詞中，還利用「眾裡」來突出她的秀出群芳，結末更以「王孫空恁腸斷」來證明他的審美效應。

〔林鍾商〕

古傾杯

凍水❶消痕❷，曉風生暖，春滿東郊道。遲遲淑景❸，煙和露潤，偏繞長堤芳草。斷鴻隱隱歸飛，江天杳杳。遙山變色，妝眉淡掃❹。目極千里，閒倚危檣迥眺。

動幾許、傷春懷抱。念何處、韶陽偏早？想帝里看看，名園芳樹，爛漫鶯花好。追思往昔年少。繼日恁❺、把酒聽歌，量金買笑❻。別後暗負，光陰多少！

【詞牌】古傾杯，雙調，一百零八字。上片十二句五仄韻；下片十句六仄韻。見前〈傾杯樂〉〈禁漏花深〉。

【注釋】❶凍水　即冰。❷消痕　消除凝水的印痕。❸淑景　美景。見杜牧〈酬王秀才桃花園見寄〉：「桃滿西園淑景催。」❹遙山變色二句　形容遠山如黛，就像淡淡描畫的蛾眉。❺繼日恁　一天又一天如此。恁，如此。❻量金買笑　付出金錢去青樓買取歡樂。

【語　譯】冰痕消融，晨風有了微微的暖意。春天的氛圍已充溢東郊。美景悠悠，在長滿芳草的長堤上，煙雲平鋪，露珠滋潤。一隻失群的鴻雁在杳杳江天向北地歸飛。遠處的山巒漸漸染上黛色，就像美人淡掃的蛾眉。我閒倚高樓，目光投向千里之外。　這一片生機勃勃的融和春意，觸發了我多少傷春的情懷。試想想，有什麼地方的美好春天偏偏來得更早？那就是京城。我多麼想到帝京去看一看。那兒有名揚天下的名園芳樹，春光燦爛，鶯啼婉轉，百卉爭榮。追思往昔年少，日復一日如此把酒聽歌，用金錢追歡買笑。帝京一別匆匆，在不知不覺中，竟虛度了多少光陰！

【研　析】詞上片寫春景。在風暖冰消，鶯飛草長，遙山染黛的融和春意中，偏著眼在杳杳江天中歸飛的孤雁，透露出觀景人的心境。

下片即接寫傷春懷抱。詞人由旅次所觀之春景聯想到春來偏早的京都，想到那裡的「名園芳樹，爛漫鶯花」。更令人追思的是，當時正值年少，那「把酒聽歌，量金買笑」的生活，曾是他所熱烈追求的。他反覆說過，「向此免、名韁利鎖，虛費光陰」（〈夏雲峰〉宴堂深）、「忍把浮名，換了淺斟低唱」（〈鶴沖天〉黃金榜上）。但是，他又不可能擺脫追求功名的理想。他去京城，絕不可能只是去聽歌買笑的。仕途的挫折使他不得不離開京城奔走天涯。功名富貴與追歡買笑之間的關係看似矛盾，實際上卻有緊密的關係。青樓女子雖然憐才，特別是因為他善作新詞，而成為他的風塵知己，但「買笑」必得「量金」，需要功名富貴的支撐。這也成為他奔走求仕的隱因。闋末的悔恨，很難說是因為行樂誤了求取功名，還是求取功名負了煙花巷陌。

傾杯

離宴❶殷勤❷，蘭舟凝滯❸，看看❹送行南浦❺。情知道世上，難使皓月長圓，彩雲鎮聚❻。算人生、悲莫悲於輕別❼，最苦正歡娛，便分鴛侶。淚流瓊臉❽，梨花一枝春帶雨❾。慘黛蛾、盈盈無緒。共黯然消魂，重攜纖手，話別臨行，猶自再三、問道君須去。頻耳畔低語。知多少、他日深盟，平生丹素❿。從今盡把憑鱗羽⓫。

【詞牌】傾杯，雙調，一百一十字。上片十一句四仄韻；下片九句五仄韻。見前〈傾杯樂〉（禁漏花深）。清代萬樹《詞律》指此詞：「字句參差，柳集最訛，莫可訂正。」

【注釋】❶離宴　餞行所設的酒宴。❷殷勤　情意深摯、周到。❸凝滯　停留。❹看看　眼看著。有漸進的意思。❺南浦　南面的水邊。泛指送別之地。見屈原〈九歌・河伯〉：「送美人兮南浦。」江淹〈別賦〉：「送君南浦，傷如之何！」❻鎮聚　常常相聚；鎮日相聚。❼悲莫悲於輕別　意謂人生最悲傷的事莫過於輕率的離別。此化用屈原〈九歌・少司命〉「悲莫悲兮生別離」，只改「生別」為「輕別」。❽瓊臉　玉面；白皙的面容。❾梨花一枝春帶雨　引自白居易〈長恨歌〉成句「玉容寂寞淚闌干，梨花一枝春帶雨」。❿丹素　原指丹書素帛。

此借指赤誠素心。見《宋史・孟昶世家》：「丹素備陳於翰墨，歡盟已保於金蘭。」⓫鱗羽　傳說中可以傳書的魚和雁。

【語　譯】餞別的酒宴上，深摯的情意那麼令人感動，使行舟將發而未忍遽發，無奈眼看著南浦送別的時候越來越近。我雖然明明知道，世界上任何人也難以使明亮的月兒常圓，使美麗的彩雲長聚。但還是認為人的一生中沒有比輕率的分離更悲傷的事。尤其是正在兩情歡洽時，忽然便鴛侶分離，這使她嫩玉般的臉上流滿淚珠，就像春天一枝帶雨的梨花。　她美麗的雙眉緊蹙，熱淚盈盈，一點情緒也沒有。我們倆同樣是沮喪神傷。臨行前，我重又握住她的纖手和她話別時，她尚自頻頻在我耳畔低語，問我道：「你難道非遠行不可嗎？從今一別，可知將有多少深情盟誓，平生丹誠，都只能全付與魚雁，憑牠們傳書來表達。」

【研　析】柳永善於從不同角度寫離別情境。如這首詞就不同於〈雨霖鈴〉的先以景語「寒蟬淒切。對長亭晚，驟雨初歇」作鋪墊。而是先寫宴席殷勤，使行舟未忍即行而又不得不行的情事。然後以月難長圓、雲不常聚的自然現象作比，說明人生離多聚少，從天人合一的角度來看，應當也是常理常情。但詞人並沒有從這一比較中獲得理性的安慰，他還是認為，在熱戀的歡娛中猝然分離，是人生最大的悲哀。上片末便以送行者傷心欲絕，熱淚長流的形象作結。

下片不斷意，接寫送行女子令人憐愛的悲傷情態。「共」字引入行者如何「重攜」、「話別」，黯然情傷。然後，重點寫送者「猶自再三」詢問，和耳畔頻頻的低語。這一問，生動細膩地表現了送行女子在明知行者之行已成定局的情況下，仍希望能挽留他的癡情。情知不可留，萬般無奈，仍絮絮叨叨，千叮嚀，萬囑咐，不要忘記「他日深盟，平生丹素」，要經常寄書來。

柳永寫離別的詞常將個人的聚散納入普通的範疇，如〈雨霖鈴〉（寒蟬淒切）的「多情自古傷離別」，此詞又引用屈原〈九歌・河伯〉中句子來說明離別之悲。這種手法，常常可以加深離別情境的底蘊。

破陣樂

露花倒影❶，煙蕪蘸碧❷，靈沼❸波暖。金柳搖風樹樹，繫彩舫龍舟遙岸。千步虹橋❹，參差雁齒❺，直趨水殿。繞金堤、曼衍❻魚龍戲，簇嬌春羅綺❼，喧天絲管❽。霽色榮光，望中似覩，蓬萊清淺❾。

時見。鳳輦宸遊❿，鸞觴⓫禊飲⓬，臨翠水、開鎬宴⓭。兩兩輕舠⓮飛畫檝，競奪錦標霞爛⓯。罄歡娛⓰，歌〈魚藻〉⓱，徘徊宛轉。別有盈盈遊女，各委明珠，爭收翠羽，相將歸遠⓲。漸覺雲海沉沉，洞天⓳日晚。

【詞牌】破陣樂，雙調，一百三十三字。上片十四句五仄韻；下片十五句六仄韻。原為唐教坊曲。

【注釋】❶露花倒影　指綴滿露珠的花倒映在水中。❷煙蕪蘸碧　籠著輕煙的草叢浸在碧水中。❸靈沼　周文王時所建，見《詩地理考》載：靈沼在長安二十里處。此或指金明池，見《東京夢華錄》載：金明池「在順天門外街北，周圍約九里三十步」，池中有水殿，有時帝王在此看龍舟競渡，賜宴。❹虹橋　金明池通水殿之橋。見孟元老《東京夢華錄》載：金明池西「乃仙橋……若飛虹之狀。橋盡處，五殿在池之中心」。❺雁齒　比喻物之排列有序，一如雁行。此指橋下的柱。《東京夢華錄》載虹橋：「下排雁柱，中央隆起。」❻曼衍　巨獸名。見張衡〈西京賦〉：「巨獸百尋，是為漫延（即曼衍）。」（《漢書・西域傳贊》師古引注）❼嬌春羅綺　穿著羅綺衣衫與春同嬌的麗人。❽絲管　絃樂與管樂。❾蓬萊清淺　此以喻金明池及水殿如蓬萊仙境。晉代葛洪《神仙傳・麻姑》載：麻姑說：「向到蓬萊，水又淺於往者會時略半也。」❿宸遊　帝王的巡遊。⓫鸞觴　刻有鸞鳥形象的酒杯。⓬禊飲　禊，古代為消災祛邪而舉行的祭典，儀式後的飲筵稱「禊飲」。⓭鎬宴　周武王曾在鎬京舉行宴飲，後稱鎬宴。此謂天下平安，君臣同樂。見《詩經・小雅・魚藻》：「王在在鎬，豈（剴）樂飲酒。」鄭玄箋：「天下平安，萬物得其性，武王何處乎？處於鎬京，樂八音之樂，與群臣飲酒而已。」⓮舠　形狀如刀的小舟。⓯競奪錦標霞爛　互相爭競，奪取如雲霞般燦爛的錦標。唐宋時有競渡奪標的習俗。《東京夢華錄》中有關於宋天子於水殿看競渡奪標的記載，說：「有小舟一軍執一竿，上掛以錦彩銀碗之類，謂之標竿……捷者得標，則山呼拜舞。」⓰罄歡娛　盡情快樂。⓱魚藻　借〈魚藻〉以頌美宋仁宗。見注⓭。⓲相將歸遠　相攜遠遠歸去。⓳洞天　神仙所居。此借指金明池之遊。

【語　譯】帶露的鮮花倒映於池中，籠著輕煙的草叢浸在碧水裡，金明池水微微有了暖意。池邊，剛剛綻出嫩芽的絲柳在春風中搖曳，柳樹下，池岸邊，繫著許多彩舫龍舟。池上飛架著長長的、狀若飛虹的橋，橋下，柱列參差如雁行。這座仙橋直通向池中的水殿。環繞著金明池岸的是正在演出的曼衍魚龍百戲，和絲管齊奏的樂隊。精彩的歌舞吸引了許多穿著羅綺春衫的佳麗。雨後初晴，五色祥雲光耀，遠遠望去，似乎看見了池中的水殿如蓬萊仙境。　不時，還可以瞻仰到帝王坐著鳳輦來這裡巡遊觀賞的景況。在修禊的儀典之後，在碧波粼粼的池畔，擺開宴席，君臣一同舉起雕著鸞鳥的酒杯，開懷暢飲。池面上，龍舟競渡已經開始，兩兩輕快的小船飛速划動雙槳，爭先恐後，去奪取那如霞燦錦的標竿。君臣盡興歡娛，同聲唱著那頌聖的〈魚藻〉之歌，歌聲悠揚宛轉。更有那風情萬種的美麗遊女，她們或以明珠贈送傾心的男子，或爭著採集翠鳥的羽毛作飾物，相攜著越走越遠。天色漸漸昏暗，雲海沉沉，眼前的洞天仙境都幻入迷茫之中。

【研析】這首詞寫北宋時，金明池上的一次君臣士庶的遊賞盛會。詞以時間為線索，從清晨寫到日晚。先寫曙色初開，露光融洩，晨煙浮翠。岸上，是風中擺動的絲柳，水邊是待發的彩舫龍舟。漸漸地，絃管齊奏，魚龍曼舞，士女們也聚集到了岸邊。片末以「似覩蓬萊」結。

下片寫修禊事畢，君臣歡宴，繫於柳岸的輕舟亦已兩兩競標，高潮迭起。君臣士庶，極盡歡娛，同歌〈魚藻〉。結末，特別點出遊春少女的活動。呼應上片，引用曹植的〈洛神賦〉，「或采明珠，或拾翠羽」，以仙姬作比，其中改「采」為「委」，添加了情愛交流的韻味。結末仍扣住「蓬萊」，以「雲海沈沈，洞天日晚」結。王維〈觀獵〉結末「回看射雕處，千里暮雲平」，此結亦有「篇終接渾茫」之勢。而渾茫之中，似又包含著極樂之後的惆悵和失落。

詞開頭的「露花倒影」，曾被蘇軾指為「以氣格為病」（沈雄《古今詞話》引），李清照說「露花倒影柳三變」，亦有嘲諷之意（馮金伯《詞苑萃編》）。但此詞描寫景物細膩生動，又與結末剛柔相濟，映照生輝，不足為病。

雙聲子

晚天蕭索，斷蓬❶蹤迹，乘輿蘭棹東遊。三吳❷風景，姑蘇❸臺榭，牢落❹暮靄初收。夫差舊國❺，香徑❻沒、徒有荒丘。繁華處，悄無覩，惟聞麋鹿呦呦❼。

想當年、空運籌決戰，圖王取霸無休❽。江山如畫，雲濤煙浪，翻輸❾范蠡❿扁舟。驗前經舊史⓫，嗟漫載、當日風流⓬。斜陽暮草茫茫，盡成萬古遺愁。

【詞牌】雙聲子，雙調，一百零三字。上片十一句四平韻；下片九句四平韻。首見柳永詞。《欽定詞譜》載：「此詞只有柳永一詞，其平仄宜遵之。」

【注釋】❶斷蓬　飄飛的斷根蓬草。喻遊子行蹤不定。❷三吳　歷來有不同說法。《水經注》以吳興、吳郡、會稽為三吳。宋人稅安禮《歷代地理指掌圖》以蘇州、常州、湖州為三吳。❸姑蘇　蘇州別稱，因西南的姑蘇山而得名。山上有姑蘇臺，相傳為吳王夫差所築，夫差和西施曾於此遊宴。❹牢落　荒廢冷落；衰敗。❺夫差舊國　春秋時吳王夫差曾建都於蘇州，故稱舊國。❻香徑　即采香徑。見《太平寰宇記》引《吳地記》：「吳王遣美人采香于此山，以為名。」❼麋鹿呦呦　見《史記·淮南衡山列傳》載：吳大夫伍員（子胥）曾經力諫吳王拒絕越國求和，吳王不納，伍員認為吳必被越所滅，氣憤地說：「臣今見麋鹿游姑蘇之臺也。」意思是他已經看到吳國將亡，宮殿也會變成廢墟。呦呦，象鹿鳴之聲。《詩經・小雅・鹿鳴》：「呦呦鹿鳴，食野之苹。」

❽圖王取霸無休　指吳、越等國為了爭奪霸權，無休止地爭戰。❾翻輸　反而不如。❿范蠡　越王句踐謀士，為越王復國功臣。越滅吳後，范蠡易名隱遁，乘扁舟泛五湖以躲殺身之禍。⓫驗前經舊史　指考證前人經史。⓬當日風流　當時叱吒風雲的業績。

【語　譯】晚來天氣蕭索，如斷蓬一般飄泊，行蹤無定的我，乘著一時的興致，坐船東遊。三吳的風景，姑蘇的臺榭，在漸漸淡去的黃昏的霧靄中稀疏顯現。吳王夫差舊時的都城，還有那美人采香的小徑，都已被榛荊淹沒，只有一片荒涼的廢墟。那曾經繁華一時的地方，靜悄悄地，什麼也看不到了，只聽見麋鹿呦呦的叫聲。　遙想當年，徒然地費盡心機，無休止地籌謀軍事行動，進行圖王取霸的爭鬥，卻反而不如范蠡駕一葉扁舟，優遊於如畫江山、雲濤煙浪之中。考察前人經史，嘆息它徒然記載了歷史人物當年叱吒風雲的流風餘韻。而今只剩下斜陽裡的茫茫野草，一切都成了萬古遺愁。

【研　析】以詞懷古，這首〈雙聲子〉有濫觴之功。詞上片以蕭索黃昏，斷蓬身世為鋪墊，「此人」於「此時」所見，是暮靄初收時隱約可見的「三吳風景」、「姑蘇臺榭」。繁華一時的吳王殿閣，采香花徑，現在是榛莽叢生，麋鹿出沒。強烈的今昔盛衰對比觸發詞人對歷史的沉思。

下片以「想當年」承上，只以一個「空」字，否定了幾千年來「圖王取霸無休」的朝更代迭的歷史進程。然後態度鮮明地以「翻輸」表明，功成身退，悠游於「江山如畫，雲濤煙浪」的范蠡才是自己的選擇。結末以議論入詞。「驗」前經舊史所載風流人物，今日只剩下斜陽暮草，萬古遺悲。這裡沒有理性的結論，而是以情境向我們展示了詞人對世事無常，勳業皆空的深沉思考。

陽臺路

楚天晚。墜冷楓敗葉，疏紅零亂。冒征塵、匹馬驅驅❶，愁見水遙山遠。追念少年時，正恁鳳幃，倚香偎暖❷。嬉遊慣。又豈知、前歡雲雨分散！

此際空勞回首，望帝里、難收淚眼。暮煙衰草，算暗鎖、路歧❸無限。今宵又、依前寄宿，甚處❹葦村山館。寒燈畔。夜厭厭❺、憑何消遣！

【詞牌】陽臺路，雙調，九十七字。上片十句六仄韻；下片八句五仄韻。首見柳永詞。《欽定詞譜》注：「此調只有此詞，無別首可校。」

【注釋】❶驅驅　策馬奔波。❷倚香偎暖　香、暖指代如溫香暖玉的佳人。❸路歧　歧路。❹甚處　何處。❺夜厭厭　夜長而安靜。見《詩經・小雅・湛露》：「厭厭夜飲，不醉無歸。」《傳》：「厭厭，安也。」

【語譯】楚地的晚秋時節，暮色降臨，清冷的楓樹敗葉衰紅，稀疏而零亂地飄落。這時，我風塵僕僕，騎著一匹馬在征途辛苦奔波。遙山遠水，只能引起我的愁思。追想少年時候，這時正在繡著鸞鳳的幃帳裡和佳人倚偎，縱情嬉樂。又怎能想到，往昔的歡會竟如雲分雨散！

　　這時，我

徒然地回首望向京都，止不住紛紛淚落。那暮煙籠罩下的衰草中，料想還暗藏著許多分攜的岔路。今天晚上一如前時，要去不知是什麼地方的、長滿葦草的山村野店投宿。永夜如年，一片死寂，我獨伴青燈，不知道能以什麼方式來消遣！

【研　析】詞寫羈旅之情。開篇先搭好晚秋黃昏，敗葉飄零這樣蕭索、淒冷的時空舞臺，然後人物出場。先一筆寫現時，「匹馬驅驅」、「冒征塵」、「水遙山遠」的征途，以一「愁」字籠括。「追念」二字領起往昔之境，在艱苦的跋涉中，越是眷戀往昔那「倚香偎暖」，縱情嬉遊的生活。「又豈知」陡轉，重跌入現境。

下片以「此際」接寫當前現實。先以「空勞回首」否定剛才那溫馨的回憶，因為它只能更強烈地反襯出當前的悲涼。於是又遠眺「暮煙衰草」，作出前程將「路歧無限」的估計。「今宵」又從現境出發，再作「葦村山館」，永夜青燈的想像。

整首詞以一個落拓失志、羈旅天涯之人在西風塵路，匹馬驅驅之時的意識流程為線索。時而眼前，時而往昔，時而跌入現實，時而對未來作灰色的估料，景切情真。

內家嬌

煦景❶朝升，煙光晝斂❷，疏雨夜來新霽。垂楊豔杏，絲軟霞輕，繡出芳郊明媚。處處踏青鬥草❸，人人睠紅❹偎翠。奈少年、自有新愁舊恨，消遣無計。帝里。風光當此際。正好恁攜佳麗。阻歸程迢遞。奈好景難留，舊歡頓棄。早是傷春情緒，那堪困人天氣。但贏得、獨立高原，斷魂一餉❺凝睇❻。

【詞　牌】內家嬌，雙調，一百零五字。上片十句四仄韻；下片十句七仄韻。首見柳永詞。《欽定詞譜》注：「此調僅見此詞，無他作可校。」

【注　釋】❶煦景　和煦的陽光。❷斂　收斂；消失。❸鬥草　鬥百草之戲。見前〈鬥百花〉（煦色韶光明媚）注❹。❹睠紅　留戀紅顏佳人。❺一餉　同「一晌」。指片刻。❻凝睇　凝神注目。

【語　譯】和煦的陽光剛剛升起，晨霧在陽光照耀下漸漸消失，正是夜來疏雨初霽的新晴時候。放眼看，裊裊垂條的楊柳和豔放的杏花，如絲一般細軟，如雲霞一般輕盈。春神用它們繡出了明媚春天芳香的郊野。到處是踏青鬥草的士女，人人都眷戀，追逐、親近那些穿紅著綠的佳麗。這是一幅多麼動人的春景。怎奈年少的我，卻有著無法排遣的新愁舊恨。

遙想京都，此時的風光，也正好這樣攜著美人同遊。無奈迢遞的歸程成為和佳人相聚的阻礙，美好的春景又總是匆匆難駐，而我又不得不和昔日的所愛頓時分離。本來我就懷著傷春的情緒，那能再承受這種陽光明媚，柳軟花輕的使人困惱的天氣。凝神注視這濃郁的春天的氛圍，只會使我獨立高原，一時間魂銷魄斷。

【研　析】樂景觸發哀情，是由於強烈的哀樂對比。景愈融和，愈能引起過去幸福的回憶，反襯得現時境況更加孤獨淒涼。如此詞，極力鋪寫夜雨初霽時的晴和春景，「垂楊豔杏，絲軟霞輕」，用語何其軟媚！其中士女，「睠紅偎翠」，幾多風流。以下忽以無計消遣的「新愁舊恨」急轉。

下片接寫愁恨，是因為懷念帝里春光。而眼前，歸程迢遞，好景難留，舊歡頓棄。傷心人本不堪春色撩人，最終，只一倍增加自己的孤苦羈懷。

二郎神

炎光謝。過暮雨、芳塵輕灑❶。乍露冷風清庭戶，爽天如水，玉鉤❷遙挂。應是星娥❸嗟久阻，敘舊約、飆輪❹欲駕。極目處、微雲暗度，耿耿銀河高瀉❺。

閒雅。須知此景，古今無價。運巧思、穿針樓上女，擡粉面、雲鬟相亞❻。鈿合金釵私語處❼，算誰在、回廊影下？願天上人間❽，占得歡娛，年年今夜。

【詞牌】二郎神，雙調，一百零四字。上片九句五仄韻；下片十句五仄韻。唐教坊曲名。

【注釋】❶過暮雨芳塵輕灑　指暮雨輕輕地灑在芳香的塵土上。❷玉鉤　喻上弦月。因為月缺如鉤，故稱。❸星娥　指織女。天上有織女星，見《月令廣義・七月令》引南朝梁殷芸《小說》云：「天河之東有織女，天帝之子也。年年機杼勞役……帝憐其獨處，許嫁河西牽牛郎，嫁後遂廢織紝。天帝怒，責令歸河東，但使一年一度相會。」❹飆輪　御風而駛的神車。❺耿耿銀河高瀉　明亮的銀河高高懸掛於夜空，似乎要瀉向人間。耿耿，明亮的樣子。❻亞　低垂。❼鈿合金釵私語處　此借指男女之間，私訂終身。唐代陳鴻寫唐玄宗與楊貴妃愛情故事的《長恨歌傳》說：「定情之夕，授金釵鈿合以固之。」白居易〈長恨歌〉：「唯將舊物表深情，鈿合金釵寄將去。釵留一股合一扇，釵擘黃金合分鈿，但令心似金鈿堅，天上人間會相見。」❽願天上人間　祝願青年男女，有情人終成眷屬。此化用白居易〈長恨歌〉：「七月七日長生殿，夜半無人私語時。在天願作比翼鳥，在地願為連理枝。」

【語　譯】炎暑的陽光逐漸退減，黃昏時，一陣小雨，輕輕地灑在芳香的塵土上。白露初生，涼風習習，清除了庭戶的暑氣。高爽的天空像水那麼純淨，新月如鉤，遠遠地掛在天邊。想來星娥該是在嘆息長久的阻隔，準備駕車乘風而行，去和牛郎作一年一度的約會。極目遠眺，只見亂雲暗暗地飄過像要瀉向人間的，繁星閃爍的銀河，就像織女那雲車在飛馳。　多麼閒逸風雅！要知道這般美景，從古到今都那麼珍貴。試看那些在樓上穿針的女孩兒們，正在向織女乞巧，希望能像她那麼聰慧，有一雙巧手。她們抬著美麗的小臉兒，久久地仰望星空，如雲的髮髻挨擠在一起。這互換信物鈿合金釵，幽會定情的溫馨夜晚，試看看，都有誰在月色朦朧的回廊下，效法織女牛郎？啊，年年此夜，願天上人間的有情人都能共享歡娛。

【研　析】七夕雙星會的傳說，從漢代以來，一直是詩歌詠嘆的題材。〈古詩十九首〉之十「迢迢牽牛星，皎皎河漢女……盈盈一水間，脈脈不得語」是抒發他們隔河相思之苦的。南朝梁庾肩吾〈七夕〉「倩語雕陵鵲，填河未肯飛」是同情牛郎織女一年一度歡會之短的。柳永〈二郎神〉不僅先布置好牛郎織女相會的暮雨輕灑，爽天如水，玉鉤遙掛的空間舞臺，更於下片著力描寫人間雲鬟相亞的，「穿針樓上女」們向織女乞巧的活動，結末更用世俗的眼光將人間和天上相聯繫，願天上一如人間，年年今夜，占得歡娛。所以南宋張炎批評，「昔人詠節序，不唯不多，附之歌喉者類是率俗」，並引此詞為例（《詞源》）。

其實此詞上片營構牛郎織女相會的氛圍，未必不「閒雅」，但是柳永始終執著追求世俗的男歡女愛，所以最後還是結於人間天上今夜的「歡娛」。在他以後，蘇軾〈菩薩蠻〉詠七夕，「相逢雖草草，長共天難老，終不似人間，人間日似年」。從人間、天上的對比中，反而羨慕牛郎織女的愛情共天不老。而秦觀的〈鵲橋仙〉更翻出新意：「金風玉露一相逢，便勝卻、人間無數。」他否定世俗「朝歡暮樂」的愛情，頌美天長地久的情愛，因此被譽為「化腐朽為神奇」之作（南宋何士信《草堂詩餘》）。

醉蓬萊

漸亭皋葉下❶，隴首雲飛，素秋❷新霽。華闕❸中天，鎖❹蔥蔥佳氣。嫩菊黃深，拒霜❺紅淺，近寶階香砌。玉宇無塵，金莖❻有露，碧天如水。

正值昇平，萬幾❼多暇，夜色澄鮮，漏聲迢遞。南極星中，有老人❽呈瑞。此際宸遊，鳳輦何處，度❾管絃清脆？太液❿波翻，披香⓫簾捲，月明風細。

【詞　牌】醉蓬萊，雙調，九十七字。上片十一句四仄韻；下片十二句四仄韻。《欽定詞譜》注：「此調以此詞為正體。」

【注　釋】❶亭皋葉下　見南朝梁柳惲〈擣衣詩〉：「亭皋木葉下，隴首秋雲飛。」亭皋，水邊平地。❷素秋　秋天的別稱。見梁元帝《纂要》：「秋日白藏，亦曰素秋。」❸華闕　華美的宮殿。❹鎖　籠罩；彌漫。❺拒霜　即木芙蓉。八、九月開花，能抗霜冷，故名。見蘇軾〈和陳述古拒霜花〉：「千株掃作一番黃，只有芙蓉獨自芳。喚作拒霜知未稱，細思卻是最宜霜。」❻金莖　漢武帝於神明臺上所作承露盤的銅柱。見班固〈西都賦〉：「抗仙掌以承露，擢雙立之金莖。」❼萬幾　亦萬機。此指皇帝每天處理的紛繁、複雜的事務。見《尚書・虞書・皐陶謨》：「兢兢業業，一日二日萬幾。」幾，指事物萌芽時的微細狀態。❽老人　老人星，亦指南極星。見《晉書・天文志》云：老人星「一日南極……見則治平，主壽昌，常以秋分候之南郊」。❾度　按曲譜歌唱。❿太液　池名，漢武帝時始建於建章宮北。唐時，在長安大明宮內。見白居易〈長恨歌〉：「歸來池苑皆依舊，太液芙蓉未央柳。」此泛指當時宮苑內的池沼。⓫披香　宮殿名。漢、唐均有披香殿的記載。見《三輔黃圖》：「武帝時後宮八區，有披香殿。」初唐上官儀〈初春〉：「步輦出披香，清歌臨太液。」

【語　譯】正是秋天水邊木葉飄零，山頭流雲輕飛的雨後新晴時候。華麗的宮闕矗立半空，籠罩著郁郁蔥蔥的祥瑞之氣。臺階旁，嫩菊和拒霜花黃深紅淺，爭芳鬥豔。澄淨的天宇沒有一點塵埃，金莖托舉的銅盤承滿了露珠，天空如水一般澄碧。　恰值太平時節，皇帝在處理政事之餘還有許多閒暇時間，可以在澄明清新的夜色中，聽著遠處傳來的更漏聲，出來巡遊。在這美好的夜晚，有老人星在南郊出現，預示著太平、吉祥。此時帝王的鳳輦巡遊到了什麼地方，傾聽那清脆悅耳的管絃之聲？只見明月清風中，太液池微波蕩漾，披香殿晶簾半捲。

【研 析】宋代王闢之《澠水燕談錄》卷八載：柳永久困選調，「皇祐中，入內都知史某愛其才而憐其潦倒。令教坊進新曲〈醉蓬萊〉，時司天臺奏老人星現，史乘仁宗之悅，以耆卿應制……經進呈，上見首有『漸』字，色若不悅。讀至『宸遊鳳輦何處』，乃與御制真宗挽詞暗合，上慘然。又讀至『太液波翻』，曰何不言『波澄』？乃擲之於地，永至此不復進用」。這段記載，後來又被胡仔《苕溪漁隱叢話》、陳師道《後山詩話》、葉夢得《避暑錄話》、黃昇《唐宋諸賢絕妙詞選》引錄，成為「詞之不遇者」（明代王世貞《藝苑卮言》）的例子。但是薛瑞生《樂章集校注》考證，終仁宗之朝無老人星現。宋代楊湜《古今詞話》又以此為「柳耆卿祝仁宗皇帝聖壽」之詞，薛先生考證仁宗生辰在四月而非柳詞〈醉蓬萊〉中所說「嫩菊黃深」的素秋。由此證明此寫於真宗天禧二年八月辛卯老人星見，九月丁卯冊皇太子之後。

就詞而論，此雖頌聖之作，但著筆優雅澄鮮。特別是末三句「太液波翻，披香簾捲，月明風細」三句，使人聯想到李煜〈浣溪沙〉「紅日已高三丈透，金爐次第添香獸……別殿遙聞笙鼓奏」所描寫的笙歌徹夜的帝王生活，而「月明風細」又展示了昇平時萬機多暇的安寧、祥和氛圍。

宣清

殘月朦朧，小宴闌珊❶，歸來輕寒凜凜。背銀釭❷、孤館❸乍眠，擁重衾、醉魄猶噤❹。永漏頻傳，前歡已去，離愁一枕。暗尋思、舊追遊，神京風物如錦。念擲果朋儕，絕纓宴會❺，當時曾痛飲。命舞燕翩翻，歌珠❻貫串，向玳筵❼前，盡是神仙流品。至更闌、疏狂轉甚。更相將、鳳幃鴛寢❽。玉釵亂橫，任散盡高陽❾，這歡娛、甚時重恁？

【詞牌】宣清，雙調，一百一十五字。上片十句四仄韻；下片十二句五仄韻。「此調只有此詞，無別詞可校。」（《欽定詞譜》）

【注釋】❶闌珊　將盡。此指將散席。❷銀釭　油燈。❸孤館　荒僻之驛館。❹噤　寒戰。❺念擲果朋儕二句　想當時朋輩間互相投擲果品，筵席上，扯斷別人結冠的帶子以為嬉戲。見前〈迎新春〉（嶰管變青律）注❽。❻歌珠　形容歌聲珠圓玉潤。❼玳筵　以玳瑁（一種龜狀水生動物）裝飾坐具的豪筵。❽鴛寢　男女共眠。亦可指男女共眠的洞房。❾高陽　宋玉〈高唐賦〉所敘高唐陽臺的省稱。

【語譯】小聚宴飲才散席，我便在朦朧殘月下回到客館，感到凜凜的寒意。背對青燈，在荒僻的旅店，裹著厚厚的被子，剛睡著，即使在睡夢中仍然打著寒戰。在遠處頻頻傳來的更漏聲中，我想到從前的歡聚已成過去，只剩滿枕離愁。我暗暗追思，舊時風光如畫的京城，追歡買笑的遊樂生活。　猶記當時，那些不拘禮數的男男女女們，擲果絕纓，狂歌痛飲，縱情嬉樂。宴會上，讓歌兒舞女獻技，她們的舞姿輕盈似燕，歌聲如珠玉流暢清圓。宴席陳設著豪華的坐具，席前表演的，都是神仙一流的人物。到夜深，大家更放蕩不羈，男男女女各自攜手到懸掛著鳳幃的洞房同眠共寢。一任高陽歡會早已散盡，但當時與所愛縱情歡娛，玉釵亂橫的情景還歷歷在心，什麼時候還能再有這樣歡樂的時日？

【研　析】一次羈旅異鄉的小宴散場後，殘月朦朧，輕寒沁骨。回到孤棲的客館，青燈永漏，使詞人墜入對從前的歡聚不再的失落之中。上片即以「暗尋思」提起下片對過去的歌酒生涯的追憶。下片鋪寫「前歡」，「擲果」、「絕纓」無非寫男男女女間毫無顧忌的調情；燕舞珠喉，神仙流品，則極讚歌舞之精美。詞的高潮還是落在床笫之歡上。結末耿耿於心，不能忘懷的，仍然是鳳幃鴛寢，玉釵亂橫的「這歡娛」。

追歌買笑，酒色疏狂，柳永毫不隱瞞他對於都市享樂生活的熱烈追求。一方面這是時風所煽。早在宋太祖乾德五年（西元九六七年）正月十六日詔中，就詔示天下：「朝廷無事，區宇咸寧。況年穀屢豐，宜士民之縱樂。」沈括《夢溪筆談》卷九載：「館閣臣僚，無不嬉游燕賞，彌日繼夕。」孟元老《東京夢華錄・序》更詳細紀載了當時京都彌漫於朝野上下的佚樂之風。另一方面，則和柳永的特殊經歷也有關。他作為一個風流詞客，雖然仕途因此而偃蹇，卻在風月場中獲得巨大的成功。那裡是他可以充分發揮才藝的場所，在那裡，他有許多知己知音，受人推重。這叫他如何不深深眷戀！

詞用了今昔對比的手法，如「小宴」對「玳筵」；舞燕歌珠、「鳳幃鴛寢」對孤館青燈、「醉魄猶噤」等等。

錦堂春

墜髻慵梳，愁蛾懶畫，心緒是事闌珊❶。覺新來憔悴，金縷衣寬。認得這疏狂意下，向人誚譬如閒❷。把芳容整頓，恁地輕孤❸，爭忍心安？　依前過了舊約，甚當初賺❹我，偷翦雲鬟。幾時得歸來，香閣深關。待伊要、尤雲殢雨❺，纏繡衾、不與同歡。儘更深、款款❻問伊，今後敢更無端❼？

【詞牌】錦堂春，雙調，一百字。上片十句四平韻；下片九句四平韻。《欽定詞譜》作〈錦堂春慢〉，《梅苑》詞名〈錦春堂〉，列司馬光等人例詞五首，與此詞字數、句數、平仄均有出入。

【注釋】❶闌珊　此指情緒消沉。❷誚譬如閒　見張相《詩詞曲語辭匯釋》：「猶云全然若無其事。」誚，簡直；完全。閒，平常；不打緊。❸恁地輕孤　這般地輕易辜負。孤，辜負。❹賺　哄騙。❺尤雲殢雨　指男女歡情。尤、殢，指沉浸、糾纏。❻款款　徐徐。❼無端　沒來由。

【語譯】垂下的亂髮懶得梳理，含愁的雙眉也無心描畫。做什麼事都情緒消沉。只覺得近來容顏憔悴，衣帶也日漸寬鬆。我早預料到，這放蕩疏狂的冤家，拋下我，在人前還完全若無其事。我且把自己梳理得整整齊齊，又何苦這般輕易辜負韶華，這樣怎令我心安？　他一如往日，違背盟約，久去不歸。想當初，他是如何甘言蜜語，哄騙我偷剪雲鬟作為信物相贈。什麼時候才等得他歸來，那時節，我要把芳香的洞房緊緊關閉。等他糾纏我時，我就緊裹繡被，不和他親昵，直到夜深，才慢慢問他，今後還敢不敢無端失約？

【研析】這是一首代婦人立言之詞。抒情主人公顯然是風月場中之人。雖然也是「自伯之東，首如飛蓬。豈無膏沐，誰適為容」（《詩經・王風・伯兮》）那種「打扮好了給誰看」的心態，「墜髻慵梳，愁蛾嬾畫」，和溫庭筠〈菩薩蠻〉「懶起畫蛾眉，弄妝梳洗遲」略同。但是這位女子在對浪蕩子一番數落之後，很快便從「是事闌珊」中掙脫出來，表示要整頓芳容，莫負春光，絕不像溫詞中那位女子，直到闋末才含蓄地以「雙雙金鷓鴣」來暗示自己的孤悽。

詞下片更如實敘寫自己如何被「賺」，付出一片癡情。於是馬上想到「將來」如何報復負約之人。這種真率潑辣，敢愛敢恨，拿得起放得下的情感態度，應當是從無數次被拋棄、被傷害的生活經驗中歷練而來。柳永是深深瞭解青樓女子的感情世界和表達方式的。

詩詞中用「誰適為容」典，一般常有借怨婦寫孤臣的「感士不遇」之悲。而柳永此詞寫得那麼具體、鮮明，活脫脫地描畫了一個市井女子的心態、口角，絕無比興之嫌。

定風波

自春來、慘綠愁紅，芳心是事可可❶。日上花梢，鶯穿柳帶，猶壓香衾臥。暖酥消❷，膩雲嚲❸。終日厭厭倦梳裹。無那❹。恨薄情一去，音書無箇❺。

早知恁麼❻。悔當初、不把雕鞍鎖。向雞窗❼、只與蠻牋⑧象管⑨，拘束教吟課⑩。鎮相隨，莫拋躲。針綫閒拈伴伊坐。和我。免使年少，光陰虛過。

【注釋】❶可可　漫不經心在意。❷暖酥消　溼潤如脂的肌膚漸漸消瘦。❸膩雲嚲　滑膩的烏髮披散下垂。嚲，下垂的樣子。❹無那　無奈；沒法子。❺無箇　沒有；全無。❻恁麼　是這樣。❼雞窗　見南朝宋劉義慶《幽明錄》載：晉人宋處宗買到一隻長鳴雞，常置於窗下，「雞遂作人語，與處宗談論，極有言智，終日不輟。處宗因此言巧大進」。後以雞窗代指書房。❽蠻牋　蜀地產的一種紙張。此處泛指。❾象管　象牙作管的毛筆。此亦泛指。❿吟課　吟詩誦書。

【語譯】自從春天以來，任何事也引不起我的興致。滿目的柳綠桃紅，也只能添愁慘之情。太陽已升上柳梢頭，嬌鶯從柳條中輕盈地穿過，而我還擁著芳香的被子睡在床上。我溼潤如脂的肌膚逐漸消瘦，烏油油的頭髮紛亂低垂，從早到晚懶洋洋地不想梳洗，沒奈何，這都是因為那薄情郎一去不歸，連個音訊都沒有。　早知如此，真後悔當初沒有把他那雕著花紋的馬鞍鎖起來。在書房窗下的書案上，只給他紙和筆，約束他，讓他終日吟詩、讀書。這樣，就可以從早到晚伴著他，不讓他離開。而我，則閑閑地拈取針線做些活，陪他坐在書房。就只他和我，這樣才不會使自己美好的光陰白白度過。

【研析】宋代張舜民《畫墁錄》載：「柳三變既以詞忤仁廟，吏部不放改官。三變不能堪，詣政府。晏公（殊）曰：『賢俊作曲子麼？』三變曰：『只如相公亦作曲子。』公曰：『殊雖作曲子，不曾道「針綫閒拈伴伊坐」。』柳遂退。」張舜民的這段記載，遂使此詞成為柳永俚詞的代表之作。

此〈定風波〉和前詞〈錦堂春〉一樣，都是代婦人立言，也都是怨責薄情郎負約不歸。但前詞的女子在為郎憔悴之餘，即咬牙責怪對方的「疏狂」和「向人誚譬如閒」，全然不把她放在心上的可惡態度，於是設想等他回來時，如何施以「報復」。這一首〈定風波〉的女主人公，在「恨薄情一去，音書無箇」之後，只是後悔自己當初沒有鎖住雕鞍，不放遠行。她的設想是，如果鎖住雕鞍，那將是多麼幸福的，鎮日相伴相隨的生活。她全然沒有教郎覓封侯的功名的企望，也沒有錦衣玉食的富貴欲求。她所憧憬的只是一種男誦詩書，女作針線的安寧、溫馨的兩人世界。她沒有進一步考慮男人讀書的目的還是要外出求官，而廝守的前提也必須衣食無虞。這只是一個可憐的，經常被拋擲的青樓女子的「烏托邦」，也只有倦於風塵的女子，才會把這種樸實的長相廝守的安寧情愛生活作為最高理想追求。晏殊之所以拈出「針綫閒拈伴伊坐」來指責柳永，恐怕也正是因為柳永太瞭解處於最底層的青樓女子，能用市井語言，如此真切地代她們說出作為太平宰相所不能認同的，平庸得近乎「俗氣」的生活訴求。

晏殊雖也作曲寫閨情，甚至也寫「歌者」，但那是被高官雅士淡化、雅化了的士大夫情趣。他有一首〈山亭柳・贈歌者〉，寫一位歌女年老色衰後的困境，說：「衷腸事，托何人？若有知音見采，不辭唱遍〈陽春〉。」何其含蓄高雅，和柳永的「鎮相隨，莫拋躲」，大異其趣。所以他的兒子晏幾道說：「先君小詞，未嘗作婦人語。」（清代沈雄《古今詞話》）

晏殊對柳永的指責，正是柳永的過人處。只有柳永的詞，才真正代社會下層的青樓女子表達了她們的心聲。

前蜀詞人尹鶚〈菩薩蠻〉三首之一，由郎之「未歸說到醉歸，由荒唐難共語，想到明日出門時……『金鞭莫與伊』尤有不盡之情。癡絕昵絕」（況周頤《餐櫻廡詞話》）。此詞應為柳永「雕鞍鎖」所本。

訴衷情近

雨晴氣爽，竚立江樓望處。澄明遠水生光，重疊暮山聳翠。遙認斷橋❶幽徑，隱隱漁村，向晚❷孤煙起。

殘陽裡。脈脈朱闌靜倚。黯然情緒，未飲先如醉。愁無際。暮雲過了，秋光老盡❸，故人千里。竟日空凝睇。

【詞　牌】訴衷情近，雙調，七十五字。上片七句三仄韻；下片九句六仄韻。此調只有柳永二詞，晁補之一詞。與〈訴衷情令〉不同。

【注　釋】❶斷橋　橋名，在杭州孤山西湖上。或以孤山之路，至此而斷，故名；或以原名段家橋，諧音曰「斷」（泗水潛夫《湖山勝概》）。❷向晚　見《詩詞曲語辭匯釋》：「向，猶臨也……李商隱〈樂游原〉詩：『向晚意不適，驅車登古原。』向晚，猶云臨晚或傍晚也。」❸老盡　此指衰殘。

【語　譯】雨後天晴氣爽，我久立於江樓眺望。遠處的水澄明一線，在斜陽下閃著粼粼波光；重重山嶺在蒼茫暮色中聳立，一片蒼翠。遠遠地，我認出了我曾經在那兒徜徉的，連著斷橋的幽徑和若隱若顯的漁村。臨晚，一縷孤煙從那裡升起。　殘陽映照下，我悄然靜倚朱欄，黯然神傷。酒未沾唇便已心搖如醉。啊，暮雲過盡，秋色凋零，這光景引發了我無邊愁思。我只能鎮日凝眸，深深思念那千里之外的故人。

【研　析】登高懷遠，愁來無際，已經成為傳統詩詞的「窠臼」。南朝梁文學家沈約〈臨高臺〉「高臺不可望，望遠使人愁。連山天斷續，河水復悠悠，所思曖何在？洛陽南陌頭。可望不可至，何用解人愁」，義大利詩家也有「當風暮樓，借我凭愁」（轉引自錢鍾書《管錐編》冊三）之說，可見「登高望遠，使人心痒」（宋玉〈高唐賦〉）是一種非常普遍的社會心理。

即如這首詞，於澄明遠水，聳碧暮山中，似乎遙遙認出自己曾流連忘返的斷橋、幽徑、漁村，這些似是而非的物象勾起一連串美好的回憶，「日進前而不御，遙聞聲而相思」（《文心雕龍．知音》），人們往往對已經「不再」的，經過想像美化的往昔生活經歷戀戀不捨，而這種「溯洄從之，道阻且長；溯游從之，宛在水中央」的「蒹葭」之戀，因為「不可及」而更淒美動人，黯然如醉。

詞的上下片以暮山、向晚、殘陽、飄過的暮雲、老盡的秋光作為一條灰色的線，貫串始終。「向夕千愁起」（梁朝費昶〈長門怨〉），日暮、秋晚，從時間上暗示生命短促，歲月蹉跎，使人感到韶華不再，後事難期的失落。而在遠水重山，千里之遙的「故人」，在這裡應當也不是實指某個具體的「故人」，而是一種因阻隔而倍加企慕的象徵。

訴衷情近

景闌❶晝永❷，漸入清和❸氣序❹。榆錢❺飄滿閒階❻，蓮葉嫩生翠沼。遙望水邊幽徑，山崦❼孤村，是處園林好。

閒情悄。綺陌遊人漸少。少年風韻，自覺隨春老。追前好。帝城信阻，天涯目斷，暮雲芳草。佇立空殘照。

【注釋】❶景闌　景色闌珊、凋殘。❷晝永　白天的時間很長。❸清和　晴明和暖。本泛指暮春初夏，後作為農曆四月的別稱。見南朝宋謝靈運〈遊赤石進帆海〉：「首夏猶清和，芳草亦未歇。」❹氣序　指氣節的推移，即時序。❺榆錢　榆莢。其狀如錢而小，色白成串，故名。❻閒階　靜寂無人的臺階。❼山崦　山坳。

【語譯】暮春時候，芳景闌珊。白天逐日變長，時序漸漸進入晴明和暖的初夏。榆莢落滿靜寂無人的臺階，翠沼裡開始生出嫩而尖的蓮葉。遠遠看去，池邊延伸著幽深的小徑，山坳裡隱藏著靜僻的小村莊。在這兒，處處的園林都那麼優美。

在風光旖旎的小路上，遊人漸漸稀少，悄悄地，我感到惆悵、失落。自覺少年時的風采、氣韻，隨著春來春去，逐漸衰退。追念從前在京城的好時光、好朋友，音書阻隔，已如煙雲散盡。我孤孤單單地久立在殘陽中，一任望極天涯，所見的也只是黯淡的暮雲和連天的萋萋芳草。

【研析】前詞寫秋，此詞說春末夏初。雖春景闌珊，但氣序漸入清和，榆錢搖落而小荷方露。上片末總以「是處園林好」，以樂景啟哀情。其間，階「閒」，徑「幽」，村「孤」，已埋下情的線索。

下片寫「閒情」。「誰道閒情拋擲久？每到春來，惆悵還依舊」（馮延巳〈鵲踏枝〉），這「閒情」，是一種「剪不斷，理還亂」的，惆悵「少年風韻」不再之情。它隨「綺陌遊人漸少」而生。俞陛雲說：「『少年風韻』二句寄慨良深，有『春來懶上樓』（辛棄疾〈鷓鴣天〉枕簟溪堂）之感。」（《唐五代兩宋詞選釋》）在「而今識盡愁滋味」（辛棄疾〈醜奴兒〉）之後，面對春去夏來，時序催人，也只有立盡斜陽，望斷暮雲芳草。末結以景，「篇終結渾茫」，它展現的，不是王維「千里暮雲平」那種雄豪之氣，而是自狀迷茫之情。寄慨深沉，有不盡的韻致。

留客住

偶登眺。凭小闌、豔陽時節，乍晴天氣，是處閒花芳草。遙山萬疊雲散，漲海❶千里，潮平波浩渺。煙村院落，是誰家綠樹，數聲啼鳥？旅情悄。遠信沉沉，離魂杳杳。對景傷懷，度日無言誰表❷？惆悵舊歡何處，後約難憑❸，看看春又老。盈盈淚眼，望仙鄉，隱隱斷霞殘照。

【詞　牌】留客住，雙調，九十七字。上片十句四仄韻；下片十一句五仄韻。唐教坊曲名。

【注　釋】❶漲海　漲潮的海勢。❷誰表　向誰人傾訴。❸後約難憑　以後的約會難以確定。即李商隱〈巴山夜雨〉「君問歸期未有期」意。

【語　譯】偶爾登樓眺遠，倚著小小的欄干，所看到的，是豔陽時節，雨後初晴天氣。到處花間草香。那繚繞著遠山的萬疊煙雲已經消散，海潮漲起，目極千里，浩渺波平。近處，綠樹簇擁著炊煙裊裊的村墟、院落，不知誰家深樹中，不時傳來小鳥的啼鳴？　此時，羈旅之情悄然而生。自別來，我時刻掛念的遠方音信如石沉大海，離別的心緒杳無依託，對此景勾起我傷心的情事，我脈脈無言地度日，這滿腹心事又能向誰傾訴？最令人傷感、失落的，是舊時的所愛現在不知在何方，以後的約會又那麼渺茫，難以預料。而一天一天，眼看著春天又將消逝。我只有含著滿眶熱淚，遠望著在逐漸黯淡的晚霞殘照中消失的，我心目中的神仙洞府。

【研　析】宋代張津《乾道四明圖經》卷七中記載，柳永曾在昌國縣（今浙江定海）西十二里的曉峰鹽場做監鹽官，「嘗監曉峰鹽場，有長短句，名〈留客住〉，刻於石，在廨舍中。後厄兵火，毀棄不存，今詞集中備載之」。

這首詞上、下片分言景、情。先交代「豔陽時節，乍晴天氣」，然後承此寫春晴近景，花草芬芳。再往遠看，漲海潮平，在這大背景下，則是煙村院落。於鋪敘中，忽引入綠樹中的啼禽，使色中有聲，饒有韻致。

下片以「旅情悄」領起，所謂「旅情」，仍是念遠懷人。所思者遠隔，沉沉音書，杳杳離魂，二者互為因果。「對景」、「傷懷」綰合上下闋。「誰表」又領起下面的傾訴：舊歡何處，後約難憑。「君問歸期未有期」，而歲月如流，萬般無奈，也只能在斷霞、殘照中，憑欄登眺，心嚮往之。

柳詞一貫以細密、妥溜見長。如這首詞以「偶登眺」始，以「望仙鄉」結；時間上從豔陽高映，雲散潮平寫到斷霞殘照，正是一日的歷程。從眺望「景」而生「旅思」，「沉沉」、「杳杳」，承「漲海」、「潮平」，由景生情，情又以眼前景來表述，末仍以望中之景作結，「殘照」承「豔陽」，「仙鄉」隱承「煙村」、「綠樹」。

迎春樂

近來憔悴人驚怪。為別後、相思煞❶。我前生、負你愁煩債。便苦恁難開解。

良夜永、牽情無計奈❷。錦被裡、餘香猶在。怎得依前燈下，恣意憐嬌態？

【詞牌】迎春樂，雙調，五十三字。上片四句四仄韻；下片四句三仄韻。

【注釋】❶煞 見《詩詞曲語辭匯釋》：「煞，甚辭。柳永〈迎春樂〉：『為別後、相思煞。』玩叶韻知讀去聲，音曬。」❷無計奈 無計奈何。

【語譯】近來憔悴得人人看到我都驚怪。這是因為自從和你分別，想你想得要命。只怕是我上輩子欠了你的愁煩債，這輩子便苦苦地這般難以開解。良宵這麼漫長，我無可奈何地牽掛著你。錦被中，你留下的芳香還在。怎樣才能還和從前一樣，在燈下盡情憐愛你那嬌美的姿容？

【研析】〈迎春樂〉一首全用賦的手法。從人驚憔悴寫起，落筆突兀。接寫因由，是為相思而容顏愁損。再追根探源，得出前生冤業，故相思不可解的結論。下片寫無計擺脫的牽情之處，無非錦被鴛鴦之男女歡情。末結以對將來的企盼。「怎得」寫當前不能實現而切望將來實現之事，「依前」則將所盼之事具體化。人在相思無奈之現境而馳想於過去、未來，欲解相思，而相思愈切。

這首詞語言直白，如從肺腑中傾出。

隔簾聽

咫尺鳳衾鴛帳，欲去無因到。鰕鬚窣地❶重門悄。認繡履頻移，洞房杳杳。強語笑。逞如簧❷、再三輕巧。

梳妝早。琵琶閑抱。愛品❸相思調。聲聲似把芳心告。隔簾聽，贏得斷腸多少。恁煩惱。除非共伊知道。

【詞牌】隔簾聽，雙調，七十四字。上片七句五仄韻；下片八句七仄韻。唐教坊曲名。

【注釋】❶鰕鬚窣地　指蝦鬚簾拂地發出聲響。鰕鬚，亦作「蝦鬚」。傳說大蝦之觸鬚，長數尺，可為簾（見

《廣韻》。窣，象聲詞，指摩擦作聲。❷如簧 指美辭令。見《詩經・小雅・巧言》：「巧言如簧。」❸品指吹弄樂器。見《水滸傳》十二：「品了三通畫角，發了三通擂鼓。」

【語 譯】繡著鳳凰的被子和描著鴛鴦的錦帳離得很近。但咫尺天涯，想要進去卻找不到藉口。蝦鬚織成的門簾低垂著，發出窸窣之聲，重重門戶深掩著，靜悄悄地。我依稀辨識到她穿著繡花鞋頻頻走動的腳步聲。從杳遠、深邃的閨房，還傳出她的強顏笑語，那麼伶牙俐齒，輕倩動人。

她早起梳妝，悠閒地抱著琵琶，最愛彈弄傾訴相思的曲調。一聲聲像在訴說自己的芳心。隔著重重簾幕，可聽而不可即，只是使我斷腸，像這般煩惱，除非讓她也知道。

【研 析】這首詞的詞牌即本題，一切都從「隔簾聽」生發。開頭即以鳳衾、鴛帳、蝦鬚簾、重門寫「隔」。一個「悄」字，突出人在阻隔空間凝神諦聽的感受。而「認繡履頻移」的「認」字則有在想像中辨識的意思。洞房杳杳，依稀可聞如簧語笑，雖輕倩動人，在隔簾人聽來，卻有「特地」、「故意」的矯情的意味。

下片還從想像落筆，想像伊人早早梳好妝，閒撥琵琶，「低眉信手續續彈，說盡心中無限事」（白居易〈琵琶行〉），這一切都從「隔簾聽」得。這種可聞而不可見的阻隔使思念之人在想像中理想化，更美、更啟人遐思。

鳳歸雲

戀帝里，金谷❶園林，平康❷巷陌，觸處❸繁華，連日疏狂，未嘗輕負，寸心雙眼。況佳人、盡天外行雲❹，掌上飛燕❺。向玳筵❻、一一皆妙選❼。長是因酒沉迷，被花❽縈絆。更可惜、淑景❾亭臺，暑天枕簟。霜月夜涼，雪霰❿朝飛，一歲風光，盡堪隨分，俊遊⓫清宴。算浮生⓬事，瞬息光陰，錙銖⓭名宦。正歡笑，試恁暫時分散。卻是恨雨愁雲，地遙天遠。

【詞牌】鳳歸雲，唐教坊曲名。柳永《樂章集》中兩見。上片十二句四仄韻；下片十四句五仄韻。此詞無別首宋詞可校。《欽定詞譜》云：「起處二十七字（共七句）始用韻，恐有誤。但無善本可校，姑仍之。」觀下片「霜月」五句二十字，也只用一韻，或者此詞用韻本疏。

【注釋】❶金谷　在河南洛陽西北，晉石崇有別館於此，為其宴遊之所。見石崇《金谷詩序》自敘云：「余有別廬，在金谷澗中，清泉茂樹，眾果竹柏藥物俱備，又有水碓魚池。」此泛指帝京開封的園林。❷平康　平康坊。在唐長安丹鳳街，為妓女聚居之地。❸觸處　觸目所見之處。❹行雲　形容歌聲之美。見前〈晝夜樂〉〈秀香家住桃花徑〉注❺。❺掌上飛燕　指能為掌上舞的趙飛燕。見前〈鬥百花〉〈颯颯霜飄鴛瓦〉注❿。❻玳筵　以玳瑁裝飾坐具的豪華筵席。❼妙選　精挑細選出來的人物。❽花　指如花的美人。❾淑景　春景。見杜牧〈酬王秀才桃花園見寄〉：「桃滿西園淑景催，幾多紅豔淺深開。」❿霰　雨點下降，遇冷而凝結成的雪珠。⓫俊遊　指勝友、良伴。俊，出眾的。⓬浮生　指人生。見《莊子・刻意》：「其生若浮，其死若休。」意指人生在世，浮沉無定。⓭錙銖　古代重量單位。以十黍為累，十累為銖，十銖為錙，二十四銖為兩。常用以形容輕微。

【語　譯】我無時不眷戀著帝城。那兒有優美的金谷園林，滿樓紅袖招的平康巷陌，觸目是一片繁華景象。我曾在這裡連日狂放無羈，用寸心去憐愛，用雙眼去觀賞美色，從來沒有辜負它們。更何況，那些紅粉佳人色藝雙絕，歌遏天外行雲，舞賽掌上飛燕。在豪華的宴席上，出臺獻藝的，人人都經過精選。因此我長期沉迷歌酒，被美色縈絆。　更值得愛惜的是：亭臺和煦的春色，炎暑清涼的枕簟；秋月如霜，夜涼似水；冬晨雲凍，霰雪紛飛。一年的風光流轉，盡足以隨心遂意，和那些俊逸之士遊賞、飲宴。說起人生一世，光陰倏忽，而為官做宦，博取些微名利，實在微不足道。遺憾的是正在歡洽之時，試著這樣暫時分散，卻惹起無限愁恨，只覺得和所愛之人如天地相隔。

【研　析】對「帝里」的思念，是柳永解不開的一個情結，他在許多詞中都提到。但他這種刻骨的思念與杜甫的「每依北斗望京華」（〈秋興八首〉之二）不同，杜甫所思是「江間波浪兼天湧，塞上風雲接地陰」的社會動亂，所悲的是「聞道長安似弈棋」的政局變化無定。而柳永所思是「帝城當日，蘭堂夜燭，百萬呼盧，畫閣春風，十千沽酒」（〈笛家弄〉花發西園）的尋花問柳的生活。這種回憶，在〈宣清〉〈殘月朦朧〉中也曾鋪寫淋漓。追憶的結果，多以鄙薄功名結。如〈夏雲峰〉〈宴堂深〉結以「向此免、名韁利鎖，虛費光陰」。〈看花回〉〈屈指勞生百歲期〉更提出為利名牽惹，「紅顏成白髮，極品何為」的生命價值的問題。這種人生態度，有「吃不到葡萄說葡萄酸」的意味，但也未嘗不是一種挑戰。詞人在屢困場屋，干謁無成的仕途失意時，沒有選擇隱遁山林，忘懷塵俗，獨善其身的方式。而是選擇以「疏狂」的態度，近乎誇張地沉迷歌酒，追歡買笑，這種張揚的生活方式，固然是時風所煽，從消極的方面看，是自暴自棄，從積極的方面看，也是一種抗爭。

拋球樂

曉來天氣濃淡❶，微雨輕灑。近清明，風絮巷陌，煙草池塘，盡堪圖畫。豔杏暖、妝臉❷勻開，弱柳困、宮腰低亞❸。是處麗質❹盈盈❺，巧笑嬉嬉，手簇鞦韆架。戲綵毬❻羅綬❼，金雞芥羽❽，少年馳騁，芳郊綠野。占斷❾五陵❿遊，奏脆管、繁絃聲和雅。

向名園深處，爭泥⓫畫輪⓬，競羈寶馬。取次⓭羅列杯盤，就芳樹、綠陰紅影下。舞婆娑，歌宛轉，彷彿鶯嬌燕姹⓮。寸珠片玉，爭似此、濃歡無價。任他美酒，十千一斗，飲竭仍解金貂貰⓯。恣幕天席地，陶陶盡醉太平，且樂唐虞景化⑯。須信豔陽天，看未足、已覺鶯花謝。對綠蟻⑰翠蛾，怎忍輕捨？

【詞　牌】拋球樂，唐教坊曲名。三十字者，始於劉禹錫，又有三十三字、四十字者，多為單調五七言小律詩體。至宋代柳永，衍為雙調，一百八十八字。上片十七句六仄韻；下片二十句八仄韻。此作無別首可校。

【注　釋】❶天氣濃淡　指清明時節忽陰忽晴的天氣。❷妝臉　女子化過妝的面容。❸低亞　低垂。亞，通「壓」。❹麗質　美麗的姿質。見白居易〈長恨歌〉：「天生麗質難自棄。」又指美女，見梁簡文帝〈妾薄命〉：「名都多麗質。」❺盈盈　風姿綽約的樣子。見〈古詩十九首〉之二：「盈盈樓上女，皎皎當窗牖。」❻綵毬　古代蹴球遊戲所用的一種以彩色絲織的球。❼羅綬　彩球上繫的絲帶。❽金雞芥羽　古代鬥雞的人常把芥子搗碎，灑在鬥雞的羽毛上，用以惑亂對方鬥雞的眼目；用金屬鉤子安在雞爪上，加強戰鬥力。見《史記・魯周公世家》載：季氏與郈氏鬥雞，「季氏芥雞羽，郈氏金距」。漢末人應瑒〈鬥雞〉：「芥羽張金距，連戰何繽紛！」❾占斷　占盡。❿五陵　豪門貴族所居住之處的代稱。漢代皇帝把豪門、貴族、外戚移至帝陵附近居住，使供奉陵園。最著名的陵園如高祖長陵、惠帝安陵、景帝陽陵、武帝茂陵、昭帝平陵等五陵。見杜甫〈秋興八首〉之四：「同學少年多不賤，五陵車馬自輕肥。」⓫泥　阻滯。另一解，即「柅」，阻車之木，亦停駐、阻滯意。⓬畫輪　指代裝飾豪華的馬車。⓭取次　隨意。見元稹〈鶯鶯〉：「取次花叢懶回顧，半緣修道半緣君。」⓮鶯嬌燕姹　比喻歌聲如鶯聲嬌柔，舞姿如紫燕倩美。姹，美麗。⓯金貂貰　見《晉書・阮孚傳》載：阮孚「嘗以金貂換酒」。金貂，漢以後皇帝侍臣於帽子上飾以金璫貂尾。貰，抵償。唐代盧照鄰〈行路難〉：「金貂有時換美酒。」後來以此來表現一種狂放不拘的生活態度。⓰景化　光明宏大的教化。⓱綠蟻　指代美酒。因為酒面上泛出綠色的泡沫，形如蟻，故稱。

【語　譯】天氣晴陰不定，快要天亮的時候，輕輕灑了一陣小雨。時節正清明，那小巷裡，綺陌上，飛著濛濛柳絮。池塘邊，長滿了萋萋芳草。這一切，都堪為畫中之境。豔麗的杏花鬧暖了枝頭，就像佳人新妝初勻；嬌柔的柳枝像困慵的美女，低低地彎下細細的腰。到處是風姿綽約的麗質嬌娥，她們嬌媚地嬉笑著，爭先恐後地簇擁著秋千架。那些以蹴彩球為樂、鬥雞為戲的豪貴子弟們肆意馳騁在花草鮮妍的郊野上。在吹奏著急管繁絃的，和諧清雅的樂音中，他們占盡了五陵勝境的風流。　大家爭向名園的深處駐香車，繫寶馬，隨意羅列杯盤。在芳樹的綠陰花影之中，歌舞伎們清歌宛轉，妙舞婆娑，就如同鶯燕那麼輕盈姣好。即使是徑寸的珍珠，崑山的美玉，怎能和這裡無價的、濃烈的歡樂相比。任憑它美酒一斗價十千，喝完了還要解下金貂再換它一罈。讓大家放開情懷，以天為帳幕，以地為坐席，樂陶陶，在這太平盛世盡醉，且為唐堯虞舜的宏大教化同歡。應當相信，這清明美景，還沒有看夠，已覺得鶯歌歇，花容謝。面對美酒佳人，轉瞬煙雲，怎忍心隨意拋捨？

【研　析】這首詞極寫清明冶遊盛況。先從氣候落筆。歐陽修詩「雲谷乍濃淡，秋色半晴陰」，以「濃淡」形容陰晴，更具畫意。以下逐步鋪寫煙草、風絮，以「盡堪圖畫」承前。又以「豔杏」如美人妝臉，「弱柳」似宮腰低亞啟下，引入春遊之靚女俊男。女則爭簇秋千，男則蹴球、鬥雞走馬，芳郊綠野，脆管繁絃，一片鮮明和樂、生機勃勃的景象。

下片接寫人物的遊春活動：名園深處，綠陰紅影之下，杯盤羅列。品佳釀，食珍饈，歌舞賞心，美色娛目；這正是詞人，尤其是少年詞人所追逐的世俗冶遊之樂。詞從頭至尾毫不掩飾地津津樂道這種生活享受，並將「寸珠片玉」作比，認為只有對聲色之娛的盡情享受，才是真正「無價」的。初唐詩人盧照鄰有一首〈長安古意〉，在鋪寫長安權貴爭靡鬥富，「嬌童寶馬」、「娼家」、「翡翠屠蘇」、「燕歌趙舞」的描述之後，結以「節物風光不相待，桑田碧海須臾改。昔時金階白玉堂，即今唯見青松在」的警示。盧照鄰所描寫的固然主要是「主第侯家」，而柳詞中也點出「五陵」，可見冶遊者雖可能是「士庶熙熙」，但多數也應是豪貴之家。但描寫中，看不出絲毫憂患意識。這應當與朝廷的提倡有關，在宋太祖乾德五年（西元九六七年）正月十六日詔中，即提出「宜士民之縱樂」（《宋會要》），「縱樂」成為太平盛世，甚至是「唐虞景化」的表徵。而柳永這些極力鋪敘「縱樂」的詞，也使他成為「太平盛世」的歌者，得到廣泛的認同。

集賢賓

小樓深巷❶狂遊徧，羅綺成叢❷。就中❸堪❹人屬意❺，最是蟲蟲❻。有畫難描雅態❼，無花可比芳容。幾回飲散良宵永❽，鴛衾暖、鳳枕香濃。算得人間天上，惟有兩心同。

近來雲雨忽西東。誚惱❾損情悰❿。縱然偷期暗會，長是怱怱。爭似和鳴⓫偕老⓬，免教斂翠⓭啼紅⓮。眼前時、暫疏歡宴，盟言在、更莫忡忡⓯。待作真箇宅院⓰，方信有初終⓱。

【詞　牌】集賢賓，上片十句五平韻；下片十句六平韻。前蜀詞人毛文錫有〈接賢賓〉，雙調，五十九字。《欽定詞譜》云：「五十九字者，始於毛文錫詞；一百十七字者，始於柳永詞……一名〈集賢賓〉。」宋詞無填此調者。

【注　釋】❶小樓深巷　指妓女聚居的平康坊曲、狹邪之類。❷羅綺成叢　穿著綾羅綢緞的美人很多。❸就中　其中。❹堪　值得。❺屬意　中意。❻蟲蟲　當時妓女名，《樂章集》中多處提到，有時亦稱「蟲娘」。❼雅態　嫻雅的舉止、風度。❽良宵永　長而美好的夜晚。❾誚惱　因「誚」而生的煩惱。誚，抱怨；指責。❿情悰　歡情。悰，歡樂。⓫和鳴　鳴聲應和。⓬偕老　一同到老。見《詩經・邶風・擊鼓》：「執子之手，與子偕老。」⓭斂翠　皺著翠眉。⓮啼紅　謂女子流淚。見白居易〈琵琶行〉：「夢啼妝淚紅闌干。」⓯忡忡　憂愁不安。見《詩經・小雅・出車》：「未見君子，憂心忡忡。」⓰宅院　宅眷。意謂夫妻。⓱初終　即始終。見《詩經・大雅・蕩》：「靡不有初，鮮克有終。」

【語　譯】幾乎逛遍了所有的歌樓妓館，見到許許多多穿著華麗的佳人，這其中最引人注目、最令人中意的，就是蟲蟲。用畫筆也難描繪你嫻雅的風姿，沒有任何一種花可以和你比美。好多次，筵席散了之後，我和你共度良宵永夜，同床共枕，被子是那麼溫暖，枕頭又那麼芳香，我們應該是人間天上兩心相印的，最美好、最幸福的一對。　誰知道近來雲蹤雨跡不定，我倆各自西東。抱怨、指摘的煩惱損害了歡情。即使偷偷和你暗中幽會，也常常是匆匆忙忙。怎能鸞鳳和鳴，白頭偕老，免得你翠眉深皺，熱淚長流。眼前這段時間，暫時少一些歡聚，反正我們有山盟海誓在，又何必憂心忡忡。等到作真個宅眷，才相信我是個有始有終的人。

【研　析】這首詞寫詞人對青樓女蟲蟲的告白和承諾，它曲折反映了風塵女子的憂患心態。

上片寫過去，以「小樓深巷」、「羅綺成叢」作為鋪墊，突出蟲蟲一人。並以「有畫難描」、「無花可比」形容她的姿容，以衾暖、枕香暗示其色，以「兩心同」述其情。

下片以「近來」領起，寫雲分雨散後，她因不滿足於「偷期暗會」，聚散匆匆而「誚惱」、「斂翠啼紅」，她所希望的是「和鳴偕老」，但是「眼前時」愛情受阻的情勢，卻讓她憂心忡忡。只有「作真箇宅院」，得一個有始有終的郎君，才能使她獲得最大的安慰。

聯繫〈迷仙引〉（纔過笄年）來看，那才過笄年便淪落風塵的女子，不是也為「蕣華偷換，光陰虛度」而憂心忡忡嗎？她殷切希望的，也是「永棄卻、煙花伴侶」，和所愛攜手同歸。而「席上尊前」的「王孫隨分相許」是不是可以指靠的呢？柳永對蟲蟲，或是心娘、酥娘等的感情，較其他一些只求滿足性慾的王孫公子來說，也許還有真情在，但是他能不能衝破當時的道德規範，和青樓女子真個以婚姻為愛情的歸宿？事實證明，這並不可能。柳永能理解和尊重她們對於正常家庭生活的追求，並通過他的詞加以表述，已屬難能可貴。

殢人嬌

當日相逢，便有憐才深意。歌筵罷、偶同鴛被。別來光景，看看經歲。昨夜裏、方把舊歡重繼。曉月將沉，征驂已鞴❶。愁腸亂、又還分袂❷。良辰好景，恨浮名牽繫。無分得❸、與你恣情濃睡。

【詞牌】殢人嬌，雙調，六十七字。上、下片各六句四仄韻。《欽定詞譜》以此詞上片第五句四字、下片第五句五字與晏殊等異，疑有脫誤。且「詞又鄙俚，故不錄」。

【注釋】❶征驂已鞴　準備出行的馬車已經裝置好。驂，駕車時位於兩旁的馬，此指代車。鞴，車上的裝飾物，此指備車。❷分袂　指分離。見南朝宋謝惠連〈西陵遇風獻康樂〉：「飲餞野亭館，分袂澄湖陰。」袂，衣袖。❸無分得　沒有緣分能夠。

【語譯】當日相見，你便有愛我的才學的深情。在聽歌飲酒之後，偶爾能和你歡會。這次分手，眼看已將近一年。昨天晚上，才又能重繼舊歡。　拂曉殘月將沉，出行的車駕已經裝備好。這時，我愁腸歷亂，又面臨著別離。如此良辰好景，恨我被名利牽繫，沒有緣分能和你縱情濃睡。

【研析】詞的上片從「當日」偶聚，「別來經歲」，寫到「昨夜」重續舊歡。下片接寫又別和別時「恨浮名牽繫」的感慨，情事貫串，脈絡分明。

詞的首句「便有憐才深意」已定好了基調，他們兩心相悅，非只是「同鴛被」和「恣情濃睡」，而是建立在「憐才」基礎上的知己知音，因此，這首詞還並不是柳詞中最「鄙俚」的作品。

思歸樂

天幕❶清和❷堪宴聚。想得盡、高陽儔侶❸。皓齒善歌長袖舞。漸引入、醉鄉深處。晚歲光陰能幾許？這巧宦❹、不須多取。共君把酒聽杜宇。解❺再三、勸人歸去。

【詞牌】思歸樂，雙調，五十六字。上、下片各四句四仄韻。此詞牌僅見於柳永詞，無別首可校。詞寫「思歸」，與詞牌〈思歸樂〉意合，亦「緣題生詠」之作。

【注釋】❶天幕　天空。❷清和　清朗和煦。❸想得盡高陽儔侶　想來參與聚會的，都是高陽酒徒。高陽儔侶，即高陽酒友。見《史記‧酈生陸賈列傳》載：漢代酈食其，高陽人，好讀書，家貧無業。劉邦過陳留，酈食其求見，劉邦說：「未暇見儒人。」酈生瞋目按劍，叱使者：「走！」復入言沛公：「吾高陽酒徒，非儒人也！」劉邦於是請其入內。❹巧宦　指靠鑽營諂媚而博取利祿的官吏。❺解　懂得。

【語譯】天氣是那麼清朗和煦，正是聚會宴飲的最佳時候。相與的人盡是些高陽酒友。宴席上，有皓齒蛾眉啟朱唇，舞長袖侑酒，漸漸地把人引入醉鄉深處。　人到晚年，還能剩下幾多光陰？這不靠功勳，只憑鑽營得來的官，也不須去謀取。不如和各位持杯共同聽那杜宇啼嗚，牠們也懂得再三相勸：不如歸去。

【研析】宴飲怡情，歌舞娛目，面對皓齒蛾眉，醉鄉深處，詞人所思不是「鳳幃鴛寢」，而是遙想歲月蹉跎，年已遲暮而仕途落寞，悲從中來，故而發出「這巧宦、不須多取」的激憤語。這也是柳永一生蹭蹬的甘苦之言。他仕途備歷辛酸，再試不第，干謁無成，「及第已老」（清代宋翔鳳《樂府餘論》），入仕以後，做過外任小官，最後調入京城，仕屯田員外郎，也不過從六品。可以想像，從「忍把浮名，換了淺斟低唱」到厭薄浮名，勸人歸去，他不但淡盡功名，而且也淡薄風月了。

應天長

殘蟬漸絕。傍碧砌❶修梧❷，敗葉微脫。風露淒清，正是登高時節。東籬❸霜乍結。綻金蕊、嫩香❹堪折。聚宴處，落帽❺風流，未饒❻前哲❼。

把酒與君說。恁好景佳辰，怎忍虛設？休效牛山❽，空對江天凝咽。塵勞無暫歇。遇良會、賸偷❾歡悅。歌聲闋❿。杯興方濃，莫便中輟⓫。

【詞牌】應天長，雙調，九十三字。上片十句六仄韻；下片十句七仄韻。此調始為令詞，韋莊〈應天長〉（綠槐蔭裡）五十字。慢詞始於柳永。

【注釋】❶碧砌　玉石臺階。指富貴之家。❷修梧　有高大枝幹的梧桐。❸東籬　菊圃的代稱。見陶淵明〈飲酒〉之五：「採菊東籬下。」❹嫩香　指初開的菊花。❺落帽　見《晉書・孟嘉傳》載：「九月九日，（桓）溫燕龍山，僚佐畢集，時佐吏並著戎服，有風至，吹嘉帽墮落，嘉不之覺。溫……命孫盛作文嘲嘉，著嘉坐處。嘉……即答之，其文甚美。」以後「孟嘉落帽」便成為名士風流之典。❻未饒　未讓；不遜於。❼前哲　前代聖哲之人。❽牛山　齊景公登牛山（在山東臨淄南），感嘆生命短促，不能永世享受榮華富貴，於是滂滂流涕。見唐代杜牧〈九日齊山登高〉：「古往今來只如此，牛山何必獨沾衣？」❾賸偷　盡偷，即放任自己去「偷」。❿闋　樂終。此指歌聲中止。⓫中輟　中途停止。

【語　譯】秋蟬的嘶鳴漸漸斷絕，靠著玉石臺階的高大梧桐的枯枝敗葉也逐漸脫落。風露淒寒，正是重九登高的時候。東籬的菊花迎霜乍放，那金黃的花蕊綻開，鮮嫩的香氣撲人，恰堪折來欣賞。聚會宴飲處，風吹帽落，名士風流，一點也不遜於前代哲人。　讓我拿起酒杯告訴您，這般好景佳辰，怎麼忍心空過？不要學齊景公，徒然在牛山對著江天哭泣，哀嘆生命的匆促。要知道，塵世俗務的煩勞無休止，遇到好時節，應當放任自己去偷歡。歌聲雖然暫停，但酒興正濃，不要便中止這聚宴的歡樂。

【研　析】詞寫重九，開頭實寫深秋物候，蟬嘶敗梧，風露淒清。以下登高聚飲，卻又只以霜菊初開，嫩香播遠作烘托。聚宴者都是豪俊之人。風前落帽，不拘細節；筆下流珠，都成韻事。一如晉代桓溫的龍山之宴。

下片以「與君說」領起，發論抒情。先以齊景公涕泣牛山典和孟嘉落帽典對映，「落帽風流」、「休效牛山」，取捨間可見詞人厭棄塵勞，巧宦「不須多取」，但須把握好景良辰，及時行樂的生活態度。聯繫開頭深秋景象，超脫中仍見沉鬱。

合歡帶

身材兒、早是妖嬈。算風措❶、實難描。一箇肌膚渾❷似玉，更都來❸、占了千嬌。妍歌豔舞，鶯慚巧舌❹，柳妒纖腰❺。自相逢，便覺韓娥價滅❻，飛燕聲消❼。　桃花零落，溪水潺湲，重尋仙徑非遙❽。莫道千金酬一笑❾，便明珠、萬斛須邀❿。檀郎⓫幸有，凌雲詞賦⓬，擲果⓭風標⓮。況當年，便好相攜，鳳樓深處吹簫⓯。

【詞　牌】合歡帶，雙調，一百零五字。上片十句五平韻；下片十一句四平韻。

【注　釋】❶風措　風韻、舉措。❷渾　簡直；全。見陳師道〈山中〉：「漁屋渾環水，晴湖半落東。」「渾」與「半」相對。❸都來　統統。❹鶯慚巧舌　鶯善囀，與此妓比猶覺慚愧。❺柳妒纖腰　柳絲纖細裊娜，與此妓相比，也會妒忌。❻韓娥價減　此指韓娥善歌，和此妓比，聲價為之降低。見《列子·湯問》載：「韓娥東之齊，匱糧，過雍門，鬻歌假食，既去而餘音繞梁欐，三日不絕。」❼飛燕聲消　飛燕善舞，和此妓相比，其名氣也當消減。❽桃花零落三句　應指劉晨阮肇天台山遇仙事。此反用，劉晨阮肇重回天台，並沒有再找到仙子所居。❾千金酬一笑　指難得美人一笑。見東漢崔駰〈七依〉：「回顧百萬，一笑千金。」❿便明珠萬斛須邀　十斗為一斛，此意謂用萬斛明珠博一笑也值得。邀，博取。⓫檀郎　晉代潘岳姿容美好，小字檀奴，後因以「檀郎」代指美男子。⓬凌雲詞賦　此指詞章華美。見《史記·司馬相如列傳》載：「相如既奏〈大人〉之頌，天子大悅，飄飄有凌雲之氣……」⓭擲果　讚人美姿容。見前〈迎新春〉（嶰管變青律）注❽。⓮風標　風度品貌。⓯鳳樓深處吹簫　用蕭史、弄玉典。見《列仙傳》載：蕭史善吹簫，秦穆公以女妻之，為作鳳臺以居，一夕吹簫引鳳，與弄玉仙去。

【語　譯】你的身材兒，本來是那麼妖嬈，說起風姿舉措，真是難以描畫。就單說一個肌膚，簡直和白玉一般潤澤，更加以妍歌豔舞，使鶯慚柳妒的歌舌舞腰，統統都美，真是占盡了千般嬌俏。

自從和你相逢之後，便覺得善歌的韓娥減了身價，能舞的飛燕聲名也消滅。縱是桃花凋落，溪流依舊潺湲，重尋和你相聚的仙徑並不遙遠。不要說擲千金，就是以萬斛明珠邀你一笑也值得。姿容如檀郎的我，幸好有司馬相如那樣能使人飄飄欲仙的詞賦，能使婦人傾倒，擲之以果的風儀。況且風華正茂，應當便帶著你，一同登上鳳樓，簫笙諧奏。

【研　析】很難找到一首詞能像柳永這樣，巨細無遺地頌美一個青樓女子。詞從觀察的順序著筆，先說身材妖嬈，再以「難描」二字，以不言言其「風措」。王安石〈明妃曲〉「意態由來畫不成，當時枉殺毛延壽」，「風措」亦即「意態」，是一種精神氣質，很難用色彩、線條將它表現出來。以下繼寫肌膚如玉，本來就美得無以復加，又兼之鶯舌柳腰，歌妍舞豔，集千嬌百媚於一身。難怪詞人一見到她，便視古來歌舞名姬價減、聲消，難與相比。

下片寫情事，接連用典。先以劉晨、阮肇天台山遇仙女事，寫他們曾是如仙美眷。「重尋仙徑非遙」一句最應注意，「重尋」暗示他們之間有一段疏離，或許還因此產生了誤會，因此詞人表示，雖桃花已謝，而流水依然，若兩情相洽，離而復聚，並非難事。於是自剖深情，願以明珠萬斛重博美人歡心。轉而誇耀自己有潘岳的風標、司馬相如的「淩雲詞賦」，才貌雙全，又正值盛年，如何不能學蕭史、弄玉鳳臺簫笙，共享于飛之樂？

這首詞，應當是與某青樓女子重續舊緣，表白心跡之作，讚美對方巧舌如簧，標榜自己也不遺餘力。

少年遊

長安古道馬遲遲❶。高柳亂蟬棲。夕陽島外，秋風原上，目斷四天垂。

歸雲❷一去無蹤迹，何處是前期❸？狎興❹生疏，酒徒蕭索❺，不似去年時。

【詞　牌】少年遊，雙調，五十字。上片五句三平韻；下片五句兩平韻。此調見晏殊《珠玉集》，平仄、句式甚參差，字數有四十八、四十九、五十、五十一、五十二字不等。《欽定詞譜》錄十五體，又名〈玉蠟梅枝〉、〈小闌干〉。柳永以此調填詞十首。

【注　釋】❶遲遲　緩行的樣子。見《詩經・邶風・谷風》：「行道遲遲，中心有違。」❷歸雲　此或指久別的心上人。❸前期　前約。亦指自己曾有過的對未來的預期、理想。❹狎興　此宜作所習慣的嬉遊之興解。狎，本義親密，引申為熟悉、習慣。❺酒徒蕭索　指自己的高陽酒侶也日見冷落。

【語　譯】我在長安古道策馬徐行，路邊高高的柳樹上，棲息著許多知了，嘶聲雜亂。山外是將沉的太陽，原上是浩蕩的秋風。放眼望去，天空從四面低低地垂下。　片片暮雲飄出視野，再也沒有蹤跡，我從前的預期也如此雲，不知何時才能實現？現在的我，已經沒有了狎遊的興致，一同飲酒的朋友，也大半零落，完全不像過去的歲月。

【研　析】在這首詞中，抒情主人公為自己畫出於古道上騎著瘦馬踽踽徐行的形象。他將這個形象置於這樣一個空間：耳之所聞是亂蟬嘶敗柳；眼之所見是夕照沉山，暮天垂平野；膚之所觸是淒緊秋風。這是一個多麼淒清、孤寂、蕭索而且壓抑的境界。孟浩然〈宿建德江〉「野曠天低樹，江清月近人」、杜甫〈旅夜書懷〉「星垂平野闊，月湧大江流」，「低」、「垂」中都意味著深沉的壓抑。

下片抒情，以「歸雲」杳渺示前期難卜，以前尚可和高陽儔侶聽歌看舞來排遣塵勞帶來的鬱悶。而現在，竟狎興生疏，酒徒蕭索，大不似前，只能把自我封閉在「目斷四天垂」的茫無涯際的悲苦之中。

少年遊

參差煙樹灞陵橋❶。風物❷盡前朝❸。衰楊古柳，幾經攀折，憔悴楚宮腰❹。

夕陽閒淡❺秋光老，離思滿蘅皋❻。一曲〈陽關〉❼，斷腸聲盡，獨自憑蘭橈❽。

【注　釋】❶灞陵橋　灞陵是漢文帝的陵墓，在長安東，附近有灞橋。見《三輔黃圖》載：「灞橋在長安東，跨水作橋。漢人送客至此橋，折柳贈別。」李白〈憶秦娥〉：「年年柳色，灞陵傷別。」❷風物　風光景物。❸前朝　已過去的朝代。❹楚宮腰　指細腰。見前〈鬥百花〉（滿搦宮腰纖細）注❷。❺夕陽閒淡　指快下山的太陽光很微弱、黯淡。閒淡，閒靜淡然。❻蘅皋　長著蘅蕪的水邊高地。❼陽關　曲名。又名〈陽關三疊〉。王維〈送元二使安西〉中有「勸君更進一杯酒，西出陽關無故人」，後入樂府，為送別之曲。❽蘭橈　蘭木做的槳。此指代船。橈，槳。

【語　譯】被暮靄籠罩著的，高高低低的樹木，簇擁著灞陵橋。這一切風物還和前朝一樣。那衰楊古柳，被離人一次次攀折，就像有著纖腰的楚國宮娥，憔悴不堪。　秋意深濃，夕照西沉，灑下最後一縷冷寂、黯淡的陽光。離別的情思充溢於長滿蘅蕪的水邊高地。當一曲使人腸斷的〈陽關曲〉剛剛奏完，蘭舟已發，只剩下我孤獨地倚著船欄，沉入深深的思索。

【研　析】清代劉熙載說：「詞或前景後情，或前情後景，或情景齊到，相間相融，各有其妙。」《藝概》如此詞，上片寫景，便已有情的消息。首先入畫的是灞橋的「參差煙樹」。杜牧〈江南春絕句〉「南朝四百八十寺，多少樓臺煙雨中」、韋莊〈臺城〉「無情最是臺城柳，依舊煙籠十里堤」，他們都習慣在歷史的回顧中，抹上煙雨、煙籠這朦朧的一筆，使得思古之幽情中包蘊著世事不可知的茫然、傷感。以下「前朝」二字，承上啟下，把當前的離別納入歷史的範疇。古往今來，有多少人奔波於仕宦之途，造成了無數生離死別。那屢經攀折，以至於「憔悴」的衰楊古柳便是明證。這裡，衰、憔悴說的是楊柳，但無一不疊映出失志的詞人那衰憊的身影。

下片寫情事，情中有景。夕陽「閒淡」，秋意深濃，秋者年之暮，夕者日之暮，暮歲奔波，老境淒涼，難怪離思倍苦。「蘅皋」，「蘅」為香草，既交代分別之所，又頌美了送別雙方的離情素志。離情已是不堪，更何況〈陽關〉聲斷，蘭舟待發？結末描狀抒情，「凭蘭橈」，一如「倚樓」、「倚山」，都是描狀而以不言言所思。所思者何?或是老境臨歧的傷感，或是「念去去、千里煙波，暮靄沉沉楚天闊」的對前景的不可期。總之，也是盡在不言中了。

少年遊

層波瀲灩❶遠山橫❷。一笑一傾城❸。酒容紅嫩，歌喉清麗，百媚❹坐中❺生。

牆頭馬上❻初相見，不準擬❼、恁多情。昨夜杯闌❽，洞房深處，特地❾快逢迎。

【注　釋】❶層波瀲灩　古人常用水波形容美目的晶瑩流動。見宋人王觀〈卜算子〉：「水是眼波橫，山是眉峰聚。」瀲灩，水色在光的映照下閃動，比喻眼神。❷遠山橫　如遠山橫陳。見《西京雜記》卷二：「文君姣好，眉色如望遠山。」❸一笑一傾城　此指美女一笑的魅力，能使邦國傾倒、傾覆。見《漢書・外戚傳》引李延年歌：「北方有佳人，絕世而獨立。一顧傾人城，再顧傾人國。」❹百媚　無限風情。見白居易〈長恨歌〉：「回眸一笑百媚生。」❺坐中　即座中。指聚宴之人中。❻牆頭馬上　此指男女間的一見傾心。見白居易〈井底引銀瓶〉：「妾弄青梅凭短牆，君騎白馬傍垂楊。牆頭馬上遙相顧，一見知君即斷腸。」❼不準擬　不料想。❽杯闌　杯中酒盡。❾特地　特別；特意。

【語　譯】你的眼睛如層波晶瑩流動，你的眉毛如橫黛的遠山，你回眸一笑使一城的人傾倒。當你喝酒時，嫩頰是那麼紅潤，你的歌聲又如此清麗，在宴席上，你表現得千嬌百媚，使一座生春。

我倆於牆頭馬上初次相見，便一見傾心。沒料想，你是這般多情。昨天夜裡杯殘酒盡，你在洞房深處特意迎候我。

【研　析】詞寫和某妓的一夜情，卻從「初相見」的印象寫起。寫眼睛，以「層波瀲灩」作比，極言其晶瑩流動，寫翠眉，以「遠山橫」形容，亦見其生動、鮮明。「一笑」後，更加入酒容之「紅嫩」，歌聲之「清麗」，使「百媚」之「生」，有更豐富的內涵，音容笑貌，更兼才藝，無一不在動態中呈現，故氣韻生動。

下片在上片充分鋪墊的基礎上直寫情事。從一見鍾情到洞房迎候，水到渠成。

少年遊

世間尤物❶意中人。輕細好腰身。香幃睡起，發妝❷酒釅❸，紅臉杏花春。

嬌多愛把齊紈扇❹，和笑掩朱脣。心性溫柔，品流詳雅❺，不稱❻在風塵。

【注　釋】❶尤物　優異特出之人或物。後專指絕色美女。見韓偓〈病憶〉：「信知尤物必牽情，一顧難酬覺命輕。」❷發妝　開始妝扮。❸酒釅　本意指酒的濃度高。此借指妝化得很濃。❹把齊紈扇　把玩用齊國生產的細絹做成的團扇。見漢樂府〈怨歌行〉：「新裂齊紈素，鮮潔如霜雪。裁為合歡扇，團團似明月。」❺詳雅　安詳文雅。❻不稱　不適合；不相符。

【語　譯】這世間尤物正是我意中情人。她有輕盈、纖細的好腰身。當她撥開芳香幃帳，睡起梳妝，一番打扮之後，真像是春天盛開的紅杏。　她常常愛嬌地把玩齊紈團扇，或是用它來掩著朱唇淺笑。她性格溫柔，品流屬於安詳嫻雅一類，這樣的女子，本不當淪落風塵。

【研　析】此詞評點的一個青樓女子，先以「尤物」二字總評。再以纖細腰身，睡起姿容逐步渲染。

下片續寫風神。那把玩團扇，笑掩朱唇的神情，令人聯想到白居易筆下淪落天涯的京城琵琶女「千呼萬喚始出來，猶抱琵琶半遮面」那種自尊、含婉，更兼之以溫柔心性，閒雅品流，不像在風塵中的女子。「不稱」二字，呼應開頭，詞人心目中的「尤物」，仍然保持著士大夫的審美品味，要求婉媚、溫柔、閒雅。「不稱」二字，還流露了詞人對這樣的女子竟淪落風塵的深深惋惜。

少年遊

淡黃衫子鬱金裙❶。長憶箇人人❷。文談❸閒雅，歌喉清麗，舉措❹好精神。

當初為倚深深寵，無箇事❺、愛嬌嗔❻。想得別來，舊家❼模樣，只是翠蛾顰。

【注　釋】❶鬱金裙　鬱金草染成的裙子。鬱金，一種香草。❷人人　對所愛的暱稱。見歐陽修〈蝶戀花〉：「翠被雙盤金縷鳳，憶得前春，有個人人共。」❸文談　指談論詩詞文賦。❹舉措　舉止。❺無箇事　無端地；平白無故地。見周邦彥〈望江南‧詠妓〉：「無箇事，因甚斂雙蛾。」❻嬌嗔　女人生氣的嬌態。❼舊家　舊時。見李清照〈南歌子〉：「只有情懷不似舊家時。」

【語　譯】她穿著淡黃色短衫和用鬱金香草染過的裙子，我常常憶及那個可愛的人兒的模樣。說到詩詞文賦，她的談吐是多麼閒雅，歌喉清亮、婉美，舉止又那麼得體。　當時她倚仗著我深深的寵愛，常常平白無故地撒嬌、生氣。相信自分別以來，她還是舊時那個樣兒，總是微微地皺著翠眉。

【研　析】馬克思在《政治經濟學批判》中說：「色彩的感覺是一般美感中最大眾化的形式。」它最先，也最容易被感知，比物的形體更容易攫取人們的注意。詞人所「長憶」的這個「人人」，給他最初的鮮明印象也是這亮黃的衫子和鬱金裙。以下鋪寫她的談吐、歌喉、舉措。特別是下片，只幾筆，活畫出一個恃寵嬌嗔，令人憐愛的青樓女子形象。結末呼應開頭「長憶」，想像她今日應一如舊時，翠眉微皺，把那「無箇事、愛嬌嗔」的「人人」的神態寫足。

少年遊

鈴齋❶無訟宴遊頻。羅綺簇❷簪紳❸。施朱傅粉，豐肌清骨，容態盡天真❹。舞裀❺歌扇❻花光裡，翻回雪❼、駐行雲。綺席❽闌珊，鳳燈❾明滅，誰是意中人？

【注釋】❶鈐齋　將帥所居之所。❷簇　簇擁。❸簪紳　常作為貴者的標誌。簪，簪纓，貴者頭飾。紳，腰間所繫的綬帶，士大夫有職者所配。❹天真　指自然而不矯飾。❺舞裀　舞衣。❻歌扇　跳舞時舞者手中所持道具。見晏幾道〈鷓鴣天〉：「舞低楊柳樓心月，歌盡桃花扇底風。」❼回雪　形容舞技之飄逸、輕盈。見曹植〈洛神賦〉：「仿佛兮若輕雲之蔽月，飄飄兮若流風之回雪。」❽綺席　豪華的宴席。見唐太宗〈帝京篇〉：「玉酒浮雲罍，蘭肴陳綺席。」❾鳳燈　雕鏤成鳳形的燈。

【語譯】政治清平，官衙很少訟事，因而穿著華麗衣衫的女人可以簇擁著官吏貴要們經常飲宴、遊賞。她們都撲了粉、抹上了胭脂，肌膚豐潤，體貌清秀，形容態度都那麼自然。

在鮮花掩映中，歌兒舞女們輕衫飄舞，歌扇輕揮。舞若洛神之飄逸，似清風回雪；歌如秦青撫節，響遏行雲。豪宴將殘，鳳燈時明時暗，這時，誰是你意中之人？

【研析】宋初官吏們於「鈐齋無訟」時，慣作宴遊。當酒闌歌罷，便宿柳眠花。柳永許多詞都反映了這種生活方式，這恐怕也是應景而作。

不過這首詞末沒有寫「洞房深處，特地快逢迎」（〈少年遊〉層波瀲灩遠山橫），也沒有「旋暖熏鑪溫斗帳。玉樹瓊枝，迤邐相偎傍」（〈鳳棲梧〉蜀錦地衣絲步障），而是以問句「誰是意中人」結，啟人疑竇。他似乎確實已經「狎興生疏，酒徒蕭索，不似去年時」（〈少年遊〉長安古道馬遲遲）了。

少年遊

簾垂深院冷蕭蕭。花外漏聲遙。青燈未滅，紅窗閒臥，魂夢去迢迢。

薄情漫有歸消息，鴛鴦被、半香消。試問伊家❶，阿誰❷心緒，禁得恁無憀❸？

【注　釋】❶伊家　第二人稱之辭，猶「你」。見張相《詩詞曲語辭匯釋》：「巾箱《琵琶記》五：『我年老爹娘，望伊家看承。』按劇情，此為伯喈臨行對妻五娘之言，『伊家』即『你』也。」❷阿誰　何人。見古詩〈十五從軍征〉：「道逢鄉里人，家中有阿誰？」❸無憀　無聊。憀，今通作「聊」。

【語　譯】深院裡簾幕低垂，十分冷寂、蕭索。花壇外，更漏聲遠遠傳來。油燈發著青熒的光，將滅未滅。我閒臥在紅漆小窗下，魂夢早已去到他所在的、遙遠的地方。

那薄情郎空自有歸來的消息，卻總也不見歸來。兩人曾共用的，用香薰過的鴛鴦被，因為長久不用，香氣也多半消散。試問你，哪個人的心緒，禁得起這樣的百無聊賴？

【研　析】此寫思婦孤居獨處情境。上片寫「簾垂深院」，這是一個自我封閉、清冷的空間。所聞是漏聲迢遞。「花外」暗示著春天，而抒情主人公卻只是獨對青燈，在紅窗下，擁著香氣半消的鴛鴦被，思念著那一去不歸的薄情之人。「換我心，為你心，始知相憶深」（顧敻〈訴衷情〉）永夜拋人），閑末忍不住直接與「伊家」對話，直問對方，有誰人能長年經受這百無聊賴的生活！

少年遊

一生贏得❶是淒涼。追前事、暗心傷。好天良夜，深屏香被，爭忍便相忘？

王孫❷動是❸經年去，貪迷戀、有何長？萬種千般，把伊情分，顛倒儘猜量❹。

【注　釋】❶贏得　落得。❷王孫　古代對貴族子弟的通稱。❸動是　往往是。❹顛倒儘猜量　翻來覆去地猜測、掂量。

【語　譯】可嘆我一生只落得淒涼。追想往事，暗自傷心。那美好的時日，幸福的晚上，錦屏深處，鴛被香濃，這些甜蜜的回憶，怎麼忍心便忘記？　王孫公子們往往是一去經年，音問全無。我這般眷戀著他，究竟有什麼益處？但是我又止不住要想起他過去的萬種柔情，千般愛撫，顛來倒去，把他對我的情分反覆拈量。

【研　析】「一生贏得是淒涼」，首句落筆何等警動。這句話一般應當在抒寫「淒涼」情事後，作結束語，而詞人卻於千迴百折後，急於代天下風塵女子一吐積愫，把它放於開篇。這種安排恰稱其情，故能搖撼人心，引起注意。

以下承「一生」，追憶往事，好天良夜時，深屏香被裡，幾多柔情蜜意，海誓山盟。但只是一夜風流，敦煌詞〈望江南〉早就有「我是曲江臨池柳，這人折了那人攀，恩愛一時間」這樣的「看破」之言，而這位抒情女主人公卻還執迷不悟，問對方，怎麼忍心便忘記這段情緣？

下片自省，既然王孫們往往是一去不歸，自己又何必苦苦思念。即使如此，又仍然忘不了當時的恩愛與承諾，希望那些「隨分相許」能成為事實，能與她同歸「萬里丹霄」，「永棄卻、煙花伴侶」。但她這個願望顯然是一次次隨著她被拋棄而落空，她也認識到眷戀、相信王孫們的無益，但是捨此別無出路。萬般無奈中，只有反覆猜量，於無望中尋找一絲希望。

和〈迷仙引〉（纔過笄年）相比較，〈迷仙引〉將只恐「蕣華偷換，光陰虛度」和從良的願望，說得很具體。而此詞卻只用「一生贏得是淒涼」領起，就將風塵女子在「顛倒猜量」後，痛感自己被侮辱和被損害的命運，悲怨的心聲宣洩出來，撼人心魄。

韓偓〈五更〉詩末聯：「光景旋消惆悵在，一生贏得是淒涼。」韓偓這首詩雖然也寫男女情愛，但抒情主人公是男性，其含義也有才人失志的悲慨。柳永此詞，雖是為天下風塵女一呼，未嘗沒有寄寓自己一生落拓的悲懷。

少年遊

日高花榭❶懶梳頭。無語倚妝樓。修眉❷斂黛❸，遙山橫翠❹，相對結春愁。　王孫走馬長楸陌❺，貪迷戀、少年遊。似恁疏狂，費人拘管，爭似❻不風流！

【注　釋】❶榭　臺上蓋的高屋。見宋玉〈招魂〉：「層臺累榭，臨高山些。」❷修眉　細長的眉毛。❸斂黛　皺著眉頭。黛，指畫成青黑色的眉毛。❹橫翠　青山橫亙。翠，指代青山。❺長楸陌　指兩旁種著高大楸樹的道路。見曹植〈名都篇〉：「鬥雞東郊道，走馬長楸間。」楸，一種木名，可造船，製棋盤。❻爭似　怎似。見韓偓〈哭花〉：「若是有情爭不哭，夜來風雨葬西施！」

【語　譯】陽光高高地射進建在花臺上的屋裡，屋中的女子卻還懶得起床梳頭，她只默默地倚在繡樓的欄杆上，微皺著修長的秀眉遙對橫亙的青山，似乎彼此都含著青春的愁恨。　她想像到自己所思念的王孫，此時正在長著高大楸樹的道路上跑馬，沉迷於少年的遊樂。像他這麼狂放不羈，真正教人費神牽掛，想來真不如不風流的好！

【研　析】自《詩經．衛風．伯兮》有「自伯之東，首如飛蓬。豈無膏沐，誰適為容」之句以來，「懶梳頭」就成為被相思困擾的象徵。溫庭筠〈菩薩蠻〉「懶起畫蛾眉，弄妝梳洗遲」、柳永〈定風波〉〈自春來〉「終日厭厭倦梳裹」都是。

　　下片寫所思之少年走馬遊樂不歸。柳詞〈定風波〉在「恨薄情一去，音書無箇」之後，曾作「雕鞍鎖」的癡想。此則更癡，王孫可念處，本應是風流；而當他沉迷遊樂，一去不歸時，卻反而寧願他不風流了。語癡而妙。

少年遊

佳人巧笑值千金。當日偶情深。幾回飲散，燈殘香暖，好事盡鴛衾。

如今萬水千山阻，魂杳杳、信沉沉❶。孤棹煙波，小樓風月，兩處一般心。

【注釋】❶魂杳杳信沉沉　互文，指夢魂、音信皆深遠而迷茫。杳杳，渺遠幽暗。沉沉，深邃的樣子。

【語譯】美人嬌媚的一笑價值千金，當日偶然相遇，便一見情深。好幾次酒筵散後，我們便同入那燈火闌珊、麝薰微度的洞房，衾溫帳暖，是多麼地溫馨。　如今我們相隔萬水千山，夢魂杳渺，音信沉沉。我乘著一葉孤舟在煙波飄泊中懷想著你，你在小樓中獨抱風月情懷，思念著我，兩處是一般心情。

【研析】詞中所寫的情愛是典型的「從眼裡跳到心坎裡」，使他鍾情的是佳人勾魂攝魄的「巧笑」，「偶情深」的「偶」字，正好說明這種愛，主要建立在一霎那間色慾的觸發，於是，「好事盡鴛衾」，成了必然的結果。

下片寫因為空間的阻隔，使這種愛情美化、昇華。「孤棹煙波，小樓風月」化用張若虛〈春江花月夜〉「誰家今夜扁舟子，何處相思明月樓」句，在互相思念的想像中，隱含著仕途坎坷、前景渺茫的失落。

長相思

畫鼓❶喧街，蘭燈❷滿市，皎月初照嚴城❸。清都絳闕❹夜景，風傳銀箭❺，露靉❻金莖❼。巷陌縱橫。過平康❽款轡❾，緩聽歌聲。鳳燭熒熒❿。那人家、未掩香屏。

向羅綺叢中，認得依稀舊日，雅態輕盈。嬌波⓫豔冶，巧笑依然，有意相迎。牆頭馬上⓬，漫遲留⓭、難寫深誠。又豈知、名宦拘檢⓮，年來減盡風情。

【詞牌】長相思，雙調。上片十一句六平韻；下片十句四平韻。此〈長相思〉雖與唐五代詞牌名稱相同，實已衍唐五代〈長相思〉之三十六字為一百零三字，句之長短、平仄迥異，是所謂「同調異體」。

【注釋】❶畫鼓　飾以龍鳳等彩繪的鼓。❷蘭燈　以澤蘭煉成的油作燃料的燈，有香氣，故名。或泛指華美的燈。❸嚴城　禁戒森嚴的重要城池，一般指京城。見南朝梁何遜〈臨行公車〉：「禁門儼猶閉，嚴城放警夜。」❹清都絳闕　天帝所居的宮闕。此指汴京宮闕。清都，見《列子．周穆王》：「王實以為清都紫微，鈞天廣樂，帝之所居。」絳，深紅色。闕，皇宮前面兩邊的樓臺。❺銀箭　漏刻之箭。❻露靉　指露水貯滿。靉，雲盛的樣子。❼金莖　托著承露盤的銅柱。見前〈醉蓬萊〉（漸亭皋葉下）注❻。❽平康　妓女聚居之地。見前〈鳳歸雲〉（戀帝里）注❷。❾款轡　放鬆韁繩，讓馬緩步而行。款，即「緩」。❿熒熒　形容燭光閃爍。⓫嬌波　嬌媚的眼波。⓬牆頭馬上　指男女間一見傾心。見前〈少年遊〉（層波瀲灩遠山橫）注❻。⓭漫遲留　徒然留滯。⓮名宦拘檢　名聲與官職拘束檢點。

【語　譯】大街上，飾有龍鳳彩繪的大鼓敲得震天價響，到處散發著蘭燈的香氣。皎潔的月兒初升，照臨著莊嚴的京城。試看這華美一如天帝所居的清都絳闕的夜景，遠處，清風微遞漏滴的聲音，被金莖高托的仙人承露盤，已悄悄地貯滿露水。大街小巷縱橫密布，我按轡徐徐走過平康里，慢慢地聽到了歌聲，看到那人的家，還沒有掩上通向內院的門，可以看得見裡面閃爍的燭光。我向穿著華麗的佳人叢中，依稀認出往日那體態輕盈、姿容閒雅的她。看到我，她美目流盼，露出依舊豔麗、妖冶的笑容，和過去一樣，有情有意地來逢迎我。可惜她於牆頭，我在馬上雖一見情傾，徒然為她遲留，也難盡我深深的誠意。她又怎麼能知道，我現在受名聲、官職的拘束檢約，這些年來，風月情懷已經減盡。

【研　析】這首詞顯然寫於詞人登科入仕，十載宦遊之後重返京都時。詞人仕途偃蹇，回京最後也只得一個從六品的「屯田員外郎」，官階很低。風情盡減，與其說與年齡有關，不如說與他淒涼老境的心情有關。詞上片一如既往，極力鋪寫京都勝境，逐步轉入平康一角，這是他往昔魂牽夢縈的極樂之地。而今，聲、色不殊，舊情猶在，而詞人「減盡風情」，大異於昔。這裡以京城的熱鬧和舊日情人的熱情作反襯，更見作者歷盡滄桑的落寞心情。

尾犯

晴煙冪冪❶。漸東郊芳草，染成輕碧。野塘風暖，遊魚動觸❷，冰澌❸微坼❹。幾行斷雁，旋❺次第❻、歸霜磧❼。詠新詩，手撚江梅，故人贈我春色❽。

似此光陰催逼。念浮生、不滿百❾。雖照人軒冕❿，潤屋珠金⓫，於身何益？一種勞心力。圖利祿，殆⓬非長策⓭。除是恁、點檢笙歌⓮，訪尋羅綺消得⓯。

【注釋】❶冪冪　深濃的樣子。見韓愈〈叉魚招張功曹〉：「蓋江煙冪冪，拂掉影寥寥。」❷動觸　觸動水面。❸澌　同「凘」。流冰。❹坼　裂開。❺旋　隨後不久。❻次第　依次。❼霜磧　堆霜的沙磧。磧，不生草木的沙石地。❽詠新詩三句　化用南朝宋陸凱〈贈范曄〉：「折花逢驛使，寄與隴頭人。江南無所有，聊贈一枝春。」❾念浮生不滿百　此借指人生沉浮不定，且又匆匆。見〈古詩十九首〉：「生年不滿百，常懷千歲憂。」❿照人軒冕　指官位顯赫，車服光彩照人。軒，一種有曲輈和障蔽的車，為卿大夫所乘。冕，官員所著禮服。⓫潤屋珠金　此指財富多可潤屋。見《禮記・大學》：「富潤屋，德潤身。」⓬殆　大概。⓭長策　好的辦法。⓮點檢笙歌　此指品賞音樂。點檢，查驗。⓯消得　值得。

【語譯】天氣初晴，遠遠看去，晨露深深地籠罩著原野。東郊的芳草隨著春天的腳步，漸漸地被染成了淺碧色。野塘被暖風吹醒，冰塊開始微微坼裂，已看得見游魚觸動水面，泛起的陣陣漣漪。幾行大雁，不久依次乘著春風飛回北方堆霜的大漠。啊，春來了，我吟哦著新句，手裡捻弄著初開的梅枝，想到了江南贈我以春色的友人。　像這般春去春來，光陰催逼，我不禁想到人浮沉無定的一生，匆匆不滿百年。雖有光彩眩人的軒冕，潤屋的珍珠金銀，於己身又有何裨益？不過是一樣的勞心費力。追逐錢財官位，恐怕不是好的選擇。除非像這樣，天天品賞清歌妙舞，或者到羅綺叢中去尋訪自己心愛的人，享受生活，這才是真正有價值的。

【研　析】柳永一生多次在詞中表示他對人生價值的困惑。如〈看花回〉「屈指勞生百歲期。榮瘁相隨。利牽名惹逡巡過……紅顏成白髮，極品何為」、〈鳳歸雲〉〈戀帝里〉「算浮生事，瞬息光陰，錙銖名宦」，同時，也作了取捨，如〈夏雲峰〉〈宴堂深〉「須盡興、滿酌高吟。向此免、名韁利鎖，虛費光陰」。雖然他反覆在詞中作了這樣的選擇，但仍舊被「名宦拘檢」而減盡風情。這類詞多因某事觸發，如此詞以春來萬物復蘇，使他感悟到生命的鮮活生機；也可能是朋友的詩文交流，喚起他對生命的珍惜，不願在徒勞的仕途奔競中消耗一生。應當說，這裡也未嘗沒有「吃不到葡萄說葡萄酸」的意味。「點檢笙歌」應當是不得已而作出的選擇，而且也是不現實，也並不打算真正實行的。

木蘭花

心娘❶自小能歌舞。舉意❷動容❸皆濟楚❹。解教天上念奴羞❺，不怕掌中飛燕妒❻。

玲瓏繡扇花藏語❼。宛轉香茵雲襯步❽。王孫若擬贈千金，只在畫樓東畔住。

【詞牌】木蘭花，雙調，五十六字。上片四句三仄韻；下片亦四句三仄韻。唐教坊曲名。按《花間集》有〈木蘭花〉、〈玉樓春〉兩調。其七字八句者，為〈玉樓春〉體。〈木蘭花〉有韋莊、毛熙震、魏承班體，字數不同，三字、七字句間用，韋詞上、下片換韻，平仄亦大異。因《尊前集》歐陽炯（兒家夫婿）詞末句「同在木蘭花下醉」；庾傳素詞首句「木蘭紅豔多情態」，遂別名〈木蘭花〉。《尊前集》誤刻後，宋詞相沿混填。如此詞調為〈木蘭花〉，實〈玉樓春〉。

【注釋】❶心娘　妓女名。❷舉意　舉止意態。❸動容　容貌表情。❹濟楚　整齊美好。見李清照〈永遇樂〉：「鋪翠冠兒，撚金雪柳，簇帶爭濟楚。」❺念奴羞　此指心娘比念奴唱得更好，使念奴羞愧。念奴，唐天寶時名倡，善歌。❻飛燕妒　此指心娘舞姿比飛燕更輕盈妙曼，使飛燕生妒。飛燕，即漢代趙飛燕。見前〈鬥百花〉（颯颯霜飄鴛瓦）注❿。❼玲瓏繡扇花藏語　指歌舞者用玲瓏的歌扇半掩著臉，如花朵藏在葉下低語。❽宛轉香茵雲襯步　指在散發著香氣的地毯上宛轉起舞，如薄雲襯步，輕盈美妙。

【語譯】心娘從小就能歌善舞。她的舉止、容貌、神情態度都那麼齊整，楚楚動人。她的歌聲能使天上的念奴自愧不如，她的舞姿不怕能為掌上舞的趙飛燕心生妒意。她從繡扇後發出的歌聲珠圓玉潤，如同花間鶯語。她在芳香、華美的地毯上宛轉起舞，如有輕雲襯著她美妙的舞步。王孫公子們如果打算贈以千金，她就住在畫樓的東畔。

【研析】〈木蘭花〉四首應該是柳永應歌伎之請為她們寫的詞。柳永善作新聲，多於茶樓酒肆、勾欄、平康諸坊中流傳，歌伎常常向他索要新詞，「珊瑚筵上，親持犀管，旋疊香箋。要索新詞，殢人含笑立尊前」（〈玉蝴蝶〉誤入平康小巷）。據羅燁《醉翁談錄》載：「耆卿居京華，暇日遍遊妓館。所至，妓者愛其有詞名，能移宮換羽，一經品題，聲價十倍，妓者多以金物資給之。」如此詞「品題」心娘，始終扣住「歌舞」兩個方面。先以「濟楚」總寫「舉意動容」，再以歷史上最能歌善舞的兩位佳人作襯托，一如白居易〈琵琶行〉「曲罷曾教善才伏，妝成每被秋娘妒」。下片直寫歌容舞態，用了一個對仗句。首二字「玲瓏」、「宛轉」雙聲、疊韻相對，音韻鏗鏘，使人如聞其聲。再以「繡扇」、「香茵」這些歌舞時用的道具、場景作鋪墊。「花藏語」之「花」，令人聯想到歌者容顏之美；「雲襯步」之「雲」，則使人想見「凌波微步」的飄渺、輕盈的風韻。

結末忽然一轉，明碼千金標出心娘的身價，並介紹她的住址——「畫樓東畔」。引用了李商隱〈無題〉「昨夜星辰昨夜風，畫樓西畔桂堂東」之句。從表面看，柳詞儼然有商業廣告之嫌，但未嘗沒有調侃的意味。

木蘭花

佳娘❶捧板❷花鈿❸簇。唱出新聲羣豔伏❹。金鵝扇❺掩調纍纍❻，文杏梁❼高塵簌簌❽。

鸞吟鳳嘯清相續❾。管裂絃焦爭可逐❿？何當夜召入連昌，飛上九天歌一曲⑪！

【注釋】❶佳娘　妓女名。❷板　歌女演唱時用來拍節的拍板。❸花鈿　用金鈿裝飾成花形的婦女的頭飾。❹羣豔伏　指歌女們都很佩服。❺金鵝扇　飾金的鵝毛扇。❻調纍纍　一個曲子連著一個曲子。❼文杏梁　此極言歌樓的華美。見司馬相如〈長門賦〉：「刻木蘭以為舟兮，飾文杏以為梁。」文杏，即銀杏。其木質文理堅緻，是做屋梁的高級木料。❽塵簌簌　謂歌聲清越，使梁塵震落。見前〈鳳棲梧〉（簾下清歌簾外宴）注❷。❾鸞吟鳳嘯清相續　指歌聲如鸞鳳吟嘯之清越而相諧和。❿管裂絃焦爭可逐　此指即使管裂絃焦也無法追逐她那清麗的歌喉。見《後漢書・蔡邕傳》：「吳人有燒桐以爨者。邕聞火烈之聲，知其良木，因請而裁為琴，果有美音，而其尾猶焦，故時人名曰『焦尾琴』焉。」⑪何當夜召入連昌二句　借典寫佳娘亦如念奴，也合當被召入宮。元稹〈連昌宮詞〉載力士傳呼覓念奴事，有「飛上九天歌一聲，二十五郎吹管逐」之句。何當，何時能夠。連昌，即連昌宮，在河南宜陽，唐高宗置。

【語譯】佳娘頭上戴著金花首飾，手執拍板，向筵席前唱一曲新詞，使得眾歌伎折服。在金鵝歌扇的掩映下，她唱了一支又一支歌，清亮的歌聲使得高高的文杏屋梁上的塵灰簌簌落下。那歌聲如鸞鳳和鳴，清音相應，美妙的管絃聲那可追比？什麼時候她也該當夜召入連昌宮，像念奴一樣，高歌一曲，飛上九天！

【研析】這首詞專寫佳娘的善歌，一氣呵成。先寫捧板一唱，群豔驚伏。繼而誇張其曲調纍纍不絕，歌動梁塵。「鸞吟鳳嘯」喻其音聲之清越，「管裂絃焦」側寫其音聲之不可追和。「此曲只宜天上有」，末以祝頌「飛上九天」結。

木蘭花

蟲娘❶舉措皆溫潤❷。每到婆娑❸偏恃俊❹。香檀❺敲緩玉纖遲❻，畫鼓聲催蓮步緊。

貪為顧盼誇風韻。往往曲終情未盡。坐中年少暗消魂，爭問青鸞❼家遠近？

【注釋】❶蟲娘　妓女名。❷溫潤　本指玉色。此借指品性之溫良柔和。見唐代潘炎〈清如玉壺冰〉：「溫潤資天質，清貞稟自然。」❸婆娑　指美妙的舞姿。❹恃俊　憑仗自己的俊美。❺香檀　芳香的檀木拍板。❻玉纖遲　如玉的纖指緩擊拍板。❼青鸞　傳說中的神鳥，赤色為鳳，青色為鸞。此借指蟲娘。

【語譯】蟲娘的舉止溫和柔順，每到婆娑起舞時，偏要依仗自己的美貌賣弄舞姿，時而慢敲檀板，纖指輕舒；時而隨著鼓點加快舞步。

因為貪求在舞蹈中顧盼生姿，往往一曲終了而餘情未盡。坐中的少年們被她的舞技風情弄得失魂落魄，爭著問這下凡的仙女住在何處？

【研析】這首詞寫蟲娘的舞技，故從「舉措」入筆。「恃俊」二字領起，特別突出了她在舞蹈中的萬種風情：時慢時快的節奏，眼波流動「巧笑倩兮，美目盼兮」（《詩經・衛風・碩人》）。所有這些，無不傳送著情的消息和舞者對於自己勾魂攝魄的魅力的自信，以至於曲終而情未盡。無怪乎坐中少年為之瘋狂，爭問她家在何處。比起〈木蘭花〉（心娘自小能歌舞）的結末「只在畫樓東畔住」來，此詞有問無答，更易引發綺思。

木蘭花

酥娘❶一搦❷腰肢裊❸。回雪❹縈塵❺皆盡妙。幾多狎客看無厭❻，一輩舞童功不到❼。星眸❽顧指❾精神峭❿。羅袖迎風身段小。而今長大懶婆娑，只要千金酬一笑。

【注釋】❶酥娘　妓女名。❷一搦　兩手一把可握。形容腰細。搦，握持。❸裊　形容腰之柔軟。❹回雪　曹植〈洛神賦〉形容洛神「飄飄兮若流風之回雪」，此用以形容舞者飄逸的姿態。❺縈塵　見《拾遺記》載：「燕昭王時，廣延國獻舞女二人……其舞曲一曰『縈塵』，言體輕與塵霧相亂也。」❻無厭　沒有滿足。厭，同「饜」。❼一輩舞童功不到　指與她同一輩的舞者都無法達到她的舞蹈水平。❽星眸　眼光晶瑩如星。❾顧指　以目光示意。❿峭　此有生動、鮮麗意。

【語譯】酥娘有一把可以握持的柔細腰肢，跳起舞來飄飄如白雪飛旋，如塵霧相繞，真正是曲盡其妙。多少狎客總也看不夠，和她一輩的舞者都達不到她這樣的水平。　她晶亮如星的眼，隨著舞蹈動作而顧盼有神，她旋轉嬌小的身段，迎風舞動著羅袖。而今年齡漸大，懶得再登臺獻舞，只需要嫣然一笑就可以得到千金的報酬。

【研　析】酥娘是一個成名的舞者。詞就從舞者最重要的身體素質柔細的腰肢著筆。再用「回雪」、「縈塵」典來總寫她的技藝。然後以狎客、舞童側寫。下片從曾經的輝煌寫到而今。結句很有意思，從「身段小」到今天的「懶婆娑」，似在暗示年齡已長，不如過去的「一搦腰肢裊」，又似在暗示酥娘名聲已大，無需賣藝而身價百倍。

駐馬聽

鳳枕鸞帷❶。二三載，如魚似水相知。良天好景，深憐多愛，無非盡意依隨。奈何伊。恣性靈❷、忒煞些兒❸。無事孜煎❹，萬回千度，怎忍分離。

而今漸行漸遠，漸覺雖悔難追。漫寄消寄息，終久奚為❺。也擬重論繾綣，爭奈翻覆思維❻。縱再會，只恐恩情，難似當時。

【詞　牌】駐馬聽，雙調，九十三字。上片十一句六平韻；下片九句四平韻。此詞首見《樂章集》，無別首可校。

【注　釋】❶鳳枕鸞帷　指男女如鸞鳳和諧，枕帷相歡。❷恣性靈　放任自己的性情、小性子。❸忒煞些兒　太過分了些。見辛棄疾〈金菊對芙蓉・重陽〉：「追念景物無窮。嘆少年胸襟，忒煞英雄。」❹孜煎　細細熬煎。見前〈法曲獻仙音〉（追想秦樓心事）注⑫。❺奚為　有什麼用。❻思維　思考。

訴衷情

【語　譯】你我如鸞鳳，同帷共枕，二三載裡，就像魚水那樣相知。我們一起度過多少幸福的歲月，一起賞良辰，觀好景。我對你深憐痛惜，無非是事事盡意依隨著你。奈何你，由著自己的小性子，也太過分了一些，往往是無事煎熬，折磨自己和對方。就這樣，萬回千次，怎忍下決心和你分手。

　現在我和你越離越遠，也漸漸覺得雖然後悔，也難挽回。徒然給你寄送我的消息，到最後也沒有什麼用。也曾打算和你重修舊好，像往日那麼親昵。可奈何我反覆思量，即使再會，只恐怕你我的恩情，難像當初那樣深。

【研　析】柳永真算得上是一位寫情聖手。如此詞描述一段愛的波折，全用賦的手法。從語氣看，「深憐多愛」、「盡意依隨」和下片的「漸行漸遠」來看，抒情主人公應是情感上占主動，而且有機會出行的男性。「恣性靈」、「無事孜煎，萬回千度」，也符合女人恃寵使性的特點。

　詞以時間為序，先回憶過去那一段鳳枕鸞帷，如魚得水的幸福時光。因為愛得深，所以嬌縱女方，容忍她萬回千度的任性使氣，經歷多少次的矛盾都不忍和她分手。

　而今真個分離，「漸行漸遠」的空間阻隔使對方理想化，於是心生悔意。這裡幾經轉折：本想寄消息，訴離衷，又覺終久無用，也想重修舊好，但反覆思考，理性告訴他，舊情雖在，裂痕難補，縱使勉強再會，恩情難似舊時。柔腸百折，娓娓道來，無不盡致。

一聲畫角❶日西曛❷。催促掩朱門。不堪更倚危闌，腸斷已消魂。

年漸晚，雁空頻。問無因。思心欲碎，愁淚難收，又是黃昏。

【詞　牌】訴衷情，雙調，四十四字。上片四句三平韻；下片六句三平韻。一作〈訴衷情令〉。

【注　釋】❶畫角　古時軍樂器。其形上小下大如角，外有彩繪，故名。其聲哀厲高亢，故軍中用以警昏曉。

❷曛　日落黃昏時。

【語　譯】畫角一聲，夕陽西下，催促著人們關上紅色的大門。使人難以承受的是，在這時更倚高闌，直令人魂消腸斷。　一年將盡，歲月蹉跎，我如同鴻雁，毫無因由地，徒然南來北往。反覆思量，我心欲碎，愁淚難收，又在這黃昏時候。

【研　析】詞從日西曛寫到年漸晚，寫到又是黃昏。黃昏夕照，自有《詩經·王風·君子于役》「日之夕矣，羊牛下來。君子于役，如之何勿思」之句以來，一直是思鄉懷人的原型意象。如劉長卿〈秋杪江亭有作〉「日暮更愁遠，天涯殊未還」、羅隱〈撫州別阮兵曹〉「千里歸心著晚鐘」等等。如又，人倚危欄，雁過長空，也都是引發鄉心的事象。如岑參〈巴南舟中夜書事〉「見雁思鄉信」、司空曙〈寒塘〉「鄉心正無限，一雁度南樓」、許渾〈晨起白雲樓寄龍興江准上人兼呈竇秀才〉「茲樓今是望鄉臺，鄉信全稀曉雁哀」等等。詞人就借這些引發定向聯想的意象，表達了自己暮年落拓，思鄉念遠的心情。

〔中呂調〕

戚氏

晚秋天。一霎❶微雨灑庭軒❷。檻菊❸蕭疏，井梧零亂惹殘煙。淒然。望江關❹。飛雲黯淡夕陽間。當時宋玉悲感，向此臨水與登山❺。遠道迢遞，行人淒楚，倦聽隴水潺湲❻。正蟬吟敗葉，蛩響衰草，相應喧喧❼。

孤館度日如年。風露漸變，悄悄至更闌。長天淨，絳河❽清淺，皓月嬋娟❾。思綿綿。夜永對景，那堪屈指，暗想從前？未名未祿，綺陌紅樓，往往經歲遷延❿。

帝里風光好，當年少日，暮宴朝歡。況有狂朋怪侶，遇當歌、對酒競留連。別來迅景如梭⓫，舊遊似夢，煙水程何限！念利名、憔悴長縈絆。追往事、空慘愁顏。漏箭移、稍覺輕寒。漸嗚咽、畫角數聲殘。對閒窗畔，停燈向曉，抱影無眠。

【詞牌】戚氏，三段，二百一十二字。第一段十五句九平韻；第二段十三句六平韻；第三段十五句六平韻，第八、九句叶兩仄韻。首見於《樂章集》，宋人填此調者很少。

【注釋】❶一霎　一會兒。❷庭軒　庭堂前有欄干的前沿。❸檻菊　長在圍欄中的菊花。❹江關　此泛指江河、山關。一本作「鄉關」。❺當時宋玉悲感二句　見宋玉〈九辯〉：「悲哉秋之為氣也，蕭瑟兮草木搖落而變衰，憭慄兮若在遠行，登山臨水兮送將歸。」❻倦聽隴水潺湲　倦聽隴頭流水之聲，怕引起「隴頭流水，鳴聲幽咽。遠望秦川，心肝斷絕」（《樂府詩集・隴頭歌辭》）的傷感。❼喧喧　聲音嘈雜。❽絳河　即銀河。見杜審言〈七夕〉：「白露含明月，青霞斷絳河。」❾嬋娟　美好的樣子。見孟郊〈嬋娟篇〉：「月嬋娟，真可憐。」❿經歲遷延　一年又一年地耽誤光陰。⓫迅景如梭　快速流駛的光陰如擲梭一般。

【語譯】深秋天氣，短暫的微雨灑向堂前。栽在花圃中的菊花已經稀疏，天井裡的梧桐也已凋零，與暮煙相掩映。我心境淒苦地遙望鄉關，只見黯淡的飛雲輕繞著徐徐下山的夕陽。當時宋玉於秋日登臨山水而生的羈旅悲秋之思驀地湧上心頭。回家鄉的路那麼遙遠，行路之人的心情那麼淒涼，以致懶於去聽隴頭流水的潺湲之聲。何況這時，寒蟬正在黃葉中嘶吟，蟋蟀在衰草中哀歌，此起彼伏，一片嘈雜。

我在孤寂的館驛中度日如年。眼看著風露變得越來越冷，悄悄地更殘夜盡。在仰望寥闊的天空，明淨如洗，銀河的顏色也變淺，皓潔的月兒是那麼美妙。我不禁思緒綿綿。在長夜中面對這樣的美景，那裡承受得了一件件地回想過去的事？那時我既無名也無官職，卻往往一年一年地延誤光陰，在綺陌紅樓，過著歌酒生涯。

帝城的風光如此美好，我又正當年少，從早到晚地歡宴。何況又有一群狂放不羈的朋友，碰到歌酒場合，竟流連忘返。和他們分別以來，光陰迅速，日月如梭，過去的那些遊樂的日子已如夢境，與現在相隔煙水迷茫，不知有多遠！想到那名利的長期羈絆，使我憔悴不堪。追思往事，徒然增加悲苦。啊，時間推移，我漸漸感到輕微的寒意。漸漸地，聽見拂曉的號角嗚咽，將要止歇。我坐在窗下，滅了燈，向著微微曙色，又度過無眠的一夜。

【研 析】〈戚氏〉三疊，二百一十二字，是柳永《樂章集》中最長的一篇。雖然篇幅很長，卻不冗不複，層次井然。詞以時間推移為序，由黃昏而深夜而次日天明。

第一疊寫黃昏所見。大氣候是晚秋，微雨。景則是庭軒、檻菊、井梧，雨則微茫，菊則蕭疏，梧則零亂。「殘煙」與「夕陽」呼應，說明這一切都是詞人於晚秋季節，一霎雨過，夕陽西下之時所經之境。「望江關」，交代了情的指向。那日落雲昏，山水蕭條處，正是觸發宋玉遲暮之羈愁鄉思的地方。然後更以漫漫長途中，隴水嗚咽，衰草敗葉中的蛩響、蟬吟把行人的淒楚之情寫足。

第二疊從行人遠道寫到「孤館度日」，並交代時間「漸變」至更深。長天淨，星河淺，皓月圓，都意味著夜已闌，對此好天良夜，又觸發了詞人對未名未祿時綺陌紅樓的綿綿之思。

第三疊從意脈上緊承第二疊，繼續沉浸在回憶之中。寫和狂朋怪侶留連歌酒，朝歡暮樂的少年生活。「別來」陡轉，日月如梭，前塵似夢，殘酷的現實將詞人從煙水茫茫的彼岸拉到今天。面對孤館輕寒，角殘燈盡的現境，他不免於抱影無眠時作理性的思考：追往事，不過是「空慘愁顏」；念名利，也只是空勞縈絆。結末以「向曉」交代了一夜的歷程，鋪敘始終，層次井然。

清代蔡嵩雲《柯亭詞論》說：「〈戚氏〉為屯田創調，『晚秋天』一首，寫客館秋懷，本無甚出奇，然用筆極有層次。初學詞，細玩此章，可悟謀篇布局之法。第一遍，就庭軒所見寫到征夫前路。第二遍就流連夜景寫到追憶昔遊。第三遍，接寫昔遊經歷，仍落到天涯孤客，竟夜無眠，章法一絲不亂。」

從內容看，曾有人將〈戚氏〉與〈離騷〉對列。宋代王灼《碧雞漫志》載：「前輩云：『〈離騷〉寂寞千載後，〈戚氏〉淒涼一曲中。』〈戚氏〉，柳所作也，柳何敢知世間有〈離騷〉？」〈離騷〉之所以垂名千古，是因為作者在漫漫長途中上下求索，九死不悔的精神和他以香草美人來展示的，自己對人格的終極追求。應該說，柳永也一直求索於「迢遞遠道」，但他主要是迷惘個人的浮沉得失，儘管他們都以寂寞、淒涼而告終，但思想境界卻是不可同日而語的。

輪臺子

一枕清宵好夢，可惜被、鄰雞喚覺。匆匆策馬登途，滿目淡煙衰草。前驅❶風觸鳴珂❷，過霜林、漸覺驚棲鳥。冒征塵遠況❸，自古淒涼長安道。行行又歷孤村，楚天闊、望中❹未曉。

念勞生，惜芳年壯歲❺，離多歡少。歎斷梗❻難停，暮雲漸杳。但黯黯魂消，寸腸憑誰表？恁驅驅❼、何時是了？又爭似、卻返瑤京❽，重買千金笑！

【詞牌】輪臺子，雙調，一百一十四字。上片十句五仄韻；下片十句五仄韻。「行行又歷孤村」兩句，也有歸於下片的。首見於柳永《樂章集》，宋人無填此體者。與〈輪臺子〉（霧斂澄江）雖同一詞牌，字數不同，平仄、句式亦不同。亦無別首宋詞可校。

【注　釋】❶前驅　驅馬前行。❷鳴珂　珂是馬籠頭上玉石做的飾物，馬行走時會碰撞作響，故名。見張華〈輕薄篇〉：「文軒飾羽蓋，乘馬鳴玉珂。」❸遠況　遠行的景況、況味。❹望中　目力所及的視野。❺芳年壯歲　青春韶華，壯盛之年。❻斷梗　折斷的離幹之枝。❼驅驅　辛勞奔走。❽瑤京　即帝京。

【語　譯】昨宵在枕上做了一個甜美的夢，可惜被鄰家的雞啼聲喚起。匆匆策馬登程，一眼看去，只見淡淡的晨霧籠著枯草。我驅馬前行，一路上，風吹動著馬籠頭上的玉珂，叮噹作響。經過染霜的寒林，驚動了棲宿在樹枝上的鳥兒。我冒著風塵，備嘗遠行的況味。我想到，自古以來在這條長安古道上奔波的淒涼士子。走啊，走啊，又經過一個孤村。這時，望過去，寥廓的楚天還沉浸在迷濛中，沒有天明。　想到我這辛勞的一生，可惜在少壯時期，總是和親朋別離多，歡聚少。值得嘆息的是，直到暮景迷茫，還如斷枝別樹，飄泊難停。只是這惆悵而令人黯黯神傷之情，又能向誰表白？像這般奔波不息的日子，何時是個盡頭？又怎麼比得上，重回帝京，依前重過那千金買笑的歌酒生涯！

【研　析】詞寫早行苦況。鄰雞驚「好夢」，在「唯覺時之枕席，失向來之煙霞」（李白〈夢遊天姥吟留別〉）的失落中，匆匆登程。詞人用移步換形的手法，從朦朧可見的淡煙衰草，寫到風觸鳴珂，驚動了霜林中還棲宿於樹上的鳥兒。行行之中，又歷孤村。而楚天沉沉，天尚未曉。行文緊扣「早行」二字，其中插入「冒征塵遠況，自古淒涼長安道」兩句，把自己的遠行之淒苦，納入歷史的範疇，使之具有了普遍意義。

下片由敘事寫景轉入抒情言志。以「念」字領起「芳年壯歲」的回憶，又回到現在，已屆暮年，而前程杳茫，此情意向誰訴？於是對「恁驅驅」的生涯提出質疑，最後作出了「卻返瑤京，重買千金笑」的選擇。

古代士子在懷才不遇時往往會作出或歸隱田園或泛舟五湖的選擇。蘇軾在呼問「長恨此身非我有，何時忘卻營營」之後，不也宣布「小舟從此逝，江海寄餘生」（〈臨江仙〉夜飲東坡）嗎？但這都不過是說說而已。宋代胡仔《苕溪漁隱叢話》引《藝苑雌黃》說：張子野有言，認為這首詞「既言『忽忽策馬登途，滿目淡煙衰草』，則已辨色矣。而後又言『楚天闊、望中未曉』，何也？柳何語意顛倒如是？」溫庭筠〈商山早行〉寫早行時刻「雞聲茅店月」，也是有月的。柳永〈雨霖鈴〉（寒蟬淒切）在都門帳飲後，蘭舟催發，問「酒醒何處」，也還是「曉風殘月」並見，可見柳永所寫並不顛倒。

引駕行

虹收殘雨。蟬嘶敗柳長堤暮。背都門❶、動消黯❷，西風片帆輕舉。愁覩。泛畫鷁❸翩翩，靈鼉❹隱隱下前浦。忍回首、佳人漸遠，想高城、隔煙樹。

幾許。秦樓永晝，謝閣❺連宵奇遇。算贈笑千金，酬歌百排❻，盡成輕負。南顧。念吳邦越國❼，風煙蕭索在何處？獨自箇、千山萬水，指天涯去。

【詞　牌】引駕行，雙調，一百字。上片九句六仄韻；下片十一句六仄韻。其末句四字「指天涯去」，例為一、二、一句法。如晁補之（春雲輕鎖）詞末句「比人間好」亦如此。此調有五十二字、一百字、一百二十五字者。〈引駕行〉（紅塵紫陌）較此詞多二十五字。朱祖謀《樂章集》校記引夏敬觀云：「此較中呂宮仄韻者多二十五字，疑起句至『新晴』數語描寫秋景者，別是同一調殘詞，編者誤以冠諸『韶光明媚』之首。其下皆寫春景，為一完全平叶之〈引駕行〉，與仄叶者句調無甚參差也。」又繆荃孫校本於調下引萬氏（樹）云：「自起首至『西征』，二十三字方起韻，無此格。或云『人』字韻，不確。」平韻雙調一百二十五字之〈引駕行〉亦無他詞可校，姑存疑。

【注　釋】❶背都門　轉身離開都城之門。❷動消黯　黯然消魂。見江淹〈別賦〉：「黯然消魂者，唯別而已矣。」❸畫鷁　飾以彩鷁（一種水鳥）圖案的船。❹靈鼉　即揚子鱷，皮可作鼓。此代指鼓。見李斯〈諫逐客書〉：「建翠鳳之旗，樹靈鼉之鼓。」❺謝閣　晉謝安館閣。此指妓女從遊之處。見《晉書・謝安傳》載：「安雖放情丘壑，然每遊賞，必以妓女從。」❻琲　成串的珍珠。見左思〈吳都賦〉「珠琲闌干」劉逵注：「琲，貫也，珠十貫為一琲。」❼吳邦越國　即今江蘇、浙江一帶。

【語　譯】雨後初晴，彩虹收盡殘雨。長堤上，寒蟬在衰柳中嘶鳴。天色將近黃昏的時候，我轉身離開都門，黯然魂傷。西風吹著片帆快速地駛向遠方。我傷感地看著畫鷁翩翩泛波，在隱隱的鼓聲中，直下前面的浦口。我不忍回頭，為我送行的佳人離我越來越遠，我所嚮往的高高的帝城，也逐漸被煙樹阻隔。　　多少次，在秦樓、謝閣的日日夜夜，我有過令人難忘的豔遇。算來用千金買笑，百琲酬歌，現在都被輕易辜負。我向南望，想到我即將去的吳越，只見風煙茫茫，一片蕭索，竟不知在何處？此後，我將踽踽獨行於這裡的萬水千山，直到天之涯。

【研析】此詞寫送別。開頭兩句鋪墊別前情境，寒蟬、驟雨、黃昏，與〈雨霖鈴〉「寒蟬淒切。對長亭晚，驟雨初歇」略同，只是「長亭」變成了「長堤」。接著便以「背都門」領起，直寫片帆離岸，直下前浦。然後寫別後，詞人不忍回頭，只是想像到依依惜別的心上人和無限嚮往的帝城，都已遠隔於煙樹之外。

下片寫別後思憶前事，無非秦樓謝閣，買笑酬歌。「輕負」二字表明了詞人的價值取向和此行的無奈。「南顧」以下瞻望前景，風煙蕭索，與〈雨霖鈴〉（寒蟬淒切）「念去去、千里煙波，暮靄沈沈楚天闊」略同。結末突出「獨自箇」和「指天涯去」，使這種孤獨無望的遊宦生涯走向無盡。

柳永這類送別詞往往在離愁別恨中，滲入仕途失意之悲。仕途的不被理解、受冷漠和秦樓謝閣女子對他的尊重、溫情，形成強烈的反差。在淒風苦雨的茫茫仕途中，那簡直是一縷陽光、一股春風。對前程越失落，對舊情就越眷戀，難怪他會執著地要「卻返瑤京，重買千金笑」了。

望遠行

繡幃睡起。殘妝淺，無緒勻紅補翠❶。藻井❷凝塵，金梯❸鋪蘚，寂寞鳳樓十二❹。風絮紛紛，煙蕪苒苒❺，永日畫闌，沉吟獨倚。望遠行，南陌春殘悄歸騎❻。凝睇。消遣離愁無計。但暗擲、金釵買醉。對好景、空飲香醪❼，爭奈轉添珠淚。待伊遊冶❽歸來，故故❾解放❿翠羽⓫，輕裙重繫。見纖腰，圖信人憔悴。

【詞牌】望遠行，雙調，一百零五字。上片十二句五仄韻；下片十句六仄韻。唐教坊曲名。今詞始自韋莊，慢詞始自柳永此詞。〈望遠行〉（長空降瑞）較此詞多一字，為一百零六字。句讀小異。

【注釋】❶勻紅補翠　勻胭脂，描畫眉毛。❷藻井　繪有菱藻形彩色圖案的天花板。❸金梯　有金飾的樓梯。❹鳳樓十二　本指皇宮的重重樓閣。此借指女子所居。❺苒苒　草莖柔細的樣子。❻悄歸騎　靜悄悄地，沒有歸來的騎馬的「那人」。❼香醪　芳香的美酒。❽遊冶　出外尋歡作樂。❾故故　特地。❿解放　解開。⓫翠羽　有翠鳥羽毛裝飾的衣裙。

【語譯】從繡著花的幃帳中起來，昨日的妝已經變得淺淡。但她卻沒有心情重勻脂粉，補掃翠眉。清冷的畫樓中，那雕著水草紋的天花板蒙上了灰塵，飾金的階梯鋪滿了苔蘚。漫長的白晝，她獨倚畫闌，看著漫天風絮，一川煙草，沉吟無語。已是春殘時分，而南面的路上，仍舊靜悄悄地，不見歸騎。她所想望的遠行之人，竟在何處。　她凝神注目，想不出消遣離愁的方法。只好暗暗拔去金釵換醉澆愁。對著這濃郁的春色，徒然喝了許多美酒，怎奈何反而引起傷感，珠淚漣漣。等那人尋歡作樂歸來，我要特地解開衣裙，再重新繫上，讓他發現我的腰又細了許多，使他相信我是怎樣為他而消瘦、憔悴。

【研 析】此寫閨怨。上片不脫傳統詞寫閨怨的模式，一如溫庭筠〈菩薩蠻〉「懶起畫蛾眉，弄妝梳洗遲」。詞從懶梳妝到獨倚樓，再以風絮、煙蕪渲染閨思，並無特色。

下片寫如何消遣離愁。她既不似歐陽修〈蝶戀花〉中的抒情女主人公那樣，在「玉勒雕鞍游冶處，樓高不見章臺路」時，「門掩黃昏」，「淚眼問花」；也不似辛棄疾〈祝英臺近〉中的女主人公那樣，在久盼情人不歸時，「試把花卜歸期，才簪又重數」。而是擲釵買醉。「擲」字妙，可見無計消遣離愁時的怨恨。但「舉杯消愁愁更愁」，於是設想，「待伊歸來」，要如何耍一點小手腕，這裡不直說如何為郎憔悴，而是用更直觀，而且更具誘惑力的方式——解裙、繫裙，引起那人的憐愛。

柳永〈錦堂春〉詞也寫過一位慵梳頭、懶畫眉的怨婦，她也曾想那人「幾時得歸來」，自己將「纏繡衾、不與同歡」。這都是一個在情愛生活中處於被動的女人在思念已極，由愛生怨時設想的一些小手段。文人詞在代婦女立言時，也許想不到，或者他們願意用更柔婉一些的方式來表達。而柳永，卻憑著他對市井婦人的深刻瞭解，細微體察，「曲隨其事，皆得其意」(《漢書‧枚皋傳》)，「骫骳從俗」，活畫出市井婦人直率而帶些棱角的愛情表達方式。詞上片末有「望遠行」一句，全詞內容也圍繞望遠不歸展開，調與題一致，應是「緣題生詠」之作。

彩雲歸

蘅皋❶向晚艤❷輕航❸。卸雲帆、水驛魚鄉。當暮天、霽色如晴晝，江練靜❹、皎月飛光。那堪聽、遠村羌管，引離人斷腸。此際浪萍風梗❺，度歲茫茫。

堪傷。朝歡暮宴，被多情、賦與淒涼。別來最苦，襟袖依約❻，尚有餘香。算得伊、鴛衾鳳枕，夜永爭不思量！牽情處，惟有臨歧，一句難忘。

【詞　牌】彩雲歸，雙調，一百字。上片八句五平韻；下片十一句五平韻。此為柳永創調，宋人無填此調者。

【注　釋】❶蘅皋　長滿香草的水邊。❷艤　停船靠岸。❸輕航　輕快的船。❹江練靜　指明澈的江水靜靜流著，如白色的絲絹。見謝朓〈晚登三山還望京邑〉：「澄江靜如練。」❺浪萍風梗　浪中浮萍，風中斷梗。❻依約　隱隱約約。

【語　譯】傍晚時分，輕快的小船停泊在長滿香草的岸邊，挨著漁村旁的水路驛站，卸下了高高的白帆。正當黃昏，雨雲初散，天光如同白晝。在皎潔的月光映照下，澄明的江水靜靜地，如同一條條絲絹。使人難以承受的是，遠村的羌管聲聲入耳，引發離人念遠思鄉的斷腸之悲。這時，我正如浪裡浮萍，風中斷梗，飄泊無定，過著杳無所依的日子。

真令人傷感。回想往昔朝朝暮暮，尋歡赴宴，正是因為太多情，反而贏得無限的淒涼。分別以來，最苦的是，襟袖上還隱約有她的餘香。料得她，看到我們共寢時的鴛衾鳳枕，在長夜裡怎得不思量！觸動人感情的，只有臨別時令人難忘的話語。

【研　析】詞上片寫夜泊情境：皎月臨江，澄明如練，悠悠羌管，觸發了詞人梗泛萍飄，傷離念遠之思。

下片憶昔。「多情自古傷離別」，最苦是睹物思人，從襟袖餘香想到對方，詩思從對方飛來，相信她一如我，面對愛情的見證「鴛衾鳳枕」，她一定也在思念著我。末以臨歧話語結，臨歧所說如何最牽情，詞未作交代，留給讀者去思索。

洞仙歌

佳景留心慣。況少年彼此，風情❶非淺。有笙歌巷陌，綺羅庭院。傾城巧笑如花面。恣雅態、明眸回美盼。同心綰❷。算國豔仙材❸，翻恨相逢晚。

繾綣。洞房悄悄，繡被重重，夜永歡餘，共有海約山盟，記得翠雲偷翦❹。和鳴彩鳳于飛燕❺。間❻柳徑花陰攜手徧。情眷戀。向其間、密約輕憐事何限。忍聚散？況已結深深願。願人間天上，暮雲朝雨長相見。

【詞 牌】洞仙歌，雙調，一百二十六字。上片十句七仄韻；下片十四句九仄韻。唐教坊曲名。有令詞，有慢詞。《欽定詞譜》於此調下錄令詞三十五首、慢詞五首，共四十體。柳永有〈洞仙歌〉慢詞三首，分屬般涉、仙呂、中呂三調，字數、平仄、句式亦不同。

【注 釋】❶風情　風月情懷，喻男女相愛之情。見李煜〈賜宮人慶奴〉：「風情漸老見春羞，到處消魂感舊遊。」❷同心綰　舊時用彩帶打成連環結，以示情愛。見劉禹錫〈竹枝詞〉：「如今綰著同心結，將贈行人知不知？」❸國豔仙材　傾國之豔麗，仙女的風采。❹翠雲偷翦　即偷剪翠雲，以表示愛情的堅貞。翠雲，喻厚密的頭髮。❺和鳴彩鳳于飛燕　此借鳳凰、燕比喻男女恩愛、和諧。見《左傳・莊公二十二年》：「是謂鳳凰于飛，和鳴鏘鏘。」《詩經・邶風・燕燕》：「燕燕于飛，參差其羽。」❻間　有間。指一時間。

【語 譯】我一貫留意於良辰佳景，何況彼此正值年少，風月情懷很是不淺。記得當時有笙歌盈耳的大街小巷，有聚著許多衣著鮮麗的女人的庭院。那裡有傾城傾國的，善於巧笑逢迎的如花美人，盡情展示著優雅的身姿，明亮的眼波流盼生情。我和其中一個有傾國之豔麗和仙女風采的女子綰結同心，彼此都覺得相逢恨晚。　纏綿情深。在悄悄洞房，重重繡被裡，長夜合歡之餘，還記得她暗暗剪下頭髮，共同山盟海誓。當時我們互相眷戀如鸞鳳和鳴，雙燕于飛。一時間，攜手遊遍柳徑花陰。那段時日裡，有幾多祕密的幽會，溫柔的情愛。怎麼忍匆匆聚散？何況已許下深深的誓言：願人間天上，有情人暮雲朝雨長相廝守。

【研 析】此詞敘寫詞人和一個青樓女子相逢，相繾綣，海誓山盟，終於聚散匆匆的過程。

詞人從自己的無奈轉而祝願「人間天上，暮雲朝雨長相見」，他在〈二郎神〉(炎光謝)中也曾說：「願天上人間，占得歡娛，年年今夜。」柳永真是一個情種。

離別難

花謝水流倏忽❶，嗟年少光陰。有天然、蕙質蘭心❷。美韶容、何啻❸值千金！便因甚、翠弱紅衰，纏緜香體，都不勝任❹。算神仙、五色靈丹❺無驗，中路❻委瓶簪❼。

人悄悄，夜沉沉。閉香閨、永棄鴛衾。想嬌魂媚魄非遠，縱洪都方士也難尋❽。最苦是、好景良天，尊前歌笑，空想遺音。望斷處，杳杳巫峯十二，千古暮雲深。

【詞　牌】離別難，雙調，一百一十二字。上片九句五平韻；下片十一句五平韻。唐教坊曲名。《全唐詩・樂府》此調下為五言八句詩。白居易〈離別難〉為七言四句。封特卿〈離別難〉為五言四句。前蜀薛昭蘊借此調名另倚新聲，雙調，八十七字。柳詞又迥別於薛詞。

【注　釋】❶倏忽　轉瞬之間。❷蕙質蘭心　此以香草喻女子的本質純美，心性高潔。蕙、蘭都是香草。❸何啻　何止。❹不勝任　承受不了。❺五色靈丹　指神仙煉的丹丸。見陳朝劉刪〈採藥遊名山〉：「獨馭千年鶴，來尋五色丸。」❻中路　指半途。❼委瓶簪　此喻半路死別。見白居易〈井底引銀瓶〉：「井底引銀瓶，銀瓶欲上絲繩絕；石上磨玉簪，玉簪欲成中央折。瓶沉簪折知奈何，似妾今朝與君別。」❽洪都方士也難尋　此喻即使是能上天入地的方士也難尋覓。見白居易〈長恨歌〉：「臨邛道士鴻都客，能以精誠致魂魄。」洪都，應指「鴻都」，東漢京都洛陽宮門名。

【語　譯】轉瞬間，可嘆那花季秀女，如春華凋謝，江水東注，一去不復返。她天生像蘭、蕙般純美高潔，又有美麗、明豔的面容，何止值千金之價！便因為什麼緣故，病總是糾纏她那花枝般的香體，使她衰弱得什麼都承受不了。算來那怕是神仙的五色丹丸也無法治好她的病，最後還是半路瓶沉簪折，棄我而去。　而今，她住過的地方已經人去樓空，靜悄悄地，長夜是那麼深沉。那芳香的閨房緊緊鎖閉，曾經是多麼溫馨的鴛衾也被棄置在那裡。我想到，她嬌媚的魂魄應當還沒有遠去，但畢竟人天杳隔，縱使是鴻都那個「能以精誠致魂魄」的方士，也難再追尋她。最悲苦的是，每逢好天良夜，就徒然想起她在酒筵中歌笑的音容。我極目遠望，只見杳渺的巫峰十二，在虛無之中。千古以來，它都被暮雲深阻。

【研　析】這首詞和〈秋蕊香引〉（留不得）都是悼念一位曾和自己相愛的妓女。詞以「花謝水流倏忽」起，正見噩耗驚心。接寫生前心性品貌，價可千金。便為何天不假年，衰病纏身，沉痾難起。「便因甚」三字，呼問悲切。

下片寫死後，悄悄、沉沉、閉香閨、棄鴛衾。或睹物思人，或對景懷音。忽而懸想芳躅非遠，或可追尋；忽自明簪折瓶沉，已成永隔。結末仍作巫峰之望。俯仰情深，感人肺腑。

領字「便」、「算」、「想」、「縱」的運用，使詞氣曲折頓挫，舒捲自如。

擊梧桐

香靨❶深深，姿姿媚媚❷，雅格❸奇容❹天與❺。自識伊來，便好看承❻，會得❼妖嬈心素❽。臨歧再約同歡，定是都把、平生相許。又恐恩情，易破難成，未免千般思慮。

近日書來，寒暄而已，苦沒忉忉❾言語。便認得、聽人教當❿，擬把前言輕負。見說⓫蘭臺宋玉⓬，多才多藝善詞賦。試與問、朝朝暮暮。行雲何處去⓭？

【詞牌】擊梧桐，雙調，一百零八字。上片十一句四仄韻；下片九句五仄韻。有兩體。雙調一百一十字者見《樂府雅詞》。

【注釋】❶靨　面頰上的酒窩。❷姿姿媚媚　姿態嬌媚動人。見阮籍〈詠懷〉：「流眄發姿媚，言笑吐芬芳。」❸雅格　嫻雅的格調。❹奇容　出眾的容貌。❺天與　上天賦與。❻看承　看待；關照。❼會得　懂得；理會得。❽心素　情愫；心意。❾忉忉　嘮叨。❿教當　教唆。當，語助詞，無實義。⓫見說　聽見別人說。⓬蘭臺宋玉　見宋玉〈風賦〉：「楚襄王遊於蘭臺之宮，宋玉、景差侍。」故後世稱蘭臺宋玉。蘭臺，戰國時楚國臺名，傳說故址在今湖北鍾祥東。⓭行雲何處去　見馮延巳〈蝶戀花〉：「幾日行雲何處去？忘卻歸來，不道春將暮。」行雲，喻男女歡會。見前〈雪梅香〉（景蕭索）注❻。

【語　譯】深深的酒窩，嬌媚的姿態，天生嫻雅的標格，出眾的容貌。自結識他以來，他欣賞我美麗的資質，懂得我嬌媚溫柔的心意，便十分關照我。臨歧話別時，我們再三約定同甘苦，都一口承諾要相愛終生。但我又止不住地擔憂，因為恩愛向來容易被擊破，難成始終。這使我免不了千般焦慮。　好不容易近日盼得來信，信上也只是天氣冷暖，應酬之辭。苦於沒有那些絮絮叨叨，憂念纏綿的話語。我馬上判斷出，猜得到他是聽了旁人的教唆，打算輕易地背負我們以前的誓約。我聽見人們說那蘭臺的宋玉，多才多藝又善於詞賦。試著替我問一下，朝朝暮暮，我那人在何處行雲行雨，與人歡會？

【研　析】宋代楊湜《古今詞話》載：「柳耆卿嘗在江淮倦一官妓，臨別，以杜門為期。既來京師，日久未還，妓有異圖，耆卿聞之怏怏。令朱儒林往江淮，柳因作〈擊梧桐〉以寄之……妓得此詞，遂負愧竭產，泛舟來輦下，遂終身從耆卿焉。」這段記載以詞的抒情主人公為男方，似未可信。綜觀全詞，應是代言口角。抒情主人公那種自恃秀出群芳，渴望被愛，渴望有人「好與花為主」，攜手同歸；又怕「王孫隨分相許」，被人辜負。那種恩情「易破難成」的憂患意識，應當是從一位風塵女子被侮辱與被損害的悲慘經歷中獲得。

下片得郎書信，本應高興，卻反猜疑。先認定情郎聽人教唆，擬負深盟，又還想託人為自己探問，行雲何處？絕望中仍抱著希望，令人酸楚。

夜半樂

凍雲❶黯淡天氣，扁舟一葉，乘興離江渚。渡萬壑千巖，越溪❷深處。怒濤漸息，樵風❸乍起，更聞商旅相呼，片帆高舉。泛畫鷁、翩翩過南浦。

望中酒旆❹閃閃，一簇煙村，數行霜樹。殘日下，漁人鳴榔❺歸去。敗荷零落，衰楊掩映，岸邊兩兩三三，浣紗遊女。避行客、含羞笑相語。

到此因念，繡閣輕拋，浪萍難駐❻。歎後約丁寧❼竟何據❽。慘離懷，空恨歲晚歸期阻。凝淚眼、杳杳神京路。斷鴻聲遠長天暮。

【詞牌】夜半樂，三段，一百四十四字。第一段十句四仄韻；第二段十句四仄韻；第三段八句五仄韻。唐教坊曲名。宋代王灼《碧雞漫志》卷四載：「唐史云：『民間以明皇自潞州還京師，夜半舉兵，誅韋皇后，制〈夜半樂〉、〈還京樂〉二曲。』」柳永借舊曲名，另倚新聲。〈夜半樂〉（豔陽天氣）與此詞相較，開頭四、四、七與此詞六、四、四、五異，又結句八字與此詞七字異。

【注釋】❶凍雲　下雪前凝結不開的雲層。❷越溪　紹興市南的若耶溪。傳說西施曾於此地浣紗。此泛指越地的溪流。❸樵風　見南朝宋孔靈符《會稽記》載：「射的山南有白鶴，此鶴為仙人取箭。漢太尉鄭弘曾采薪，得一遺箭，頃有人覓，弘還之，問何所欲，弘識其神人也，曰：『常患若耶溪載薪為難，願旦南風暮北風。』後果然。故若耶溪風至今猶然，呼為『鄭公風』也。」鄭公風亦稱「樵風」，後世因以「樵風」指順風。丘為〈泛若耶溪〉：「每得樵風便，往來殊不難。」❹酒旆　酒店門前挑掛的布招牌。❺鳴榔　用長木條敲擊船舷，或使魚受驚入網，或為漁歌擊節。見李白〈送殷淑〉之一：「惜別耐取醉，鳴榔且長謠。」❻浪萍難駐　浮萍無根，逐浪而漂。比喻自己亦如浪中之萍，行蹤難定。❼丁寧　即叮嚀。❽何據　沒有憑證、根據。

【語　譯】天上低垂著黯淡的濃雲，在這樣的天氣，我乘興坐著一葉扁舟離開了江邊。渡過千巖萬壑，深入越溪。這時，怒濤漸漸平息，和順的風開始刮起，可以聽到，商旅之人互相呼應。高高的船帆迎風疾駛，輕快地穿過了南浦。　放眼望去，只見酒旗飄飄，那裡有一簇人煙稠密的村莊，幾行經霜的紅樹。斜陽映照下，漁夫們敲著船舷，唱著漁歌歸來。在零落的殘荷、衰敗的楊柳掩映下，看得見岸邊那三兩成群的，浣紗的女孩們。她們為了避開行客的注視，掩飾自己的羞澀，故意互相說說笑笑。　被這種情景觸動，我於是想到自己為什麼輕易地拋下繡閣中的心上人，如浪中之萍無休止地飄泊。可嘆臨別時，那約好下次再見的反覆叮嚀，又有什麼保障。離別的心懷是那麼愁慘，我只能徒自悵恨。到了歲末，仍然因為重重困難阻礙，不能實現回來的願望。我含淚凝神遠眺，回神京的路是那麼渺杳。只有一隻失群的孤雁，在暮色漸深的遼闊天空鳴叫著，飛得越來越遠。

【研　析】詞分三段。第一段寫泛舟所經。「離江渚。渡萬壑千巖，越溪深處」，「過南浦」，一氣貫串，交代空間轉換之快，「怒濤漸息，樵風乍起」，「商旅相呼，片帆高舉」，寫景況變化之速。離、渡、泛、過等動詞，和表時間的副詞漸、乍、更的連用如珠走盤，歷歷交代了舟行時變化萬千的景物。同時也呼應「乘興」，反映了詞人隨著景物變換越來越歡快的心情。

第二段寫望中所見，先承上由舟行入越溪，過南浦而近煙村、霜樹，那閃閃的酒旆，把我們從溪山深處導入生活氣息很濃的氛圍：這裡有鳴榔而歸的漁夫，殘日、敗荷、衰楊的掩映下，卻出現了兩兩三三的浣女。她們那含羞帶笑，既避人，又好奇的青春活力將冬日蕭疏的景色點亮。

第三段「到此因念」綰結上下詞，「到此」結上，「因念」啟下所想。本是「乘興」，而舟行所經、所見、所聞，卻使詞人經歷了一個由歡快而失落的心理歷程。漁人歸，浣女喧，日之夕矣。這和諧、歡快的畫面最易觸發羈旅飄泊之人的綺懷、歸思。於是便有了「繡閣輕拋，浪萍難駐」的惆悵。在當歸不得歸時，只能遙望神京。末以景結，用杳、遠、暮來抒寫自己的遠、晚心態。

慢詞長調「難於語氣貫串，不冗不複」（清代彭孫遹《金粟詞話》）。此詞雖是平敘，由所見、所聞寫到所想，但時空轉換，情感發展卻不枝不蔓，交代得清清楚楚：空間是由溪山深處到漁浦人家，時間由凍雲黯淡到日殘天暮。情感由「乘興」而隨怒濤息，樵風起，商旅相呼而翩然入佳境，那酒旆、煙村、漁人、浣女，更使詞人倍感溫馨。然後以「到此因念」陡轉，一如元代馬致遠〈天淨沙．秋思〉，在「小橋流水人家」的明快、溫馨之後綴以「古道西風瘦馬」的灰暗、沉重。樂景觸發哀情，一倍增其哀。

從韻字看，一、二段多以上聲字舉、浦、女、語結，造成一種紆徐的韻致，為第三段蓄勢。第三段韻轉密，駐、據、阻、路、暮，除「阻」為上聲略一跌宕外，其他四韻均為去聲字，節短韻繁，如急淚交迸，在表情上起到了很好的效果。

祭天神

歎笑筵歌席輕拋嚲❶。背孤城、幾舍❷煙村停畫舸。更深釣叟歸來，數點殘燈火。被連緜宿酒❸醺醺，愁無那❹。寂寞擁、重衾臥。又聞得、行客扁舟過。篷窗❺近，蘭棹急，好夢還驚破。念平生、單棲蹤迹，多感情懷，到此厭厭，向曉披衣坐。

【詞牌】祭天神，雙調，八十四字。上片七句五仄韻；下片八句三仄韻。〈祭天神〉（憶繡衾相向輕輕語）較此詞多二字，句讀亦多有參差，宮調亦別。

【注釋】❶拋嚲　拋躲；拋開。嚲，同「躲」。❷舍　名詞作動詞用，作住宿解。❸宿酒　經宿尚未醒的餘醉。❹無那　無奈。❺篷窗　船窗。

【語譯】可嘆我輕易拋開了充滿歌聲笑語的宴席，離開了孤城，多次在煙靄籠罩的漁村邊停泊我乘坐的畫船。更深時節，外出釣魚的老頭們陸續歸來，漁村裡只有幾點零星的燈光。我被連著幾天的酒所困，醉醺醺，愁得沒有辦法。只能寂寞地抱著層層被子睡下。　好不容易進入夢鄉，偏又聽到，行客的船從我的船邊經過。船窗隔得那麼近，迅速划動的槳聲把我的好夢驚醒。想我平生常常是單棲獨行，偏又有一個多愁善感的情懷。在這深夜泊舟漁村的情境中，精神不振，一夜無眠，披衣坐到了天明。

【研　析】京都的歌笑筵宴總是最鮮活地保留在詞人的記憶中，詞就以一聲長嘆開頭，表示對輕易拋開這段生活的惋惜，且用它來作漁村夜泊的對比。於是轉寫現境，詞人所看到的是釣叟歸來，漁村的燈火漸漸闌珊。而自己連日醺醺，卻無奈愁何，只能擁被獨臥。

下片接寫夜行航船的急槳聲，驚醒了詞人的「好夢」，他或者正在「笑筵歌席」大展才華，使群芳驚伏。酒醒夢回，反思一生淒涼蹤跡，天生多感的他，臨此情境，又如何堪？

此詞所述，不過是晚泊單棲的一夜情懷，是他的羈旅行役詞之一。詞從始至終都沒有交代他為何「輕拋」京城的歌酒生涯，去備嘗飄泊之苦，最後也只以單棲多感，厭厭無眠結。所感者何？這絕不只是對歌酒的眷戀。既能「輕拋」，便說明曾有比享樂更執著的追求，只有當這種追求希望渺茫，才會去惋惜過去的選擇。這正是柳永在宦遊路上「多感」的主要內容。

過澗歇近

淮楚❶。曠望極，千里火雲❷燒空，盡日西郊無雨。厭行旅。數幅輕帆旋落，艤棹❸蒹葭浦❹。避畏景❺，兩兩舟人夜深語。

此際爭可❻，便恁奔名競利去？九衢塵裡，衣冠❼冒炎暑。回首江鄉❽，月觀風亭❾，水邊石上，幸有散髮披襟❿處。

【詞　牌】過澗歇近，雙調，八十字。上片九句五仄韻；下片八句三仄韻。又名〈過澗歇〉。〈過澗歇近〉〈酒醒〉與此詞相較，上片六、七兩句攤破，添一字，作四字三句；第八、九句減一字，變三字、七字句為四字、五字句。下片第六句多押一韻「冷」。

【注　釋】❶淮楚　古代淮河流域的楚地。大約是今江蘇、浙江、安徽一帶。❷火雲　夏季被赤日映紅的雲層。見唐代岑參〈鄭祁樂歸河東〉：「五月火雲屯，氣燒天地紅。」❸艤棹　泊舟岸邊。❹蒹葭浦　長著水草的水邊。❺畏景　夏日毒熱可畏的日光。景，日光。見《左傳‧文公七年》：「趙衰，冬日之日也，趙盾，夏日之日也。」杜預注：「冬日可愛，夏日可畏。」後世因稱夏天的太陽為「畏日」。❻爭可　怎可。❼衣冠　泛指世族、士紳，有身分的人。❽江鄉　地近江湖的鄉野。❾月觀風亭　清風朗月下的樓觀亭臺。❿散髮披襟　表示超脫、不拘禮數。散髮，見李白〈宣州謝朓樓餞別校書叔雲〉：「人生在世不稱意，明朝散髮弄扁舟。」披襟，見宋玉〈風賦〉：「有風颯然而至，王乃披襟而當之曰：『快哉此風！』」

【語　譯】我極目遠眺淮河流域的楚天，千里火雲屯聚，燒紅了晴空。整日裡，西郊都沒有下雨，行旅之人都感到非常困乏。航船卸落了數幅輕帆，停靠在長滿水草的岸邊。為了躲避炎熱，兩兩三三舟人還在深宵乘涼夜話。　這個時候，看那四通八達的街市風塵裡，怎麼還會有一些身分高貴的人冒著酷暑炎塵去奔競名利？回頭看我的江湖邊的家鄉，或在明月照臨下的樓臺亭閣，或在水邊石上，幸好還有可以散髮披襟，放懷舒心之處。

【研　析】古人詩詞中，多寫春花秋月，寫嚴冬的不多，寫酷暑的更少。而此詞偏寫炎夏苦旅，於千里火雲，盡日無雨時，舟人畏熱，卸帆夜話，此一境。

下片轉發論，舟人尚且不肯奔波於火雲燒空之時，而莘莘衣冠之士，卻偏偏冒炎暑，蒙風塵，奔競於九衢之中，豈不可怪？「回首」二字又轉，「月觀風亭，水邊石上」，可散髮披襟，吟風弄月，何等愜意！此與火雲下的九衢風塵形成鮮明對比。末著一「幸」字，似有歸鄉之悟。

清代黃氏《蓼園詞評》說：「趨炎附熱，勢利薰灼，狗苟蠅營之輩，可以『九衢塵裡，衣冠冒炎暑』二句盡之……是者卿雖才士，想亦不喜奔競者，故所言若此。此詞實令觸熱者讀之，如冷水澆背矣。」柳永詞中所指奔競利名，「衣冠冒炎暑」之輩，是針砭世情，也是對自己的自嘲。因為他自己也正奔競於火雲之下，九衢塵裡。散髮、披襟只不過是一種嚮往，說說而已。

〔中呂調〕

安公子

長川❶波瀲灩。楚鄉淮岸迢遞，一霎煙汀❷雨過，芳草青如染❸。驅驅攜書劍❹。當此好天好景，自覺多愁多病，行役❺心情厭。望處曠野沉沉，暮雲黯黯。行侵❻夜色，又是急槳投村店。認去程將近，舟子相呼，遙指漁燈一點。

【詞牌】安公子，雙調，八十字。上片八句四仄韻；下片七句三仄韻。唐教坊曲名。柳永此調有兩體。此體無別首宋詞可校。

【注釋】❶長川 此指淮河。❷煙汀 籠罩著煙霧的水邊平地。❸青如染 形容草色青翠欲滴，好像剛被染出來的一樣。❹書劍 書和劍。古代人求取功名隨身攜帶之物。見陳子昂〈送別出塞〉：「平生聞高義，書劍百夫雄。」孟浩然〈自洛之越〉：「遑遑三十載，書劍兩無成。」❺行役 因公差出行在外。❻行侵 漸漸接近。

【語譯】長長的河面波光閃爍，淮河兩岸楚地是那麼遼闊遙遠。一剎那籠罩著煙霧的汀洲驟雨初歇，芳香的草青翠得像剛被洗染過。我攜帶著書劍奔走無休。面對這般好天色、好景致，自己只感覺到愁病交侵，對行役在外，心情十分厭倦。 抬眼望去，曠野上，黯淡的暮雲低垂，逐漸接近昏夜。又是急於投村店借宿的時候。舟子們認出投宿的地方已經很近，互相招呼著，遠遠地指著那一點漁燈閃爍的地方。

【研析】詞寫一日舟行所見所感，極富曲折。先敘長川波杳，驟雨初消，芳汀如染。樂景哀情，舟中行役之人書劍驅驅，對此情景但覺多愁病，厭奔波，無意欣賞。

下片時間推進，黃昏漸臨。野曠雲沉，哀景正與行人心情一致，卻又轉出「舟子相呼」、「漁燈一點」來。「又是」二字呼應上片「心情厭」，暗示行人去去來來，對晝行夜止的生涯的厭煩。而那「漁燈一點」，對舟子們，是一天勞累終於可以休息的信號；對於詞人，卻又是一個漫長的無眠之夜。

菊花新

欲掩香幃論繾綣❶。先斂雙蛾❷愁夜短。催促少年郎，先去睡、鴛衾圖暖。　須臾放了殘鍼線❸。脫羅裳、恣情❹無限。留取帳前燈，時時待、看伊嬌面。

【詞　牌】菊花新，雙調，五十二字。上、下片各四句三仄韻。

【注　釋】❶繾綣　恩愛纏綿。❷斂雙蛾　皺著雙眉。❸殘鍼線　沒有做完的針線活。鍼，同「針」。❹恣情　縱情。

【語　譯】你準備合上芳香的幃帳和我纏綿，先已皺起雙眉耽憂歡娛的夜太短促。你催促少年郎我先去睡，把被子焐暖和。　片刻裡，你放下還沒有做完的針線活，脫了羅裳，縱情歡樂。請留下帳前的燈光，等我時時能看到你嬌美的面容。

【研　析】此詞描述與佳人的一次約會。香幃乍掩，便先已嫌歡娛夜短，以下「催促」、「須臾」、「脫」、「恣情」都緊扣「愁夜短」。結末「留取」二句，大膽、直白，無怪乎詩評家說：「柳永淫詞莫逾於〈菊花新〉一闋。」（清代李調元《雨村詞話》）

過澗歇近

酒醒。夢纔覺，小閣香炭❶成煤❷，洞戶銀蟾❸移影。人寂靜。夜永清寒，翠瓦❹霜凝。疏簾風動，漏聲隱隱，飄來轉愁聽。

怎向❺心緒，近日厭厭長似病。鳳樓咫尺，佳期杳無定。展轉無眠，粲枕❻冰冷。香虯❼煙斷，是誰與把重衾整。

【注釋】❶香炭　炭的美稱。❷煤　煙塵凝結物。❸銀蟾　即月亮。古代傳說月中有蟾蜍。見徐寅〈上陽宮詞〉：「銀蟾借與金波路，得入重輪伴羿妻。」❹翠瓦　碧色的琉璃瓦。❺怎向　即爭向。怎奈；如何。見王建〈贈別荊南李肇〉：「爭向巴山夜，猿聲滿碧雲。」❻粲枕　華麗、鮮明的枕頭。見《詩經．唐風．葛生》：「角枕粲兮，錦衾爛兮。」❼香虯　指虯形薰爐。虯，傳說中有角之龍。

【語譯】酒醒夢回，小樓的香炭已燒成灰燼。從幽深的內室可以看到月影移牆。四處人聲寂靜，漫長的夜是這麼淒清。綠色的琉璃瓦上，凝結了一層寒霜，風吹動著稀疏的簾子，漏聲隱隱傳來，更增添了我的愁思。

怎奈我的心情，近日來困頓、消沉，常常像害著病。我的意中人住的鳳樓，咫尺天涯，和她約會杳無定期。我翻來覆去難以入眠，鮮麗的枕頭是那麼冰冷。夜已闌，香虯中煙已熄滅，更會有誰人為我整理重衾。

【研析】清代詩評家吳雷發說：「動中有靜，寂處有音。」（《說詩菅蒯》）如此詞上片，「香炭成煤」、「銀蟾移影」、「翠瓦霜凝」、「疏簾風動」，都是靜中之動。「成」、「移」、「凝」等動詞還暗示了時間的緩慢推移，表現了「臥後清宵細細長」（李商隱〈無題〉重幃深下）的那種刻骨相思。

下片一氣抒寫咫尺鳳樓，可望而不可即之情。結末「香虯煙斷」呼應上片，交代一夜相思的過程。

輪臺子

霧斂澄江，煙消藍光碧❶。彤霞❷襯遙天，掩映斷續，半空殘月。孤村望處人寂寞，聞釣叟、甚處一聲羌笛。九疑山❸畔纔雨過，斑竹❹作、血痕添色。感行客。翻思故國❺，恨因循阻隔。路久沉消息。

正老松枯柏情如織❻。聞野猿啼，愁聽得。見釣舟初出，芙蓉渡頭，鴛鴦灘側。干名利祿❼終無益。念歲歲間阻，迢迢紫陌❽。翠蛾嬌豔，從別後經今，花開柳拆❾傷魂魄。利名牽役。又爭忍、把光景❿拋擲！

【注釋】❶霧斂澄江二句　指江上、空中煙霧消散。霧斂，與「煙消」互文。藍光，指天光。❷彤霞　紅色的雲霞。❸九疑山　即九嶷山，在湖南寧遠南。傳說舜南巡，崩於蒼梧之野，葬於此山。山有九溪皆相似，故名九疑。❹斑竹　又稱「湘妃竹」。傳說舜死後，舜妻娥皇、女英在湘水邊「以涕揮湘竹，盡斑」（事見晉代張華《博物志》）。❺故國　故鄉。❻情如織　此指心情紛亂、複雜。❼干名利祿　追求名、追求利祿。見王維〈贈從弟司庫員外絿〉：「少年識事淺，強學干名利。」干，追求。❽紫陌　京城的繁華街市。見唐代袁不約〈長安夜遊〉：「歌聲緩過青樓月，香氣潛來紫陌風。」❾拆　即「坼」。此指草木發芽。❿光景　景象；情況。

【語　譯】澄江上下，霧斂煙消，長空一碧如洗，紅色的晚霞遙映天際，忽散忽聚，掩映著一彎殘月。遠遠望去，是一處僻靜的村落，偶爾能聽到釣魚的老頭不知從什麼地方吹起一聲羌笛。九疑山畔，雨後初晴，斑竹上血淚的痕跡因為雨的沖洗變得更加鮮明。這些都感動著行旅之人，使他們更加思念故鄉，恨自己流連外地，和故鄉、和親人長期阻隔，久在旅途，杳無音訊。　眼前那一片老松柏正如我的心情，紛亂地糾結在一起。愁煩中，又聽得野猿悲啼。這時釣舟開始從芙蓉渡頭，鴛鴦灘側划出來。多麼寫意。我不由得想到自己，追求功名利祿毫無收穫。只是年復一年地，紫陌迢迢，無緣接近。那嬌豔的佳人，自從別後到如今，怕是花開柳坼，徒然傷春。而我被利名牽制、役使，無可奈何。其實我何嘗忍心把過去的美好時光拋棄！

【研　析】此詞寫作者旅經湖湘見聞和所生感慨。在霧斂煙消，江澄天碧，晚霞掩映，殘月臨空的良宵美景下，卻又見孤村寂寞，更聞羌笛一聲，還見雨浥竹痕，血淚斑斑，於是觸發了故國之思。

下片首句以「情如織」將情與景打成一片。野猿悲啼中，忽又於「芙蓉渡頭」、「鴛鴦灘側」引出剛才只聞笛聲，不見人的「釣舟」。它們意味著自由閒散的生活和旖旎的愛情，於是反思追名逐利的「無益」，結末仍是從精神上選擇了對歌酒「光景」的回歸。

此詞寫景，扣住湘中特色，特別是扣住發生在這裡的舜妃娥皇、女英揮淚染竹的哀豔故事來寫，造成一種氛圍。詞人時而以美景反襯，時而以哀景烘托，於色中又插入聲響，如羌笛、猿聲的描寫。又於變化、發展的現境中插入對紫陌、翠蛾的想像，詩思從對面飛來。詞又於上片以「閒釣叟、甚處一聲羌笛」造成懸念；下片才交代「釣舟」如何從芙蓉渡、鴛鴦灘「初出」，峰斷岡連，變化離合。

此詞也有粗率處，如「千名利祿」、「利名牽役」意思重複。

〔平調〕

望漢月

明月明月明月。爭奈乍圓還缺。恰如年少洞房人❶，暫歡會、依前離別。

小樓凭檻處，正是去年時節。千里清光❷又依舊，奈夜永、厭厭人絕❸。

【詞　牌】望漢月，雙調，五十一字。上片四句三仄韻；下片四句兩仄韻。一名〈憶漢月〉。唐教坊曲名。《欽定詞譜》以柳永詞句讀參差，非正體。又上片起句，疊三「明月」，「本係遊戲筆墨，無關體例。

至第四字，『月』字仄聲，乃以入替平之法，若用上去，便不協律」。

【注　釋】❶洞房人　指夫妻或有情人。❷清光　清亮的光輝。此指月色。見李嶠〈燭〉：「兔月清光隱，龍蟠畫燭新。」❸厭厭人絕　困倦無聊，寂靜無人跡。

【語　譯】明月呀明月，怎奈才圓又缺。正像年少相親相愛的人，一時歡樂聚會，又如以前那樣，馬上又要分別。　正是去年分手的時候，我登上小樓，憑欄遠眺，依舊是月明千里，無奈的是，漫漫長夜中，不見心上人的蹤跡，令我煩悶、無聊。

【研　析】月，是傳統詩詞最常見的意象之一。人們或以月的圓缺比喻人事的悲歡離合；或以月的不變襯人事之變；或因「千里共嬋娟」而引發念遠懷人之思。如此詞上片即以「乍圓還缺」來比喻人之聚少離多。蘇軾〈水調歌頭〉(明月幾時有)承此作曠達語，認為人之聚散，亦如月之圓虧，「此事古難全」。而清代納蘭性德〈蝶戀花〉卻對天上月「一昔如環，昔昔都成玦」表示了深深的憾恨。

下片以月之清光依舊，反襯心上人音塵已絕。歐陽修〈生查子〉上、下片以「去年元夜」與「今年元夜」對比，「今年元夜時，月與燈依舊，不見去年人，淚濕春衫袖」，正好與此詞下片比勘。

此詞上、下片分別用月的某種特質正比、反襯，語約意豐。

詞牌〈望漢月〉與詞意望月懷人意同，亦為「緣題生詠」之作。

歸去來

初過元宵三五。慵困❶春情緒。燈月闌珊嬉遊處。遊人盡、厭歡聚❷。
憑仗如花女。持杯謝、酒朋詩侶。餘酲更不禁香醑❸。歌筵罷、且歸去。

【詞　牌】歸去來，雙調，四十九字。上片四句四仄韻；下片四句四仄韻。一注「平調」，一注「中呂調」。此詞牌只有柳詞二首，詞末均有「歸去」字樣，用以為名，調即題，無宋、元詞可校。

【注　釋】❶慵困　慵懶困倦。❷厭歡聚　此指盡興歡聚。厭，飽足。❸餘酲更不禁香醑　謂昨日的餘醉未消，不能承受任何美酒。酲，病酒。醑，同「湑」。美酒。

【語　譯】剛過了正月十五元宵節，便感受到慵倦的春困情緒。原先遊人如織，盡情嬉戲的閬苑鼇山已月淡燈殘。大家已經盡興，不再歡聚在一起。　即使有貌美如花的佳人勸酒，我還是拿住杯子，辭謝喝酒作詩的朋友們。宿醉未醒，更禁不起美酒相邀。歌筵既散，且歸去吧。

【研　析】柳永很有幾首寫元宵的詞，如〈傾杯樂〉（禁漏花深）、〈迎新春〉（嶰管變青律）、〈玉樓春〉（皇都今夕知何夕），多鋪寫鼇山燈月，綺陌香風，喧天簫鼓。而此詞偏寫元宵過後，春困襲來，燈月闌珊，遊人散盡的景況。

下片緊接「厭歡聚」，敘說縱有美人陪伴，詩酒相邀，自己卻以「餘醒更不禁香醑」為由，辭謝了朋友們。「歌筵罷」似指使他餘醒難消，且已盡興地「歡聚」。「持杯謝、酒朋詩侶」、李清照〈永遇樂〉（落日鎔金）上片「來相召、香車寶馬，謝他酒朋詩侶」，其中的「謝」，應該都是辭謝的意思。這樣才可與上片末的「厭歡聚」相呼應。

這首詞中，流露出詞人在聚會狂歡後的失落。辛棄疾〈青玉案・元夕〉詞「驀然回首，那人卻在，燈火闌珊處」，可作此詞的注腳。

詞末有「且歸去」句，應亦為詠本題。

燕歸梁

織錦❶裁編寫意深。字值千金。一回披玩❷一愁吟。腸成結、淚盈襟。

幽歡已散前期遠，無憀賴❸、是而今。密憑歸雁寄芳音。恐冷落、舊時心。

【詞牌】燕歸梁，雙調，五十字，較晏詞（雙燕歸飛）少一字。上片四句四平韻；下片四句三平韻。亦有五十二字，上片四句四平韻，下片三句三平韻者。《欽定詞譜》云：〈燕歸梁〉始見於晏殊《珠玉詞》，因詞中有「雙燕歸飛繞畫堂，似留戀虹梁」句，故名。柳永此詞與晏詞小不同。

【注釋】❶織錦　指代夫妻、情人間的書信。見前〈曲玉管〉（隴首雲飛）注❹。❷披玩　披覽、玩賞。❸憀

賴　即聊賴。寄託。

【語　譯】她像編織雲彩一樣，寫成了情意深長的錦繡文字，每一字都價值千金。我反覆翻閱、吟味，每一次都愁腸百結，熱淚滿襟。　昔日幽會的歡樂已成為過去，未來的相聚是那麼遙遠。現在，百無聊賴下，只有悄悄地託大雁為她傳送相思之情。恐怕長期的分離會冷落了舊時的情意。

【研　析】柳永在〈鳳銜杯〉（有美瑤卿能染翰）中，也抒寫過他在收到相愛的歌伎的「小詩長簡」時，如何「錦囊收，犀軸卷」地珍藏；如何「置之懷袖時時看」，如對佳人面。喜愛、欣賞之情溢於言表。而此詞所表現的卻是一種深刻、沉重的相知、相惜的情分，以至於「腸成結、淚盈襟」。這裡的愁淚，應當不只是男女分離，不能歡聚的悲愁，還包含詞人「塵滿面，鬢如霜」（蘇軾〈江城子〉十年生死兩茫茫），落拓不偶，「無處話淒涼」時的「愁」，所以如此深重而令人感動。

此詞切切入情，觸緒濡毫，咀味無盡。

八六子

如花貌。當來便約❶，永結同心偕老。為妙年、俊格❷聰明，淩厲❸多方憐愛，何期養成心性近❹，元來❺都不相表❻。漸作分飛計料。

稍覺因情難供❼，恁殛惱❽。爭克罷❾同歡笑。已是斷絃❿尤⓫續，覆水難收⑫，常向人前誦談，空遣時傳音耗⑬。漫⑭悔懊。此事何時壞了？

【詞　牌】八六子，雙調，九十一字。上片八句四仄韻；下片九句五仄韻。《欽定詞譜》以晁補之〈八六子〉（喜秋晴）為正體。宋人填此調者頗多，平仄、句式亦多有小異，共六種體式。《詞譜》中或以柳永〈如花貌〉一首內容俚俗，故未載入。

【注　釋】❶當來便約　應作倒裝「便約當來」解。當來，將來。見張相《詩詞曲語辭匯釋》卷六：「當來，猶云將來也……柳永〈八六子〉詞：『如花貌。當來便約，永結同心偕老。』」❷俊格　俊俏的風韻。❸淩厲　原意奮迅無前。此指明捷直率。❹心性近　心志愛好淺薄。❺元來　原來。❻表　此處作彰顯，即「表露」解。❼難供　難以滿足。❽殛惱　極煩惱。殛，此同「極」。❾爭克罷　怎能中斷、結束。❿斷絃　過去以琴瑟喻夫妻和諧，此應指情感破裂。⓫尤　同「猶」。⓬覆水難收　見《漢書・朱買臣傳》載：買臣妻因丈夫窮困而離去，後買臣為會稽太守，妻求合，買臣取盆水潑地表示覆水難收，夫妻不可再合。⓭空遣時傳音耗　徒然請人傳遞消息。⓮漫　聊且。引申為「空自」義。

【語　譯】我一見到她的花容月貌，便與她相約將來永結同心，白頭偕老。當時她正值妙年，風流俊俏而且聰明。雖說有些任性、率直，我仍舊多方憐愛她。誰料到嬌慣成淺薄的性情，原來這些竟都沒有顯現出來。於是我漸漸考慮到和她勞燕分飛。　後來又稍稍感覺到因為情感上難以滿足她，她就這般急躁煩惱。但是，如何才能做到一下子斷絕和她的關係，不再一同歡笑。眼看著要重歸於好，就如斷絃猶續，覆水難收。我還是經常向人前誦說她過去的好處，徒然請人傳遞我的消息，為我說合。但一切都成為不可挽回的過去，空自留下憾恨。然而，我怎麼也不明白，這裂痕是什麼時候開始出現？

【研析】柳詞寫「愛的波折」，還有〈駐馬聽〉（鳳枕鸞帷）一首。也是寫如何深憐多愛，盡意依隨，無奈對方「無事孜煎，萬回千度」，即便如此，還是不忍分離。分離之後，也是雖悔難追，擬「重論繾綣」，但反覆思量，還是「恐恩情，難似當時」。可見柳永青樓生活中，情感上的聚散離合，恩恩怨怨，也不在少數。多是女方被嬌縱成性，而男方還委屈求全，癡心難改，直至「斷絃尤續，覆水難收」。

柳永這類詞，多用賦的手法，直敘情事。市民口語較多，如「計料、誦談、壞了」等等。

長壽樂

尤紅殢翠❶。近日來、陡把狂心❷牽繫。羅綺叢中，笙歌筵上，有箇人人可意❸。解❹嚴妝❺巧笑，取次言談成嬌媚。知幾度、密約秦樓盡醉。仍攜手，眷戀香衾繡被。

情漸美。算好把、夕雨朝雲❻相繼。便是仙禁春深，御鑪香裊，臨軒❼親試❽。對天顏咫尺，定然魁甲❾登高第。待恁時、等著回來賀喜。好生地❿。賸⓫與我兒⓬利市⓭。

【詞牌】長壽樂，雙調，一百一十三字。上片十句六仄韻；下片十句七仄韻。此調兩見《樂章集》，宋、元人無填此調者。「般涉調」〈長壽樂〉（繁紅嫩翠）與此詞相比，句讀迥不同。

【注 釋】❶尤紅殢翠 應指纏綿。尤、殢，見張相《詩詞曲語辭匯釋》：「戀辭……羅隱〈春日湘中題嶽麓寺僧舍〉『野花芳草奈相尤』，相尤，猶云相娛或相戀也……李山甫〈柳〉詩：『強扶柔態酒難醒，殢著春風別有情』、方干〈惜花〉詩：『今日流鶯來舊處，百般言語殢空枝』……均為糾纏不清之意。」❷狂心 放蕩之心意。❸可意 合意；稱意。見蘇軾〈秋晚客興〉：「流年又喜經重九，可意黃花是處開。」❹解 善於；懂得。❺嚴妝 打扮齊整。見古樂府〈孔雀東南飛〉：「雞鳴外欲曙，新婦起嚴妝。」❻夕雨朝雲 男女歡會。❼臨軒 帝王在殿前平臺接見臣屬。❽親試 指帝王親自策問的考試。漢時各地舉賢良文學士，皇帝親加策詔，此為殿試之始。武則天時，策問於洛城殿。宋太祖於開寶五年召進士對策講武殿，自此省試之後行殿試，遂為常制。❾魁甲 即榜首。進士第一名。❿好生地 猶言好好地。生，語助詞，用於形容詞後。⓫賸 即「剩」。此指「多」。見王維〈送張道士歸山〉：「人間若剩住，天上複離群。」⓬我兒 我之可心人兒。⓭利市 舊指節日、喜慶時所贈的喜錢。

【語 譯】我一向偎紅倚翠，沉湎於女色。最近，狂蕩之心忽然被牽繫，因為綺羅叢中，歌酒席上，有個人兒很稱我的意。她懂得如何打扮得整整齊齊，如何用嬌媚的笑容取得人們的歡心。她隨意的言談都那麼嬌俏婉媚。也記不得有多少次，我們悄悄約定在秦樓痛痛快快地飲酒，然後攜手入洞房，那散發著芳香的繡被是多麼令人眷戀。

我們的感情越來越好，彼此估量著，日後要朝朝暮暮地雲雨相歡。便是在春色深濃的皇宮禁地，御爐裡香煙裊裊，面對皇帝的親自策問，天顏只在咫尺，我也能從容應對，獲得進士第一，登上最高的一等。到那個時候，等著我回來向我賀喜。我要好好地、多多地給我的可人兒喜錢。

【研 析】這首詞應該是柳永早期的作品。自信而陽光。詞上片寫情場得意，下片從情場寫到科場，信心十足地預言必登高第。柳永太自信了，他何曾料到，他在秦樓楚館的成功會成為他科場、仕途的障礙。和他一舉登第的預期相反，他從弱冠考到五十多歲才及第，歷時三十多年，這是一條多麼漫長而淒涼的道路！

〔仙呂調〕

望海潮

東南形勝❶，三吳❷都會❸，錢塘自古繁華❹。煙柳畫橋，風簾翠幕，參差❺十萬人家。雲樹❻繞堤沙❼。怒濤卷霜雪，天塹❽無涯。市列珠璣❾，戶盈羅綺競豪奢❿。

重湖⓫疊巘⓬清嘉⓭。有三秋⓮桂子，十里荷花。羌管弄晴，菱歌泛夜⓯，嬉嬉釣叟蓮娃⓰。千騎⓱擁高牙⓲。乘醉聽簫鼓，吟賞煙霞⓳。異日圖⓴將㉑好景，歸去鳳池㉒誇。

【詞牌】望海潮，雙調，一百零七字。上片十一句五平韻；下片十一句六平韻。此調初見柳永《樂章集》。

【注釋】❶東南形勝　指杭州位處東南的山川優美、物產豐富之所。見《荀子・強國》：「其固塞險，形勢便，山川林谷美，天材之利多，是形勝也。」❷三吳　一說吳興、吳郡、會稽，一說蘇州、常州、湖州。見前〈雙聲子〉（晚天蕭索）注❷。❸都會　人口集中的城市。❹錢塘自古繁華　錢塘縣，秦置，漢魏隋唐皆置縣，五代時吳越王又建都於此，即今杭州，故云「自古繁華」。❺參差　高低不齊的樣子。❻雲樹　高聳入雲的樹。❼堤沙　指錢塘江堤。❽天塹　天然深溝。此指錢塘江。❾珠璣　珍貴的珠寶。❿戶盈羅綺競豪奢　家家戶戶都穿綾著羅，爭相展示豪華奢侈。⓫重湖　西湖分外湖、裡湖，故稱。⓬疊巘　重疊的山峰。⓭清嘉　清秀而優美。⓮三秋　秋季的三個月。⓯菱歌泛夜　採菱人之歌彌漫夜空。⓰蓮娃　採蓮姑娘。⓱千騎　極言州郡長官遊湖時隨從之多。⓲高牙　高高的牙旗。牙旗本指將軍之旗，此特指大官出行時的儀仗。⓳吟賞煙霞　吟詠玩賞山光水色。⓴圖　描繪。㉑將　語助詞。㉒鳳池　禁中池沼鳳凰池，中書省所在地。暗示對方不日將升遷為朝廷近要。

【語　譯】從古以來就很繁華的錢塘，是東南地勢優勝、物阜民稠的、三吳的大都市。這裡，畫著彩飾的橋旁，楊柳如煙，高高低低的房屋，掛著各種顏色的簾幕，大約有十萬戶人家。繞著江堤，是高聳入雲的大樹，堤下，怒濤拍擊，捲起如霜雪的白浪。遠看錢塘天塹，渺無涯際。街市裡，列著五光十色的寶物，家家戶戶，穿著綾羅綢緞，展示著自己的富貴豪奢。　這裡有裡湖、外湖和回環重疊的山巒，景色清麗優美。三秋時桂子飄香，夏季裡，一眼看去，是盛開的荷花。陰晴日夜羌管菱歌不斷，男女老少，無不欣欣嬉樂。在威武的儀仗簇擁下，您乘著酒興吟詠玩賞這山光水色、煙霧雲霞。準備把這美景畫出來，他日帶回朝廷，向他人誇耀。

【研　析】柳永很善於鋪寫都市繁華形勝，他這類詞作很多，如〈一寸金〉（井絡天開）、〈瑞鷓鴣〉（吳會風流）等等。而寫得最好的一首便是〈望海潮〉。

這首詞寫杭州，極盡鋪敘之能事，上片依韻位分成四組：第一組三句以形勝，都市繁華總領；第二組三句，緊承「繁華」，以「煙柳畫橋，風簾翠幕」寫十萬人家；第三組承「形勝」寫雲樹、長堤、怒濤、天塹；第四組以「珠璣」、「羅綺」更寫「人家」之富庶。經濟繁榮、自然形勝交叉描述，互相映襯。

下片從湖山四季著眼。仍以韻位分。第一句「清嘉」總攬湖山；第二組兩句，桂子承「疊巘」，荷花承「重湖」，「三秋」、「十里」，一從時間總寫四季，一從空間總寫杭州以湖勝的地域特色；第三組三句，「弄晴」、「泛夜」總寫陰晴、日夜，「釣叟蓮娃」總寫於此水鄉活動的男女老少。這是一首「投贈詞」，頌美杭州也是為了頌美這裡的地方長官，故於下片第四組落題，從庶民之樂寫到太守之與民同樂，仍反扣前面「重湖疊巘」，「異日」以下，扣酬贈，祝願對方，作「歸去鳳池」的預期。

詞的時間上接「自古」，又由當前勝境寫到「異日」；空間從都市繁榮寫到湖山勝景，甚至包括四季物候，日夜陰晴，聲色嬉樂，男女老少。如此繁雜的內容卻能間架分明，前後照應，離合成章。

和柳永同時的史官范鎮讀了柳永這類詞，不得不承認「仁廟四十二年太平，吾身為史官二十年，不能贊述，而耆卿能盡形容之」（宋代謝維新《古今合璧事類》）。柳永這首詞影響很大，據宋人羅大經《鶴林玉露》載：「此詞流播，金主亮聞歌，欣然有慕於三秋桂子，十里荷花，遂起投鞭渡江之志。」

關於此詞投贈對象，一說孫何，一說孫沔。若為孫何，該詞當作於景德元年（西元一〇〇四年）之前，當時柳永約二十歲。若為孫沔，寫作時間當為皇祐五年（西元一〇五三年），柳永已年近七十。味詞中之健筆奔馳，離合如意，氣勢亦豪雄，亦婉麗，更似為少年之作。

如魚水

輕靄浮空，亂峯倒影，瀲灩十里銀塘❶。繞岸垂楊。紅樓朱閣相望。芰荷香。雙雙戲、鸂鶒❷鴛鴦。乍雨過、蘭芷汀洲，望中依約❸似瀟湘❹。

風淡淡，水茫茫。動一片晴光。畫舫相將❺。盈盈紅粉❻清商❼。紫薇郎❽。修禊飲❾、且樂仙鄉。更歸去，偏歷鑾坡❿鳳沼⓫，此景也難忘。

【詞牌】如魚水，雙調，九十三字。上片九句六平韻；下片十句七平韻。此調首見《樂章集》。〈如魚水〉（帝里疏散）較此首多四字，平仄、句式相異處亦多。

【注釋】❶銀塘　對潁州西湖的美稱。❷鸂鶒　水鳥名。見《本草綱目》載：「鸂鶒……其形大于鴛鴦而色多紫，亦好并游，故謂之『紫鴛鴦』也。」金人党懷英〈題馬賁畫鸂鶒圖〉：「雙眠雙浴水平溪，共看秋光臥畫堤。」❸依約　隱隱約約。❹瀟湘　瀟水、湘水，在湖南南部的零陵合流後，稱「瀟湘」。❺相將　相隨；相與。見秦觀〈沁園春〉（宿靄迷空）：「柳下相將游冶處，便回首青樓成異鄉。」❻紅粉　以女子化妝品胭脂和粉指代女人。❼清商　本出於漢代的〈相和歌〉。此泛指樂曲。見《舊唐書・樂志》：「清商者，南朝舊樂也。」❽紫薇郎　本作「紫微郎」。唐代開元元年改中書省為紫微省，中書侍郎為紫微侍郎，五年復舊。宋時為正三品，掌輔佐中書令，參議大政，宣奉詔旨等。❾修禊飲　古三月三日禊祭宴飲習俗。❿鑾坡　即金鑾坡。坡旁即皇帝召見學士的金鑾殿，德宗曾於此造東學士院。故以鑾坡借指翰林院。⓫鳳沼　即鳳池。代指中書省。

【語　譯】薄薄的霧靄飄浮在天空，參差、重疊的山巒倒映在波光粼粼的十里平湖。垂柳縈繞著澄湖，湖邊上，紅樓朱閣遙遙相望。到處是菱角和荷花，一陣陣飄散著清香。鸂鶒鴛鴦雙雙對對在池中嬉戲。一場雨過，長滿蘭芷香草的汀洲，一片青蒼，看上去，就像我曾經去過的美麗的瀟湘。

淡淡的風兒，茫茫的湖水，一片晴光搖漾。一隊隊畫船相逐，船上美女如雲，從那裡傳來優美的絃管之聲。這，正是三月三日，您這位中書郎舉行修禊之飲，在仙鄉行樂的景況。我相信，即使您將來更遍歷鑾坡鳳沼，恐怕也難以忘懷今天這良辰美景、賞心樂事。

【研　析】這也是一首投贈詞，投贈的對象據薛瑞生考證，應為既有翰林仕履又曾任中書侍郎的呂夷簡。他曾因與王曾聚訟於帝前而一同罷相判許州，許州領九府州中，唯潁州（今安徽阜陽）有西湖，又有潁水，汝水於境內會入淮河，頗與瀟湘會於零陵相似（《樂章集校注》一七七—一七八頁）。因此，投贈之地應為潁州西湖。

詞的上片寫湖天勝境，陰晴變化，並以瀟湘比襯。下片接寫並轉入人的活動。和〈望海潮〉一樣，以紫薇郎落題，先寫「且樂」現境，再以「更歸去」，祝願重返「鑾坡鳳沼」。結末仍扣難忘此景結。此結既諛頌對方當前之樂，且慰以不久歸朝，難忘今日之樂。詞意雅切，情景恰稱。

如魚水

帝里疏散❶，數載酒縈花繫❷，九陌狂遊。良景對珍筵惱❸，佳人自有風流。勸瓊甌❹。絳脣啟、歌發清幽。被舉措❺、藝足才高，在處❻別得豔姬留。

浮名利，擬拚休❼。是非莫挂心頭。富貴豈由人？時會❽高志須酬。莫閒愁。共綠蟻❾、紅粉相尤。向繡幄，醉倚芳姿❿睡。算除此外何求？

【注　釋】❶疏散　疏狂散漫，不受拘檢。❷酒縈花繫　被酒色縈繫。❸惱　引逗；撩撥。❹瓊甌　玉製的酒鍾。❺舉措　舉出；認為。❻在處　到處；隨處。見唐代崔塗〈蜀城春望〉：「在處有芳草，滿城無故人。」❼擬拚休　打算毫不猶豫地拋棄。拚，割棄之詞。❽時會　時運。見漢代班彪〈北征賦〉：「故時會之變化兮，非天命之靡常。」❾綠蟻　指代美酒。見前〈拋球樂〉（曉來天氣濃淡）注⓱。❿芳姿　姿態嬌美的女人。

【語　譯】我在京城過著狂放、散漫的生活，幾年間，被酒色縈絆，遊遍了京都的八街九巷，被美好的景色，豪華的宴席引逗，更加上那裡還有風流的女人，用美玉做的杯子勸酒，輕啟朱唇發出清亮的歌聲。當時我被認為多才多藝，所到之處總是特別得到豔麗的女人們的眷戀。　我打算把浮名虛利全部拋棄，是是非非都不再掛在心頭。一生的富貴那會由人安排？時來運轉時，凌雲之志自然會實現。不要無事生愁，讓我們和美酒、佳人纏綿、親暱，向那繡著花的帷幄下，帶醉和美女相倚而睡。想來，除此之外，更有什麼值得追求？

【研　析】柳永在〈長壽樂〉（尤紅殢翠）中，曾誇下海口：「定然魁甲登高第。」但事與願違，他只有狂遊九陌。在這裡，他被尊為「藝足才高」，到處受人敬重，真個是「才子詞人，自是白衣卿相」（〈鶴沖天〉黃金榜上）。他備受挫傷的心靈，在這裡得到了撫慰。

下片自嘲、自解，表示「擬拚休」名利的追求，也不管是非，似乎已經超脫世俗。但「富貴豈由人？時會高志須酬」一轉，大有李白「天生我材必有用」（〈將進酒〉），相信「長風破浪會有時，直挂雲帆濟滄海」（〈行路難〉）的氣勢。柳永是非常自信的，科場受挫後，他沒有採取或曳裾侯門，或閉門苦讀的方式，而是以「疏散」的歌酒生涯作為消極的對抗，同時也在這種生活中找回自尊。詞中反映了作者的失落、抗爭、理性思考後暫時的抉擇和終極的期望。

玉蝴蝶

望處雨收雲斷，憑闌悄悄，目送秋光。晚景蕭疏，堪動宋玉悲涼❶。

水風輕、蘋花❷漸老，月露冷❸、梧葉飄黃。遣情傷。故人何在？煙水茫茫。難忘。文期酒會❹，幾孤❺風月，屢變星霜❻。海闊山遙，未知何處是瀟湘？念雙燕、難憑遠信，指暮天、空識歸航❼。黯相望。斷鴻聲裡，立盡斜陽。

【詞牌】玉蝴蝶，雙調，九十九字。上片十句五平韻；下片十一句六平韻。上片六、七句，下片七、八句例作對偶。小令始於溫庭筠，長調始於柳永。

【注釋】❶堪動宋玉悲涼　此借宋玉寫自己遲暮失志的羈旅之悲。見宋玉〈九辯〉：「悲哉秋之為氣也，蕭瑟兮草木搖落而變衰……坎廩兮貧士失職而志不平。廓落兮羈旅而無友生。」❷蘋花　一種水生植物。夏秋間開小白花。亦稱「白蘋」。❸月露冷　指秋月、秋露給人以淒冷的感覺。❹文期酒會　文人相約，作定期的飲酒、作文賦詩的聚會。❺幾孤　多次辜負。孤，同「辜」。❻星霜　星辰一年周轉一次，霜則秋降，故以「星霜」指代歲月推移。見杜甫〈秋日荊南述懷〉：「星霜玄鳥變，身世白駒催。」❼空識歸航　此指徒然地從來來往往的船隻中辨識回家的船。見南朝謝朓〈之宣城郡出新林浦向板橋〉：「天際識歸舟，雲中辨江樹。」

【語譯】憂心悄悄，我獨自憑欄，目之所及，雨住雲開。目送這一片蕭條的秋天暮景，觸發了和戰國楚人宋玉相同的遲暮悲秋、羈旅失志的悲懷。水面上，輕柔的風拂動著白蘋；淒寒的月色露光中，飄飛著梧桐的黃葉。這「草木搖落而變衰」的秋景使我非常傷感。想傾訴這種心情，而故人又在何方？眼前只有一片煙水茫茫。

難以忘懷，當時定期的詩酒聚會。從那時起，又經過一次次時間的遷移，辜負了多少清風朗月。海那麼寬廣，山那麼迢遙，我心中的瀟湘竟在何方？我料想，難以憑藉那雙雙燕子來傳達音信，我只能遙指暮天，徒然地辨識返航的船隻。我與故人沮喪地相望。聽著失群孤雁淒厲的叫聲，憑欄悄立，一直到夕陽西下，夜幕沉沉。

【研　析】清人許昂霄說：「〈玉蝴蝶〉與〈雪梅香〉、〈八聲甘州〉數首，蹊徑仿佛。」《詞綜偶評》這幾首詞相同處是都以悲秋為背景寫羈旅懷人之思，都是上景下情。三詞中以〈八聲甘州〉境界最闊，此首寫景最細，試言之。

上片「望處」領起寫景，景為望處所見，景中有情。「悄悄」二字，令人聯想《詩經・邶風・柏舟》的「憂心悄悄」，感覺到它所傳達的情的消息。六、七句是一組對仗，輕、老、冷、黃四個形容詞，細膩而恰切地表現了詞人那種淒清、孤獨、衰憊的，雖不強烈卻浸染極深的心境。片末「煙水茫茫」緊承這一對句，仍以景結，寫出了那種無所不在的迷茫、失落。而「遣情傷」綰合景、情，引發下片情事的抒寫。

下片以「難忘」領起情事的敘述。詞人耿耿於心的是「屢變星霜」之後，難以再現的和故人的文期酒會，瀟湘風月。「故人」，應該是詞人的斯文知己。詞人曾經在瀟湘的清風朗月之下，和他們一起飲酒賦詩。而現在，「海闊山遙」，遠信既難憑，歸期亦無定。結末「黯相望」呼應開頭「憑闌悄悄」，仍以八字寫望中之景，淒厲斷鴻之聲，黯淡斜陽之色，既交代秋日黃昏的時間推移，又暗示詞人越來越黯淡悲淒的心緒。末「立盡斜陽」以行狀結。陳匪石《宋詞舉》卷下說：「『盡』字極辣、極厚、極樸，較少游『杜鵑聲裡斜陽暮』尤覺力透紙背。蓋彼在前結，故蘊蓄；此在後結，故沉雄也。」

詞的上下片前呼後應，細密妥溜。前結「煙水茫茫」正如陳匪石所說「蘊蓄」而留有餘地，後結「盡」字斬截，直寫到夜幕沉沉。

這首詞寫友情而非愛情，一樣沉摯深厚，似不可因「雙燕」及「風月」字樣便理解為男女之私。柳詞中還未見以紅顏知己為「故人」的例子。這位瀟湘故人是誰，已不可考，或者是一個詩文知己的群體。正是因為他或他們，詩人多次提到瀟湘。〈輪臺子〉（霧斂澄江）中，他提到九疑山、斑竹，〈如魚水〉（輕靄浮空）中他又說「望中依約似瀟湘」。而此詞中，更呼問「未知何處是瀟湘」，從疑似到尋覓，可見瀟湘在詞人心目中留下的難忘的印象，而這種印象和與故人在此的吟風弄月，文期酒會，一定有密切的關係。

玉蝴蝶

漸覺芳郊明媚，夜來膏雨❶，一灑塵埃。滿目淺桃深杏，露染風裁❷。銀塘靜、魚鱗簟展❸，煙岫翠、龜甲屏開❹。殷❺晴雷。雲中鼓吹❻，遊徧蓬萊❼。

徘徊。隼旟❽前後，三千珠履❾，十二金釵❿。雅俗⓫熙熙⓬，下車⓭成宴⓮盡春臺⓯。好雍容、東山妓女⓰，堪笑傲、北海尊罍⓱。且追陪。鳳池歸去，那更重來！

【注　釋】❶膏雨　適時的好雨。見《左傳・襄公十九年》：「小國之仰大國也，如百穀之仰膏雨焉。」膏，油脂。❷露染風裁　雨露染成，春風裁出。見賀知章〈詠柳〉：「不知細葉誰裁出，二月春風似剪刀。」❸魚鱗簟展　指水波瀲灩，波紋像魚鱗席般展開。簟，席子。❹煙岫翠龜甲屏開　此指煙籠霧罩的翠岫起伏綿延，如同展開的龜甲屏風。龜甲屏，花紋如龜甲的屏風。見《洞冥記》：「武帝起明臺，臺上設金床象玉為龜甲屏風。」❺殷　形容雷聲。見《詩經・召南・殷其靁》：「殷其靁，在南山之陽。」❻鼓吹　打擊樂器和簫管合奏。此泛指音樂聲。❼蓬萊　傳說海上有蓬萊、方丈、瀛洲三座仙山。此指仙境。❽隼旟　畫著隼的旗。此指長官出行的儀仗。見《周禮・春官・司常》：「鳥隼為旟。」隼，一種猛禽。❾三千珠履　此借以形容從遊者之眾及富貴豪奢。見前〈玉樓春〉（皇都今夕知何夕）注❹。❿十二金釵　見唐代長孫佐輔〈古宮怨〉：「三千玉貌休自夸，十二金釵獨相向。」十二，言其眾多。金釵，指代美女。⓫雅俗　風雅之士與世俗之人。⓬熙熙　和樂的樣子。⓭下車　稱初到任。見《禮記》：「武王克殷反商，未及下車而封黃帝之後于薊……」⓮宴　安詳；愉快。⓯春臺　遊賞之勝地。⓰東山妓女　東山，即今之浙江上虞。東晉謝安曾隱居於此。優遊自樂，每出，必攜所畜妓相隨。見李白〈宣城送劉副使入秦〉：「君攜東山妓，我賦北門詩。」⓱北海尊罍　東漢末孔融曾為北海相，喜交遊文士，善文章，好飲酒，曾說：「坐上客恒滿，尊中酒不空，吾無憂矣。」（《後漢書・孔融傳》）後世常以「東山妓」、「北海尊」對舉。唐代蕭穎士〈山莊月夜作〉：「未奏東山妓，先傾北海尊。」罍，見《詩經・周南・卷耳》疏云：「罍者，尊之大者也……飾罍皆得畫雲雷之形。」

【語　譯】夜來一場如油好雨，洗淨了塵埃。長滿花草的芳郊，逐漸使人感到明媚的春意。滿眼深深淺淺的桃花、杏花，似乎是被東風裁出，月露染成。澄明的池塘微波瀲灩，就像鋪開了魚鱗花紋的竹簟；那煙籠霧繞的翠岫，就像張開的嵌著龜甲圖案的畫屏。在鼓角笙簫齊奏，如雲中晴雷震響的音樂中，人們遊遍了這蓬萊仙境。

遊人徘徊留連。繡著隼的大旗前後簇擁著穿著有珍珠花飾的鞋的富貴的從遊者和眾多的美女。您一到任，就和這裡的雅士俗人同樂，使這裡一片安詳、和樂，到處成為遊樂的勝境。您多麼從容閒雅，一如東晉謝東山攜妓出遊；您可以笑傲孔北海，和他一樣豪飲賦詩。姑且讓佳人美酒陪伴吧，我相信，他日歸去鳳池，就再沒有機會重溫此時的勝遊了！

【研　析】這也是一首投贈詞，其格局同樣是先景物，後情事。鋪寫景物情事，是為了頌美地方官的德政。最後祝願「鳳池歸去」，指日升遷。

值得一提的是，詞人在鋪敘中充分運用了對仗手法。上片第四、五句是六、四言句式，「滿目」二字領起以下「淺桃深杏，露染風裁」八字，不但句中自對，又兩句相對。下片二、三、四句一個韻位，三、四句「三千珠履，十二金釵」工對，與「隼旟前後」單句相連，造成奇偶相映的韻致。詞中這類例子還很多，如賀鑄〈聲聲慢〉（園林幕翠）「文園屬意，玉卮交勸，寶瑟高張」等。至於此調例作對偶的上片六、七句以「魚鱗簟展」對「龜甲屏開」，比喻對比喻，下片七、八句「東山」、「北海」以典相對，既貼切，又工整。

玉蝴蝶

是處小街斜巷，爛遊❶花館❷，連醉瑤卮❸。選得芳容端麗，冠絕吳姬❹。絳脣輕、笑歌盡雅，蓮步穩、舉措皆奇。出屏幃。倚風❺情態，約素❻腰肢。當時。綺羅叢裡，知名雖久，識面何遲。見了千花萬柳，比並❼不如伊。未同歡、寸心暗許，欲話別、纖手重攜。結前期❽。美人才子，合是相知。

【注　釋】❶爛遊　即縱遊。❷花館　煙花館；妓院。❸瑤卮　玉製的酒杯。卮，酒器。❹吳姬　吳地的美女。❺倚風　極言其體態輕盈。見李商隱〈蜂〉：「趙后身輕欲倚風。」❻約素　即束素。形容女子細腰如緊束的白絹。見宋玉〈登徒子好色賦〉：「腰如束素。」❼比並　比較。見王安石〈小櫻〉：「山櫻抱石蔭松枝，比並餘花最發遲。」❽結前期　預訂將來見面之期。

【語　譯】我縱情遊遍斜街小巷的煙花館，一次又一次地被玉杯灌醉，好不容易才選擇到一位容貌端莊、美麗、超群的吳地美人。她輕抹口紅，說笑和唱曲都非常嫻雅。步態穩重，一舉一動都與眾不同。當她走出幃幔，那輕倩的情態，細如束帛的腰肢，就如弱柳從風。　當時，美人叢裡，我雖早已知道她的名氣，但相見恨晚。我見過多少如花美女，相比之下，都不如她。雖然還未同歡，但彼此已寸心暗許，將話別，又將她的纖手重攜。悄悄約好未來相見的時間。美人和才子，本來就是天生的知音知己。

【研　析】此詞寫才子佳人的戀愛。上片鋪寫其姿容、才藝、體態，強調的是端麗、雅態、風情，下片敘情。「知名雖久，識面何遲」，四字句對仗，寫出了從久慕芳名，到一見傾心，到相見恨晚的心理歷程。但未及同歡，便將話別，只有預期未來，相信才子美人，合是相知。這說明詞人在煙花隊裡所選擇的，不僅是泄欲對象，更重要的，還是紅顏知己。

玉蝴蝶

誤入平康❶小巷，畫檐深處，珠箔❷微褰❸。羅綺叢中，偶認舊識嬋娟❹。翠眉開、嬌橫遠岫❺，綠鬢嚲、濃染春煙❻。憶情牽。粉牆曾恁，窺宋三年❼。

遷延❽。珊瑚筵❾上，親持犀管❿，旋疊香牋⓫。要索新詞，殢人⓬含笑立尊前。按新聲、珠喉漸穩，想舊意、波⓭臉增妍。苦留連。鳳衾鴛枕，忍負良天。

【注　釋】❶平康　妓女聚居之地。見前〈鳳歸雲〉（戀帝里）注❷。❷珠箔　珠簾。見白居易〈長恨歌〉：「珠箔銀屏迤邐開。」❸褰　揭起。❹舊識嬋娟　舊時曾識的美人。❺翠眉開嬌橫遠岫　雙眉舒展，似遠山橫臥。❻綠鬢嚲濃染春煙　意謂烏黑的頭髮垂下，如春煙濃染。❼窺宋三年　見宋玉〈登徒子好色賦〉：「臣里之美者，莫若臣東家之子……然此女登牆窺臣三年矣，臣未之許也。」詞用此典說明「舊識嬋娟」對自己的思慕。❽遷延　蹉跎；拖延。❾珊瑚筵　以珊瑚為飾的豪華宴席。❿犀管　飾以犀角的毛筆。⓫香牋　紙的美稱。⓬殢人　糾纏人。⓭波　波峭；俊美有風致。

【語　譯】偶然走進了平康里巷，在一所房子的深處，她微微掀開珠簾。在眾多歌伎中，我忽然認出了舊時曾識的美人。看見了我，她笑逐顏開，雙眉舒展，如遠山橫翠，透露出無限嬌媚，烏黑的髮鬟低垂，傳遞著一種濃情，如春煙乍染。這使我回憶起過去的情緣，那時她曾如此癡心，就像宋玉〈登徒子好色賦〉中所描寫的那個東鄰女，登上粉牆，偷窺我三年。　歲月拖延至今才又重逢，在豪華的宴席上，她親自拿著毛筆，疊好香箋，撒嬌撒癡，在席前糾纏不休。待我將詞填就，便依節徐吐新聲，越唱越妥溜，歌聲中融入了舊情，俊俏的面龐更增添了風致。我倆在鳳衾鴛枕中，留連難捨，又怎能辜負這般美好的時候。

【研　析】此詞寫詞人和舊時相識的歌伎的一次邂逅。上片描寫重遇時的喜悅，主要從女方的角度。從褰簾到翠眉開，綠鬟嚲，其情狀栩栩如生。

下片寫此女持犀管、疊香箋，殢人含笑，求索新詞的情節。柳永的很多詞，正是在這種場合寫成，並在「按新聲、珠喉漸穩」的過程中受到檢測。而他的報酬，便是「鳳衾鴛枕」的好天良夜。

玉蝴蝶

淡蕩素商❶行暮❷，遠空雨歇，平野煙收。滿目江山，堪助楚客冥搜❸。素光❹動、雲濤漲晚，紫翠冷❺、霜巘橫秋。景清幽。渚蘭香謝，汀樹紅愁。　良儔❻。西風吹帽❼，東籬攜酒❽，共結歡遊。淺酌低吟，坐中俱是飲家流❾。對殘暉、登臨休歎，賞令節、酩酊❿方酬。且相留。眼前尤物⓫，盞裡忘憂。

【注　釋】❶素商　古時以商音配秋，色尚白，故云「素商」。見《初學記》三引梁元帝《纂要》曰：秋「亦曰……素秋，素商」。商，五音之一。❷行暮　將暮。❸冥搜　深思遐想及於幽冥之境。❹素光　雲濤所形成的白光。❺紫翠冷　山色冷峭。❻良儔　好夥伴。❼西風吹帽　用「孟嘉落帽」典，指名士風流。見前〈應天長〉（殘蟬漸絕）注❺。❽東籬攜酒　見《宋書・陶潛傳》載：九月九日，陶潛無酒，久坐宅邊菊叢中。有白衣人至，乃王弘送酒來，醉而歸。❾飲家流　好酒之輩。❿酩酊　大醉的樣子。見杜牧〈九日齊山登高〉：「但將酩酊酬佳節，不用登臨恨落暉。」⓫尤物　珍貴之物。此指代美酒。

【語　譯】秋光流動，日色漸晚，遠遠的天空雨已停歇，平野上浮蕩的煙靄也已消斂。滿目江山，正堪觸動他鄉之客的冥思遐想。傍晚雲濤漲起，射出銀白色的搖漾的光，山色紫翠，一片冷寂，落霜的山峰橫塞秋空，這景色多麼清幽。水邊的蘭花已經衰謝，汀洲的樹上，霜葉已由紅而凋萎。

邀集了好朋伴，就像孟嘉、陶潛那樣，帽落西風，不拘禮數；各自攜酒，結伴歡遊。我們一邊酌酒慢飲，一邊盡興長吟，參與聚會的都是酒徒。對著快要落山的殘陽，請不要生遲暮之嘆，賞玩重陽佳節，要喝得大醉才算如願稱心。請姑且留連，眼前有美酒，痛快地喝乾盞中的酒，它可以使你忘記一切憂愁。

【研　析】此詞寫重陽暮飲。上片寫景，著眼遠空、平野雨歇煙收之靜，雲濤晚「漲」、霜野秋「橫」之動，既闊大，又動靜相生。片末由大景而小景渚蘭、汀樹，「香謝」、「紅愁」暗示了「楚客冥搜」的悲秋嘆老之情。

下片寫「歡遊」，先以二典鋪寫良儔的豪情逸興。末承上，以「休歎」反結，說是「休歎」，以酒忘憂，實則正寫憂不可忘。

詞開頭「行暮」二字，既寫秋之暮，也寫日之暮。橫秋、香謝、紅愁、西風，令節扣秋暮；漲晚、殘暉扣日暮。

上、下片除例作對仗的上片六、七，下片七、八兩句外，還在上片起首三句和下片二、三、四句安排對仗，上片三句奇句在前，下片奇句在後。上、下片末又以兩個四字句對仗，「渚蘭香謝，汀樹紅愁」工對，而「眼前尤物，琖裡忘憂」僅前二字相對，似對而非對。

滿江紅

暮雨初收，長川靜、征帆夜落。臨島嶼、蓼煙❶疏淡，葦風❷蕭索。幾許漁人飛短艇，盡載燈火歸村落。遣行客、當此念回程，傷漂泊。

桐江❸好，煙漠漠❹。波似染，山如削。繞嚴陵灘❺畔，鷺飛魚躍。遊宦區區❻成底事❼？平生況有雲泉約❽。歸去來❾、一曲仲宣吟，從軍樂❿。

【詞 牌】滿江紅，雙調，九十三字。亦有九十一字者。此詞上片八句四仄韻；下片十句五仄韻。平、仄兩體，押仄韻者以柳永此詞為定格。一般例押入聲。押平聲者，有南宋姜夔一首，宋、元人不如此押。〈滿江紅〉（萬恨千愁）較此詞上片第五、六句，下片第七句各多一襯字，共多三字。又上片第五句「意」、下片第七句「事」皆押韻，各多出一韻。

【注 釋】❶蓼煙　籠罩在蓼花上的煙霧。❷葦風　吹拂著蘆葦的風。❸桐江　在浙江桐廬境。❹漠漠　霧氣迷茫。見李白〈菩薩蠻〉：「平林漠漠煙如織。」❺嚴陵灘　又名「嚴陵瀨」。在浙江桐廬南，是東漢嚴光（子陵）釣魚的地方。見《水經注》卷四十載：孫權割富春之地為桐廬縣。從桐廬至於潛，有十六瀨，第二即嚴陵瀨，「瀨帶山，山下有一石室，漢光武帝時，嚴子陵之所居也」。又《後漢書・嚴光傳》載：嚴光不肯出來做官，「乃耕於富春山，後人名其釣處為嚴陵瀨焉」。❻區區　小小；微不足道。見《孔叢子・論勢》：「以區區之眾，局二敵之間，非良策也。」❼底事　何事。見杜荀鶴〈蠶婦〉：「年年道我蠶辛苦，底事渾身著苧麻？」❽雲泉約　指與白雲、山泉有約，歸隱山林。❾歸去來　見陶淵明〈歸去來辭〉：「歸去來兮，田園將蕪胡不歸？」❿一曲仲宣吟二句　用東漢王粲事。王粲，字仲宣，建安七子之一，從曹操西征張魯，作〈從軍行〉五首，其一云：「從軍有苦樂，但問所從誰。所從神且武，焉得久勞師。相公征關右，赫怒震天威。」

【語 譯】一場暮雨初停，浩浩長川安靜下來，來往的船隻降下風帆，停泊在渡口。靠近島嶼，只見蓼花岸暮靄輕籠，葦草汀秋風蕭索。多少漁人飛快地划著小船，明亮的漁燈一閃而過，顯示著他們滿載歸村的迫切心情。這使得羈旅之人也想到日暮當歸，傷懷自己的漂泊無定。　輕煙籠罩下的桐江朦朧淡遠，是這般美妙，那波濤如被藍草染過，兩岸的山如刀劈斧削而成，秀拔嶒崚。

繞著嚴陵灘，鷺飛魚躍，一片勃勃生機。而我卻為了這區區的官職羈旅難歸，究竟有何裨益？況且我平生早與雲泉約定，要歸隱山林。回去吧，但我又想到王粲的〈從軍行〉，若是能遇明主，我又何辭苦辛。

【研　析】這首詞寫於柳永登進士後，任睦州團練推官時。據宋代葉夢得《石林燕語》與《福建通志》載，柳永景祐元年（西元一〇三四年）登第，調睦州團練推官，當時的州守呂蔚知其名，到官月餘便與監司一再推薦他，因侍御史郭勸的反對而未能如願。可見他仕宦之途一如他科考之途，一開始便不順利，詞就在這種心情下寫成。

上片扣江行夜泊，從暮雨寫到「征帆夜落」，漁舟歸晚，引發詞人「念回程，傷漂泊」之情。這就是《詩經・王風・君子于役》中的「日之夕矣，羊牛下來。君子于役，如之何勿思」的「傍晚懷人」之境，不過因為是水上行程，以漁舟歸村落代「羊牛下來」，作為觸發羈思之媒。

下片繼續寫景，換頭處被認為「最工」（宋代黃昇《唐宋諸賢絕妙詞選》），宋代釋文瑩《湘山野錄》中，描寫了吳俗歲祀，里巫迎神時，「但歌〈滿江紅〉，有『桐江好，煙漠漠，波似染，山如削……』之句」。文中所引，也正是換頭幾句。它究竟好在何處？首先，它承上片結末「傷漂泊」，以四個三字句別開一境，內容從頹喪變為明快，節奏從上片的三、五、三變為一氣貫注的三字句，使人耳目一新。特別三、四兩對句「波似染，山如削」，用了明喻的標誌詞「似」、「如」，實則非直接以此物比彼物，其中還有曲折。自然山水之奇，應是造化所成，但水色非被染就，山容不可斧削，「染」、「削」二字被「似」、「如」二字賦予似是而非的情韻。以下「鷺飛魚躍」綰結景情，大自然的開闊、神奇、自由、勃勃生機引發詞人如羈塵網的感慨，於是先反躬自問，再進一層以雲泉有約作肯定的選擇。結末連用兩典，欲學陶潛歸去田園；又想到王粲晚年從軍，追隨曹操，終於受到重用，他感到深深的矛盾。

滿江紅

訪雨尋雲❶，無非是、奇容豔色。就中❷有、天真妖麗，自然標格❸。惡發❹姿顏歡喜面，細追想處皆堪惜。自別後、幽怨與閒愁，成堆積。

鱗鴻阻❺，無信息。夢魂斷，難尋覓。儘思量，休又怎生休得！誰任恁多情憑向❻道？縱來相見且相憶。便不成❼、常遣似如今，輕拋擲？

【注釋】❶訪雨尋雲　訪求男女歡會。❷就中　其中。❸標格　風度。❹惡發　發怒。見《續傳燈錄》二七〈宗杲禪師〉：「喚爾作菩薩便歡喜，喚爾作賊漢便惡發，依前只是舊時人。」❺鱗鴻阻　音信阻隔。古代有魚雁傳書之說。❻向　相當於「與」。見于濆〈田翁嘆〉：「歸來說向家，兒孫竟咨嗟。」說向家，即「說與家」。❼不成　難道。見趙長卿〈滿江紅〉：「便不成廝守許多時，乾休卻！」

【語譯】我苦苦訪求能與之幽期歡會的佳人。尋到的，無非是一些裝扮奇豔的女子。其中有一個天真嬌豔、風度自然的女人，無論是發怒還是歡喜，那姿容面貌，細細追想起來都值得憐愛。自從分別以來，她的幽怨，我的閒愁，都已如山堆積。

音訊阻隔，久無訊息。夢魂已斷，難於尋覓。我盡日思量，要不想她又怎麼能做得到！這般多情不知可與誰說？縱然和她相見，我尚且還止不住要追憶過去和她在一起的情景，難道便能讓我們常像如今這樣，輕易地將這段情愛拋擲？

【研　析】此詞寫柳永一段愛情生活的聚首與分離。上片寫「眾裡尋他千百度」，終於找到了一個可意之人。天真妖麗，自然標格，天真自然。這是柳永的審美傾向。在〈少年遊〉（鈴齋無訟宴遊頻）中，他用「容態盡天真」來讚美一同宴遊的佳人，在〈擊梧桐〉（香靨深深）中，他又稱許一位歌伎「雅格奇容天與」。一旦愛上，「惡發姿顏歡喜面，細追想處皆堪惜」。這種因愛而寬容的態度，在柳詞中也多有表述，如〈八六子〉（如花貌）他說自己如何「多方憐愛，何期養成心性近」；〈駐馬聽〉（鳳枕鸞帷）中，他說二三載來，「深憐多愛，無非盡意依隨」。結果一個是「因情難供，恁殛惱」，一個是「無事孜煎」，只好作分飛計，但他還總是追悔莫及，可見柳永的一片情癡。

下片換頭，隔句相對。形式上雖對仗，內容卻有進一層的意味。魚雁既阻，杳無音訊，夢魂更斷，難以尋覓。四個三字句，層層深入，將這種牽掛、追尋的心態表現無遺。結末用反問句，加強了語勢。

滿江紅

萬恨千愁，將年少、衷腸牽繫。殘夢斷、酒醒孤館，夜長無味。可惜許❶枕前多少意，到如今兩總無終始❷。獨自箇、贏得不成眠，成憔悴。 添傷感，將何計？空只恁，厭厭地。無人處思量，幾度垂淚。不會得❸都來❹些子❺事，甚恁底死❻難拚❼棄？待到頭、終久問伊看，如何是？

【注釋】❶可惜許　可惜啊。見蜀王衍〈甘州曲〉：「可惜許！淪落在風塵。」許，語助詞。❷無終始　沒有結果，即沒有成為眷屬。❸不會得　不能理解。得，置於動詞後之語助詞。❹都來　不過。見歐陽修〈青玉案〉：「一年春事都來幾？早過了，三之二。」❺些子　一點兒。見盧多遜〈新月〉：「誰家玉匣開新鏡，露出清光些子兒。」❻底死　同「抵死」。終究；老是。見晏殊〈蝶戀花〉：「薄雨濃雲，抵死遮人面。」❼拚　割捨。甘願之辭。見蔡伸〈西樓子〉：「何以驀然拚舍去來休？」

【語譯】萬般恨千般愁，將少年時我的衷腸牽繫著。當我從孤寂的驛館酒醒夢回，殘留的影像已斷，相伴的只有一個無味的漫漫長宵。可惜啊，當時在鴛枕上有多少情意。但是直到如今，兩人之間總是毫無結果，只贏得獨自個孤臥難眠，變得身心交瘁。　這一切回憶倍增傷感，又有什麼辦法？我徒然地只是這樣萎靡不振。沒有人的時候，我一遍又一遍地思量，傷心落淚。人們不可能理解，認為這算來不過是一點兒小事，為什麼老是這樣難以割棄？看來只能到頭來，終究問問她，怎麼辦才是？

【研析】詞寫和所愛之人離別後的刻骨思念。一開頭便以「萬恨千愁」領起。愁恨本已牽繫衷腸，更那堪孤館清宵，酒醉夢回之時。詞從「萬恨千愁」的回憶寫到當前，又從臥後清宵回憶往昔枕前情意，再對比現今的獨自不成眠，千迴百折。

下片續寫情事，從無奈的傷感到幾度淚垂，七、八兩句以旁人的不可理解作反襯。在「王孫隨分相許」（〈迷仙引〉纔過笄年）的歌樓酒館，和煙花女分分合合不過是些子小事，而柳永偏「底死難拚棄」，難怪他們「不會得」了。這個問題，只有留待將來，問一問相思的對方，看她如何解答。

五代蜀詞人顧夐〈訴衷情〉「換我心，為你心，始知相憶深」，這種換位思考的方式，最能體味相互之間的似海深情。

滿江紅

匹馬驅驅，搖征轡❶、溪邊谷畔。望斜日西照，漸沉山半。兩兩棲禽歸去急，對人相並聲相喚。似笑我、獨自向長途，離魂亂。　中心事，多傷感。人是宿，前村館。想鴛衾今夜❷，共他誰暖？惟有枕前相思淚，背燈彈了依前滿。怎忘得、香閣共伊時，嫌更❸短！

【注釋】❶征轡　遠行之馬的轡繩。❷人是宿三句　言人雖獨宿孤館，而心中猶想念鴛衾也。見張相《詩詞曲語辭匯釋》：「是，猶雖也。白居易〈游平泉宴浥澗宿香山石樓〉：『古詩惜晝短，勸我令秉燭。是夜勿言歸，相攜石樓宿。』言雖夜亦勿歸也。」並舉此詞為例。❸更　古代夜裡打更計時，一夜分五更，一更約兩小時。

【語　譯】我騎著馬兒走呀走，搖動著轠繩，走過溪流，穿過山谷。眼看著西邊斜陽的光照，漸漸地沉入了半山腰。這時一對對鳥兒急急歸飛，對著我相並入巢，互相溫柔地呼喚，似乎在嘲笑我，為什麼在夕陽西下，萬物當歸之時，還離魂撩亂地獨自走向漫漫途程。　心中的事，令人傷感。人雖然在前村的驛館投宿，但心中想的是我曾與共眠的鴛衾，又有誰來與她共暖？只有枕前的相思淚，剛背著燈光把它彈去，又和先前一樣盈眶。怎麼能忘掉，和她一同在香閣度過的良宵，那時總是嫌晚上過得太快！

【研　析】此寫獨行單棲之苦。上片寫獨行。匹馬驅驅，斜日西沉，是行人當歸之時。更那堪宿鳥歸飛，相呼相並。「似笑我」以下，是獨行人的揣想，是虛寫。

下片寫途程中設想今夜一如往常，雖宿村館，所思無非鴛衾共暖的溫馨時日。「惟有」兩句亦是此行夜夜所歷情境。末以昔日的歡娛嫌更短作反襯，今日之清宵夜永可知。

整首詞應在古道、夕陽、匹馬上寫成，除上片開頭六句為實寫眼前景外，其他多為想像之詞，但因為是獨行、單棲之日日夜夜反覆親歷之情境，故雖虛而實。

洞仙歌

乘興，閒泛蘭舟，渺渺煙波東去。淑氣❶散幽香，滿蕙蘭汀渚。綠蕪平畹❷，和風輕暖，曲岸垂楊，隱隱隔、桃花圃。芳樹外，閃閃酒旗遙舉。

羈旅。漸入三吳風景，水村漁市。閒思更遠神京，拋擲幽會小歡何處？不堪獨倚危檣，凝情西望日邊，繁華地、歸程阻。空自歎當時，言約無據。傷心最苦。佇立對、碧雲將暮。關河遠，怎奈向❸、此時情緒！

【注　釋】❶淑氣　春天的和煦之氣。見杜審言〈和晉陵陸丞早春遊望〉：「淑氣催黃鳥，晴光轉綠蘋。」❷綠蕪平畹　長滿綠色雜草的平野。畹，古時三十畝為一畹。此泛指平野。❸怎奈向　怎奈何。向，語助詞，用以加強語氣。見周邦彥〈拜星月慢〉：「怎奈向一縷相思，隔溪山不斷。」

【語　譯】乘著興致，我閒來乘扁舟，在渺渺煙波中向東而去。春日裡和煦之氣，帶著長滿汀渚的蘭蕙的幽香。綠草叢生的平野上，風是那麼輕柔和暖。曲折的堤岸上垂楊籠煙，隱隱約約，隔著一片桃花盛放的園圃。在芳香的花圃那邊，遠遠地看得見高高搖颺的酒旗在豔陽下閃閃發光。

我長期羈絆於旅途。這段時間漸漸地深入三吳。這裡水村漁市，一片水鄉風情。不禁令人想到離京城越來越遙遠，為什麼要拋棄那裡的幽期密約跑到這個陌生的地方？我獨自倚著高高的桅杆，凝神遠望西邊，那日下京都，繁華之地，欲歸而不得。這種悲傷，真叫人難以承受。我只能徒自怨悵自己沒有根據地約定歸期。此時，我無限傷懷，十分痛苦地獨自久立，對著將暮的雲霞。我們彼此遙隔關河，怎奈何此時的無限思念之情！

【研　析】詞以「乘興」二字開頭，迤邐寫去，所見無非淑氣分香，和風送暖，柳外桃花，花間酒旗，一片盎然春意，勃勃生機。

過片以「羇旅」陡轉，對於別有懷抱之人，春光雖好而非吾土，「水村漁市」處處使他感到異鄉風色。於是西望京都，欲歸不得。那繁華之地，有他縱遊的履跡，有日日盼望他踐約早歸之人。倚檣西望，本已不堪，更何況，暮雲將合，暮色沉沉，這情境，更引發無法排解的茫茫遊子之思。

詞的上下片，明顯地作樂景哀情的陡轉。首言「乘興」，末曰「傷心」，對於羈旅之人，無論景之哀樂，都只足以觸發愁情。

引駕行

紅塵紫陌❶，斜陽暮草長安道，是離人、斷魂處，迢迢匹馬西征。

新晴。韶光明媚，輕煙淡薄和氣暖，望花村、路隱映，搖鞭時過長亭。

愁生。傷鳳城❷仙子，別來千里重行行。又記得臨歧，淚眼溼、蓮臉❸盈盈。　消凝❹。花朝月夕❺，最苦冷落銀屏❻。想媚容、耿耿無眠，屈指已算回程。相縈。空萬般思憶，爭如歸去覩傾城。向繡幃、深處並枕，說如此牽情。

【注　釋】❶紫陌　京城的繁華街市。見前〈輪臺子〉（霧斂澄江）注❽。❷鳳城　指京城。傳說秦穆公女弄玉吹簫引來鳳凰，因號其城為「鳳凰城」，後泛指京城。唐代杜甫〈夜〉：「步蟾倚杖看牛斗，銀漢遙應接鳳城。」注：「鳳城，言長安也。」（《杜工部草堂詩箋》）❸蓮臉　形容女子紅嫩的面容。見王勃〈採蓮賦〉：「畏蓮色之如臉，願衣香兮勝荷。」❹消凝　魂消魄凝之省說。謂精神凝注。❺花朝月夕　花好月圓之朝朝暮暮。❻銀屏　鑲嵌著銀飾的屏風。此指代閨房。

【語　譯】斜陽籠罩，暮草萋萋的長安道上，車馬熙熙，塵土飛揚。這兒正是那騎著馬，迢迢西來，遠離故鄉的遊子傷心腸斷之處。雨霽天晴，春光明媚，輕煙薄霧，和風送暖。遠望花光掩映的村落、小路，我輕輕搖著馬轡，經過路邊的長亭短亭。感覺到離所愛之人越來越遠。慢慢地，悲愁從心底暗生，這盎然春意，使我想到遠在京城的美人。自從和她分別以來，我走啊走，已離她千里之遙。我不禁又記起歧路分攜時，她熱淚盈盈，打溼了她嬌媚的面龐的情景。　特別是花好月圓時，一想到我竟冷落了閨中之人，不能和她共度良辰，我就魂凝魄散，不知所以。料想嬌媚的她，也是中心如熾，終夜難眠，早就掰著指頭計算我歸來的日子。我們徒然地萬般思憶，互相牽掛。與其這樣，不如拋棄名利直接回到京城去一睹她那傾城傾國的容顏，那時候，我和她向繡帳深處，並枕而眠，細細地訴說我們是這樣的相互思念。

【研析】 此詞作於長安道上。仍然是樂景哀情。上片「愁生」二字，明點出明媚韶光，淡煙淑氣，花村、長亭逐步觸發的傷感。《文心雕龍・物色》：「春秋相召，人誰獲安！」這裡，應當也包含反向的「相召」在內。如杜甫〈絕句四首〉之三：「兩個黃鸝鳴翠柳，一行白鷺上青天。窗含西嶺千秋雪，門泊東吳萬里船。」黃、綠是春天之色，白、青示開闊之境，鶯囀鷺飛，生機勃勃。而杜甫偏從此境想到西山兵患未除，萬里歸舟猶繫。杜甫〈野望〉「西山白雪三城戍，南浦清江萬里橋」可與此詩作注。可見樂景極易令人聯想過去的幸福時日，而春光如舊，事易情遷，這種景與情，今昔哀樂的對比，將一倍增其哀樂。

下片詩思從對方飛來，想像對方也和自己一樣耿耿不寐，早已屈指算著自己歸來的日子。然後用「相縈」綰合另起。否定這種無益的刻骨相思，作不如歸去的大膽設想。沿著這條思路，更暢想未來見面時如何細訴現在相互牽情的苦痛。幸福中對已經成為過去式的痛苦的回憶，本身也是一種幸福。此表現手法和李商隱〈巴山夜雨〉「何當共剪西窗燭，卻話巴山夜雨時」略同。

望遠行

長空降瑞❶，寒風翦，淅淅❷瑤花❸初下。亂飄僧舍，密灑歌樓，迤邐漸迷鴛瓦。好是漁人，披得一蓑歸去，江上晚來堪畫❹。滿長安，高卻❺旗亭❻酒價。幽雅。乘興最宜訪戴❼，泛小棹、越溪❽瀟灑。皓鶴奪鮮，白鷴失素❾，千里廣鋪寒野。須信〈幽蘭〉歌斷❿，彤雲⓫收盡，別有瑤臺瓊樹⓬。放一輪明月，交光清夜。

【注釋】❶降瑞　降下瑞雪。瑞，瑞雪的省稱。❷淅淅　落雪的細碎聲音。❸瑤花　玉色的雪花。❹亂飄僧舍六句　此六句隱括唐代詩人鄭谷的〈雪中偶題〉後兩聯：「亂飄僧舍茶煙濕，密灑歌樓酒力微。江上晚來堪畫處，漁人披得一簑歸。」❺高卻　抬高了。卻，表示動作完成的語助詞。❻旗亭　酒樓。唐代李賀〈開愁歌〉：「旗亭下馬解秋衣，請貰宜陽一壺酒。」❼乘興最宜訪戴　用晉代王子猷典。見《世說新語・任誕》：「王子猷居山陰，夜大雪，眠覺，開室命酌酒……忽憶戴安道。時戴在剡，即便夜乘小船就之。經宿方至，造門不前而返。人問其故，王曰：『吾本乘興而行，興盡而返，何必見戴？』」❽越溪　即戴安道所居之剡溪。❾皓鶴奪鮮二句　此謂因為下雪，鶴與鷴的白羽毛都失去了往日那光鮮的顏色。用南朝宋謝惠連〈雪賦〉成句：「庭鶴奪鮮，白鷴失素。」❿幽蘭歌斷　為避免詞中出現題面字「白雪」，故以與〈白雪〉曲並列的〈幽蘭〉代指雪停。幽蘭，古琴曲名。見宋玉〈諷賦〉：「臣援琴而鼓之，為〈幽蘭〉、〈白雪〉之曲。」⓫彤雲　下雪時密布的濃雲。見唐代宋之問〈奉和春日玩雪應制〉：「北闕彤雲掩曙霞，東風吹雪舞山家。」⓬瑤臺瓊樹　形容雪後臺榭被雪覆蓋，如瓊瑤美玉琢成。

【語譯】天空初降瑞雪，那六出的花形，如被寒風剪出，淅淅瀝瀝，就像玉花輕灑，紛紛揚揚，零亂細密地飄入寺廟，飄入歌樓，一路飛來，漸漸覆蓋了鴛瓦。暮色中，煙波江上，漁父駕一葉小舟，披著一簑白雪歸來，那情境，真是堪入畫。再看看長安城裡，為了避寒，也為了賞雪，大家都聚到酒樓酣飲，使酒價一路攀升。　多麼幽雅。這種時候，最宜學晉時的王子猷，冒雪乘舟去訪問戴安道，去剡溪瀟灑一遊。試看那雪，鋪在廣袤的寒野，它晶瑩皎潔的白色，使鶴鷳的白色羽毛失去光彩。可以想見，在雪住雲開之時，銀妝素裹的瑤臺瓊樹，定然別有一番情致。雪霽天晴，彤雲中放出一輪明月，天上地下，月雪交輝，清景無限。

【研　析】柳永的詠物詞不多，此首「詠雪」是其中之一。即寫物，也還是不枝不蔓，結構分明。其時間順序為初下——漸迷——廣鋪——想像中的雪住月來。其空間轉換從最靜僻的僧舍到最熱鬧的歌樓，從煙波江上到鬧市旗亭。詞還從實寫現境到虛寫雲開月出，雪月交光的猜擬之境。

這首詞最主要的特點是大量引用前人的成句和典故。如，上片除起首三句外，全引自鄭谷的詩。前六句引自鄭谷〈雪中偶題〉頸聯、尾聯，末兩句引自鄭谷〈輦下冬暮詠懷〉「雪滿長安酒價高」。下片用王子猷訪戴典、謝惠連〈雪賦〉成句、宋玉〈諷賦〉，並以李商隱〈無題〉「如何雪月交光夜，更在瑤臺十二層」詩意作結。以此，歷代詩評家頗有微詞，認為「掩襲太多」（清代許昂霄《詞綜偶評》），清代黃氏說此詞：「通首清雅不俗。第以用前人意思多，總覺少獨得之妙句耳。」（《蓼園詞評》）

柳永是一個有創新意識的詞人。從創調、開慢調之先和大量運用俗語等方面都可證明這一點。這首詞毫不掩飾地化用前人詩語，應該說，也是一種「櫽括」詩入詞的嘗試。《文心雕龍・熔裁》

說：「蹊要所司，職在熔裁，檃括情理，矯揉文采也。」原意是指掌握文章措詞命意的要點，在於熔意、剪裁，像矯（使曲為直）揉（使直為曲）木材之器一樣，融入情理，使之符合規範。後來引申為就原有文體的內容、情節、文字加以修改、剪裁，成為另一種文體的方法為「檃括」。以後，蘇軾以〈哨遍〉檃括陶淵明〈歸去來辭〉，並在序中說：「乃取〈歸去來辭〉稍加檃括，以就聲律。」在〈與朱康叔書〉中，他說得更具體：「舊好誦陶潛〈歸去來〉，常患其不入音律，近輒微加增損，作〈般涉調哨遍〉，雖微改其詞，而不改其意。」此法門一開，又有賀鑄「掇拾人所棄遺。少加檃括，皆為新奇」（《宋史・賀鑄傳》）。又周邦彥〈西河・金陵懷古〉檃括劉禹錫〈金陵五題〉之〈石頭城〉與〈烏衣巷〉，也被認為「善融化詩句，如自己出」（宋代張炎《詞源》）。可見柳永之後，如蘇軾所說，這種增、損（還包括顛倒）其字，以就聲律，微改其字而不改其意的「檃括」手法，已逐漸被認可。

柳永此詞所用，正是這種手段。詞上片以四、四、六，四、六、六兩組句子將鄭谷七律〈雪中偶題〉三、四聯四個七字句剖開重組。前三句，將鄭詩中「茶煙濕」、「酒力微」等與雪無直接關係的內容刪除，增加了「漸迷」句，交代雪越下越大的過程。後三句以「好是」將「畫」中亮點——披著一身雪的漁人提到前面，句末「江上晚來堪畫」，只損一「處」字，將一個名詞性詞組變為肯定判斷。上片末以三、六句式化開鄭谷〈葦下冬暮詠懷〉「雪滿長安酒價高」句，刪除題面字「雪」，再將「高」字提前，增一「卻」字，使成為動詞，原來的因果陳述句便變為了精警的動賓詞組。

下片「皓鶴」兩句八字，用謝惠連〈雪賦〉成句，只為扣題面改「庭鶴」為「皓鶴」，強調雪的顏色。片末用六、四、六，五、四句子，將李商隱〈無題〉「如何雪月交光夜，更在瑤臺十二層」剖開、增損，重新組合，「瑤臺十二」，用「瑤臺瓊榭」替代，提前置於第一組，展示雪後大地的莊嚴、燦爛，第二組只取「月」、「交光」、「夜」四字，「放」字妙，是彤雲放出？是瑞雪放出？總之，是冥冥之中，有一主宰，使此境平添多少靈氣。

詞中所引詩文多來自歷代詠雪之作，改其字，並不完全是為了就聲律，有時也是為了突出某些意思，但並未更其大旨。柳永在這首詞中所作的有益的嘗試，開了後世詞人所謂「檃括」的法門。

八聲甘州

對瀟瀟、暮雨灑江天，一番洗清秋。漸霜風淒慘，關河冷落，殘照當樓。是處紅衰翠減，苒苒❶物華❷休。惟有長江水，無語東流。

不忍登高臨遠，望故鄉渺邈，歸思難收。歎年來蹤迹，何事苦淹留❸？想佳人、妝樓顒望❹，誤幾回、天際識歸舟❺。爭知我、倚闌干處，正恁凝愁！

【詞牌】八聲甘州，雙調，九十七字。上片九句四平韻；下片九句四平韻。又首句亦有叶韻者。閱末倒數第二句中間兩字例作連屬，如此詞「倚闌干處」、吳文英〈渺空煙四遠〉「上琴臺去」、張炎〈記玉關踏雪〉「有斜陽處」等等。此調又稱〈甘州〉，上、下片共八韻，故名「八聲」。

【注釋】❶苒苒　同「冉冉」。慢慢地。見屈原〈離騷〉：「老冉冉其將至兮。」❷物華　美好之景物。❸淹留　滯留；久留。❹顒望　仰望；翹首凝望。❺誤幾回天際識歸舟　指多少次把天邊的船隻錯看成我的歸帆。見劉采春〈望夫歌〉：「朝朝江口望，錯認幾人船。」

【語譯】在落日樓頭，我看著瀟瀟暮雨從江天灑落，一下子就洗去了炎氣，使人感受到清冷的、秋天的氛圍。漸漸地變得霜風淒寒慘淡，關塞、河山一片冷落、蕭條。放眼看去，到處紅花凋謝，綠葉飄零，美好的光景慢慢消逝。只有那長江流水一如往昔，默默地向東流去。　真不忍心在這高樓上向遠處眺望，望著遠在天邊的故國，我歸鄉之情即被觸發，難以駕馭。可嘆我近年來為了追逐功名，一直萍蹤難駐，自問我這般羈旅異地到底是否值得？我想到心上之人一定也在閨樓翹首企盼，多少次把經過的船隻錯認為我的歸帆，經歷了多少次的期望與失望。她又怎麼知道，我也和她一樣，倚著闌干，正如此地悲愁！

【研析】柳詞工於羈旅行役，這一點在宋代已被認可。宋代趙德麟《侯鯖錄》引東坡云：「人皆言柳耆卿詞俗，非也。如〈八聲甘州〉云：『霜風淒緊，關河冷落，殘照當樓』，此語於詩句不減唐人。」所謂「不減唐人」處，應當在於此詞上片寫景的渾成高遠。同樣以景言愁，唐人柳宗元〈登柳州城樓寄漳汀封連四州刺史〉「城上高樓接大荒，海天愁思正茫茫」，他用大荒、海天來形容失志遭謗的茫茫愁思。杜甫〈秋興八首〉之一沒有言「愁」，只說「江間波浪兼天湧，塞上風雲接地陰」，那如陰霾噴湧、兼天接地之愁已充塞六合。柳永此詞上片全寫景，也沒有直接言「愁」，而是用在暮雨、霜風、殘照統攝下的廣遠空間——江天、關河作為舞臺，讓「愁」緊鑼密鼓地登場。在這些意象中，愁變得瀟瀟可聞，清冷可觸，衰殘可見。特別是上片末以「惟有長江水，無語東流」結，不僅引人作畫外之想，還引入下片情的抒發。杜甫〈登高〉第二聯「無邊落木蕭蕭下，不盡長江滾滾來」，不止使愁思在無邊的空間、不盡的時間中拓展，而且「滾滾來」還引出由景到滾滾思潮的抒寫。柳詞上片末結與此詩構思略同。結句中「無語東流」，「無語」二字妙。錢鍾書《宋詩選注》在注王禹偁〈村行〉第二聯「萬壑有聲含晚籟，數峰無語立斜陽」中說：「按邏輯說來，『反』包含先有『正』，否定命題先假設著肯定命題。詩人常常運用這個道理。山峰本來是不能語而『無語』的，王禹偁說它們『無語』……同時也仿佛表示它們原先能語、有語、欲語而此刻忽然『無語』。這樣，『數峰無語』……才不是一句不消說得的廢話。」此處，長江的「無語」既有對自然永恆、無情不老，而秋士多情易感的對比、映襯，又暗示詞人有語，欲語還休的，刹那間的自憐、自閉。但「青山遮不住，畢竟東流去」（辛棄疾〈菩薩蠻・書江西造口壁〉），詞人要說的話語畢竟還是如滔滔江水傾瀉出來，於是有了下片的「歸思」的抒發。

下片反承「殘照當樓」，點出上片之景，皆登高臨遠所見。雖言「不忍」，實已倚闌久立，並生出無限鄉情綺思。詞更從對面飛來。近人梁啟超在《飲冰室評詞》中說：「飛卿詞『照花前後鏡，花面交相映』，此詞境頗似之。」這段話，應當主要指「想佳人、妝樓顒望」以下數句。佳人與我，一樣相思，兩地閒愁，如花面疊映。在闊遠的情境中，加這麼一筆，更添剛柔相濟之致。

詞結末始點出一「愁」字。通過前面景的渲染，情的傾訴，動靜、剛柔相生相輔，使這一「愁」

字深可萬仞，力重千鈞！

臨江仙

夢覺小庭院，冷風淅淅，疏雨瀟瀟。綺窗外，秋聲敗葉狂飄。心搖。奈寒漏永，孤幃悄，淚燭❶空燒。無端處，是繡衾鴛枕，閒過清宵。

蕭條。牽情繫恨，爭向年少偏饒❷。覺新來、憔悴舊日風標❸。魂消。念歡娛事，煙波阻、後約方遙。還經歲，問怎生禁得，如許無聊！

【詞牌】臨江仙，雙調，九十三字。上片十二句五平韻；下片十句六平韻。本唐教坊曲，為賦水仙得名。雙調，五十八字。柳永衍為慢曲。

【注釋】❶淚燭　點燃的燭，蠟融化如淚，故稱「淚燭」。見李商隱〈無題〉：「春蠶到死絲方盡，蠟炬成灰淚始乾。」❷爭向年少偏饒　為何都偏向少年心上增添情恨。爭向，如何。饒，此處作添加解。見史達祖〈浪淘沙〉：「幾點落花饒柳絮，同為春愁。」❸風標　風度標格；儀態。見白居易〈贈張處士山人〉：「浮雲心事誰能會，老鶴風標不可親。」

【語譯】小院夢回，只聽見雕花窗外，淅淅瀟瀟，風雨交加。往外看去，黃葉被秋風狂掃，飄落塵埃。在這一片秋聲中，我心旌搖蕩。漫漫長宵，在淒涼迢遞的漏聲中，我無奈地默默獨宿芳幃，面對淚燭熒熒。本來應該雙宿雙棲的繡衾鴛枕，卻沒來由地被閒放空置於清冷的夜晚。多麼孤寂、淒清。為什麼偏讓少年人牽情繫恨，平添這許多煩惱。我只覺得近來心力交瘁，舊日風采已喪失殆盡。想到過去歡娛的日子，想到煙波阻隔，後會的機緣那麼杳渺，我不禁魂消魄散。誰知道這隔年經歲的分別何時是盡頭，自問我如何禁得起這百無聊賴的生活！

【研析】綺夢初回，秋聲盈耳，敗葉飄零。兩字句「心搖」明示情應景而動，境亦由窗外而室內：漏則「寒」，幃則「孤」而「悄」，燭有「淚」而「空燒」，衾枕雙而人獨。境的描寫無不映帶人之情。杜牧〈贈別〉之二「蠟燭有心還惜別，替人垂淚到天明」，此詞但言「淚燭」，便知詞人有淚，而一任空垂。

下片寫「牽情繫恨」，先自憐憔悴，盡失風標，再由憶昔歡娛而瞻望未來，後約難期，這是柳永這類思人念遠詞寫心理歷程的模式。結末直呼「怎生禁得」，可見情已不堪，迸湧而出。

竹馬子

登孤壘荒涼，危亭❶曠望❷，靜臨煙渚。對雌霓❸掛雨，雄風❹拂檻，微收煩暑。漸覺一葉驚秋❺，殘蟬噪晚，素商❻時序。覽景想前歡，指神京，非霧非煙❼深處。

向此❽成追感❾，新愁易積，故人難聚。憑

高盡日凝竚。贏得消魂無語。極目霽靄❿霏微，暝鴉零亂，蕭索江城暮。南樓畫角，又送殘陽去。

【詞牌】竹馬子，雙調，一百零三字。上片十二句四仄韻；下片十句五仄韻。一作〈竹馬兒〉。此調始自此詞，除宋代葉夢得（與君記）一首外，亦無他詞可校。

【注釋】❶危亭　高亭。❷曠望　極目遠望。❸雌霓　古人認為「虹雙出，色鮮盛者為雄，暗者為雌，雌曰霓（蜺）」（《爾雅注》）。❹雄風　清爽、強勁的風。宋玉〈風賦〉形容雄風：「清清泠泠，愈病析酲，發明耳目，寧體便人，此所謂大王之雄風也。」❺一葉驚秋　見《淮南子・說山》：「見一葉落而知歲之將暮。」❻素商　秋。見前〈玉蝴蝶〉（淡蕩素商行暮）注❶。❼非霧非煙　非霧，見《史記・天官書》：「若霧非霧，衣冠而不濡，見則其域披甲而趨。」非煙，祥瑞的彩雲。見前〈看花回〉（玉城金階舞舜干）注❺。此非霧非煙應指蒙昧不明。❽向此　對此。❾追感　追想、感慨。❿霽靄　雨停之後的煙霧。

【語譯】登上荒涼的舊時軍壘，我依倚著壘上的高亭，極目遠望，靜靜地面對煙籠霧繞的水中洲渚。這時一彎雌霓還掛著零星小雨，清涼勁健的風吹拂著亭欄，微微地消除了令人煩悶的暑氣。漸漸地，我驚覺到秋天的腳步。傍晚時，殘蟬噪耳，真正是秋天的節候了。看到這些景色，我想到從前的所愛之人，神魂遙遙指向那隱於煙霧深處的京都。

對此，我產生了無限追想，新愁很快地堆積於心，而故人卻是那麼難以重聚。我憑高凝神佇立，得到的只是黯然消魂。縱目遠看，雨後煙靄紛紛，暮鴉點點歸林，江城已籠上蕭索的夜色。當此際，南樓的畫角聲沉重地吹響，送走了冉冉西沉的殘陽。

【研析】這首詞在章法上，是因景生情又融情入景，和柳永大多數詞的先景後情不同。上片寫「危亭曠望」，時間是夏秋之交。雌霓、雄風微收煩暑，本應令人神情氣爽。但一葉驚秋，殘蟬噪晚，又令人起悲秋念遠之情。

下片首句以「向此」結景起情。「新愁易積，故人難聚」在形式上對仗，在內容上卻是一對倒置因果句，因「故人難聚」，所以「新愁易積」。「憑高」呼應開頭，雙綰情景。霽靄霏微，暝鴉零亂，亦如離愁之撩亂。畫角、殘陽，則從聲、色兩方面形象地展示了詞人遲暮之悲涼。

這首詞所懷念的對象上片言「前歡」，下片言「故人」，和多數柳詞不同，全首詞既未用「鳳枕鴛衾」等綺語明示「前歡」，也未用「文期酒會」等雅語坐實「故人」。或「前歡」即「故人」，或所思既有紅顏知己，也有斯文骨肉，姑且存疑。

小鎮西

意中有箇人，芳顏二八❶。天然俏、自來奸黠❷。最奇絕。是笑時、媚靨深深，百態千嬌，再三偎著，再三香滑。

久離缺。夜來魂夢裡，尤花殢雪❸。分明似舊家時節。正歡悅。被鄰雞喚起，一場寂寥，無眠向曉，空有半窗殘月。

【詞牌】小鎮西，雙調，七十九字。上片八句四仄韻；下片九句五仄韻。唐教坊曲有〈鎮西子〉，此以舊曲名另創新聲。柳永《樂章集》有兩調。

【注釋】❶芳顏二八　十六歲。指正當女子妙齡。❷奸黠　慧黠；聰明。❸尤花殢雪　戀昵女子的容貌、肌膚。尤、殢，戀昵。花，喻女子之容貌。雪，狀女子之肌膚。

【語譯】有個意中人，年方二八，正當妙齡。她天生俏麗，從來就聰慧過人。最奇絕引人心動處，是她笑的時候，面頰上就出現嬌媚的深深的笑渦，真是百態千嬌。特別是她喜歡偎著人，那肌膚又香又細膩。　長期離別後，我夜來在夢裡又和她親昵。她仍是那麼美如花、白如雪，分明就和舊時一樣。正歡悅時，被鄰家的雞喚醒，夢覺之後，只是一場寂寥。我再也不能入睡，一直到拂曉，徒然有半窗殘月，照著我這無眠之人。

【研析】柳永描寫女人，並不停留在對容貌的關注上，他還特別重視風情、體態、動作的描繪。如〈荔枝香〉(甚處尋芳賞翠)，寫一位春遊遲歸的女子，如何輕褪霞衣，「擬回首，又竚立、簾幃畔」，如何時揭蓋頭，笑整金翹，用眼波來傳遞情的消息。〈小鎮西〉一首，則重在描寫她的慧黠、迷人的笑靨、小鳥依人的百態千嬌，以及肌膚的香滑。這些描寫多訴之於視覺、觸覺，顯然把女性當作玩賞的對象，明示著色慾的追求。

清代焦循《雕菰樓詞話》：「毛大可稱詞本無韻，是也。偶檢唐、宋人詞……柳永〈鎮西〉用八（黠）絕（屑）月（月）……凡此皆用當時鄉談里語，又何韻之有。」焦循還列舉了唐、五代、宋以來詞人的詞「出韻」作例子。

《詞林正韻》根據唐、宋以來詞用韻較詩為寬的實際狀況，將《廣韻》二百零六部合併為十九部，其中以平聲統攝上、去聲共十四部，入聲原十七部合併為五部，此詞所通押之黠、屑、月都在入聲第四部。

小鎮西犯

水鄉初禁火❶，青春❷未老。芳菲滿、柳汀煙島。波際紅幃❸縹緲。盡杯盤小。歌祓禊❹，聲聲諧楚調❺。路繚繞。野橋新市裡，花穠妓好。引遊人、競來喧笑。酩酊誰家年少？信玉山倒❻。家何處，落日眠芳草。

【詞牌】小鎮西犯，雙調，七十一字。上片七句五仄韻；下片八句六仄韻。《欽定詞譜》以此詞為正格，〈小鎮西〉（意中有箇人）為「又一體」。上片四、五、六、七，下片五、六、七、八與〈小鎮西〉句式、平仄異。

【注釋】❶禁火　見宗懍《荊楚歲時記》：「去冬至一百五日即有疾風甚雨，謂之寒食，禁火三日。」❷青春　春天。見《楚辭・大招》注「青春」：「青，東方春位，其色青也。」故春神又名「青帝」。❸波際紅幃　水面上設著紅色幃帳的船。❹祓禊　古時三月三日至水邊洗濯以除不祥的儀式。❺楚調　楚地的曲調。❻玉山

倒　此言少年醉倒之貌。見前〈鳳棲梧〉（簾下清歌簾外宴）注❺。

【語譯】水鄉剛過寒食清明，春天還沒有消逝。到處花草芳菲，汀渚上，新柳煙籠；水岸邊，紅幃隱若。幃帳裡正在設宴，陳列著精緻小巧的杯盤。從那兒傳出祓禊的歌聲，一聲聲都是和諧、優美的楚地音樂。　沿著曲折的小路，無論在野外的小橋、新開的市集，嬌花人面，相映生輝。引得遊人爭著奔聚於此，歡歌笑語。那酩酊大醉的少年是誰？他任憑自己如玉山倒地，管他落日西沉，也不願回家，只在芳草地上酣眠。

【研析】此詞寫水鄉清明。上片汀渚芳菲寫水中陸地，波際紅幃寫水上遊船，祓禊寫水邊洗濯儀式，始終扣住「水鄉」特色。結末「楚調」始點明地點。

下片寫岸上之野橋、新市，重點在「花穠妓好」吸引無數遊人。在對遊人的概寫中，突出一個在大自然怡和春色中，日落不歸，醉眠芳草的酩酊大醉的少年。這種浪漫，狂放不羈，與自然一體的歌酒生涯，正是詞人所追求的理想境界。

迷神引

一葉扁舟輕帆卷。暫泊楚江❶南岸。孤城暮角，引❷胡笳怨❸。水茫茫，平沙雁、旋驚散。煙斂寒林簇，畫屏展❹。天際遙山小，黛眉淺❺。

舊賞❻輕拋，到此成遊宦。覺客程勞，年光晚。異鄉風物，忍蕭索、當愁眼。帝城賒❼，秦樓阻，旅魂亂。芳草連空闊，殘照滿。佳人無消息，斷雲遠。

【詞牌】迷神引，雙調，九十七字。上片十句六仄韻；下片十三句六仄韻。《樂章集》中另一首〈迷神引〉（紅板橋頭秋光暮）入中呂調。《欽定詞譜》列為正體。

【注釋】❶楚江　指流經古時楚地之江。此具體指何處，未詳。❷引　引發。❸胡笳怨　漢末蔡文姬有〈胡笳十八拍〉，抒寫她被擄入匈奴，又贖歸別子的悲歡離合，聲極哀怨。胡笳，古代北方民族的管樂器。見唐代岑參〈胡笳歌送顏真卿使赴河隴〉：「君不聞胡笳聲最悲，紫髯碧眼胡人吹。」❹煙斂寒林簇二句　指雲消煙散，寒林攢簇，如同畫屏初展。❺天際遙山小二句　指天邊遠山一抹，如同女子淺淺的眉毛。❻舊賞　昔日的賞心樂事。❼賒　遙遠。見李白〈扶風豪士歌〉：「我亦東奔向吳國，浮雲四塞道路賒。」

【語譯】我乘坐的一葉扁舟緩緩捲起輕帆，暫時停泊在楚江南岸。暮角已從孤城響起，引發了我羈旅懷人的愁思。眼前，雲水蒼茫，落在平沙上的雁群，不知為什麼，忽然驚散。暮煙消斂，顯出了一簇寒林，就像展開一幅水墨畫屏。遠看天邊，一抹遙山，恰如美人輕描的眉黛。　我輕率地拋棄了昔日的賞心樂事，遊宦天涯。深感旅途勞頓，而光陰荏苒，歲月蹉跎。異鄉的風物，在失志多愁的我看來，只是一片難以忍受的蕭索。帝里迢遙，青樓阻隔，旅魂撩亂，正如殘陽下的滿川萋萋芳草。我所思念的佳人杳無音訊，而我，就像孤雲，飄飛無定，飄向那不可知的遠方。

【研析】此寫暫泊楚江南岸的所見、所聞、所感。所聞者畫角、胡笳，所見者江水茫茫、平沙驚雁。在這蕭索、淒涼、迷茫動盪不安的情境中，忽然插入「畫屏展」、「黛眉淺」的描寫，暗示著詞人將從現境轉入對昔日賞心樂事的回憶。

下片敘情事，先自問如何拋卻舊賞，浪跡天涯，去承受那勞而無果，徒然旅途奔走，蹉跎歲月的淒涼、苦辛。「異鄉風物」總寫以上見聞。對於羈旅失志之人來說，江山「信美而非吾土」（王粲〈登樓賦〉），徒增歸歟之思。末點出戀帝里、思佳人而旅魂撩亂。「戀帝里」不僅意味著帝里繁華，還包含封建士子的「戀闕」情結。封建士子們多願做京官，不願外放。唐代劉禹錫〈和令狐相公別牡丹〉「莫道兩京非遠別，春明門（長安中門）外即天涯」，意謂一出京都長安，就如天涯之遠。帝城、青樓，代表著功名和享樂生活的追求，它們的「賒」和「阻」，怎不令詞人心情如殘陽芳草，既衰颯，又迷茫。夕陽、芳草是惹起懷人思鄉的傳統意象，唐代杜牧〈池州春送前進士蒯希逸〉「芳草復芳草，斷腸還斷腸。自然堪下淚，何必更殘陽……」結末「斷雲遠」，以浮雲遊子寫自己無奈的漂泊。

促拍滿路花

香靨融春雪❶，翠鬢嚲秋煙❷。楚腰❸纖細正笄年。鳳幃夜短，偏愛日高眠。起來貪顛耍❹，只恁殘卻黛眉，不整花鈿。有時攜手閒坐，偎倚綠窗前。溫柔情態盡人憐。畫堂春過，悄悄落花天。最是嬌癡處，尤殢檀郎❺，未教折了鞦韆。

【詞　牌】促拍滿路花，雙調，八十三字。上片八句四平韻；下片八句四平韻。此調有平韻、仄韻二體。平韻始自柳永，以此詞為正格。

【注　釋】❶香靨融春雪　喻女子面容之滑膩光潔。見溫庭筠〈菩薩蠻〉：「鬢雲欲度香腮雪。」❷翠鬟嚲秋煙　喻女子烏髮之濃密如煙雲。❸楚腰　指細腰。見前〈鬬百花〉（滿搦宮腰纖細）注❷。❹顛耍　顛狂不羈。❺檀郎　代指美男子。見前〈合歡帶〉（身材兒）注⓫。

【語　譯】她面龐兒如春天將融的雪那麼細膩光潔，烏黑的頭髮像秋煙一般濃密。她年方十五，有著纖細的腰肢。繡鳳的幃帳中，她偏嫌夜短，常常要睡到紅日三竿。起來後，只顧放顛貪玩，就這樣，不修飾殘眉，不梳整頭髮。　在畫堂春深，落花滿地的時日，我們在綠樹掩映的窗前，依偎著攜手靜坐。這時，她又那麼溫柔，令人憐愛。最嬌癡處，是她糾纏著情郎，不許他把秋千折了。

【研　析】柳永詞中描寫了各具風神的青樓女子。這一個女孩兒，除了一般的對肌膚、秀髮、纖腰的描敘外，最突出的便是她的天真、活潑。如她貪睡、貪玩，甚至眉殘、髮亂也不管不顧。下片接寫她的另一面，在春暖情深時，她也能和「檀郎」攜手靜坐，心息交流，因為她畢竟還是一個操賣笑生涯的情竇已開的女孩。結末點明她的「嬌癡」，並以一典型事例作結，那便是她糾纏著寵愛她的男子，不許折了她喜愛的秋千。這一結，使我們聯想到一個年輕、活潑的女孩兒在秋千上如彩蝶輕飛的形象。

作者是滿含憐愛之情來描繪這個女孩的。在審美享受之餘，我們不能不惋嘆，這樣一個淪落風塵的姑娘竟然能依舊保持著率真、陽光的個性。她知道不知道煙花女年老色衰後，「門前冷落車馬稀，老大嫁作商人婦」的悲慘結局？她越是癡頑不諳世情，不明白自己被侮辱被損害的命運，預知越少，打擊和傷害就越大。

柳永或許並沒有打算讓讀者來憐憫他筆下的這個青樓女子。他只是從欣賞的角度如實地塑造了她。但「作者未必然，讀者何必不然」（譚獻評蘇軾〈卜算子〉缺月挂疏桐，《復堂詞話》引），我們可以從作者所描繪的真淳、快樂的形象和她社會角色的反差來默識她的將來，這可能是作者始料未及的。

六幺令

淡煙殘照，搖曳❶溪光❷碧。溪邊淺桃深杏，迤邐❸染春色。昨夜扁舟泊處，枕底當灘磧❹。波聲漁笛。驚回好夢，夢裡欲歸歸不得。

展轉翻成無寐，因此傷行役。思念多媚多嬌，咫尺千山隔。都為深情密愛，不忍輕離拆。好天良夕。鴛帷寂寞，算得也應暗相憶。

【詞牌】六幺令，雙調，九十四字。上、下片均為九句五仄韻。此調唐時已有，又稱〈六幺〉、〈綠腰〉等。《欽定詞譜》以此詞為正體。

【注釋】❶搖曳　搖蕩。❷溪光　溪水的波光。❸迤邐　曲折，連綿不斷。❹灘磧　淺水灘上的砂石。

【語譯】淡煙籠照四野，夕陽西下，一抹殘陽在碧溪的波光中搖曳。溪邊深深淺淺的桃花、杏花陸陸續續地被染上春天的色澤。我乘坐的一葉扁舟泊在沙石灘邊，臥對水灘。半夜裡，波濤聲、漁笛聲，驚破了我歸鄉的好夢，使我欲歸而未能歸去。　我展轉反側，一夜難以成眠，夜長思永，倍傷行役。想起那多嬌多媚的女子，現在雖然相距不遠，但羈於遊宦，身不由己，就如同隔千里之遙。當時因為彼此間深情密愛，也不忍輕易離別。而如今，每當好天良夜，想到她獨宿鴛帳，料來也和我一樣，暗暗地彼此苦苦思念。

【研析】雖是淡煙殘陽，蕭颯淒迷，但桃李爭妍，溪光搖碧，春色已滿人間。對此好景，夜泊溪灘的詞人，怎能不思鄉念遠？可惜的是，波聲漁笛，驚回歸夢。面對現實，只能自傷行役。以下鋪寫咫尺而千山隔，不忍離而竟輕離的矛盾。最後呼應上片，以己於此好天良夜的思念對方，想像對方之思己。

剔銀燈

何事春工❶用意？繡畫出、萬紅千翠。豔杏夭❷桃，垂楊芳草，各鬭雨膏煙膩❸。如斯佳致❹。早晚是、讀書天氣。

漸漸園林明媚。便好安排歡計❺。論檻❻買花，盈車載酒❼，百琲❽千金邀妓。何妨沉醉。有人伴、日高春睡。

【詞　牌】剔銀燈，雙調，七十五字。上、下片各七句五仄韻。

【注　釋】❶春工　以春天擬人。金朝元好問〈賦瓶中雜花〉之二：「一樹百枝千萬結，更應薰染費春工。」❷夭　美而盛的樣子。見《詩經・周南・桃夭》：「桃之夭夭，灼灼其華。」❸雨膏煙膩　此謂杏、桃、草、樹，都在煙籠雨潤中，顯得很有光澤。膏、膩，都指動物的脂肪，在這裡都用如動詞。❹如斯佳致　如此美好的景致。❺歡計　尋歡作樂的打算。❻檻　同「艦」。此指船。❼盈車載酒　滿車載酒。❽琲　成串的珠子。

【語　譯】為什麼春之神這麼精心用意？繡畫出千紅萬翠的世界。你看那豔麗的杏花，美而盛的桃花，嫋嫋的垂楊，芳鮮的青草，在煙籠雨潤下，各自爭妍鬥豔。如此佳景，早早晚晚，都是讀書的好天氣。　漸漸地，園林變得越來越鮮明美麗，這時便應該安排尋歡作樂的計畫。論船買花，滿車載酒，用百串珍寶邀約歌伎。沉醉又何妨，只要有人相伴，日高三竿還沉睡未起。

【研　析】上片以問句起，表現了詞人對春到人間的驚喜之情。先用「萬紅千翠」總寫，然後分列杏、桃、垂楊、芳草，再以「如斯佳致」歸結到讀書天氣上來。

下片用「漸漸」將時間推進，莫負春深，正要安排如何「尋歡」，享受生活。詞人用誇張的手法寫狂歡的內容：無非將花載酒，攜妓春遊，沉醉於溫柔鄉中。

詞所津津樂道的，是柳永終生追逐的風流才子生涯。從充溢於字裡行間那明朗、樂觀的情趣來看，此詞似為柳永少時所作。

紅窗聽

如削❶肌膚紅玉瑩❷，舉措有、許多端正。二年三歲同鴛寢。表溫柔心性。

別後無非良夜永。如何向、名牽利役，歸期未定？算伊心裡，卻冤成薄倖❸。

【詞牌】紅窗聽，雙調，五十三字。上片四句三仄韻；下片五句三仄韻。一名〈紅窗睡〉。

【注釋】❶如削　意謂女子身材苗條。見曹植〈洛神賦〉：「肩如削成。」❷紅玉瑩　比喻女子肌膚如紅玉般溼潤透明。❸薄倖　薄情之人。見杜牧〈遣懷〉：「十年一覺揚州夢，贏得青樓薄倖名。」

【語譯】她肌膚紅潤如玉，身材苗條，好像是天工雕削而成。她舉止總是端正得體。兩三年中，我和她同床共眠，深深感受到她表露出來的溫柔品性。　分別之後，總覺良宵是那麼漫長難捱。我不禁自問：為什麼要被利名牽制，受它的役使，欲歸而不得歸？料想她不知我的苦衷，卻冤枉我，把我看作一個薄情郎。

【研析】此詞的內容仍是羈旅懷人，所懷念的對象也還是青樓女子。全詞用賦的手法，上片讚美她的身材、肌膚、舉止和溫柔心性。下片寫別後，照例自問為何被「名牽利役」，輕易和所愛分離？這問題也照例是有問而無答。只有末句略有新意，雖然也是詩思從對面飛來，但不是由己之思人推及人之思己。他所估料的是人之怨己。其言外意是：我有苦衷，我非薄倖。那「苦衷」正是前面自問而未答的內容。

臨江仙

鳴珂❶碎撼都門曉，旌幢❷擁下天人❸。馬搖金轡破香塵。壺漿❹盈路，歡動一城春。

揚州曾是追遊❺地，酒臺花徑仍存。鳳簫依舊月中聞。荊王魂夢❻，應認嶺頭雲❼。

【注釋】❶鳴珂　馬籠頭上玉石做的飾物。見前〈輪臺子〉（一枕清宵好夢）注❷。❷旌幢　泛指儀仗隊的旗幟。幢，垂筒形的旗，以羽毛為飾。❸天人　出類拔萃的人。《三國志・魏書・曹仁傳》謂曹仁、邯鄲淳以曹植武勇、才華出眾，稱之為「天人」。此借指稱頌投贈對象。❹壺漿　指以壺所盛之茶、酒。見《孟子・梁惠王下》：「簞食壺漿，以迎王師。」❺追遊　尋勝追歡遊樂。❻荊王魂夢　應指英雄之夢而非雲雨之夢。荊王，漢高帝從父兄劉賈。見《漢書・劉賈傳》載：漢王敗成皋，曾使賈將兵擊楚，燒其積聚。❼應認嶺頭雲　承上文指此非巫山之雲。應認，應該仔細辨別。見薛瑞生《樂章集校注》。

【語　譯】儀仗隊的旌旗簇擁著德才兼備，宛如天人的長官，馬勒上的玉石佩飾發出的聲音打破了都門拂曉時的寂靜。威武的馬兒踏著香塵，那金色的轡繩隨著牠的走動而搖晃。城中的百姓提著酒水夾道歡迎，歡呼聲撼動一城，使城中春色盎然，喜氣洋溢。揚州曾經是歷史名城，是追歡遊樂之地，那酒臺花徑仍然都在，依舊可以在月中聽到美人吹簫的聲音。而您應能辨識嶺頭高飛的雲彩，做著荊王的英雄之夢。

【研　析】此為投獻詞。上片寫投獻對象入城時威武、盛大的場面；下片寫投贈對象曾在揚州做官的美好回憶。結束以「荊王魂夢」，祝願他能作出更驚人的業績。

據薛瑞生考證，投贈對象應當是劉姓（荊王劉姓）而又有在揚州做官的經歷的人，「查《北宋經撫年表》，自宋太宗太平興國（西元九七七年）至哲宗元祐（西元一〇八七年）年間，劉姓之知揚者，唯劉敞一人耳」，又「按宋制，改官移任不徑往，必赴闕……故知此詞寫於劉離揚赴闕時也，當在嘉祐三年（西元一〇五八年）春夏間」，並據此認為，「唐圭璋斷柳永卒於皇祐五年（西元一〇五三年），似有誤」。

也有人認為此投獻詞寫於地方長官上任之際（胡傳志、袁茹《柳永集》），如果這樣，一是上片「都門」不好理解，柳永詞中多次提到「都門」，如〈傾杯樂〉（禁漏花深）上片「都門十二」、〈滿朝歡〉（花隔銅壺）「都門十二清曉」，顯然都是以長安的十二城門代指汴京都門。二是下片「曾是」、「仍存」、「依舊」，也無法解釋。至於「荊王魂夢」，也有人認為指楚王巫山雲雨之夢，若為投獻詞，結末必不如此唐突。若上片投獻，下片由投獻者及己，似不合柳永投獻詞多以祝頌高升為結的套路，如〈望海潮〉（東南形勝）之「異日圖將好景，歸去鳳池誇」、〈早梅芳〉（海霞紅）「未周星，便恐皇家，圖任勳賢，又作登庸計」、〈玉蝴蝶〉（漸覺芳郊明媚）「且追陪。鳳池歸去，那更重來」等等。若作英雄之夢理解，庶幾可以說通。

鳳歸雲

向深秋，雨餘爽氣肅西郊。陌上夜闌，襟袖起涼飆❶。天末殘星，流電❷未滅，閃閃隔林梢。又是曉雞聲斷，陽烏❸光動，漸分山路迢迢。

驅驅行役❹，苒苒光陰，蠅頭❺利祿，蝸角❻功名，畢竟成何事？漫相高❼。拋擲雲泉，狎玩❽塵土❾，壯節等閒消❿。幸有五湖煙浪，一船風月，會須歸去老漁樵⓫。

【注釋】❶涼飆　涼風。見班婕妤〈怨歌行〉：「常恐秋節至，涼飆奪炎熱。」❷流電　殘星的流光。❸陽烏　太陽。傳說太陽中有三足烏，故以「烏」作為太陽的代稱。❹驅驅行役　指為了功名而奔走辛勞。❺蠅頭　形容微細。見蘇軾〈滿庭芳〉：「蝸角虛名，蠅頭微利。算來著甚乾忙？」❻蝸角　極微細之境。見《莊子・則陽》載：蝸之左右兩角一曰「觸氏」，一曰「蠻氏」，為爭地而戰，伏屍數萬。以後稱為細事而爭為「蝸角之爭」。❼漫相高　徒然地以功名利祿來誇耀。❽狎玩　親近；戲弄。❾塵土　比喻汙濁的官場。❿壯節等閒消指將壯志節操輕易銷磨。⓫老漁樵　以捕魚、砍柴終老。

【語　譯】將近深秋時節，一場雨後，西郊天氣清爽肅穆。夜將盡時，我走在小路上，秋風吹入襟袖，微微感到寒意。天邊還殘留著幾顆星星，那流動的星光，隔著叢林的樹梢，閃閃可見。過了一會兒，報曉的雞啼聲中止了，陽光浮動，漸漸地可以分辨出迢遙而曲折的山間小徑。　想到我四處奔走，讓光陰悄悄流逝。為了這微細如蠅頭、蝸角的功名利祿，和世俗之人相爭逐、相誇耀，這到底算得了什麼？我為此竟拋棄了風雲月露、丘壑林泉，浪跡於汙濁的官場，遊戲紅塵，使壯志、高節銷磨殆盡。幸運的是，還有那五湖煙波，讓我能學步前賢范蠡，載一船風月，在自由、瀟灑的漁樵生活中終老。

【研　析】詞的上片寫行役的苦辛。從雨餘夜闌、殘星閃爍寫到曉雞聲斷，陽光初射，山路漸分。不是親歷夜行之苦的人，絕不能形容得如此親切。

下片抒情、發論。開頭兩對四字對仗句和五、三句式共二十四字，才叶一韻，表現了詞人急於一吐衷曲的心情。然後以「拋擲雲泉，狎玩塵土」對比鮮明地評判自己等閒違背意願，銷磨壯節的背謬。結末轉，要選擇另一種生活方式，泛五湖煙月，以漁樵終老。

柳永大多數詞在厭倦仕途爭競、利名牽役後，嚮往著「卻返瑤京，重買千金笑」（〈輪臺子〉一枕清宵好夢），在認識到「圖利祿，殆非長策」時，他選擇的也多是「點檢笙歌，訪尋羅綺」（〈尾犯〉晴煙冪冪）。寫歸歟之志的卻較少，在〈過澗歇近〉（淮楚）一詞末，他提到過「水邊石上，幸有散髮披襟處」，在〈滿江紅〉（暮雨初收）中，他更提出「平生況有雲泉約」。這類詞中，他似乎更頹放，甚至於「狎興生疏，酒徒蕭索」，世俗的享樂也放棄了。

女冠子

淡煙飄薄❶。鶯花❷謝、清和❸院落。樹陰翠、密葉成幄❹。麥秋❺霽景❻，夏雲忽變奇峯❼、倚寥廓❽。波暖銀塘，漲新萍綠魚躍❾。想端憂多暇，陳王是日，嫩苔生閣❿。

正鑠石天高，流金晝永⓫，楚榭光風轉蕙⓬，披襟處、波翻翠幕。以文會友⓭，沉李浮瓜⓮忍輕諾？別館⓯清閒，避炎蒸、豈須河朔⓰？但尊前隨分⓱，雅歌豔舞，盡成歡樂。

【注釋】❶飄薄　薄薄地飄散。❷鶯花　以鳥語花香來借指春景。❸清和　農曆四月俗稱。見前〈送征衣〉〈過韶陽〉注⓮。❹幄　帷帳。❺麥秋　指麥收的季節，一般指農曆的四、五月。秋，穀物成熟、收成。見《書・盤庚上》：「若農服田力穡，乃亦有秋。」❻霽景　雨後晴朗的景色。❼夏雲忽變奇峯　此化用顧愷之〈神情詩〉：「夏雲多奇峰。」❽倚寥廓　倚立高曠之天空。❾波暖銀塘二句　此指銀塘波暖，浮萍泛綠時，魚兒頻頻躍出水面。見許渾〈陪王尚書泛舟蓮池〉：「水暖魚頻躍。」吳融〈閒居有作〉：「愛弄綠苔魚自躍。」❿想端憂多暇三句　此以曹植虛寫自己此時亦獨憂而多閒暇，無心交遊，故閣前生滿嫩苔。見謝莊〈月賦〉：「陳王（陳思王曹植）初喪應（應瑒）劉（劉楨），端憂多暇，綠苔生閣，芳塵凝榭。」端，獨。劉鑠〈擬青青河邊草〉：「端撫悲絃泣，獨對明燈嘆。」端、獨互訓。⓫正鑠石天高二句　正是天高晝長，熱得金石都可熔化的時候。鑠石、流金，語出《楚辭‧招魂》：「十日代出，流金鑠石些。」王逸注：「言東方有扶桑之木，十日並在其上，以次更行，其熱酷烈，金石堅剛，皆為銷釋也。」形容天氣炎熱，可使金、石熔化。⓬光風轉蕙　見《楚辭‧招魂》「光風轉蕙，汜崇蘭些」王逸注：「光風謂雨已日出而風，草木有光也。轉，搖也……言天霽日明，微風奮發，動搖草木，皆會發光，充實蘭蕙，使之芬芳而益暢。」⓭以文會友　語出《論語‧顏淵》：「君子以文會友，以友輔仁。」⓮沉李浮瓜　習用為夏日遊宴之詞。語出曹丕〈與朝歌令吳質書〉：「浮甘瓜以清泉，沉朱李于寒水。」⓯別館　客館。見庾信〈哀江南賦序〉：「三日哭於都亭，三年囚於別館。」⓰避炎蒸豈須河朔　見《初學記》載：「漢末獻帝都許，使光祿大夫劉松北鎮袁紹軍，與紹子弟日共宴飲。常以三伏之際，晝夜酣飲，至極醉，云以避一時之暑。故河朔有避暑飲。」河朔，黃河以北之地。⓱隨分　隨意。

【語　譯】輕淡的煙雲薄薄地飄散。清和四月，暮春時節，鶯啼已住，百卉凋零。而碧樹成陰，那濃密的樹葉就像綠色的帷幄。這時正是麥子成熟的季節，雨過天晴，夏雲變化多端，幻化成奇異的山峰，倚立於寥闊天宇。清澈的池水變得非常溫暖，新萍漲綠，魚兒歡躍。我想到自己一如陳思王曹植當時，為好朋友應瑒、劉楨的故去而獨自憂傷，無心交遊，以至於閣前長滿嫩色的青苔。

正是鑠石流金，天高日永的炎炎夏日，楚地的臺榭雨霽風來，帶著陣陣蕙草的香氣。披襟臨風，池中碧水漾起翠幕般的折紋。以文會友，像三國時曹丕那般沉李浮瓜，共消炎夏，自然愜意，但又豈能容易做到？還不如就在悠閒安靜的客館，躲避那蒸蒸溽暑，又何以非到黃河以北，作避暑之酣飲？只要能隨意舉杯，一邊欣賞清麗的歌舞，就可以感到充分的快樂。

【研　析】此詞以消遣夏日為題。上片敘寫由春至夏的過程。鶯花已謝，嘉樹成陰，這正是夏天物候，麥秋雨後，夏雲多變，池塘水暖，漲綠跳魚，面對夏日的一片生機，詞人想到的，卻是陳王的「端憂多暇」、「嫩苔生閣」，詞由實而虛，由景而情，由動而靜。

下片正面寫鑠石流金的炎威。而光風轉蕙，涼風乍起，詞又由現境轉到歷史人物，從楚王披襟想到魏文帝曹丕「沉李浮瓜」，勝友如雲的消暑盛會。但是，別館清閒，臨水當風，心靜自然涼生，又何須作河朔避暑之飲？末以「隨分」結，表現了詞人樂天安命的生活態度。這首詞抒寫了詞人隨季節、陰晴、涼熱的變化而變化的心理歷程。當春而夏，雨後晴，水暖魚躍時，他卻聯想到陳思王曹植，生出淡淡的哀愁。而鑠石流金，炎暑逼人時，他又覺光風轉蕙，反馳想於楚王臺榭，魏文盛會，最後面對現實，自足於「別館清閒」，無須更作劉松河朔避夏之飲，並悟出只要隨遇而安，自然盡成歡樂。

詞中許多歷史人物或正襯，或反襯，詞情多曲折，跌宕生姿。

玉山枕

驟雨新霽。蕩原野、清如洗。斷霞散彩，殘陽倒影，天外雲峯，數朵相倚。露荷煙芰滿池塘，見次第❶、幾番紅翠❷。當是時、河朔飛觴，避炎蒸，想風流堪繼❸。

晚來高樹清風起。動簾幕、生秋氣。畫樓

晝寂，蘭堂夜靜，舞豔歌姝，漸任羅綺❹。訟閒時泰足風情❺，便爭奈❻、雅歌都廢❼？省教成、幾闋清歌❽，盡新聲，好尊前重理。

【詞牌】玉山枕，雙調，一百一十三字。上、下片各十一句五仄韻。此詞僅見於《樂章集》。

【注釋】❶次第　轉眼間。見馮延巳〈清平樂〉：「次第小桃將發，軒車莫厭頻來。」❷幾番紅翠　指多次的花開葉落。❸河朔飛觴三句　此言河朔飛觴避暑之豪飲風流，值得仿效。見前〈女冠子〉（淡煙飄薄）注⓰。❹畫樓晝寂四句　指晝夜都很寂靜的畫樓、蘭堂，逐漸任由那些身著羅綺的佳人曼舞清歌。❺訟閒時泰足風情　此言時局安泰，民間爭訟很少，正可風流瀟灑地享受。❻便爭奈　便如何。❼雅歌都廢　讓淳雅的歌曲被廢棄。❽省教成幾闋清歌　言曾經教會歌女們幾首清新的歌曲。省，曾經。

【語譯】一場急雨剛剛止歇，它蕩滌了世塵，使原野上草樹青翠如被洗過一樣。天上片片雲霞散作五彩，夕陽的餘暉倒映在水面，天邊的暮雲幻化為朵朵奇峰，互相依偎。池塘中，滾動著水珠的荷葉，煙籠霧繞的菱角，轉眼間綠葉紅花，也不知經歷了多少次花開葉落的更替。這個時候，想來正是劉松與袁紹子弟們飛觴消暑之時，他們的風流豪舉真值得仿效。　晚上，清風從高樹間吹來，掀動簾幕，使人感受到秋天的氣息。在炎夏一直閒置的蘭堂畫閣，也因為天氣轉涼而逐漸被身著華美衣衫的美人占領，在那兒演出豔舞清歌。此際社會清平，民間少訟，正是可以享受風情的時候，便如何可以廢卻清妙的歌舞娛樂？記得我曾經教會歌女們幾首清麗的，都是有創意的新曲，正好在飲酒時演唱。

【研析】此詞寫夏末秋來。驟雨洗新秋，一場雨過，遠望芳原如洗，仰視雲霞變幻，近觀芰荷滿池。「幾番紅翠」略略暗示詞人從它們現在的紅紛綠錯想像到即刻面臨的凋零，芳時苦短，故而對河朔飛觴，及時行樂的流風餘韻作了充分的肯定。

下片接寫清風拂樹，秋氣已生，寂靜一時的蘭堂畫閣也開始熱鬧起來，詞人那享受生活的熱情重新被激起。結末直寫自己將重新參與推廣「新聲」的創作，「重理」兩個字很重要，可見此前曾有一段消極頹唐，甚至「雅歌都廢」的生活。

減字木蘭花

花心柳眼。郎似遊絲❶常惹絆。慵困誰憐？繡線金針不喜穿。
深房密宴。爭向好天多聚散？綠鎖窗前。幾日春愁廢管絃。

【詞牌】減字木蘭花，雙調，四十四字。上、下片各四句兩平韻、兩仄韻。即於前〈木蘭花〉（心娘自小能歌舞）體式上、下片第一、三句各減三字。變七字齊言為四、七，四、七句。並改叶仄韻為平、仄韻互換。

【注釋】❶遊絲　飄動的昆蟲所吐的絲。常與晚春景物相連。見杜甫〈題省中院壁〉：「落花遊絲白日靜。」晏殊〈蝶戀花〉：「滿眼遊絲兼落絮，紅杏開時，一霎清明雨。」

【語譯】花張嫩蕊，柳展明眸，郎君就像遊絲一樣常常被花柳勾惹、縈絆。而我鎮日嬌慵、困乏，不想拈針引線，又有誰人憐惜？　常憶設下小宴和他洞房幽會時的溫馨，為什麼這樣的好天良夜總是聚少離多？春色將闌，綠蔭濃鎖小窗，連日來，我因為悲傷春的消逝，連樂器也懶得調弄。

【研　析】此詞代女子立言，無非蕩子怨婦之思。上片以「花心柳眼」喻女色，「遊絲」喻郎心，甚切。下片以針線懶拈，管絃已廢，寫女子傷春怨別情懷，是善解閨情者。

木蘭花令

有箇人人真攀羨❶。問著洋洋❷回卻❸面。你若無意向他人，為甚夢中頻相見？

不如聞早❹還卻願。免使牽人虛魂亂❺。風流腸肚不堅牢❻，祇恐被伊牽引斷。

【詞　牌】木蘭花令，雙調，五十六字。上、下片均四句三仄韻。此與前〈木蘭花〉（心娘自小能歌舞）體式相同。

【注　釋】❶攀羨　仰慕；愛羨。❷洋洋　即佯佯。做作之態。見唐代韓偓〈厭花落〉：「也曾同在華堂宴，佯佯攏鬢偷回面。」❸卻　語助詞。❹聞早　趁早。見白居易〈寄戶部楊侍郎〉：「林園亦要聞閑置，筋力應須及健回。」「聞」與「及」互文，都是「趁」的意思。❺虛魂亂　此言枉自神魂顛倒。虛，枉自。❻風流腸肚不堅牢　調侃語，猶言花花腸子容易受到勾引。

【語　譯】有個人兒真正令人愛慕。可是若要和她攀談，她卻裝模作樣，故意掉頭不理。要是你心裡向著別人，對我毫無意思，為什麼經常到我的夢中和我相見？　你不如還是趁早了卻我的心願。免得我徒然地為你魂牽夢縈。我那花花腸子不夠堅牢，只怕會被你勾引，牽惹斷。

【研　析】這首小令從頭到尾都是從男方的角度來寫的。從「真攀羨」，到「問著」，到覺得女方裝腔作勢，不怎麼搭理，於是作無理的責難。本來是自己對她魂牽夢縈，反怪她頻來夢中，並以此作為她有心「向自己」而矯情裝著「向他人」的鐵證。

下片更是以此為據，步步緊逼，要她趁早了卻自己心願。結末以玩笑的口氣自認自己是「風流腸肚」，不耐牽惹。

在《樂章集》中，這應該是一首「遊戲愛情」的別具一格的情詞。詞人用調侃的語氣，活畫出一個嬉皮笑臉、油腔滑調的無賴子。無怪乎女方要「洋洋回卻面」了。

甘州令

凍雲深，淑氣淺，寒欺綠野。輕雪伴、早梅飄謝。豔陽天、正明媚，卻成瀟灑❶。玉人歌，畫樓酒，對此景、驟增高價❷。　賣花巷陌，放燈❸臺榭。好時節、怎生輕捨？賴和風，蕩霽靄，廓清❹良夜。玉塵鋪，桂華❺滿，素光裡、更堪遊冶。

【詞牌】甘州令，雙調，七十八字。上、下片各九句四仄韻。首見《樂章集》，並無別首宋詞可校。

【注釋】❶瀟灑 雨雪飄灑的樣子。見唐代韋應物〈夏夜憶盧嵩〉：「不知湘雨來，瀟灑在幽林。」❷玉人歌三句 指面對雪景，歌樓酒肆生意頓時好起來，價格也抬高了。見前〈望遠行〉（長空降瑞）：「高卻旗亭酒價。」❸放燈 舊時元宵，遍點花燈供人觀賞，稱「放燈」。❹廓清 澄清。❺桂華 月光。因傳說月中有桂樹，故云。見韓愈〈明水賦〉：「桂華吐耀，兔影流精。」

【語譯】寒雲深聚，早春和煦之氣變得越來越淡薄，料峭春寒侵陵著草色初舒的綠色郊原。一會兒，小雪伴著早謝的梅花飄飛。豔陽天，本來正陽光明媚，卻忽然細雪飄灑，這種景致，平添了人們對酒聽歌的興致，歌樓酒榭，生意興隆，價格也驟然增高。

深巷中，傳來賣花聲；臺榭裡，玉樹銀花，華燈初放。這元宵佳節，怎能輕易度過？幸而和風徐來，蕩滌了雪後的霧靄，還人一個澄靜的良宵。玉雪勻鋪大地，月光灑滿塵寰，玲瓏剔透，上下交輝。在這皎潔的光色裡，更值得盡興遊樂。

【研析】此詞與〈望遠行〉（長空降瑞）相比，都寫降雪過程、雪中自然景色、人物活動。但是〈望遠行〉寫冬雪，〈甘州令〉寫春雪，故前者對降雪的描繪是「亂飄」、「密灑」，此則輕雪伴落梅飄飛。前者寫到僧舍、歌樓、江上歸舟、雪中訪戴、「高卻旗亭酒價」；此也寫到歌樓、酒館，但更以「賣花巷陌」、「放燈臺榭」點出元宵時令。從「淑氣淺」、「豔陽天、正明媚」到「和風」蕩，成為一條明線，在雪中始終融入春的消息。結末都寫雪霽月來，交輝清夜，這正是詞人所欣賞的「表裡俱澄澈」（張孝祥〈念奴嬌〉洞庭青草）的理想境界。

從寫作手法上看，〈望遠行〉大量檃括前人有關「雪」的詩句入詞，把齊整的律句變為參差有致的詞的語言。此則用明快的三、四字短句，密密鋪寫，平實自然。

西施

苧蘿❶妖豔世難偕❷。善媚悅君懷。後庭❸恃寵❹，盡使絕嫌猜❺。

正恁朝歡暮宴，情未足，早江上兵來❻。　捧心調態❼軍前死❽，羅綺旋變塵埃。至今想，怨魂無主尚徘徊。夜夜姑蘇❾城外，當時月，但空照荒臺❿。

【詞牌】西施，雙調，七十二字。上片七句四平韻；下片七句三平韻。此調即是題。後一首，七十一字。句式、平仄小異。

【注釋】❶苧蘿　山名。在浙江諸暨南，相傳西施為苧蘿賣柴人之女。(見《吳越春秋》)❷難偕　難相匹比。❸後庭　後宮。❹恃寵　仗著吳王的寵愛。❺絕嫌猜　不敢妒嫉、猜忌。❻江上兵來　指從江上襲來的越國軍隊。❼捧心調態　相傳西施有心痛病，所以常常作出以手捧心的姿態。❽軍前死　見《吳越春秋》載：吳亡，越沉西施於江。又《越絕書》謂：吳亡，西施復歸范蠡，同泛五湖。❾姑蘇　春秋時吳國都城，今江蘇蘇州。❿荒臺　即吳王為西施所建遊宴之處。吳亡，臺亦荒，故曰「荒臺」。

【語譯】苧蘿村的美女西施，她的妖豔動人，真是舉世無雙。她善於以自己的嬌媚取悅吳王。在後宮，依仗吳王的寵愛，所有的女人都不敢嫉妒、猜忌她。朝朝暮暮，宴飲歡遊，正覺得還沒有盡興，而越國的軍隊卻早已從江上進軍，兵臨城下。　昔日捧心作態的美人被處死於軍前，她穿過的羅綺衣衫也很快化為塵土。想來她的怨魄到今天還沒有歸宿，在這裡徘徊。現在一切都成為過去，她生活過的姑蘇臺早已成為廢墟，只有當時的明月，仍舊照臨著荒臺。

【研　析】柳永詠歷史人物的詞有兩首，都以女人為主角。其一是詠班婕妤的〈鬬百花〉（颯颯霜飄鴛瓦），另一首就是詠西施。對於這位春秋末年著名的美女，歷來褒貶不一。《孟子‧離婁下》說：「西子蒙不潔，則人皆掩鼻而過之。」唐代李白〈西施〉在鋪寫其美豔以後，以「一破夫差國，千秋竟不還」的惋惜語氣作結；晚唐詩人羅隱更旗幟鮮明地反對「女色禍國」論，提出：「家國興亡自有時，吳人何苦怨西施？西施若解傾吳國，越國亡來又是誰？」柳永此詞，從上片來看，先以「善媚悅君懷」總提，片末把「朝歡暮宴」和「江上兵來」直接聯繫，一如白居易〈長恨歌〉之「漁陽鼙鼓動地來，驚破〈霓裳羽衣曲〉」，似乎也認同女人禍水的觀點，把吳國滅亡的帳算在西施身上。但詞的下片又以羅綺成塵，怨魄無主，表示了憐香惜玉之心，「怨魄無主」也透露了詞人對西施作為一個「被動者」的無奈的理解與同情。這恐怕是一般世俗的看法。

西　施

柳街❶燈市❷好花❸多。盡讓❹美瓊娥❺。萬嬌千媚，的的❻在層波❼。

取次❽梳妝，自有天然態，愛淺畫雙蛾。　斷腸最是金閨客❾，空憐愛、奈伊何。洞房咫尺，無計枉❿朝珂⓫。有意憐才，每遇行雲處⓬，幸時恁相過。

【注　釋】❶柳街　妓女所居花街柳巷。❷燈市　元宵放燈之市。❸好花　指代美人。❹讓　比不上；遜色於。❺瓊娥　妓女名。❻的的　鮮明的樣子。猶言灼灼。此狀目光之有神。❼層波　女人的眼波。❽取次　隨意；草草。見元稹〈離思〉：「取次花叢懶回顧，半緣修道半緣君。」❾金閨客　此指訪妓之客。❿枉　屈駕；枉駕。⓫朝珂　朝官佩帶的玉器。此指佩珂之人。⓬行雲處　指到妓院遊冶尋歡。

【語　譯】花街柳巷中，元宵燈節裡，美人如雲，但都比美麗的瓊娥遜色。她萬嬌千媚，眼波炯炯傳神，草草梳妝，淡掃蛾眉，自有天然之韻。　最令人遺憾的是有些來妓院的客人，空有憐愛她之心，而無可奈何。洞房雖近在咫尺，卻無計使那佩玉珂的人常來。她有意憐才，囑咐他，若有機會到柳巷尋歡，希望時不時能相訪。

【研　析】此詞寫一次邂逅相遇。先以好花多，映襯瓊娥出眾的美色。再著重寫她的傳情的眼波和淡掃的蛾眉，有這樣的眉眼，即使是草率梳妝，也具天然之韻。

下片寫一個愛色，一個憐才，雖然雙方都有意，但男方受官職羈絆，洞房咫尺，無計奈何，也只能辜負女方要他時不時相訪的囑咐。

西施

自從回步百花橋❶。便獨處清宵。鳳衾鴛枕，何事等閒拋？縱有餘香，也似郎恩愛，向日夜潛消❷。

恐伊不信芳容改，將憔悴、寫霜綃❸。更憑錦字，字字說情憀❹。要識愁腸，但看丁香樹。漸結盡春梢❺。

【注釋】❶百花橋　見《續仙傳》載：元和初，元徹、柳實赴浙右省親，被海風吹至一孤島，遇南溟夫人，以百花橋度二子歸，並贈玉壺。題詩云：「來從一葉舟中來，去向百花橋上去。若到人間扣玉壺，鴛鴦自解分明語。」此用「百花橋」典，因亦含愛的憾恨之意。❷向日夜潛消　意謂隨著日日夜夜暗暗地消失。❸霜綃　白綾。此指信箋。❹情憀　心情悲傷。憀，悲思。❺要識愁腸三句　意謂要知道我的愁腸，只要看看丁香樹漸漸結滿的丁香花蕾。丁香，常綠喬木，人們常用它表示難解的情結。見李璟〈浣溪沙〉：「青鳥不傳雲外信，丁香空結雨中愁。」

【語譯】自從送他到百花橋回來，便開始獨守空房度過淒清的夜晚。千思萬想，不明白他為什麼忍心輕率拋下昔日同床共枕的甜蜜生活？那鳳衾鴛枕上，即使還留有餘香，也像郎的恩愛，隨著歲月的推遷，慢慢地消失。　恐怕他不相信我美麗的容顏因思念他而憔悴。於是我用白綾畫下了我的圖像，更憑書信，每一個字都在訴說我悲傷的心情。要知道我的愁思有多深，只要看看那春來漸漸結滿枝頭的丁香花蕾。

【研　析】這也是一首閨怨詞。開門見山，從分手寫起。「百花橋」暗用《續仙傳》所載人神間沒有結果的戀愛故事，暗示一去不歸的憾恨。「便」字緊接，寫清宵獨處情境。首先映入眼簾的是曾經是愛情生活見證的「鳳衾鴛枕」。衾枕的餘香暗滅，一如郎的恩愛，會隨著時間的推移和空間距離的變化而消失。比喻貼切而含婉。

下片寫思婦如何為挽回「郎」的愛情所作的努力。畫像寫憔悴，寫信訴情慘，猶覺未足，更指綴滿春枝的，固結難解的丁香花蕾來形象展示自己思念之情的不可開解。

這個女子被刻畫得不僅情深、意癡，而且是那麼智慧。她不像一般怨婦，「為郎憔悴卻羞郎」，而是在失望中爭取幸福的重臨。

這或許正是一個屢遭拋棄，「被侮辱與被損害」的青樓女子所必須具有的生存智慧。

河　傳

翠深紅淺。愁蛾❶黛蹙❷，嬌波❸刀翦❹。奇容妙妓❺，爭逞舞裀歌扇。妝光❻生粉面。

坐中醉客風流慣。尊前見。特地驚狂眼。不似少年時節，千金爭選。相逢何太晚！

【詞牌】河傳，雙調，五十七字。上片六句四仄韻；下片六句五仄韻。〈河傳〉之名，始於隋代，相傳為隋煬帝所制。其詞則始自晚唐溫庭筠，又別名〈怨王孫〉。《欽定詞譜》載二十七體。

【注釋】❶愁蛾　愁眉。後漢漢桓帝元嘉（西元一五一—一五三年）中，曾流行過一種眉妝。「所謂愁眉者，細而曲折」（《後漢書・五行志一》）。❷黛蹙　指愁眉黛色蹙皺。❸嬌波　指美人的眼神。見宋代周邦彥〈燭影搖紅〉：「風流天付與精神，全在嬌波轉。」❹刀翦　喻目光明亮、靈動。❺妓　同「伎」。技藝。❻妝光　形容打扮後，粉面容光煥發。

【語譯】她穿著深綠淺紅的華麗衣衫，畫著微微蹙皺的愁眉，一雙瞳仁如水剪秋波，嬌媚而靈動。她的容貌出眾，伎藝高妙，爭奇鬥豔於歌樓舞榭。那容光煥發的裝扮，令人目眩神迷。　觀眾中，有一個風流成性，醉態可掬的客人，他那雙狂眼早已在酒席前發現這位使人驚奇叫絕的女人。但是，此人已不似少年時那麼浪漫，不再有「量金買笑」的激情。真可惜，我們相逢太晚！

【研析】此詞應作於柳永晚年。一次宴會上，他見到一個出眾的歌伎。上片即描寫其衣著打扮、眉眼和超群的伎藝。下片寫情場老手，對比尤物，亦不免由驚豔而動心。闋末忽作跌宕，可惜現在「狎興生疏，酒徒蕭索，不似少年時」（〈少年遊〉長安古道馬遲遲）了。

河傳

淮岸向晚。圓荷向背，芙蓉深淺❶。仙娥❷畫舸❸，露漬❹紅芳交亂❺。

難分花與面。　采多漸覺輕船滿。呼歸伴。急槳煙村遠。隱隱棹歌，漸被蒹葭遮斷。曲終人不見❻。

【注　釋】❶圓荷向背二句　指荷葉的正面與反面，荷花的深紅淺白，顏色不一，多彩多姿。芙蓉，即荷花。❷仙娥　此指採蓮的姑娘。❸畫舸　有彩畫的船。❹漬　沾染。❺紅芳交亂　指紅潤的臉龐和紅色的荷花，二者渾然交融。❻曲終人不見　此引用唐詩人錢起〈省試湘靈鼓瑟〉成句：「曲終人不見，江上數峰青。」

【語　譯】淮河岸邊，薄暮時分。水上的荷花在輕風吹拂下，翻動、搖曳，顯現出淡青濃碧、淺白深紅的色澤。美麗的採蓮姑娘撐著彩色小船穿行其間，露水打濕了荷花，浸潤了蓮娃的面龐。人面、荷花交映，分不清那是花兒，那是姑娘們的臉兒。　採啊，採啊，輕舟漸已滿載，該回去了。姑娘們互相招呼著，急急划著槳回到遠遠的，被暮煙籠罩的村莊。她們歌聲合著槳聲隱隱傳來，漸漸地，歌聲被蒼蒼蒹葭遮斷，一曲終了，人也在水一方，不見芳蹤，只留下那在淮水邊悵望的匆匆過客。

【研　析】淮水岸，黃昏時，詞一開頭便為即將展開的採蓮活動搭好時間、空間的舞臺。然後以向背、深淺將夕陽下荷葉、荷花那動感的繽紛光色寫足。此時主人公「仙娥」才出場。蓮花美，蓮娃也美，詞人巧妙地運用了唐代詩人王昌齡〈採蓮曲〉「荷葉羅裙一色裁，芙蓉向臉兩邊開」，這裡大自然和人已融為一體，相得益彰。

下片接寫。「采多」二字帶過採蓮的具體過程，把重點放在採蓮活動結束後，蓮舟歸遠的描寫上。繼採多船滿之後，呼朋約伴，急槳歸船。這使我們聯想到王維〈山居秋暝〉「竹喧歸浣女，蓮動下漁舟」的詩句。這些洋溢著青春活力的少女，與生機勃勃的大自然水乳交融，清新、鮮活的自然景物，因為天真、活潑少女們的活動而增彩添輝。但是，這幅和諧、明快、清麗的景象又那麼來去倏忽，一瞬間煙消雲散。那隱隱棹歌，匆匆人影，都被蒹葭遮斷，令人遐思，令人悵惘。

郭郎兒近拍

帝里。閒居小曲深坊❶，庭院沉沉朱戶閉。新霽。畏景❷天氣。薰風簾幕無人，永晝厭厭如度歲。

愁悴❸。枕簟微涼，睡久輾轉慵起。硯席❹塵生，新詩小闋❺，等閒❻都盡廢。這些兒、寂寞情懷，何事新來常恁地❼！

【詞牌】郭郎兒近拍，雙調，七十三字。上片七句五仄韻；下片八句四仄韻。此調首見《樂章集》。《欽定詞譜》載：「按《樂府雜錄》，傀儡子戲，其引歌舞有郭郎者，善優笑……柳詞調名，或取諸此。」

【注釋】❶小曲深坊　坊曲；妓女所居的地方。❷畏景　夏日。見前〈過澗歇近〉（淮楚）注❺。❸愁悴　憂愁憔悴。❹硯席　硯池與坐席。《北史・魏陳留王虔傳》附元暉傳：「周文禮之，命與諸子游處，每同硯席，情契其厚。」❺小闋　此指代詞曲。闋，一曲樂終。❻等閒　不經意地。❼恁地　這樣地。

【語 譯】我閒居於京城的深坊小曲中，庭院緊閉著紅色的門，十分幽靜。在雨後初晴的夏日，小院寂無人聲，和暖的風吹動著簾幕。這漫長的白天，真令人萎靡不振，度日如年。我憂傷、憔悴，久臥在微涼的枕席上，輾轉反側，不想起床。因為久不讀書、寫字，硯池裡、坐席上蒙了一層厚厚的塵土。填詞作曲，也輕易地全部拋棄。這些兒寂寞無聊，不知為何，近來總是這樣地糾纏著我！

【研 析】這首詞寫自己閒居帝里寂寞無聊的生活。「曲」曰「小」，「坊」曰「深」，庭院沉沉，薰風簾幕，這深深鎖閉的空間，一如歐陽修〈蝶戀花〉之「庭院深深深幾許？楊柳堆煙，簾幕無重數」，是詞人自閉心理的寫照。

下片描狀，睡久慵起，硯席生塵，新詞都廢。結末自問，為何新來恁地憂傷、寂寞。正是李煜在〈烏夜啼〉中所說的「剪不斷，理還亂」的，別是一番滋味的閒愁。

這種自閉的閒愁，是一種失落的心境。造成失落的原因有很多，如不得志、目標的幻滅等等。而自閉，就是對失志的怨尤、悔恨的自我懲罰。「失落」常表現為一種心境而非激情，它不那麼強烈，但具有彌散性，無處不在。如此詞無論環境和人物行為的描寫都浸染著莫名的淡淡的哀愁。

〔南呂調〕

透碧霄

月華邊。萬年芳樹❶起祥煙。帝居壯麗，皇家熙盛❷，寶運❸當千❹。端門❺清晝，觚稜❻照日，雙闕❼中天。太平時、朝野多歡。徧錦街香陌❽，鈞天歌吹❾，閬苑神仙。

昔觀光得意❿，狂遊風景，再覲更精妍⓫。傍柳陰，尋花徑，空恁嚲鞚垂鞭⓬。樂遊⓭雅戲⓮，平康豔質，應也依然。仗⓯何人、多謝⓰嬋娟⓱。道宦途蹤跡，歌酒情懷，不似當年。

【詞牌】透碧霄，雙調，一百一十二字。上片十二句六平韻；下片十三句五平韻。始見《樂章集》。

【注釋】❶萬年芳樹　指月中桂樹。❷熙盛　和樂興隆。❸寶運　指國家的氣運。❹當千　勝過以前千倍。❺端門　宮殿的正門。❻觚稜　宮殿最高轉角處的瓦脊。見杜牧〈昔事文皇帝三十二韻〉：「鳳闕觚稜影，仙盤曉日暾。」❼雙闕　古代宮門，城門兩側的高臺，臺上有樓觀，中央闕而為道，故稱「闕」。❽錦街香陌　花團錦簇，芳香四溢的街道、巷陌。❾鈞天歌吹　天之中央，天帝所居的地方所傳來的音樂。歌吹，歌聲和鼓吹聲。南朝宋鮑照〈蕪城賦〉：「廛閈撲地，歌吹沸天。」❿觀光得意　觀賞風光，非常滿意、稱心。⓫精妍　精彩妍麗。⓬嚲鞚垂鞭　鬆弛韁繩，垂下馬鞭，信馬由韁而行。見杜甫〈醉為馬墜諸公攜酒相看〉：「垂鞭嚲鞚凌紫陌。」⓭樂遊　指陝西西安南郊的樂遊原。⓮雅戲　高雅的遊樂。⓯仗　憑仗。⓰多謝　這裡作問候、致意解。⑰嬋娟　形態美好。此借指歌伎。

【語　譯】明亮的月華中，萬年桂樹被祥雲繚繞，播灑著芬芳。京城內，宮室壯麗，王朝熙和興隆，國家的氣運勝過歷朝歷代。清朗的白晝，宮門大開。屋頂上的觚棱在陽光下，光華耀目，和宮城上高聳天半的雙闕相映生輝。時逢太平無事，舉國上下，朝廷內外，一片歌舞昇平。無論大街小巷，花團錦簇，芬芳四溢，遊人摩肩接踵，他們就像閬苑的神仙，陶醉於天庭的歌聲、鼓樂聲中。

過去我曾經快意地觀賞過京城的風光，在這裡恣情盡興地遊樂。今日重睹故地繁華景象，覺得比往昔更精麗。但我只是放鬆轡轡，垂下馬鞭，信步於柳陰花徑，卻再也找不到過去的激情。我想像，樂遊原風雅的聚會，平康里花街柳巷的歌舞，應也和從前一樣。而事是人非，我不知應當仰仗誰人轉達我深深的歉意。告訴她們，我仕途奔波，聽歌飲酒的心情，已大不如當年。

【研　析】柳永入仕之後，並未如他所想像的那樣，「羽遷鱗化」（〈柳初新〉東郊向曉星杓亞），而是久困於選調，沉抑下僚，遊宦四方。他改官入京大約在仁宗皇祐年間（西元一〇四九—一〇五四年），當時柳永年事已高，所改之官由著作郎、太常博士到屯田員外郎，不過從六品，是京官中最低的官階。仕途的偃蹇不僅銷磨了他的意志，也減盡他的風流情懷。此詞即以京城風光的「依然」和自己心情的「不似當年」作對比。

上片寫「依然」。以皓月下的帝居，日照中的端門、雙闕概寫京城日日夜夜，以錦街香陌、鈞天歌吹來概括太平盛世的朝野多歡。

下片由今轉憶昔之狂遊和今天獨遊無趣。「彈轡垂鞭」狀獨遊無聊之態，非常傳神。「應也依然」見獨遊之情。雖「傍」且「尋」，但實際上並沒有歷花柳之境，故作揣想之言「應也」，末「仗何人」，可見也不打算當面辭謝。「道」以下僅以「宦途蹤迹」四字說明落寞之由，其役夢勞魂，淒涼失意已盡在不言中。

木蘭花慢

倚危樓竚立，乍蕭索、晚晴初。漸素景❶衰殘，風砧韻響❷，霜樹紅疏。雲衢❸。見新雁過，奈佳人自別阻音書。空遣悲秋念遠，寸腸萬恨縈紆❹。

皇都。暗想歡遊，成往事、動欷歔❺。念對酒當歌❻，低幃並枕，翻恁輕孤。歸途。縱凝望處，但斜陽暮靄滿平蕪。贏得無言悄悄，凭闌盡日踟躕❼。

【詞　牌】木蘭花慢，雙調，一百零一字。上片十句五平韻；下片十一句六平韻。《欽定詞譜》錄十二體。押二字短韻者，以柳詞〈木蘭花慢〉（倚危樓竚立）及（拆桐花爛漫）為正體。

【注　釋】❶素景　即秋景。古代五行說，以金配秋，其色白，故稱素秋。❷風砧韻響　風中傳來有韻律的搗衣聲。❸雲衢　雲中之路，即天空。❹縈紆　盤繞曲折。❺欷歔　象哭泣抽噎之聲。❻對酒當歌　見曹操〈短歌行〉：「對酒當歌，人生幾何！」對、當互訓，即對酒對歌。❼踟躕　徘徊；欲進不進的樣子。

【語　譯】黃昏降臨，天氣稍稍放晴，我倚著高樓的欄杆久立，只覺得滿目淒涼、蕭索。秋天來到，經霜的紅葉越來越稀疏，草木也逐漸凋零。隨著秋風，傳來帶著淒寒韻律的砧聲。抬頭看，新雁橫空而過，這使我深深感到和心中的佳人自別後，無法傳送音問的無奈。這一切，徒然令人悲秋念遠，萬種悲愁，縈繞著寸腸，無法排遣。　京都啊，我一次又一次地暗自追想在那裡度過的歡樂時光，而現在都已成為如煙往事，只會觸動悲情，令人感嘆欷歔。想那時擁著佳人飲酒聽歌，同幃共枕，何等快樂，如何一下子就變得這麼孤淒。歸路迢遙。縱目凝望遠方，但見平野上，草色迷茫，斜陽黯淡，暮靄沉沉。只落得離人悄立無言，或倚著欄杆，或盡日徘徊、思索。

【研　析】秋日登高望遠，以蕭瑟之境寫宦遊落寞，思鄉懷舊之情，這是柳詞最常見的內容。

詞開頭交代時、地：晚晴初、危樓上。與結末「凭闌盡日」呼應。上闋「新雁過」引發情的傾訴。末仍以衰颯、迷茫、暗淡的「斜陽暮靄滿平蕪」景語結情，詞末「贏得」二字以下描狀，不言情而情自見。

詞中不乏寫景佳句，如「風砧韻響，霜樹紅疏」，聲、色紛呈，狀秋景如在耳目間。

木蘭花慢

拆桐花爛漫❶，乍疏雨、洗清明。正豔杏燒林，緗桃❷繡野，芳景如屏。傾城❸。盡尋勝去❹，驟❺雕鞍紺幰❻出郊坰❼。風暖繁絃脆管，萬家競奏新聲。盈盈❽。鬭草❾踏青。人豔冶、遞逢迎❿。向路傍往往，遺簪墮珥，珠翠縱橫⓫。歡情。對佳麗地，信金罍⓬罄⓭竭玉山傾⓮。拚卻明朝永日，畫堂一枕春酲。

【注釋】❶拆桐花爛漫　見沈義父《樂府指迷》云：此「言開了桐花爛漫也。有人不曉此意，乃云『此花名為拆桐』。于詞中云『開到拆桐花』。開了又拆，此何意也」。拆，綻放。宋代晏殊〈酒泉子〉：「春色初來，遍拆紅芳千萬樹。」❷緗桃　見《花譜》：「千葉桃，為緗桃。」緗，淺黃色。❸傾城　全城。❹盡尋勝去　都去訪尋勝景。見《東京夢華錄》載：「清明節，此日拜掃，都城人出郊……四野如市，往往就芳樹之下或園囿之間。羅列杯盤，互相勸酬。都城之歌兒舞女，遍滿園亭，抵暮而歸。」❺驟　馳驟。❻雕鞍紺幰　此指垂著天青色車幔的車馬。紺幰，天青色車幔。❼郊坰　泛指郊野。見《爾雅・釋地》：「邑外謂之郊，郊外謂之牧，牧外謂之野，野外謂之林，林外謂之坰。」❽盈盈　儀態嬌美。此借指盈盈之女。❾鬭草　古代婦女常用草來做比賽的遊戲。見《荊楚歲時記》：「五月五日，四民並踏百草，又有鬭百草之戲。」❿遞逢迎　一個又一個地彼此問候。⓫向路傍往往三句　形容遊樂之盛。見《新唐書・楊貴妃傳》載：楊貴妃兄妹從玄宗遊華清宮，以「遺鈿墮舄，瑟瑟璣琲，狼藉于道」。⓬金罍　刻有雲雷圖案的，飾金的大型酒器。⓭罄　器中已空曰罄。⓮玉山傾　稱美醉倒的情態。見前〈鳳棲梧〉（簾下清歌簾外宴）注❺。

【語譯】春風吹綻了桐花，使它爛漫開放。一場疏雨，更洗出了清明芳景；豔麗的杏花燒紅了樹林，淺黃的桃花使郊野如錦繡堆成。芬芳美麗的景色就如畫屏一樣。乘著這明豔春光，人們傾城而出，到郊外去尋芳覓勝。垂著天青色車幔的香車寶馬，在郊野馳驟。暖風送來脆管繁絃，那正是千家萬戶在爭著演奏新聲。風姿綽約的女人們，都來到野外鬥草踏青。她們打扮入時，豔麗動人，鶯聲燕語，巧笑逢迎。她們忘情地嬉戲，常常遺落簪子、耳環都渾然不覺，以至於路邊珠翠滿地。啊，面對這歡樂的情景，佳麗風光，任憑金杯酒盡，頹然醉倒，拚得明月裡畫堂醉臥，也要盡興方休。

【研　析】此詞一氣鋪寫清明佳節的遊樂盛況。上片寫景，一個「拆」字，直貫以下豔杏、緗桃，杏「燒」林，桃「繡」野，兩個動詞，直寫出百花爭豔，色彩紛呈，生機無限。以下轉寫人事，用傾城尋勝總攬；香車寶馬馳驟於郊坰，繁絃脆管充盈於萬戶，昇平景象，如在目前。

下片接寫，於一般中挑出最引人注目馳神的盈盈遊女，寫她們如何打扮得花團錦簇，巧笑逢迎，如何鬥草踏青，任情嬉鬧。這種歡娛，使得她們「遺簪墮珥」，十分忘形。她們的活動一如豔杏、緗桃之「燒林」、「繡野」，使清明顯出盎然春意，達到了高潮。對此佳境，詞人覺情不能已，先以「歡情」一短韻作一頓挫，然後抒寫自己只能拚它一醉方休。結末妙，於極鬧熱的實境描寫中，忽著一虛筆。明朝永日的一枕春醒，不僅使章法上虛、實、疏、密有致，而且使人想像到沒有不散的筵席，當酒醒人歸，那一種「唯覺時之枕席，失向來之煙霞」（李白〈夢遊天姥吟留別〉）的深深的失落。

木蘭花慢

古繁華茂苑，是當日、帝王州❶。詠人物鮮明，土風❷細膩❸，曾美詩流❹。尋幽。近香徑❺處，聚蓮娃釣叟簇汀洲。晴景吳波練靜❻，萬家綠水朱樓。凝旒❼。乃睠東南，思共理、命賢侯❽。繼夢得文章，樂天惠愛，布政優優❾。鼇頭❿。況虛位⓫久，遇名都勝景阻淹留。贏得蘭堂醽酒，畫船攜妓歡遊。

【注　釋】❶古繁華茂苑二句　意云自古繁華的蘇州，曾是帝王之都。茂苑，此代指蘇州。故址在今江蘇吳縣西南，又名長洲苑。見晉代左思〈吳都賦〉：「造姑蘇之高臺……佩長洲之茂苑。」❷土風　風土人情。❸細膩　細密；不粗率。❹曾美詩流　這裡曾以詩人之多稱美。❺香徑　即采香徑。見前〈雙聲子〉（晚天蕭索）注❻。❻吳波練靜　吳地江河如白綢一般。見謝朓〈晚登三山還望京邑〉：「澄江靜如練。」❼凝旒　指天子肅立不動。見前〈玉樓春〉（昭華夜醮連清曙）注⓬。❽乃睠東南二句　眷顧東南，所以任命賢能的官吏共同治理。❾繼夢得文章三句　意謂皇帝所任命的這位賢能的官吏，繼承了曾在蘇州做過官，且有政聲的劉禹錫、白居易的文章道德、寬仁愛民的官風。夢得，劉禹錫字，唐代詩人，曾為蘇州刺史。樂天，白居易字，唐代詩人，亦曾任蘇、杭刺史。布政，執政。優優，和平寬仁。見《詩經・商頌・長發》：「敷政優優，百祿是遒（百般福祿相聚）。」❿鼇頭　唐宋時翰林學士、承旨等官朝見皇帝時，立於鐫刻有巨鼇的陛階正中，故稱翰林為「鼇頭」。又科舉時代稱中狀元為「獨占鼇頭」。⓫虛位　特意留出職位。

【語　譯】自古以來就是繁華之地的蘇州，當年曾經是帝王的都城。這裡人物俊逸，出過許多令人稱美的詩家，風土人情細緻文雅，值得人詠嘆思慕。試尋訪當日勝景，在靠近往昔吳王夫差遣宮女采香的小徑邊，是採蓮姑娘、釣魚老叟們聚集的芳洲。當天氣晴和時，吳江上，澄波似練，綠水邊，參差掩映著萬戶朱樓。　皇帝特別關心，眷顧東南，考慮要任用像您這樣的賢相來治理蘇州。您繼承了唐代劉禹錫、白居易的文章道德，布政寬和。您鼇頭獨占，這個職位早就留著等您，況且這名都勝景，又使您流連，正好暫且留在此處。蘭堂上，有美酒盈罇，吳江上歡遊，有美人相伴，亦為美事。

【研析】此為投贈之詞。薛瑞生《樂章集校注》據詞中「鼇頭」二字，考證所贈對象應當是狀元出身的蘇州太守，得出在合理的時間段中，「唯呂溱一人」的結論。又引歐陽修〈舉呂溱自代狀〉《歐陽修全集》謂呂溱「首登辭科，素有文字」、「躬勤政事，今蘇州治狀，為兩浙第一」，證明詞中所譽「夢得文章，樂天惠愛」非虛。

詞上片鋪寫繁華，地靈人傑，民阜物豐。下片以唐代曾在此做官的劉禹錫、白樂天作比，頌古讚今。末一如〈望海潮〉（東南形勝）之「乘醉聽簫鼓，吟賞煙霞」，仍結在歌酒歡遊上。

臨江仙引

渡口、向晚，乘瘦馬、陟平岡。西郊又送秋光。對暮山橫翠，襯殘葉飄黃。憑高念遠，素景楚天，無處不淒涼。

香閨別來無信息，雲

愁雨恨❶難忘。指帝城歸路，但煙水茫茫。凝情望斷淚眼，盡日獨立斜陽。

【詞　牌】臨江仙引，雙調，七十四字。上片八句四平韻；下片六句三平韻。上片四、五句，下片三、四句，都是上一下四句法。後首上片九句，起二句押入聲短韻。後二首上片七句。此調首見《樂章集》，與〈臨江仙令〉、〈臨江仙慢〉迥異。

【注　釋】❶雲愁雨恨　男女歡情所引起的愁恨。

【語　譯】暮色降臨，渡口越來越昏暗，我騎著瘦馬，登上平緩的山崗。瞻望西邊的郊野，映入眼簾的是一片秋光。暮靄籠罩下，雲山橫翠，殘葉飄黃。憑高對景，又勾起念遠之情，只覺得楚天秋晚，無處不淒涼。

從分別之後，閨中之人，久無音訊，相戀之情縈繞心頭，難以忘懷。遙望帝城歸路，但見一片茫茫煙水。我心神凝注，淚眼望穿，悄然獨立於斜陽下。

【研　析】秋日黃昏，憑高念遠。這是柳詞最常見的主題。略略不同的是，詞人在用「渡口、向晚」這樣的短句搭好時空舞臺後，隨即讓騎著瘦馬，踽踽獨行的主人公出場。「瘦馬」的「瘦」字很重要，它意味著風霜征途，人生苦旅，潦倒、失志。以下情、景間寫，「暮山橫翠」、「殘葉飄黃」寫秋景，「憑高念遠」完成景與情的過渡，上片即以「無處不淒涼」總攬。

下片寫念遠之情事，三、四兩句又由情而景，「煙水茫茫」即如柳詞〈雨霖鈴〉（寒蟬淒切）之「念去去、千里煙波，暮靄沈沈楚天闊」，前景的不可知，心情的失落，盡在其中。

臨江仙引

上國❶。去客❷。停飛蓋❸、促離筵❹。長安古道綿綿。見岸花啼露，對堤柳愁煙。物情人意，向此觸目，無處不淒然。

醉擁征驂❺猶佇立，盈盈淚眼相看。況繡幃人靜，更山館❻春寒。今宵怎向漏永，頓成兩處孤眠。

【注　釋】❶上國　此指京都汴京。❷去客　離開京都西行之人。❸飛蓋　車奔馳時，帷蓋被風吹起，故以飛蓋代指車馬。蓋，車篷。❹促離筵　指臨別前，餞別的酒席匆忙倉促。❺征驂　此指即將駕車遠行的馬。驂，駕車時位於兩旁的馬。又指同駕一車的三匹馬。❻山館　山鄉的驛館。

【語　譯】遠行的人即將離開京城，車馬停在路邊，只等匆匆舉行餞別宴後上路。登上那綿長無盡的長安古道。一路上，柳愁花恨，正如人的濺淚凝悲。物情人意相融，觸目生愁，只會覺得無處不給人淒涼的感覺。

離筵的餘酲未消，我這兒倚著將要登程的馬匹癡癡久立，她那兒熱淚盈眶久久凝望。再想到今天晚上她將獨守空幃，而我則獨宿山館，深味那料峭春寒。啊，怎奈何這漫漫長宵，忽地孤眠的滋味。

【研析】此詞寫春天的一次別離。開頭用二、三句式簡單交代別前離京去國，征驂待發，離宴匆匆之事。旋即懸想去客登上長安古道，花啼柳恨，觸目淒然的綿綿之思。「見岸花啼露，對堤柳愁煙」，與杜甫〈春望〉「感時花濺淚，恨別鳥驚心」同一構思。我見、我對；我感、我恨，皆是以我觀物，故「物情人意」，觸目皆悲。

下片又由虛想轉寫別時，一個是征驂倚立，不忍便去；一個是淚眼相看，依依難捨。於是更懸想今宵繡幃人靜，山館春寒的孤眠況味。無論實、虛，都從雙方著筆，體貼之至。

此詞雖無柳永〈雨霖鈴〉（寒蟬淒切）「今宵酒醒何處？楊柳岸、曉風殘月」那樣的「古今俊句」（清代賀裳《皺水軒詞筌》），但構思上，亦自有其特色。

臨江仙引

畫舸、盪槳，隨浪箭❶、隔岸虹。□荷占斷秋容。疑水仙游泳，向別浦❷相逢。鮫絲霧吐❸漸收，細腰無力轉嬌慵。羅襪凌波成舊恨，有誰更賦驚鴻❹？想媚魂香信，算密鎖瑤宮❺。遊人漫勞倦□，奈何不逐東風！

【注釋】❶隨浪箭　意謂畫舸逐浪，如箭一般飛快地行駛。❷別浦　指銀河。因銀河是阻隔牛郎、織女之河，故名「別浦」。見李賀〈七夕〉：「別浦今朝暗，羅帷午夜愁。」❸鮫絲霧吐　傳說海中有鮫人，「不廢機織」（晉代張華《博物志》），所織鮫綃，輕薄如霧。見五代前蜀詞人魏承班〈漁歌子〉：「鮫綃霧縠籠香雪。」❹羅襪淩波成舊恨二句　此兩句謂更有誰能如曹植那樣用〈洛神賦〉中如此優美的語言來形容意中人輕盈的體態。見曹植〈洛神賦〉：「淩波微步，羅襪生塵。」「翩若驚鴻，婉若游龍。」❺瑤宮　仙宮。此指意中人的洞房。

【語　譯】我乘著彩繪的船，搖盪雙槳，追逐波浪，如箭般飛駛。隔岸霓虹斜掛，菱荷飄香，占盡了秋日的風光。此情此境，真令人疑是仙女們出沒之地，或可能於此銀河仙境遇到她們。漸漸地，如鮫人吐出的如霧絲縠淡退，她們那細腰無力、嬌慵之態也逐漸清晰。　她輕盈的步態已成為令人回想的前塵往事。更有誰能像曹植〈洛神賦〉中那樣維妙維肖地摹寫出她那「翩若輕鴻」的風采？料想她嬌媚的姿容和文雅的言談所傳遞的芳情密意，也只能深鎖仙闈。過客匆匆，空勞懸想，只恨自己不能追逐東風進入她的閨房！

【研　析】此詞寫水邊的一次邂逅。人影衣香，匆匆聚散，便引發了詞人浪漫的聯想：別浦瑤宮，鮫絲霧吐，羅襪淩波，空靈剔透。結末「奈何不逐東風」，表達了「此時相望不相聞，願逐月華流照君」（張若虛〈春江花月夜〉）的美的希冀和無望的追求，含意無盡。

據薛瑞生《樂章集校注》：「毛本（毛晉《宋六十名家詞》）、吳本（吳重熹《山左人詞》）原無此闋，據繆（繆荃孫）校注宋本補……宋本缺文未空格，並從夏吷盦校。」

瑞鷓鴣

寶髻❶瑤簪❷。嚴妝巧，天然綠媚紅深❸。綺羅叢裡，獨逞謳吟❹。一曲〈陽春〉定價❺，何啻值千金！傾聽處，王孫帝子，鶴蓋成陰❻。

凝態❼掩霞襟❽。動象板❾聲聲，怨思難任❿。嘹亮處，迥壓絃管低沉⓫。時恁迴眸斂黛，空役五陵心⓬。須信道，緣情寄意⓭，別有知音。

【詞牌】瑞鷓鴣，雙調，八十八字。上片十句五平韻；下片十句五平韻。亦有八十六字，上片九句者。又一體雙調，六十四字，上下片各五句三平韻。《欽定詞譜》載：「〈瑞鷓鴣〉原本七言律詩，因唐人歌之，遂成詞調……至柳永有添字體，自注般涉調，有慢詞體，自注南呂宮，皆與七言八句者不同。」慢詞體即此詞。

【注釋】❶寶髻　對女子髮髻的美稱。❷瑤簪　用玉石做的，別住髮髻的飾物。❸綠媚紅深　形容女子化妝後臉上鮮豔的色澤。❹獨逞謳吟　卓越地顯示出歌吟的才華。❺一曲陽春定價　此謂歌伎能唱高雅之曲，所以身分很高。陽春，古代高雅的樂曲。見宋玉〈對楚王問〉：「客有歌於郢中者，其始曰〈下里〉、〈巴人〉，國中屬和者數千人……其為〈陽春〉、〈白雪〉，國中屬和者不過數十人……是其曲彌高，其和彌寡。」❻鶴蓋成陰　意謂車輛聚集，足以成陰。見南朝梁劉孝標〈廣絕交論〉：「雞人始唱，鶴蓋成陰。」鶴蓋，代指車。漢代劉楨〈魯都賦〉：「蓋如飛鶴。」❼凝態　神態莊重、專注。❽掩霞襟　深深地掩著華美衣服的前襟。❾象板象牙拍板。❿怨思難任　歌聲中傳達的哀怨令人難以承受。⓫迴壓絃管低沉　調歌聲遠遠蓋過絃管低沉的聲響。⓬空役五陵心　意謂五陵的貴公子白白地被她的魅力驅使。⓭緣情寄意　歌聲因情而發，寄寓深意。

【語　譯】她巧妙地打扮齊整，頭髮裝飾得珠光寶氣，姿容明豔自然，綠黛紅唇，炫人眼目。在羅綺叢中，她表現了出眾的音樂才華。因為她擅長謳吟高雅的曲調，身分很高，一曲何止千金！為了傾聽她的歌唱，那些王孫公子們車馬輻湊，車上的鶴蓋幾乎遮蔽了陽光。　表演時，她神態凝重而專注，深深掩著華美衣衫的前襟，開始輕擊象牙拍板。她那一聲聲歌曲所傳達的怨情，使人難以承受。有時唱到嘹亮處，遠遠蓋過絃管伴奏的聲音。時不時地，她微微皺起眉頭，轉過眼睛，那勾魂攝魄的神情，使五陵王孫的心白白地被她俘虜，為她役使。但是要知道，她的歌唱因何情而發，寄寓著什麼深意，這裡另有真正的知音之人，那人就是我。

【研　析】《樂章集》中讚美歌舞伎藝的詞不在少數。歌兒舞女們的「奇容妙妓」（〈河傳〉翠深紅淺），綽約風姿被描寫得栩栩如生。而這首〈瑞鷓鴣〉卻另具特色。上片雖然也是從美容儀寫到善謳吟，以秀出羅綺叢和一曲千金來給她定位，但下片卻轉而突出她歌聲中傳達的悲情。趨之若鶩的王孫帝子們徒然地迷醉於她的歌聲，卻不能解讀一個風塵女子的被侮辱和被損害的精神世界。真正能緣聲解意的知己知音，另有其人，這個人便是「同是天涯淪落人」的柳永。白居易的名篇〈琵琶行〉只用七個字「猶抱琵琶半遮面」寫琵琶女的儀態，卻用了「轉軸撥絃三兩聲，未成曲調先有情。絃絃掩抑聲聲思，似訴平生不得志。低眉信手續續彈，說盡心中無限事」共四十二字，寫琵琶女從樂聲中傳遞的情感信息，並歸結出有同樣遭遇的人，容易聲氣相通，「相逢何必曾相識」

這樣的至理名言。柳永此詞，沒有出現〈琵琶行〉中這些字樣，只用「別有知音」結，含意深婉，有絃外之音，耐人尋味。

瑞鷓鴣

吳會❶風流。人煙好，高下水際山頭。瑤臺絳闕，依約蓬丘❷。萬井千閭富庶，雄壓十三州❸。觸處青蛾畫舸，紅粉朱樓。

方面❹委元侯❺。致訟簡時豐❻，繼日歡遊。襦溫袴暖，已扇民謳❼。日暮鋒車❽命駕，重整濟川舟❾。當恁時，沙堤路穩，歸去難留。

【注釋】❶吳會　吳郡和會稽郡，今江浙一帶。❷蓬丘　蓬萊山。傳說中的仙山。❸雄壓十三州　「蓋五代及宋時，兩浙均轄十四州。云『雄壓十三州』，謂杭州雄壓其他十三州也。」（薛瑞生《樂章集校注》）十三洲，約指吳越。或曰十四洲。❹方面　指一方面的軍政事務。❺元侯　諸侯之長。見前〈早梅芳〉（海霞紅）注❾。❻訟簡時豐　訟事很少，社會物資富足。❼襦溫袴暖二句　兩漢時民謠歌頌蜀郡太守廉范：「廉叔度，來何暮。不禁火，民安作，平生無襦今五袴。」此借以歌頌當時地方官。襦，短襖。扇，揚播。民謳，即民謠。❽鋒車　追鋒車；快車。見晉代傅暢《晉諸公贊》：「高貴鄉公性急，請召，欲速……特給追鋒車。」❾濟川舟　以此喻賢能之官員。見《尚書‧說命上》載：殷高宗武丁對他的賢相傅說講：「若濟巨川，用汝作舟楫；若歲大旱，用汝作霖雨……」

【語譯】兩浙風流，是人傑地靈之所。山光水色，相映參差。其間亭臺樓閣，彷彿蓬萊仙境。這裡人煙稠密，市井繁華富庶，其氣勢壓倒遠近十三州。一眼望去，朱樓畫舸，美女如雲。　朝廷將這一方的軍政要務委託給您，您將它治理得平安、富裕，有足夠的時間夜以繼日地歡遊。老百姓襦溫褲暖，豐衣足食，在他們中早已傳播著頌美您德政的民歌。早晚有一天，您將快車啟程，重新駕馭您輔佐君王的濟川之舟，當那時您將穩穩地馳車於沙堤，歸去鳳池，誰也留不住您。

【研析】這是一首典型的投獻之詞。上片總寫山川形勝，市井繁華。下片讚美訟簡民豐，宴遊之樂。結末祝願升遷有日，歸去鳳池。

薛瑞生《樂章集校注・附考》說：「觀此詞寫景、用事、命意，與〈早梅芳〉（海霞紅）、〈望海潮〉（東南形勝）同。亦當為投贈孫沔無疑。」

憶帝京

薄衾小枕❶天氣。乍覺別離滋味。展轉數寒更，起了還重睡。畢竟不成眠，一夜長如歲。

也擬待、卻回征轡。又爭奈、已成行計。萬種思量，多方開解，只恁寂寞厭厭地。繫我一生心，負你千行淚。

【詞牌】憶帝京，雙調，七十一字。上片六句四仄韻；下片七句四仄韻。此調以此詞為正體，調即是題，寫帝京之憶。

【注釋】❿薄衾小枕　單薄的被子，小小的枕頭。此寫客旅生活，也寫乍暖還寒的天氣。

【語譯】正是乍暖還寒的時候，我擁著薄薄的被兒，枕著小小的枕頭，忽然感到了別離的滋味。我翻來覆去數著寒更，不能成眠，時而披衣起坐，時而重新睡下。但是最後還是不能睡著，只覺得一個晚上就像一年那麼漫長。　　我也曾打算回馬京城，但又怎奈已經安排了這次遠行的計畫，不能中途變更。我從各個角度反覆思量、開解，還總是這樣落寞，萎靡不振。唉唉，我的心一生牽繫著你，總想著我辜負了你多少淚水。

【研析】這首〈憶帝京〉調即是題，抒寫詞人於羈旅行役中對帝京戀人之憶念。

詞一開頭便以「薄衾小枕」暗示乍暖還寒天氣，為下面「數寒更」作鋪墊。「乍覺」緊接寫別離滋味襲上心頭，故「更」而覺「寒」，這個「寒」，與時令有關，更與「別離」有關。「展轉」，只是反側於床；睡而又起，起了還睡，其動靜更大，表現了更為複雜的內心矛盾和掙扎。曹丕〈雜詩〉「展轉不能寐，披衣起徬徨」、阮籍〈詠懷詩〉「夜中不能寐，起坐彈鳴琴……徘徊將何見？憂思獨傷心」，這種「起了還重睡」的行狀，暗示著強烈的矛盾心態，於是引出下片的心理描寫：也擬返轡回京城，但理智又否定了情感用事。無論為功名，為生計，都不能不在仕途奔競，拋撇情愛。「萬種」、「多方」，時而肯定，時而否定；時而思量，時而開解，百折千回，萬般無奈，直喊出「繫我一生心，負你千行淚」這樣動人心絃的至情之語。

詩評家們多認為「結句須要放開，含有餘不盡之意，以景結情最好」（沈義父《樂府指迷》）。如果以情結，特別是「著一實語」，就會「輕而露」。但此詞一氣說情，在情不能已時，如何「放開」？只能一傾肺腑，反見忠摯、深沉。

〔般涉調〕

塞孤

一聲雞，又報殘更❶歇。秣馬巾車催發❷。草草❸主人燈下別。山路險，新霜滑。瑤珂響、起棲烏，金鐙冷、敲殘月。漸西風緊，襟袖淒冽❹。

遙指白玉京❺，望斷黃金闕❻。遠道何時行徹？算得佳人凝恨切。應念念，歸時節。相見了、執柔荑❼，幽會處、偎香雪。免鴛衾、兩恁虛設。

【詞牌】塞孤，雙調，九十五字。上片十句六仄韻；下片九句六仄韻。

【注釋】❶殘更　舊時將一夜分五更，最後一更響過，天將拂煦，故稱「殘更」。❷秣馬巾車催發　此指作好上路的準備。秣馬，餵飽馬。秣，牲口的飼料，此作動詞。巾車，有帷幕的車子。❸草草　倉促；匆匆。❹淒

冽　寒冷。❺白玉京　傳說中仙人所居。❻黃金闕　傳說中仙人所居。❼柔荑　謂美人的手。見《詩經・衛風・碩人》：「手如柔荑，膚如凝脂。」荑，芳草的嫩芽，柔軟白嫩。

【語　譯】一聲雞啼，又告訴人們，更漏已歇，天將拂曉。大家餵飽馬，駕好車，匆匆和主人在燈下告別，便上路了。山路陡而險，又下了霜，很滑。馬項上的玉飾碰撞，發出的聲音，驚起巢中的棲鴉，馬蹬閃著冷光，月光下，馬蹄得得。漸漸地，西風陣陣吹來，使征人的襟袖生寒。白玉京、黃金闕宛如仙境，是那麼地遙遠。我只能望穿秋水，心嚮往之。啊，這迢迢的行程何時是個盡頭？料想我心上的美人應時刻掛念我們舊時相聚的美好溫馨。我想像著，他時重會，我握著她柔軟的手，幽會時，我偎著她芳香如玉的肌膚。這樣也免得兩地裡這般擁著鴛衾度過孤獨、寒冷的長夜。

【研　析】詞上片實寫早行的苦辛。雞聲、殘月、新霜，與溫庭筠〈商山早行〉「雞聲茅店月，人迹板橋霜」同一機杼。不同的是作者更用瑤珂驚烏，金鐙敲月寫靜中之動，寂處之聲。片末又以「漸」字引入西風凄緊，從觸覺「凄冽」來突出行人在早行之時，不斷強化的，凄涼的心理感受。

下片寫念遠懷人。於殘月、新霜、烏驚、風冷的現境中，詩人對白玉京、黃金闕的企慕。「遙指」、「望斷」見空間阻隔之深和嚮往之切，於是詩思從對面飛來，設想對方亦如自己，殷切企盼行人早早歸來，結末於旅途困頓中，虛想見面時，執柔荑，偎香雪，何等溫馨！

詞虛實、動靜相生，上片動靜互回，上、下片虛實結合，景因情而設，虛以實為憑。

瑞鷓鴣

天將奇豔與寒梅。乍驚繁杏臘前開。暗想花神、巧作江南信❶，鮮染燕脂❷細翦裁。

壽陽妝❸罷無端❹飲，淩晨酒入香顋❺。恨聽煙隖❻深中，誰恁吹羌管❼、逐風來？絳雪❽紛紛落翠苔。

【注釋】❶江南信　用南朝宋陸凱〈贈范曄〉詩。見前〈尾犯〉（晴煙羃羃）注❽。❷燕脂　即胭脂。一種紅色顏料，可用於化妝。❸壽陽妝　又叫梅花妝。相傳為南朝宋武帝女壽陽公主首創，故以為名。見《金陵志》：「壽陽公主人日臥於含章殿檐下，梅花落公主額上，成五出之華，拂之不去，經三日，洗之，乃落。宮女效之。今稱梅花妝。」❹無端　有隨意、等閒的意思。❺酒入香顋　以酒後美人臉上的紅暈比梅花之色。❻煙隖　煙霧繚繞的村塢。❼誰恁吹羌管　意謂是誰這般用羌笛吹起了〈梅花落〉的曲子。《樂府詩集》卷二十四有漢橫吹曲〈梅花落〉。見李白〈與史郎中欽聽黃鶴樓上吹笛〉：「黃鶴樓中吹玉笛，江城五月落梅花。」❽絳雪　道家丹藥名。此比喻落下的紅梅花瓣。

【語譯】造化將與眾不同的豔麗賦與了寒梅，它乍開時，使人驚為繁茂的杏花在冬月綻放。暗自思量，大概是花神巧妙地安排了江南花信，她鮮明地點染，精細地剪裁了梅花的玲瓏態、胭脂色。又像是壽陽公主化好梅花妝，隨意飲了些兒酒，拂曉時，酒暈滲入了香腮。又不知是何人這樣動聽地吹起了〈梅花落〉？那聲音隨風傳播，引起無端的悲愁。看，那紅色的梅花瓣，就像絳紅色的雪片，紛紛灑落在長滿苔蘚的地上。

【研析】這是柳永極少數的詠物詞之一。所詠對象是紅梅。詞從花開寫到花落，上片寫花開時如何令人驚豔，已開後如何鮮妍、玲瓏。詞人一再強調「天將奇豔」、「花神巧作」，極寫紅梅的天然韻致。下片以人比花，化用唐人李正封〈牡丹〉「國色朝酣酒」句，以美人酒酣時的紅暈比花盛放時的色澤。「恨聽」急轉，以煙塢、羌笛寫紅梅紛謝時的氛圍。

這首詞沒有強調梅花抗寒傲雪的孤高本性，只是寫梅的天與神韻和花開花落。其中流露出詞人對美好事物的愛憐與惋惜。

詞中多處用典，如「江南信」用南朝宋陸凱〈贈范曄〉詩典，「壽陽妝」用南朝宋武帝女壽陽公主梅花妝典，「酒入香顋」用唐人李正封〈牡丹〉詩典，「羌管」句用樂府〈梅花落〉典等等。

瑞鶻鴣

全吳嘉會古風流❶。渭南❷往歲憶來遊。西子方來、越相功成去，千里滄江一葉舟❸。

至今無限盈盈❹者，盡來拾翠芳洲。最是簇簇寒村，遙認南朝路、晚煙收。三兩人家古渡頭。

【注釋】❶全吳嘉會古風流　意謂全吳眾美咸集，自古風流之地。此特指蘇州。❷渭南　柳永曾任陝西華陰令，華陰在渭水之南。❸西子方來二句　此用西施助越國滅吳後，與越相范蠡相與遊五湖典。西子，即西施。❹盈盈　指體態嬌盈的美女。

【語譯】蘇州，是吳地眾美畢集，自古風流之處。回憶往日我任華陰縣令時曾到此一遊。這裡正是美女西施和功成身退的越相范蠡，一同泛一葉扁舟於滄浪之水的地方。　到今天，還有很多風姿嬌美的女子到此勝地嬉遊。最令人難忘的是，那叢聚的一座座落寞的村莊，暮煙初收時，從那裡，遠遠看到南朝名鎮，和古渡頭的三兩人家。

【研析】此詞寫蘇州。上片點出蘇州的「自古」風流，以范蠡攜西施泛滄浪為例。下片承「西子」寫至今還吸引如雲美女，拾翠芳洲。它使人聯想到杜甫〈秋興八首〉之八的「佳人拾翠春相問」的旖旎風情。結末用「最是」領起作轉。從那晚煙、寒村掩映下的六朝古都，和古渡頭的三兩人家的畫面中，我們隱約感受到繁華如過眼煙雲，終歸於冷寂的今昔之慨。

洞仙歌

嘉景，向少年彼此，爭不雨沾雲惹❶？奈傅粉❷英俊，夢蘭❸品雅。

金絲帳暖銀屏亞❹。並粲枕、輕偎輕倚，綠嬌紅姹❺。算一笑，百琲❻明珠非價❼。

閒暇。每祗向、洞房深處，痛憐極寵❽，似覺些子❾輕孤❿，早恁背人沾灑⓫。從來嬌縱多猜訝。更對翦香雲，須要深心同寫。愛搵了雙眉，索人重畫。忍孤豔冶⓬。斷不等閒輕捨。鴛衾下。願常恁、好天良夜。

【注　釋】❶雨沾雲惹　指屬意於男女情愛。雲雨，通常暗示男女私情。❷傅粉　指美少年。見前〈鬪百花〉〈煦色韶光明媚〉注❽。❸夢蘭　傳說春秋時鄭文公妾燕姞夢天使給自己蘭草而生穆公。此處應指女子優雅嫻淑的品性。❹亞　掩閉。見宋代蔡伸〈如夢令〉：「人靜重門深亞。」❺綠嬌紅姹　此以鮮明色澤喻男女愛情生活的幸福美滿。❻琲　成串的珠子。❼非價　無價。❽痛憐極寵　極盡愛惜之情。❾些子　一點兒。見宋代陳師道《後山詩話》引盧多遜〈新月〉：「誰家玉篋開新鏡，露出清光些子兒。」❿輕孤　此指輕慢、怠慢。孤，即辜。⓫沾灑　流淚。⓬忍孤豔冶　意謂辜負佳人之意。豔冶，指豔美之人。

【語　譯】如此良辰美景，而彼此正值青春年少，怎能不屬意情愛生活？何況一個是英俊男子，一個是嫻雅佳人。他們在掩閉的銀屏內，溫馨的金絲帳裡，同枕著鮮明的枕頭，輕輕依偎，情意雙美。她是那麼豔麗，估量她的一笑，值百貫明珠也不止。

我是那麼深地憐愛她，每得閒便直奔她那幽深的洞房和她相聚。她非常敏感，只要覺得對她有一點兒輕慢、忽視，早就這般傷心，背人灑淚。被驕縱的人從來就疑心很重。更須海誓山盟，互相剪下頭髮表白深情。她還愛把畫過的雙眉抹掉，糾纏著要我學漢代的張敞為他的妻子畫眉那樣，給她重描雙黛。我怎忍心辜負我豔麗的心上人。我絕不隨便捨棄她。但願常常這樣，同在鴛被下，度過好天良夜。

【研　析】此詞描寫情愛生活，和另一首〈洞仙歌〉（佳景留心慣）大同小異，連措詞細節，也不無雷同，如開頭「佳景」、下片的「翠雲偷翦」與此詞的「對翦香雲」，以及詞結尾「願人間天上，暮雲朝雨長相見」與此詞的「願常恁、好天良夜」等等。略有新意的是「愛搵了雙眉，索人重畫」的描寫，這是女方邀憐取寵的一些小把戲，非親歷者道不出。

安公子

遠岸收殘雨。雨殘稍覺江天暮。拾翠汀洲人寂靜，立雙雙鷗鷺。望幾點、漁燈隱映蒹葭浦。停畫橈❶、兩兩舟人語。道去程今夜，遙指前村煙樹。

遊宦成羈旅。短檣吟倚閒凝竚。萬水千山迷遠近，想鄉關何處？自別後、風亭月榭孤歡聚❷。剛斷腸、惹得離情苦。聽杜宇聲聲，勸人不如歸去。

【注　釋】❶畫橈　指代繪有圖案的船。橈，船槳。❷孤歡聚　意謂辜負了歡聚的好時光。孤，同「辜」。

【語　譯】遠岸雲收雨散，零星小雨中漸覺江天已近黃昏。汀洲上拾翠的女孩們已經歸去，顯得十分寂靜。只有雙雙鷗鷺，無言佇立。從江上望去，長滿蒹葭的水邊，漁燈隱映。這時，船正停下，兩兩舟人遙指前面那煙樹迷茫的村莊，商量說，那兒將是我們今夜去投宿的地方。　我遊宦天涯，長期羈絆於旅途。此刻，我倚著短短的桅檣，微吟韻句，長久佇立。心裡想著鄉關何處？應只在不知遠近的千山萬水之外。自從離別家山，那裡的亭榭依舊，而歡聚不再，空辜負了無邊風月。念及當時，正是柔腸寸斷，更那堪杜宇聲聲，勸人不如歸去，惹得我離情更苦。

【研　析】以此詞與另一首〈安公子〉（長川波瀲灩）相比照，都寫水上行程。都是江天雨過，暮色將臨，畫橈急槳，遙投村店。異者是前詞重在寫景，上片於「好天好景」中，偏覺「多愁多病，行役心情厭」，下片於「曠野沉沉，暮雲黯黯」中，又以結末見「漁燈一點」，暗示驚喜之情。此則上片寫景，下片直抒思鄉念遠之情。末以杜宇聲聲，表明歸歟之志。

從情景的對比、相生和跌宕看，前詞似更優於此詞。

清代周濟認為周邦彥〈拜星月慢〉（夜色催更）一闋，全從此詞下片脫化出來（《宋四家詞選》眉批）。

清代蔡嵩雲《柯亭詞論》則以此詞：「寫羈旅行役……均窮極工巧。」

安公子

夢覺清宵半。悄然屈指聽銀箭❶。惟有牀前殘淚燭，啼紅相伴。暗惹起、雲愁雨恨情何限！從臥來、展轉千餘徧。恁數重鴛被，怎向❷孤眠不暖。　堪恨還堪歎。當初不合輕分散。及至厭厭獨自箇，卻眼穿腸斷。似恁地、深情密意如何拚❸？雖後約、的❹有于飛❺願。奈片時難過，怎得如今便見？

【注釋】❶銀箭　漏刻之箭。❷怎向　怎奈。見前〈過澗歇近〉〈酒醒〉注❺。❸拚　捨棄。❹的　確實。❺于飛　比翼而飛。喻愛情關係和美。

【語譯】夜半夢回，悄悄地掰著指頭數更漏。只有床前燒殘的蠟燭，流下紅色的燭淚和我相依伴。這種情景，暗暗勾惹起我多少的雨恨雲愁！從我睡下，已經千多遍地反側。即使如此蓋著幾重鴛被，怎奈何孤單單，一個人睡總也睡不暖。　可恨還可嘆，當初不應該輕易地分散，等到萎靡不振地獨自生活，卻望穿雙眼，柔腸寸斷。像這樣的深情密意如何割捨？雖然我們曾相約以後雙宿雙飛，怎奈難熬這一刻，怎麼能夠如今就相見？

【研析】詞寫一夜雨恨雲愁，刻骨相思，羈愁展轉，鴛被難溫。於是悔當時輕別，望眼下重逢。結末「奈片時難過，怎得如今便見」，寫情急難奈，直白無含蘊。

長壽樂

繁紅嫩翠。豔陽景，妝點神州明媚。是處樓臺，朱門院落，絃管新聲騰沸。恣遊人、無限馳驟，嬌馬車如水。竟尋芳選勝，歸來向晚，起通衢近遠，香塵細細❶。

太平世。少年時，忍把韶光輕棄？況有紅妝，楚腰越豔❷，一笑千金何啻！向尊前、舞袖飄雪，歌響行雲止。願長繩、且把飛烏繫。任好從容痛飲，誰能惜醉？

【注　釋】❶起通衢近遠二句　意謂尋芳的車馬在遠近的大道上揚起細細的塵土。通衢，四通八達的道路。❷楚腰越豔　有著細腰和豔麗容顏的楚國、越國美女。此處泛指美人。

【語　譯】豔陽映照著繁茂的紅花、嬌嫩的翠葉，把神州點綴得十分明媚。到處瓊樓朱戶，急管繁絃，新聲騰沸。遊人盡情玩樂，香車寶馬，馳驟如流水。大家爭先恐後尋訪芳園勝景，直到近晚才歸去，如流的車馬，使得遠近通衢，揚起細細的塵灰。

正值太平盛世，又是花季少年，如何能把這美妙時光輕易拋棄？何況還有裝扮入時，腰肢柔細，容顏嬌豔的女人們。她們一如楚、越的美人，一笑何止千金！這些美女款款來到酒筵前，揮舞長袖，似飛雪輕盈；歌聲婉轉，使行雲留滯。啊，我多麼希望用長長的繩子繫住飛駛的太陽，一任大家從容痛飲，又誰會吝惜一醉方休？

【研　析】審詞氣，此應是作者少年時遊京師之作。上片鋪寫春景。豔陽、繁花、嫩草，一片生機。於此大環境下，「是處」樓臺，「無限」馳驟，從空間和時間概寫當時無處無時不有的恣情遊樂的習俗。「歸來向晚」，對一日燕遊作一小結。

下片發論：盛世、韶華，本應及時行樂，傾心聲色，留連歌酒。結末發願，希望此景此情，長駐人間。

女色歌酒，嬉遊燕賞，確實是柳永一生的追求，一方面是時風使然，另一方面，這種生活圈子，也是柳永實現其個人價值——發展市民文學，創制「新聲」的最佳場所。他在其間，如魚在水，自由快樂，得到理解，受人尊重，藝術創造力被激活，得到發揮，這怎能不令他難以忘懷而反覆稱美。

傾　杯

〔黃鍾羽〕

水鄉天氣，灑蒹葭、露結寒生早❶。客館更堪秋杪❷。空階下、木葉飄零，颯颯聲乾❸，狂風亂掃。當無緒、人靜酒初醒，天外征鴻，知送誰家歸信，穿雲悲叫。

蛩❹響幽窗，鼠窺寒硯，一點銀釭閒照。夢枕頻驚，愁衾半擁，萬里歸心悄悄❺。往事追思多少。贏得空使方寸❻撓❼。斷不成眠，此夜厭厭，就中❽難曉。

【注釋】❶灑蒹葭露結寒生早　指露珠灑在水草蒹葭之上，故而早生寒意。此化用《詩經·秦風·蒹葭》「蒹葭蒼蒼，白露為霜」句意。❷秋杪　借指秋末。杪，木末；樹梢。❸聲乾　指枯葉發出的乾燥的聲響。❹蛩　蟋蟀。❺悄悄　憂愁的樣子。見《詩經·邶風·柏舟》：「憂心悄悄。」❻方寸　指心。❼撓　煩亂。❽就中　其中。

【語譯】水鄉正是那蒹葭結露為霜，早生寒意的天氣。寄居客館之人，更不堪暮秋時節，敗葉飄零，被狂風亂掃，敲擊著寂靜的臺階所發出的，乾裂的颯颯之聲。當夜深人靜，酒醒夢回，正無情無緒時，天外征鴻，不知是給誰家傳遞歸信，穿過雲層，發出悲鳴。　幽靜的窗外，蟋蟀在淒切地低吟。一點暗淡的燈光照射下，可以看見，飢鼠在窺伺著寒硯。我頻頻從夢中驚醒，滿懷著念遠思歸的愁情，半抱著被子倚臥在床。追思多少往事，只白白地勾起悄悄憂心。看來此夜肯定又是一個精神不振的不眠之夜，其中的緣故，很難說得清楚。

【研析】詞寫羈旅秋懷，以蒹葭露結，寒生秋浦，奠定一種淒迷的氛圍。然後從大環境寫到客館秋聲：空階落葉，天外雁啼，這些景物無不暗示著「所謂伊人，在水一方」的追求的渺茫、失落和人物的飄零無據。

下片寫苦旅孤棲。幽窗外，秋蛩暗泣，青燈下，飢鼠擾人。唐代戴叔倫〈除夜宿石頭驛〉「旅館誰相問，寒燈獨可親」，這裡，燈、蛩、鼠，都意味著孤館秋寒的孤淒氛圍。如此情境，夢枕愁衾，無非悄悄歸思，寸心如搗。末結承「撓」，從「不成眠」的「厭厭」行狀描寫中，點出「就中難曉」的深愁。

這首詞提到「歸心」、「往事」都比較籠統，而且不像他大多數寫羈愁旅思的詞，總是歸結到對偎香依玉的眷戀上來。這裡「難曉」的個中內涵，應該遠遠超出男女私情，而涉及他整個人生價值的取捨、歸依。

〔大石調〕

傾杯

金風❶淡蕩❷，漸秋光老、清宵永。小院新晴天氣，輕煙乍斂，皓月當軒❸練淨❹。對千里寒光，念幽期❺阻、當殘景。早是多情多病。那堪細把，舊約前歡重省❻！

最苦碧雲信斷，仙鄉❼路杳，歸鴻難倩❽。

每高歌、強遣離懷，慘咽、翻成心耿耿❾。漏殘露冷。空贏得、悄悄無言，愁緒終難整❿。又是立盡，梧桐碎影。

【注釋】❶金風　秋風。西方為秋而主金，所以稱秋風為金風。❷淡蕩　和暢。❸當軒　臨軒。❹練淨　如白綢一般明淨。❺幽期　男女之間的私會。❻省　回憶。❼仙鄉　此指愛人所居。❽倩　請託。❾耿耿　印象鮮明，難以忘懷。❿整　理清。

【語譯】秋風和暢，漸臨暮秋，秋夜越來越淒清、漫長。正是新晴天氣，小院中，輕煙初斂，朗月臨軒，如白綢一般明淨。面對千里清寒的月色和殘秋蕭索的風景，不禁想到受阻隔的幽期。本來就是多愁多病的身體，更那堪重新細細回憶過去的前歡舊約！　最苦的是雲程遠隔，音書杳渺，到我所企慕的仙鄉，路又是那麼迢遙不可及，即使是鴻雁，也難請託牠們作為信使。想用長吟短詠來勉強排遣離別的愁懷，又總是淒情哽咽，反而弄得愁心如炬，千端往事都湧上心頭。長夜將盡，霜清露冷，只落得憂心悄悄，悲愁的心緒難以理清。和昨天一樣，我又是佇立在月光下，細碎梧桐影中，度過這漫漫秋宵，直到天明。

【研析】此詞寫對月懷人。上片於暮秋長夜中，掃去輕煙，捧出當軒皓月。「對」字領起，於「千里寒光」之下，覺暮秋景殘，恨幽期阻隔。於是落實到「多情多病」之身。此寫抒情主人公，也可能是寫對方。從己之思人，推想到人之思己。

下片接寫。「最苦」以下三個四字句，「信斷」、「路杳」、「難倩」，將鴻雁難憑，重逢無據的悲哀寫足。然後一轉，強遣離懷；再轉，翻成耿耿。於萬般無奈中宕開描狀：「又是立盡，梧桐碎影。」「又是」妙，從「又是」中，可知此情境，日復一日。「立盡」二字似無理，「立」如何「盡」，「影」又如何「盡」？細思之，卻有理，月華收練，則影「盡」。「盡」字雙綰，影已盡，則天將曉，立亦止而盡。「碎」字不可忽略，正見詞人「剪不斷，理還亂」的「難整」的、綿長、瑣細的思緒。且「梧桐碎影」的「盡」，又承上片之「皓月」、「寒光」，以月始，以月終，章法何等嚴密。

宋代楊湜《古今詞話》載：「柳耆卿作〈傾杯・秋景〉一闋，忽夢一婦人云：『妾非今世人，曾作詩云：「明月斜，秋風冷，今夜故人來不來，教人立盡梧桐影。」數百年無人稱道，公能用之。』夢覺說其事，世傳乃鬼謠也。」宋代胡仔《苕溪漁隱叢話》亦載此事，說是「用回仙語」，指為「妄言」。實際上，這個傳說正說明此結有靈氣，蘊鬼氣，故託以仙語、鬼謠。辛棄疾〈滿江紅〉（敲碎離愁）末句「最苦是，立盡月黃昏，欄干曲」，李玉衍為〈金縷曲〉「月落西樓凭欄久，依舊歸期未定。又只恐瓶沉金井。嘶騎不來銀燭暗，枉教人、立盡梧桐影」（清代沈雄《古今詞話》），可見好句流傳，播在後人詞章。

傾　杯〔散水調〕

鶩落霜洲，雁橫煙渚，分明畫出秋色。暮雨乍歇。小楫夜泊，宿葦村山驛。何人月下臨風處，起一聲羌笛。離愁萬緒，聞岸草、切切蛩吟如織❶。
　為憶。芳容別後，水遙山遠，何計憑鱗翼❷？想繡閣深沉，爭知憔悴損、天涯行客？楚峽雲歸，高陽人散❸，寂寞狂蹤跡。望京國。空目斷、遠峯凝碧。

【注　釋】❶切切蛩吟如織　喻蛩吟之聲此起彼伏，紛繁交錯。❷鱗翼　指魚雁。古時有魚雁傳書之說。❸楚峽雲歸二句　用宋玉〈高唐賦〉楚王夢巫山神女典。

【語　譯】野鴨落在結了霜的沙洲上，雁從籠罩著輕煙的水邊掠過，這一切清清楚楚地畫出了秋天的色調。暮雨剛停，小船便止泊在岸邊，旅客們到依山傍水的村店投宿。夜裡，不知何人臨風吹笛，哀怨的笛聲勾起萬端離愁，這時，卻又聞岸草裡，蛩吟切切，淒哀細密。　回想起，自別芳容，水遙山遠，有什麼辦法能和她互通音信？想到獨處深閨的她，怎知我因天涯羈旅而憔悴不堪？而今雲歸人散，昔日疏狂，盡成往事，只落得形影孤單。遠望京都，目光終止處，只見重重山嶺，一帶傷心寒碧。

【研　析】柳永擅長寫景，特別擅長寫羈旅人心目中的秋境。如此詞開頭，寫鶩落、雁橫之霜洲、煙渚。洲則霜寒，渚則煙鎖，於迷茫、蕭索中，宿鷺亭亭，飛鴻掠影，儼然一幅淡雅的水墨畫。

畫面逐步擴大，雨後扁舟暫泊渡頭，葦岸邊，山麓上，客館風燈，召喚著旅人。這是一筆暖色。至此，一幅動靜互回，冷暖輝映，水邊、山上參差有致的江鄉秋晚圖已經完成。

柳永沒有停留在用並呈的手法設色、構圖上，他更運用以語言作為載體的時間藝術——詞的優勢，陸續以聲響羌笛、蛩吟入詞。李白〈春夜洛城聞笛〉「此夜曲中聞折柳，何人不起故園情」、李益〈夜上受降城聞笛〉「不知何處吹蘆管，一夜征人盡望鄉」，更何況，秋蛩切切，如泣如訴，即不言懷遠思鄉之情，此情懷已溢於行間字裡。由畫入聲，由聲入情，銜接自然。

下片以「為憶」領起，寫別後音容阻隔，孤淒迷茫的無奈，與上片霜洲煙渚，暮雨孤村，羌笛秋蛩的描寫一等相稱。「想」字轉寫對方。「爭知」似有怨，實自憐。末仍以景結。前首〈傾杯〉〈金風淡蕩〉末結「又是立盡，梧桐碎影」，此曰「空目斷、遠峯凝碧」。曰「盡」曰「斷」，極點時間之久，寓傾情之深。前曰「梧桐碎影」，足見情之瑣細、綿長，此曰「遠峯凝碧」，足見其情之深廣、凝重。

〔黃鐘宮〕

鶴沖天

黃金榜❶上。偶失龍頭望❷。明代暫遺賢，如何向❸！未遂❹風雲便❺，爭不恣狂蕩？何須論得喪❻。才子詞人，自是白衣卿相❼。　煙花巷陌，依約❽丹青屏障。幸有意中人，堪尋訪。且恁❾偎紅翠❿，風流事、平生暢。青春都一餉⓫。忍把浮名，換了淺斟低唱！

【注釋】❶黃金榜　科舉時代，殿試後，朝廷以黃紙書寫中試者名單。又稱「金榜」、「黃榜」。❷龍頭望　指高中的希望。龍頭，唐、宋時人稱狀元為「龍頭」。見宋代梁顥〈及第詩〉：「也知少年登科好，爭奈龍頭是老成。」❸如何向　如之何。向，語助詞。❹未遂　未能實現。❺風雲便　指遭遇賢主的好機遇。見《易經．乾》：「雲從龍，風從虎，聖人作而萬物睹。」後因以風雲際會喻君臣相得，平步青雲。❻論得喪　計較得與失。❼白衣卿相　未發跡卻具卿相之賢的讀書人。見《唐摭言》：「不由進士者謂之白衣公卿。」（唐代宰相多由進士出身者擔任）❽依約　隱約。❾且恁　姑且如此。❿紅翠　代指穿紅著綠的女人。⓫一餉　一頓飯的時間，即霎時。見李煜〈浪淘沙〉：「夢裡不知身是客，一餉貪歡。」

【語譯】黃金榜上無名，偶然失去了高中狀元的希望。在政治清明的時代，暫時遺漏我這樣的賢才，竟令人手足無措，不知如何是好！既然未能實現我遭際賢君，叱咤風雲的機會，怎能不任情狂蕩？何必去計較得失，像我這樣才華出眾的詞人，即使是布衣之士，也仍然具卿相之資。

在煙花巷陌那隱約的畫屏深處，幸而有值得尋訪的意中人。我姑且這樣偎紅倚翠，追歡買笑，縱情歌酒，這本來就是我平生最快意的事。青春稍縱即逝，我怎忍拋棄那淺斟低唱的浪漫生涯來換取浮名！

【研析】唐宋以來，科舉是文人入仕重要的，甚至是唯一的途徑。因此，及第與下第，是他們生活中的頭等大事，這類詩作，無疑會很多。如唐代盧綸〈落第後歸終南別業〉「落羽羞言命，逢人強破顏」寫落第的羞愧心情。四十六歲始及第的唐代詩人杜荀鶴，雖表示「縱饒生白髮，豈敢怨明時？知己雖然切，春官豈有私」（〈下第投所知〉），在〈春日閒居即事〉中仍不免有怨憤之語：「道合和貧守，詩堪與命爭」；但他還是堅持，「飢寒是吾事，斷定不歸耕」。而多數人卻在落第後，「身賤自慚貧骨相，朗嘯東歸學釣魚」（唐代殷堯藩〈下第東歸作〉），從激憤轉向歸隱漁樵。像柳永這樣公然自命「白衣卿相」，而且打算充分享受「恣狂蕩」生活的下第之作，卻絕無僅有。

詞一開頭，便鮮明地點出主題「金榜無名」，「偶失」二字，見這件事的出乎意外和詞人的自負。期許越高，打擊越甚。於是在「明代暫遺賢」的自嘲之後，用「如何向」的呼問表達了自己那迷茫、失落的痛苦心情，在激烈的得與失的矛盾中，他反躬自問，既然已經失去際遇風雲的機會，不如索性「恣狂蕩」，只要我有才、有詞名，即便沒有卿相之名，也如卿相一般受人尊崇。精神勝利法暫時擺平了下第的矛盾。

下片具體寫「恣狂蕩」的生活內容，無非煙花巷陌，偎紅倚翠，歌酒狂歡。篇末明示詞人的人生態度：青春轉瞬即逝，須及時行樂，怎能以「淺斟低唱」的歡樂去換取無意義的功名！

詞人在激憤中作出的這種選擇，與那個承平日久，國家無事，朝歡暮樂的遊樂世風有關，更和他獨特的浪漫性格，音樂稟賦，和孕育發展於這種享樂氛圍的創作成就有關。對比之下，科場失敗，受到冷落的他，倍感煙花巷、平康里的知己知音們那份理解和尊重的溫馨。但這個選擇太大膽，太叛逆了，無怪仁宗大為惱怒。宋人吳曾《能改齋漫錄》記載：「仁宗留意儒雅，務本向道，深斥浮豔虛薄之文。初，進士柳三變好為淫冶謳歌之曲，傳播四方。嘗有〈鶴沖天〉詞云：『忍把浮名，換了淺斟低唱。』及臨軒放，特落之，曰：『且去淺斟低唱，何要浮名！』」

這對於柳永的仕途來說，也許是不幸的，但對於柳永開創性的市井詞的創作，又絕對是幸運的。正是無望的功名追求和對聲色之娛的風流、浪漫生活的嚮往的矛盾，構成了柳詞中「一生贏得是淒涼」（〈少年遊〉）的悲劇氛圍，這恰好是柳詞最具深重歷史內涵的一部分。

〔林鍾商〕

木蘭花・杏花

翦裁用盡春工❶意。淺蘸朝霞千萬蕊。天然淡泞❷好精神，洗盡嚴妝方見媚。

風亭月榭閑相倚。紫玉枝梢紅蠟蒂。假饒❸花落未消愁，煮酒杯盤催結子❹。

【注釋】❶春工　以春擬人。故可剪裁。見唐代賀知章〈詠柳〉：「不知細葉誰裁出，二月春風似剪刀。」❷淡泞　淺淡清澄。❸假饒　假使；假定。見張相《詩詞曲語辭匯釋》：「凡文筆作開合之勢者，往往用『饒』字為曲筆以墊起之。加一『假』字，假定之義更明顯。」李山甫〈南山〉：「假饒不是神仙骨，終抱琴書向此遊。」饒，假定之辭。❹煮酒杯盤催結子　設杯盤，並煮酒，以催杏實早結。

【語　譯】杏林被春之神精心剪裁出來，它淺淺地蘸取朝霞，綻開了千朵萬朵花。它天生澄淡，顯現出天然韻致。當它洗盡嚴妝，才更顯出它本色的媚力。　它在風清月朗的亭榭閒閒倚偎。紫色的樹枝，紅蠟似的花蒂多麼俏麗。假若花落而閒愁未消，讓我們設杯盤、煮美酒來催促它早些結出甘美的果實。

【研　析】晚唐詩人溫庭筠〈杏花〉詩「紅花初綻雪花繁」、南宋詩人楊萬里〈文杏塢〉「道白非真白，言紅不若紅。請君紅白外，別眼看天工」，都抓住了杏花含苞待放時紅色，綻開後顏色逐漸變淡的這個特點。此詞開頭別出新意，先暗用賀知章〈詠柳〉「不知細葉誰裁出」句意，然後以「淺蘸朝霞」寫其初綻時之紅，再以「洗盡嚴妝」寫杏花由紅變白這個過程，構思新穎。而且表現了詞人酷愛樸素、天然的審美傾向。

下片寫杏花之神，並滲入賞花人的情感。詞人於風月亭榭，以淡雅的杏花為友，縱使花落，還期子結，綿綿愛杏之情，溢於言表。

木蘭花・海棠

東風催露千嬌面❶。欲綻紅深開處淺❷。日高梳洗甚時忺❸，點滴燕脂勻未徧。霏微雨罷殘陽院。洗出都城新錦段。美人纖手摘芳枝，插在釵頭和鳳顫。

【注　釋】❶千嬌面　千嬌百媚的面容。❷欲綻紅深開處淺　海棠未放時花蕾深紅，已放後呈淺紅色。❸忺　歡快。

【語　譯】東風吹拂著海棠，催促它露出嬌媚的容顏。它將開未放的花蕾顯出深紅，一旦開放，又變成了淺淺的粉紅色。它就像陽光高照時，正在歡快地梳妝的美人兒，臉上的胭脂還沒有擦勻。

特別是小雨初霽，斜陽輝映深庭小院的時候，海棠被洗出鮮潤的色澤，就如同都城裡新織出的錦緞那麼豔麗。美人們禁不住折下這芬芳的花枝插在頭上，讓它和鳳頭釵一同輕輕搖顫。

【研　析】晚唐詩人鄭谷〈海棠〉云：「豔麗最宜新著雨，妖嬈全在欲開時。」此詞上片即寫海棠「欲綻紅深開處淺」的「千嬌面」，並以美人日高梳洗，胭脂未勻來形容它的輕紅淺粉，比喻極鮮明生動。

下片寫雨後海棠，如都城新錦。並以纖手親摘，顫裊於美人釵頭作結。花、佳麗相映生輝，令人遐想無盡。

木蘭花・柳枝

黃金萬縷❶風牽細。寒食初頭春有味❷。殢煙尤雨❸索春饒❹，一日三眠❺誇得意。

章街隋岸❻歡遊地。高拂樓臺低映水。楚王空待學風流，餓損宮腰終不似❼。

【注　釋】❶黃金萬縷　萬縷黃金，都指柳絲。見唐代李商隱〈謔柳〉：「已帶黃金縷，仍飛白玉花。」元代蒲道源〈賦柳〉：「東君不惜黃金縷，散作春風十萬條。」❷味　指情味、情趣。見唐代杜牧〈將赴吳興登樂遊原〉：「清時有味是無能，閒愛孤雲靜愛僧。」❸殢煙尤雨　與煙雨相糾纏。殢、尤，此處作引逗、糾纏解。見柳永〈促拍滿路花〉：「尤殢檀郎，未教拆了鞦韆。」❹索春饒　要求增添春色。饒，添加。❺一日三眠　見《三輔舊事》：「漢苑有柳，狀如人形，號曰『人柳』，一日三眠三起。」❻章街隋岸　章街，即章臺。見前〈柳腰輕〉（英英妙舞腰肢軟）注❶。隋岸，隋煬帝開運河，沿河築堤植柳。此以章街、隋岸典借指柳。❼餓損宮腰終不似　此指即使餓損，那腰終不如柳枝纖細。見《後漢書・馬廖傳》：「楚王愛細腰，宮中多餓死。」

【語　譯】寒食節初的春光最有情趣，請看，那柳枝如萬縷金絲被東風細細牽引，它逗惹著輕煙，糾纏著微雨，平添了更多春意。它起伏不定，一日三眠，似乎在得意地誇耀著自己的嬌慵。綠暗章臺，陰籠隋岸，因為垂柳的點綴，這些地方都成為歡遊之地。它或是高高地臨空輕拂樓臺，或是低低地照臨水面。楚王徒然自命風流，喜好細腰，那些為了討他歡心而餓損的宮女們，她們的腰肢仍舊不如柳枝纖細。

【研　析】柳永的詠物常常是唯美的，不一定有什麼寄託，只是為了讚頌造物之「有味」、多姿。

如此詞寫柳枝，上片強調其「殢煙尤雨」牽風引細的情韻，下片連用章臺、隋岸、楚王典，把柳枝和歷史人物的活動聯繫起來。它曾是悲歡離合、榮枯興替的見證。相較之下，柳枝常是低臨高拂，風華不減，保持天然的優勢。

〔散水調〕

傾杯樂

樓鎖輕煙，水橫斜照，遙山半隱愁碧。片帆岸遠，行客路杳，簇一天寒色。楚梅映雪數枝豔，報青春消息。年華夢促，音信斷、聲遠飛鴻南北。

算伊別來無緒，翠消紅減，雙帶長拋擲❶。但淚眼沉迷，看朱成碧❷。惹閒愁堆積。雨意雲情，酒心花態，孤負高陽客。夢難極❸。和夢也、多時間隔。

【注釋】❶雙帶長拋擲　意指懶於妝束。或曰此亦「衣帶漸寬」人消瘦意。❷但淚眼沉迷二句　意謂淚眼模糊，看不清顏色。見南朝宋王僧孺〈夜愁示諸賓〉：「誰知心眼亂，看朱忽成碧。」❸夢難極　夢難到達。

【語 譯】輕煙籠罩著樓頭，夕陽照於水面，遠山半隱沒於清冷的、令人傷感的碧色中。一片孤帆離岸越來越遠，舟中之行客路途杳渺，只覺得水天無際，一片清寒。在這漠漠冷色之中，忽然幾枝楚地的梅花映著雪豔麗地開放，它向人們通報著春天的消息。使我聯想到，年華易逝，而彼此音書斷絕，就如鴻雁南北異途，聲息越來越遠。 預料她別來也無情無緒，容顏消瘦，懶於妝束。只是淚眼迷茫，把紅色錯看成綠色。想到這裡，惹起我深重的悲愁。那歡會的雲情雨意，飲酒的興致，花般的柔情，全都被我辜負。往昔的歡樂如今夢也難及。何況連夢也間隔多時不做了。

【研 析】此寫舟行念遠。上片令人聯想到李白〈菩薩蠻〉「平林漠漠煙如織，寒山一帶傷心碧」的詞境。不同的是，李白接寫「暝色」，並點出「有人樓上愁」。而柳詞則忽於冷色中，轉出映雪而開的數枝楚梅，梅而以「豔」字形容，可見驚喜之情。「數枝」妙，不是花開一片，落落數枝，已足以引發綺思。

下片以「算」字領起，一連五句，寫對方而不是寫自己的相思之意，雖為猜擬之詞，卻因己及人，「換我心，為你心，始知相憶深」（五代後蜀顧敻〈訴衷情〉），故十分親切。「惹閒愁堆積」雙綰，點出所思即「雨意雲情，酒心花態」。結末遞進，即便做夢，也難達往日佳境，更何況，多時連夢也不做！南唐後主李煜還可以在夢裡「一餉貪歡」（〈浪淘沙〉），而柳永竟多時無夢，何等遺憾！宋代晏幾道〈阮郎歸〉「夢魂縱有也成虛，那堪和夢無」、宋徽宗〈宴山亭〉「無據，和夢也新來不做」應本此。

〔歇指調〕

祭天神

憶繡衾相向輕輕語。屏山❶掩、紅蠟長明，金獸❷盛熏蘭炷❸。何期到此，酒態花情頓孤負！柔腸斷、還是黃昏，那更滿庭風雨！　聽空階和漏，碎聲鬬滴❹愁眉聚。算伊還共誰人，爭知此冤苦？念千里煙波，迢迢前約，舊歡慵省，一向無心緒。

【注　釋】❶屏山　繪有山水的屏風。見五代後蜀顧夐〈醉公子〉：「枕倚小山屏，金鋪向晚扃。」❷金獸　作獸形的金屬香爐。見李煜〈浣溪沙〉：「金爐次第添香獸。」❸蘭炷　用蘭草作的燈心。❹鬬滴　指空階雨聲和更漏聲音交互而滴。

【語　譯】回想當年，我們曾擁衾相向，輕聲傾訴。曲折的屏山掩映下，紅蠟長明，金獸中盛著蘭炷，香煙裊裊，那情景何等溫馨。怎想到今天，竟將她酒後的嬌態，花般的豔情頓時辜負！想到此，本已柔腸寸斷，更何堪正是滿庭風雨的黃昏時候！　靜聽著空階雨、長夜漏滴聲交作，瑣細綿長，使我愁眉緊鎖。不知她或者還有誰，如何能知曉我此時的委曲、煩苦？往日的約定，早已被煙波阻隔於千里之外，我已經沒有心情，一向不想再去回憶。

【研　析】詞以「憶」字領起。所憶者繡衾屏山、紅蠟、蘭香、酒態花情。片末從「憶」回到風雨黃昏的現境。

下片以空階雨、長夜漏襯托愁情。詞末「舊歡慵省，一向無心緒」呼應開頭之「憶」，說是一向無心，舊歡慵省，實則相思冤苦，揮之不去。

〔平調〕

鷓鴣天

吹破殘煙入夜風。一軒明月上簾櫳❶。因驚路遠人還遠，縱得心同寢未同。　情脈脈❷，意忡忡❸。碧雲歸去認無蹤❹。只應曾向前生裡，愛把鴛鴦兩處籠。

【詞　牌】鷓鴣天，雙調，五十五字。上片四句三平韻；下片五句三平韻。上片三、四句，下片一、二兩個三字句一般要求對仗。

【注　釋】❶簾櫳　窗簾和窗上的木格。❷脈脈　情思含婉、纏綿。❸忡忡　憂愁。❹碧雲歸去認無蹤　即前〈傾杯〉（金風淡蕩）下片「最苦碧雲信斷，仙鄉路杳，歸鴻難倩」句意。

【語　譯】夜風吹開了殘煙，明月臨軒，映照在簾櫳上。因為驚怕路途遙遠，而人比路途還遠，即使我們兩心相通卻不能同床共寢。　我們的感情那麼深沉、綿長，但因為阻隔，心緒總是憂慮不安。傳書的鴻雁高飛入雲，一去杳無音訊。為什麼我們總是兩地相思，不能長相廝守？只應是前生愛把鴛鴦分置於兩個籠子中。

【研　析】風起月出，暗示了詞人的一夜無眠。「因驚」二句為重字對。上句寫伊人的遠不可即。范仲淹〈蘇幕遮〉「山映斜陽天接水，芳草無情，更在斜陽外」、歐陽修〈踏莎行〉「平蕪盡處是春山，行人更在春山外」，他們都用比較的手法，寫出了這種遠隔心態。其實唐代詩人賈島〈渡桑乾〉「客舍并州已十霜，歸心日夜憶咸陽。無端更渡桑乾水，卻望并州是故鄉」即已開此法門。對仗的下句在「縱得」後以「心同寢未同」比照，顯示了與李商隱「身無彩鳳雙飛翼，心有靈犀一點通」（〈無題〉）大異其趣的，更為世俗的意願。

篇末把今生的綺夢難圓歸咎於假想的前世曾分籠鴛鴦，情癡語質，無理而妙。

歸去來

〔中呂調〕

一夜狂風雨。花英墜、碎紅無數。垂楊漫結黃金縷❶。儘春殘、縈不住❷。蝶稀蜂散知何處？殢尊酒❸、轉添愁緒。多情不慣相思苦。休惆悵、好歸去。

【注釋】❶黃金縷　指柳絲。見前〈木蘭花・柳枝〉注❶。❷縈不住　繫不住。❸殢尊酒　困於酒中。殢，沉溺。

【語譯】一夜風狂雨驟，花瓣紛紛墜落，地上碎紅狼籍。垂楊縱是結了千千萬萬黃金絲帶，也不能挽住春天，只能任它慢慢消逝。　蝶兒逐漸稀少，黃蜂紛紛散去，不知牠們現在何方？我沉湎於酒，卻反而增添了煩惱。多情的人不習慣忍受互相思念的悲苦，不要再悲哀、失落，最好是回到自己所嚮往的地方。

【研析】此詞中流注著風雨催春，芳華難駐，昔日歡樂難以追尋的憾恨。在「舉杯消愁愁更愁」的無奈中，只好以「歸去」暫作寬解。

柳詞中的「歸去」，並不等同於古代大多數文人的歸隱田園。他雖然也宣布要在「水邊石上」，「散髮披襟」（〈過澗歇近〉淮楚），與雲泉相約（〈滿江紅〉暮雨初收），「會須歸去老漁樵」（〈鳳歸雲〉向深秋），但從他大多數詞看，他所嚮往的並非耕作、漁樵生涯，而是杳杳神京，平康巷陌。特別是〈歸朝歡〉（別岸扁舟三兩隻）一首，明白宣告：「歸去來，玉樓深處，有箇人相憶。」

〔中呂宮〕

梁州令

夢覺紗窗曉。殘燈掩然❶空照。因思人事苦縈牽，離愁別恨，無限何時了？　憐深定是心腸小❷。往往成煩惱。一生惆悵情多少？月不長圓，春色易為老。

【詞　牌】梁州令，雙調，五十五字。上、下片各五句三仄韻。一名〈涼州令〉，唐教坊曲名。

【注　釋】❶掩然　昏暗的樣子。❷憐深定是心腸小　因愛得深使心腸都顯得狹小。

【語　譯】從夢中醒來，紗窗已顯出朦朧曙色，室內殘燈搖曳，發出昏暗的光。因為想到人的悲歡離合一直縈繞於心，無止境的離愁別恨，何曾有終結之時？　因為相愛太深，使寸心難以容納、承受。往往使人煩惱不堪。人的一生究竟有多少憾恨之事？就如同月的才圓便缺，春天的匆匆消逝。

【研　析】這首小令寫拂曉夢回的失落心情，先以「殘燈掩然」營造氛圍。再寫離恨縈懷，驅之不去。

下片自嘆心腸忒「小」，容不下這樣多愁恨。闋末以問答作結。李煜〈虞美人〉「問君能有幾多愁？恰似一江春水向東流」，此亦問愁情多少，卻以月不長圓，春色易老作結。「人有悲歡離合，月有陰晴圓缺，此事古難全」（蘇軾〈水調歌頭〉明月幾時有），天道亦如斯，奈何，奈何！

〔中呂調〕

燕歸梁

輕躡羅鞋掩絳綃❶。傳音耗、苦相招。語聲猶顫不成嬌。乍得見、兩魂消。

匆匆草草難留戀、還歸去、又無聊。若諧雨夕與雲朝。得似箇、有囂囂❷。

【注釋】❶掩絳綃 此指披著紅色絲綢的衣衫。絳綃，紅色絲綢。❷囂囂 不在乎。見《孟子・盡心上》：「人知之，亦囂囂；人不知，亦囂囂。」

【語譯】她輕輕地趿著錦緞鞋子，披著紅色絲綢的衣衫。屢次託人帶信，苦苦邀約我。因為激動，她說話的聲音發顫，在乍一見面的時候，我們倆都已消魂。　草草相聚，匆匆又別，難以留戀。還各自歸去，又覺百無聊賴。若情意相投，長相廝守，就能做到對別人的議論持不在乎的態度。

【研析】這首詞略同於〈玉樓春〉（閬風歧路連銀闕）。〈玉樓春〉有「烏龍未睡定驚猜，鸚鵡能言防漏泄」之句。此則雲雨匆匆，但願「得似箇、有囂囂」。可見這也是作者與某內春偷情的「竊金桃」的行動。

李煜〈菩薩蠻〉「花明月暗籠輕霧，今宵好向郎邊去。剗襪步香階，手提金縷鞋。畫堂南畔見，一向偎人顫。奴為出來難，教郎恣意憐」，其「手提金縷鞋」、「一向偎人顫」應是此詞「輕躡羅鞋」、「語聲猶顫不成嬌」所本。

夜半樂

豔陽天氣，煙細風暖，芳郊澄朗閒凝竚❶。漸妝點亭臺，參差佳樹。
舞腰困力❷，垂楊綠映，淺桃穠李夭夭❸，嫩紅無數。度綺燕、流鶯鬭❹
雙語。翠娥南陌簇簇❺，躡影紅陰❻，緩移嬌步。擡粉面、韶容❼花
光相妒。絳綃袖舉。雲鬟風顫，半遮檀口含羞，背人偷顧。競鬭草、金
釵笑爭賭。對此嘉景，頓覺消凝，惹成愁緒。念解佩❽、輕盈在何
處？忍良時、孤負少年等閒度。空望極、回首斜陽暮。歎浪萍風梗❾知
何去！

【注　釋】❶凝竚　因有所思、有所待而凝神久立。❷舞腰困力　意謂柳絲困乏無力。舞腰，喻柳枝。❸夭夭　豔麗嬌好的樣子。見《詩經・周南・召南》：「桃之夭夭，灼灼其華。」❹鬭　即相對。見蘇軾〈記夢〉：「紅焙淺甌新火活，龍團小碾鬭晴窗。」鬭晴窗，亦即對晴窗。❺簇簇　一群群聚集。❻躡影紅陰　輕盈地在花影下漫步。❼韶容　美好的容顏。❽解佩　代指所愛。見漢代劉向《列仙傳》載：鄭交甫於江漢之湄逢二仙女，仙女解佩贈之。❾浪萍風梗　以浪中浮萍、風中飄梗喻己之行蹤不定。

【語　譯】明豔的春陽高照，天氣宜人，輕煙浮碧，和風送暖。我凝神久立在澄清明朗，花草叢生的郊野，看到參差嘉樹，點綴著亭臺樓閣，在風中舞動著的，顯得嬌慵無力的垂楊，和深深淺淺的嫩紅的桃花、李花相映生輝。綠柳夭桃中，穿飛著輕盈的紫燕，百囀的黃鶯，牠們相對呢喃細語。　南邊的小路間，郊遊的美人相聚如雲。她們在花樹中，舒緩地、輕鬆地漫步。有時抬起嬌妍的面龐，使鮮花失色，生出妒意。有時她們讓秀美如雲的髮髻在微風中顫動著，輕輕舉起絳袖，含羞地遮著朱唇，背地裡偷覷別人。有時她們又嬉笑著，在一起作鬥草的遊戲。　面對這花光人面相映的誘人春色，我頓時神注魂消，惹起萬種閒愁。想到那曾經和我傾心交往的、體態盈盈的美人，不知現在何處？我又怎忍辜負少年時光，讓它等閒度過。我徒然望極天涯，驀然回首，已是斜陽含山，暮色蒼茫。啊，可嘆我如浪中浮萍、風中斷梗，不知又將飄落何方！

【研　析】此詞三片。第一片寫春和景明，生機勃勃。先從大氣候風、日寫起，再以「芳郊澄朗」一小結。以下逐層展示「閒凝竚」之人所見的參差嘉樹中的亭臺，再從嘉樹中拈出垂楊，垂楊中的夭桃穠李以及在花樹中穿飛的綺燕、流鶯。這一切，和諧地編織出一幅春之圖。

第二片專寫遊春的美人。躡影緩移寫她們輕盈的步態；花光相妒狀她們嬌豔的容顏；雲鬟風顫，舉袖偷窺狀她們既好奇又害羞的神情；鬥草爭贏寫她們天真、活潑的心性。描摹生動而細緻入微。

第三片明點嘉景所觸發的愁情。融和的春意和少女們的活動，使詞人聯想到往昔曾有過的，幸福的愛情生活。從昔日回到現境，頓驚斜陽暮靄；遠瞻未來，則「浪萍風梗」何日是止時？

綜觀此詞，從自然風物到人物風情，從景對人情的觸發，從過去到現在到未來，不枝不蔓，不冗不複。人言柳永「章法精嚴」（蔡嵩雲《柯亭詞論》），果然！

〔越調〕

清平樂

繁華錦爛。已恨歸期晚。翠減紅稀鶯似懶。特地❶柔腸欲斷。

不堪尊酒頻傾。惱人轉轉❷愁生。□□□□□，多情爭似無情。

【詞牌】清平樂，雙調，四十六字。上片四句四仄韻；下片四句三仄韻。南宋王灼《碧雞漫志》云：「歐陽炯稱李白有應制〈清平樂〉四首。」其「禁闈清夜」為正體。

【注釋】❶特地　特別；故意。地，語助詞。❷轉轉　即輾轉。見《漢書・貢禹傳》：「後世爭為奢侈，轉轉益甚。」

【語　譯】春景如堆錦繡，萬物滋生，光明燦爛。我已經深深憾恨回去得太晚，眼看著翠減紅稀，連黃鶯也變得慵困，這些真正使我柔腸欲斷。更承受不了這一杯又一杯美酒。它反而增加了我的惆悵……我深深感悟到多情不如無情。

【研　析】節序推移，從「繁華錦爛」的芳春到「翠減紅稀鶯似懶」的春殘，引發了多愁善感的詞人的傷懷。青春易逝，好景難留，這種悲愁即使借酒也難澆滅。「舉杯消愁愁更愁」，無奈何，詞人發出了「多情爭似無情」的感嘆。

〔中呂調〕

迷神引

紅板橋頭秋光暮。淡月映煙方煦❶。寒溪蘸碧❷，繞垂楊路。重分飛，攜纖手、淚如雨。波急隋堤遠，片帆舉。倏忽❸年華改，向期阻❹。

時覺春殘，漸漸飄花絮。好夕良天長孤負。洞房閒掩，小屏空、無心覷❺。指歸雲，仙鄉杳、在何處？遙夜香衾暖，算誰與？知他深深約，記得否？

【注　釋】❶煦　溫暖。❷寒溪蘸碧　指清冷的溪水被染成碧色。❸倏忽　轉眼間。❹向期阻　此指舊約前期受到阻礙。向，舊時；往昔。❺覷　注目。

【語　譯】暮秋時節，淡淡的月色映著和煦的秋光。我立在紅板橋頭眺望，被染成碧色的寒溪，繞著垂楊路。就在此時此地，我們又一次別離。歧路口，我握著她纖纖素手，淚如雨下。剎時間，片帆高舉，急流帶著扁舟離堤岸越來越遠。轉眼歲月更替，重重阻礙使我們的約定不能實現。

柳絮飄飛，春又闌珊。好夕良天，就如此一年又一年地被辜負。在想像中，她的洞房深閉，小屏空設，那有心思去注目，望著歸雲，而心目中的仙鄉杳渺，竟在何方？遙想夜來，是誰與她香衾共暖？也不知她是否還記得我和她的深情厚愛、海誓山盟？

【研　析】秋光暮靄，淡月寒煙，溪橋柳岸，這正是詞人和所愛分手時的情境。臨歧攜手，淚滿襟懷，而片帆急浪，已人在天涯。別後，歸程屢阻，舊約難期，於是轉入下片。

下片寫心理時空。自別後，如屆殘春；濛濛柳絮，亦如思緒紛紛。既惋惜仙鄉渺遠，使伊人獨守空房，洞戶屏山，屢負了好天良夜；又揣想浮雲無定，歸期難卜。片末忽作呼問，希望對方不要忘記與自己的深約。

此以秋暮寫分飛，以春殘寫索居，景因情設。

（失調名）

爪茉莉・秋夜

每到秋來，轉添甚況味❶。金風動、冷清清地。殘蟬噪晚，甚聒❷得、人心欲碎。更休道、宋玉多悲❸，石人、也須下淚。衾寒枕冷，夜迢迢、更無寐。深院靜、月明風細。巴巴❹望曉，怎生捱、更迢遞。料我兒❺、只在枕頭根底。等人來、睡夢裡。

【詞　牌】爪茉莉，雙調，八十二字。上片七句四仄韻；下片七句五仄韻。此調無別詞可校。

【注　釋】❶況味　情味。見宋代張方平〈歲除〉：「容華益凋歇，況味殊蕭條。」❷聒　嘈雜。❸宋玉多悲　宋玉〈九辯〉開篇有「悲哉秋之為氣也」。❹巴巴　迫切的期待。❺我兒　「我的可人兒」的省說。

【語　譯】每到秋天來臨，更增添了說不清的情味。金風乍起，冷冷清清地。秋蟬在黃昏時嘶鳴，硬是聒噪得人的心都要碎了，更不要說多悲的宋玉，就是石頭人，也要流下淚來。　枕頭、被子透著寒意，長夜漫漫，更是沒有辦法入眠。深院是這般靜謐，朗月清風裡，無寐之人眼巴巴地盼望著天明，又怎麼能熬過這迢遞的更漏。料想我那可人兒，只在我枕頭下面，等著和我在睡夢中相會。

【研　析】此寫秋宵獨宿況味。上片寫秋宵所觸所聞：金風清冷，噪晚殘蟬。只此二事便足以令人心碎，更不要說多悲的宋玉，縱是鐵石心腸，也須下淚。

下片寫獨宿。內境是衾寒枕冷，長夜無寐；外境是月明風細，院靜庭深。李商隱〈無題〉「重幃深下莫愁堂，臥後清宵細細長」、李煜〈搗練子〉「深院靜，小庭空，斷續寒砧斷續風」，這裡，深、清、細、長、靜、寒等字，都在展示著一種極深入、極細微、極綿長的，無處不在，無時不有的寂寞、孤獨、悲苦的心境。結末明點，所思既遠又近。近在枕頭根底，遠在魂夢之中。

清人沈謙《填詞雜說》認為此詞：「極孤眠之苦，予嘗宿禦兒客舍，倚枕自歌，能移我情，不知文之工拙也。」清代馮金伯《詞苑萃編・旨趣》引王西樵語云：「耆卿『殘蟬向晚，聒得人心欲碎』是寫閨中秋怨也。梁棠村『疏燈薄暮，又一聲歸雁，飛來平楚』，是寫閨中春怨也。各自極其情致。」

女冠子・夏景

火雲初布。遲遲永日炎暑。濃陰高樹。黃鸝葉底，羽毛學整，方調嬌語。薰風時漸動，峻閣池塘，芰荷爭吐。畫梁紫燕，對對銜泥，飛來又去。

想佳期、容易成辜負。共人人、同上畫樓斟香醑❶。恨花無主❷。臥象牀犀枕❸，成何情緒？有時魂夢斷，半窗殘月，透簾穿戶。

去年今夜，扇兒搧我，情人何處？

【注　釋】❶香醪　芳香的美酒。醪，美酒。❷恨花無主　指青樓女尚無從良的對象。見柳永〈迷仙引〉（纔過笄年）：「好與花為主。」❸象牀犀枕　象牙床、犀皮枕。此極言床上鋪陳之豪華。

【語　譯】似火的紅雲剛剛布滿天空，漫長的、炎熱的一天便開始了。茂密的、高大的樹向四周灑下濃陰，黃鸝就在濃密的樹葉下，刷理羽毛，初調嬌語。暖熱的風漸起，吹拂著高樓下池塘裡爭相吐芽的菱荷。畫梁間，雙雙紫燕飛來飛去，忙著銜泥築窩。　我輕率辜負了佳期，想到昔日我曾和那人同上畫樓，共酌香醪。堪恨無人救她於風塵，為她作主。即使臥於象床犀枕，又有什麼意緒？有時從夢中醒來，殘月從半扇窗戶中透過簾櫳，射入房中。這情境令人想到去年的今夜，那拿著扇兒搧我的可人兒，現在又在何方？

【研　析】此寫夏日思人。火雲、濃陰、菱荷爭吐，是初夏景象。嬌鶯、紫燕，亦見夏日勃勃生機。下片由雙燕想到舊情人，所牽繫的是，無人脫她於風塵。關愛、憐惜之情溢於字裡行間。結末「扇兒搧我」，仍扣夏日情事，用筆細膩。

十二時・秋夜

晚晴初，淡煙籠月，風透蟾光如洗。覺翠帳、涼生秋思。漸入微寒天氣。敗葉敲窗，西風滿院，睡不成還起。更漏咽、滴破憂心，萬感並生，都在離人愁耳。　天怎知、當時一句，做得❶十分縈繫！夜永有時，分明枕上，覷著孜孜地❷。燭暗時酒醒，元來❸又是夢裡。　睡覺來、披衣獨坐，萬種無憀❹情意。怎得伊來，重諧雲雨，再整餘香被？祝告天發願，從今永無拋棄。

【詞牌】十二時，三片，一百三十字。第一片十一句五仄韻；第二片七句三仄韻；第三片七句三仄韻。此調《欽定詞譜》標目為〈十二時慢〉。

【注釋】❶做得　落得。❷孜孜地　長久而仔細地。❸元來　原來。❹無憀　即無聊。

【語譯】晚來雨霽初晴，淡淡的煙雲籠罩著月亮，微風透過如水的月光射進翠色的帳子，使人覺到微微的寒涼，頓生秋感。滿院秋風舞動著敗葉，不時敲著窗兒，令人難以入眠，只好坐起，西風落葉聲，嗚咽的更漏聲，都扣入離人的耳膜，滴破愁心，使萬感叢生。　天怎知道，當時她的一句話，落得縈繫我心，十分難忘！漫漫長夜中，有時分明在枕上，長久地、十分真切地看著她。酒醒夢回，燭昏室暗，才知道原來又還是在夢裡相逢。　一覺醒來，我披著衣獨坐，萬分地寂寞無聊。怎麼能盼得她來，像過去一樣，再整餘香被，重溫鴛夢？我要向蒼天禱告發願，從今以後永不再相捨。

【研析】此亦寫秋夜獨宿。淡煙籠月，好風如水，所見所觸是一片清寒。敗葉敲窗，更漏嗚咽，所聞亦足以引發萬斛愁情。「滴破憂心」，「破」字妙，化虛為實，使「憂心」如在耳目。

第二片寫愁自相思而起。因思之切，故疑夢是真。

第三片寫醒後無聊，片末祝願長相廝守，永不拋棄。

結尾點出詞人所思，雖不過「重諧雲雨」，但所繪秋景秋聲所引發的「萬感並生」，應不止於男女私情。

紅窗迥

小園東，花共柳。紅紫又一齊開了。引將蜂蝶燕和鶯，成陣價❶、忙忙走。

花心偏向蜂兒有。鶯共燕、喫他❷拖逗❸。蜂兒卻入、花裡藏身，胡蝶兒、你且退後。

【詞牌】紅窗迥，雙調，五十五字。上片五句三仄韻；下片四句三仄韻。《欽定詞譜》所錄周邦彥、歐良〈紅窗迥〉，都是五十三字，無論字數、句式均與此詞迥不同。《詞譜》：「此惟歐良一詞可校。」未及柳永此詞。

【注釋】❶成陣價　成群成隊地。價，語助詞，相當於現代漢語中的「地」。❷喫他　被他。❸拖逗　挑逗。

【語譯】小園東面，花柳爭榮，嫣紅姹紫一齊開放。引得蜂兒、蝶兒、燕兒、鶯兒，一群群忙忙碌碌地，穿飛於芳園花樹間。那花心偏向著蜜蜂開放，鶯和燕，被鮮花引逗著，蜜蜂卻深入花叢藏身，炫耀著，說：「蝴蝶，你且退後吧！花心已有所屬了。」

【研析】此詞明寫大地春回，自然界的盎然生機：紅紫競豔，蜂燕爭芳。暗寫花街柳巷男追女逐的風流情事。

全詞用白描、俚語，似一首兒歌。

西江月

師師❶生得豔冶，香香❷於我情多。安安❸那更久比和❹。四個打成一個。

幸自蒼皇未款❺，新詞寫處多磨❻。幾回扯了又重挼❼。奸字❽中心著我❾。

【注釋】❶師師　東京名妓。據《古今小說·眾名姬春風弔柳七》載：師師姓陳，香香姓趙，安安一名徐冬冬。❷香香　東京名妓。見注❶。❸安安　東京名妓。見注❶。❹比和　親近；狎昵。❺幸自蒼皇未款　指匆忙之中，還沒有構思好詞的內容。❻多磨　指遇到許多困難。❼挼　揉搓。❽奸字　奸，通「姦」。「姦」字拆開為三女，指師師、香香、安安，此為當時流行的拆白道字文字遊戲。又如《古今小說·眾名姬春風弔柳七》

中所錄柳永〈西江月〉（調笑師師最慣）「管字下邊無分，閉字加點如何」，兩句為「官」字、「閑」字。❾中心著我　指把我置於三女之中。

【語譯】師師長得明媚迷人，香香對我特別多情，安安與我更是親密無間，我們四個人就像一個我一樣。

匆忙中為她們題的詞還沒有構思好，這首新詞要寫成還真有很多難處。好幾次把詞稿扯了又揉碎，想來想去，正是一個「姦」字三女之中，著我一個。

【研析】柳永常常應青樓女子之請寫詞。如〈木蘭花〉四首，就明為心娘、佳娘、蟲娘、酥娘所作，此詞應也是三女在珊瑚宴上，「要索新詞，殢人含笑立尊前」（〈玉蝴蝶〉誤入平康小巷）時所作遊戲文字。

鳳凰閣

忽忽相見，懊惱恩情太薄。霎時雲雨人拋卻。教我行思坐想，肌膚如削❶。恨只恨、相違舊約。

相思成病，那更瀟瀟雨落！斷腸人在闌干角。山遠水遠人遠，音信難託。這滋味、黃昏又惡❷！

【詞牌】鳳凰閣，雙調，六十八字。上、下片均為六句四仄韻。

【注釋】❶肌膚如削　身體消瘦，如同被削割。❷惡　壞。

【語譯】雖然相見，但霎時雲收雨散，便已作別，匆匆忙忙，未及細敘恩情，令人懊惱。分手後，教我行坐不安，時時思念，致使肌膚瘦損如削。恨只恨，舊約相違，難以再見。本已相思成病，那更堪，寒雨瀟瀟！我這傷心腸斷之人，悄然佇立在闌干角上，放眼四望，山遠水遠人也遠，又託誰替我傳遞情的信息。這般別離滋味，到黃昏，更加教人難以承受！

【研析】霎時雲雨，便使人行思坐想，肌膚如削，伊人也忒多情。下片以瀟瀟雨、山長水遠襯托相思而不得相聚的遠隔淒涼心態。「暝色赴春愁」（唐代皇甫冉〈歸渡洛水〉），片末以黃昏進一層作結。

古籍今注新譯叢書

書種最齊全
注譯最精當

哲學類

新譯四書讀本　謝冰瑩等編譯
新譯學庸讀本　王澤應注譯
新譯孝經讀本　賴炎元等注譯
新譯論語新編解義　胡楚生編著
新譯易經讀本　郭建勳注譯
新譯周易六十四卦經傳通釋　黃慶萱注譯
新譯乾坤經傳通釋　黃慶萱注譯
新譯易經繫辭傳解義　吳怡著
新譯禮記讀本　姜義華注譯
新譯儀禮讀本　顧寶田等注譯
新譯孔子家語　羊春秋注譯

新譯老子讀本　余培林注譯
新譯帛書老子　趙鋒注譯
新譯老子解義　吳怡著
新譯莊子讀本　黃錦鋐注譯
新譯莊子讀本　張松輝注譯
新譯莊子本義　水渭松注譯
新譯莊子內篇解義　吳怡著
新譯列子讀本　莊萬壽注譯
新譯管子讀本　湯孝純注譯
新譯墨子讀本　李生龍注譯
新譯公孫龍子　丁成泉注譯
新譯晏子春秋　陶梅生注譯
新譯鄧析子　徐忠良注譯
新譯荀子讀本　王忠林注譯

新譯尹文子　徐忠良注譯
新譯尸子讀本　水渭松注譯
新譯鶡冠子　趙鵬團注譯
新譯鬼谷子　王德華等注譯
新譯韓非子　傅武光等注譯
新譯呂氏春秋　朱永嘉等注譯
新譯韓詩外傳　孫立堯注譯
新譯淮南子　熊禮匯注譯
新譯春秋繁露　朱永嘉等注譯
新譯新書讀本　饒東原注譯
新譯新語讀本　王毅注譯
新譯潛夫論　彭丙成注譯
新譯論衡讀本　蔡鎮楚注譯
新譯申鑒讀本　林家驪等注譯

新譯人物志 吳家駒注譯
新譯張載文選 張金泉注譯
新譯近思錄 張京華注譯
新譯傳習錄 李生龍注譯
新譯呻吟語摘 鄧子勉注譯
新譯明夷待訪錄 李廣柏注譯

【文學類】

新譯詩經讀本 滕志賢注譯
新譯楚辭讀本 林家驪注譯
新譯楚辭讀本 傅錫王注譯
新譯文心雕龍 羅立乾注譯
新譯六朝文絜 蔣遠橋注譯
新譯世說新語 劉正浩等注譯
新譯昭明文選 周啟成等注譯
新譯古文觀止 謝冰瑩等注譯
新譯古文辭類纂 黃　鈞等注譯
新譯樂府詩選 溫洪隆注譯
新譯古詩源 馮保善注譯
新譯千家詩 邱燮友等注譯
新譯詩品讀本 成　林等注譯
新譯花間集 朱恒夫注譯
新譯南唐詞 劉慶雲注譯

新譯絕妙好詞 聶安福注譯
新譯唐詩三百首 邱燮友注譯
新譯宋詩三百首 陶文鵬注譯
新譯宋詞三百首 汪　中注譯
新譯宋詞三百首 劉慶雲注譯
新譯元曲三百首 賴橋本等注譯
新譯明詩三百首 趙伯陶注譯
新譯清詩三百首 王英志注譯
新譯清詞三百首 陳水雲等注譯
新譯唐人絕句選 卞孝萱等注譯
新譯唐才子傳 戴揚本注譯
新譯拾遺記 石　磊注譯
新譯搜神記 黃　鈞注譯
新譯唐傳奇選 束　忱等注譯
新譯宋傳奇小說選 束　忱注譯
新譯明傳奇小說選 陳美林等注譯
新譯容齋隨筆選 朱永嘉等注譯
新譯明散文選 周明初注譯
新譯明清小品文選 鄭　婷注譯
新譯人間詞話 馬自毅注譯
新譯白香詞譜 劉慶雲注譯
新譯幽夢影 馮保善注譯
新譯菜根譚 吳家駒注譯

新譯小窗幽記 馬美信注譯
新譯圍爐夜話 馬美信注譯
新譯郁離子 吳家駒注譯
新譯歷代寓言選 黃瑞雲注譯
新譯賈長沙集 林家驪注譯
新譯揚子雲集 葉幼明注譯
新譯曹子建集 曹海東注譯
新譯建安七子詩文集 韓格平注譯
新譯阮籍詩文集 林家驪注譯
新譯嵇中散集 崔富章注譯
新譯陸機詩文集 王德華注譯
新譯陶淵明集 溫洪隆注譯
新譯江淹集 羅立乾等注譯
新譯庾信詩文選 歸　青注譯
新譯初唐四傑詩集 李福標注譯
新譯駱賓王文集 黃清泉注譯
新譯王維詩文集 陳鐵民注譯
新譯孟浩然詩集 楊　軍注譯
新譯李白詩全集 郁賢皓注譯
新譯李白文集 郁賢皓注譯
新譯杜甫詩選 張忠綱等注譯
新譯杜詩菁華 林繼中注譯
新譯高適岑參詩選 孫欽善等注譯

新譯昌黎先生文集　周啟成等注譯
新譯劉禹錫詩文選　閻　琦注譯
新譯柳宗元文選　卞孝萱等注譯
新譯白居易詩文選　陶　敏等注譯
新譯元稹詩文選　郭自虎注譯
新譯李賀詩集　彭國忠注譯
新譯杜牧詩文集　張松輝注譯
新譯李商隱詩選　朱恒夫等注譯
新譯范文正公選集　王興華等注譯
新譯蘇洵文選　羅立剛注譯
新譯蘇軾文選　滕志賢注譯
新譯蘇軾詞選　鄧子勉注譯
新譯蘇轍文選　朱　剛注譯
新譯曾鞏文選　高克勤注譯
新譯王安石文選　沈松勤注譯
新譯唐宋八大家文選　鄧子勉注譯
新譯柳永詞集　侯孝瓊注譯
新譯李清照集　姜漢椿等注譯
新譯陸游詩文集　韓立平注譯
新譯辛棄疾詞選　聶安福注譯
新譯歸有光文選　鄔國平注譯
新譯唐順之詩文選　馬美信注譯
新譯徐渭詩文選　周　群等注譯

新譯薑齋文集　平慧善注譯
新譯顧亭林文集　劉九洲注譯
新譯納蘭性德詞　馮　乾注譯
新譯方苞文選　鄔國平等注譯
新譯鄭板橋集　朱崇才注譯
新譯袁枚詩文選　王英志注譯
新譯李慈銘詩文選　潘靜如注譯
新譯聊齋誌異選　任篤行等注譯
新譯閱微草堂筆記　嚴文儒注譯
新譯浮生六記　馬美信注譯
新譯弘一大師詩詞全編　徐正綸編著

歷史類

新譯史記　韓兆琦注譯
新譯漢書　吳榮曾等注譯
新譯後漢書　魏連科等注譯
新譯三國志　吳樹平等注譯
新譯資治通鑑　張大可等注譯
新譯史記—名篇精選　韓兆琦注譯
新譯尚書讀本　吳　璵注譯
新譯尚書讀本　郭建勳注譯
新譯周禮讀本　賀友齡注譯
新譯逸周書　牛鴻恩注譯
新譯左傳讀本　郁賢皓等注譯
新譯公羊傳　雪　克注譯
新譯穀梁傳　顧寶田注譯
新譯春秋穀梁傳　周　何注譯
新譯戰國策　溫洪隆注譯
新譯國語讀本　易中天注譯
新譯說苑讀本　左松超注譯
新譯說苑讀本　羅少卿注譯
新譯新序讀本　葉幼明注譯
新譯吳越春秋　黃仁生注譯
新譯西京雜記　曹海東注譯
新譯列女傳　黃清泉注譯
新譯越絕書　劉建國注譯
新譯燕丹子　曹海東注譯
新譯東萊博議　李振興等注譯
新譯唐六典　朱永嘉等注譯
新譯唐摭言　姜漢椿注譯

宗教類

新譯金剛經　徐興無注譯
新譯高僧傳　朱恒夫等注譯
新譯碧巖集　吳　平注譯
新譯百喻經　顧寶田注譯

新譯楞嚴經　賴永海等注譯
新譯梵網經　王建光注譯
新譯圓覺經　商海鋒注譯
新譯法句經　劉學軍注譯
新譯六祖壇經　李中華注譯
新譯禪林寶訓　李中華注譯
新譯維摩詰經　陳引馳等注譯
新譯經律異相　顏洽茂注譯
新譯阿彌陀經　蘇樹華注譯
新譯無量壽經　邱高興注譯
新譯無量壽經　蘇樹華注譯
新譯妙法蓮華經　張松輝注譯
新譯景德傳燈錄　顧宏義注譯
新譯大乘起信論　韓廷傑注譯
新譯釋禪波羅蜜　蘇樹華注譯
新譯八識規矩頌　倪梁康注譯
新譯永嘉大師證道歌　蔣九愚注譯
新譯華嚴經入法界品　楊維中注譯
新譯地藏菩薩本願經　李承貴注譯
新譯悟真篇　劉國樑等注譯
新譯无能子　張松輝注譯
新譯坐忘論　張松輝注譯
新譯列仙傳　張金嶺注譯

新譯抱朴子　李中華注譯
新譯神仙傳　周啟成注譯
新譯性命圭旨　傅鳳英注譯
新譯老子想爾注　顧寶田等注譯
新譯周易參同契　劉國樑注譯
新譯道門觀心經　王　卡注譯
新譯養性延命錄　曾召南注譯
新譯樂育堂語錄　戈國龍注譯
新譯沖虛至德真經　張松輝注譯
新譯長春真人西遊記　顧寶田等注譯
新譯黃庭經・陰符經　劉連朋等注譯

【軍事類】

新譯司馬法　王雲路注譯
新譯尉繚子　張金泉注譯
新譯三略讀本　傅　傑注譯
新譯六韜讀本　鄔錫非注譯
新譯吳子讀本　王雲路注譯
新譯孫子讀本　吳仁傑注譯
新譯李衛公問對　鄔錫非注譯

【教育類】

新譯爾雅讀本　陳建初等注譯
新譯顏氏家訓　李振興等注譯
新譯聰訓齋語　馮保善注譯
新譯曾文正公家書　湯孝純注譯
新譯三字經　黃沛榮注譯
新譯百家姓　馬自毅等注譯
新譯幼學瓊林　馬自毅注譯
新譯增廣賢文・千字文　馬自毅注譯
新譯格言聯璧　馬自毅注譯

【政事類】

新譯商君書　貝遠辰注譯
新譯鹽鐵論　盧烈紅注譯
新譯貞觀政要　許道勳注譯

【地志類】

新譯山海經　楊錫彭注譯
新譯水經注　陳橋驛等注譯
新譯佛國記　楊維中注譯
新譯大唐西域記　陳　飛等注譯
新譯洛陽伽藍記　劉九洲注譯
新譯徐霞客遊記　黃　珅注譯
新譯東京夢華錄　嚴文儒注譯

◎新譯清詞三百首

陳水雲等／注譯

清詞是千年詞史的終結，作品豐富，流派眾多，風格多樣，在文學史上占有重要的地位。不同於以流行歌曲在社會上流傳的唐宋詞，清詞已蛻變為一種以抒懷言志為主要功能的雅文學，雖然沒有唐五代詞的清新活潑和兩宋詞的絢麗多姿，卻有一種歷經燦爛後的成熟醇厚之美。本書選取清代詞家一百人，詞作三〇四首，能突出經典詞人和其經典作品，較為全面地反映清詞的真實面貌。注譯周詳到位，研析精彩深入，帶領讀者一窺清詞的精華與成就。